En lettres de sang

DU MÊME AUTEUR AUX ÉDITIONS MIRA

Le piège
Pluie de sang
La déchirure
Spirale meurtrière

MEG O'BRIEN

En lettres de sang

Roman

MIRA

Titre original :
SACRED TRUST
publié par MIRA®

Traduction de l'américain par JEAN-CHRISTOPHE NAPIAS

Photo de couverture
Paysage : © BATES LITTLEHALES / GETTY IMAGES
Conception graphique : VIVIANE ROCH

83/85 boulevard Vincent Auriol 75646 PARIS CEDEX 13.
ISBN 978-2-2808-4483-3 — ISSN 1765-7792

Celui-ci est pour Emily Hope

PREMIÈRE PARTIE

Terre de lait et de miel

« En effet, je les ferai entrer dans le pays où ruissellent le lait et le miel… : ils y mangeront à satiété et vivront dans l'abondance ; … alors ils m'irriteront et violeront mon alliance ».

DEUTÉRONOME.

1.

— *Marti* —

Il lui tomba dessus sur le parking du supermarché de Seaside, alors qu'elle montait dans sa voiture. Il la poussa et lui écrasa le visage sur la banquette arrière, puis il lui banda les yeux, la ligota et la bâillonna avant qu'elle ait eu la moindre chance de le voir.

Elle savait qu'il s'agissait d'un homme : la force qu'elle avait dû lui opposer ne laissait pas de doute à ce sujet. A aucun moment elle ne réussit à se redresser pour reprendre souffle, tant il mit d'acharnement à lui maintenir du genou la tête contre le siège de vinyle.

Il lui prit ses clés, et elle l'entendit verrouiller les portières arrière pour se glisser au volant. Il roula longtemps, une éternité lui sembla-t-il, et elle se demanda s'ils étaient sur la Highway 1. Tout le long du chemin, elle essaya désespérément de mémoriser chaque détail, de comptabiliser les feux de circulation dont les lueurs rougeâtres et verdâtres s'infiltraient à travers le bandeau. « Si j'arrive à me rappeler les lumières, les sons, pensait-elle, je pourrai peut-être dire à la police où il m'a emmenée… »

A ce moment-là, elle croyait encore qu'elle resterait en vie. Elle pensait qu'il la violerait, puis qu'il la laisserait partir. L'épreuve du viol serait terrible, mais elle trouverait bien le moyen de « faire avec », comme les femmes avec qui elle avait parlé ce soir.

Ça ne serait pas facile, elle le savait. Mais si Dieu et tous les saints étaient avec elle, elle y arriverait.

En silence, elle commença de prier, de prononcer les mots du « *Memorare* », des mots surgis du passé, qui se déversaient encore et encore de son esprit, sans effort de sa part, comme un mantra : « Souvenez-vous, ô très pieuse Vierge Marie, qu'on n'a jamais entendu dire qu'aucun de ceux qui ont eu recours à votre protection, qui ont imploré votre secours et demandé vos suffrages, ait été abandonné. Souvenez-vous, ô très pieuse Vierge Marie, qu'on n'a jamais entendu dire qu'aucun de ceux qui… »

La prière s'interrompit au moment où la voiture s'arrêtait. Et quand il la tira hors du véhicule et qu'il la jeta à terre pour déchirer ses vêtements, elle essaya de crier et de le supplier à travers son bâillon : « Ne me faites pas de mal, je vous en prie ! Ne me faites pas de mal ! » Il commença à la frapper, avec une violence que seule pouvait abriter une âme en plein délire. Les lanières du fouet — un flagrum — étaient prolongées par de petites boules métalliques : il l'abattit de toutes ses forces, d'abord sur sa poitrine, puis, comme elle se recroquevillait sur elle-même, sur son dos. Elle sentit les coups entailler la peau. Elle sentit les vaisseaux capillaires sauter, les veines éclater. Elle sentit le moment où les coups atteignirent l'intérieur des muscles, où le sang jaillit des artères, où la peau se déchira en lambeaux.

Etouffer serait une manière de grâce : telle était son unique pensée cohérente. Si seulement elle pouvait étouffer sous son bâillon, en finir avec tout cela…

Marti Bright n'aurait jamais à rapporter aux policiers les nombreux détails dont elle prit note, cette nuit-là. La façon dont elle sentit les mains de son agresseur sur sa bouche, avec cette odeur de vieux papier moisi. Ou encore le bruit particulier de sa respiration, après la flagellation, lorsqu'il la traîna en haletant jusqu'à un point précis de la colline.

Elle n'aurait pas à dire à la police comme l'homme, dans l'effort qu'il dut déployer pour la tuer, toussait bruyamment. Elle n'aurait pas à parler des cris aigus et sibilants qu'il laissait échapper, presque ceux d'une vieille femme. Ni du moment où elle finit par savoir *pourquoi* ce calvaire lui était infligé. Pourquoi, à défaut de savoir par qui.

Durant les dernières minutes de son existence, Marti eut le temps de faire une chose, une ultime chose. Toujours ligotée, elle réussit à se tourner sur le côté et, avec les doigts d'une seule main, elle traça des lettres dans la terre. Elle pria pour que l'obscurité rende ce mot invisible, et qu'il le demeure jusqu'à l'arrivée de la police.

Elle pria pour d'autres choses, aussi. Pour l'âme de son père et de sa mère, défunts. Pour son âme à elle, pour celle de ses amis. Elle pria pour l'enfant qu'elle avait abandonné des années plus tôt. Et, quand son assassin la tira jusqu'à la croix et qu'il l'y attacha avec des morceaux de chiffon, serrés si fort qu'ils lui coupaient la peau, quand elle eut la soudaine révélation de ce qu'il s'apprêtait à faire, elle alla puiser dans les profondeurs de son être la force de prier pour celui qui se livrait à cette abomination.

Enfin, quand les pieux lui transpercèrent la paume des mains, sa prière silencieuse revint à la Vierge Marie. « Marie, mère de Dieu, sauvez-moi. Je vous en prie, oh ! je vous en prie, sauvez-moi ! »

Mais alors même qu'elle priait, Marti savait qu'il était trop tard. La mère de Dieu n'était plus là pour personne.

2.

Les gens ne me croient pas quand je leur dis que moi, Abby Northrup, j'ai porté le voile. Ils jettent un coup d'œil à ma maison tout droit sortie d'une revue de décoration, ils pensent à mon mariage « parfait » — en tout cas, avant l'aventure de Jeffrey avec cette espèce de bimbo —, et ils éclatent de rire.

C'est pourtant vrai. J'ai été novice. Bien sûr, je n'avais que dix-sept ans quand je suis entrée au couvent, et j'en suis sortie à dix-huit, sans avoir prononcé mes vœux. Lorsqu'on m'a demandé pourquoi je partais, j'ai répondu que « j'avais décidé que je préférais les hommes aux femmes ». C'était une forme de pirouette, mais pas seulement. C'était vrai, ça aussi — du moins, en partie. Parce qu'à l'époque du couvent Joseph et Marie, j'aimais Marti Bright plus que n'importe qui d'autre au monde.

Marti était de ces jeunes femmes qui, à dix-huit ans, paraissent sans âge. Elle aurait aussi bien pu avoir vécu toute une vie avant d'avoir atteint sa cinquième année. Elle était gentille, drôle et pleine de générosité. Elle passait des heures à prier dans la chapelle du couvent, jusqu'à s'en écorcher les genoux. Elle avait un teint de pêche, comme on dit, et de grands yeux sombres. Elle dégageait un parfum musqué, celui de la lotion pour mains de Pacquin, ainsi que je le découvris plus tard. Et il y avait une telle aura autour de Marti Bright qu'on lui donna le surnom de *Shining Bright* — « la Rayonnante ». Quand nous eûmes toutes deux quitté le couvent — « fait le mur », comme on disait alors —, Marti devint photojournaliste et le surnom lui resta : *Shining Bright.*

C'est comme ça qu'ils l'ont appelée, ce matin, aux informations, après que la meilleure amie que j'aie jamais eue a été retrouvée crucifiée sur une colline de Carmel. Tandis que, submergée par le choc et l'horreur, je fonçais sur la route pour aller la rejoindre une dernière fois, le journaliste débitait d'un ton monotone des mots insupportables.

— Photoreporter de réputation mondiale, Marti Bright oubliait souvent qu'elle était en mission lorsqu'elle se trouvait dans les pays du tiers-monde. Plus d'une fois son appareil a disparu alors qu'elle donnait du riz et un peu d'eau à des enfants mourant de faim. Dave Arnott, vous la connaissiez. Parlez-nous un peu de celle qu'on appelait Shining Bright.

Une voix masculine a pris le relais, lourde de tristesse.

— Marti était plus que belle. Elle avait la plus belle des âmes. « Les appareils photo peuvent être remplacés, disait-elle, mais pas l'étreinte d'une petite main d'enfant sur la vôtre lorsque vous faites glisser une infime quantité d'eau ou de nourriture dans une bouche affamée. Pas ce moment particulier, cet enfant particulier... »

La voix d'Arnott s'est éteinte, et l'autre journaliste a conclu avec sobriété :

— Marti Bright nous manquera cruellement.

Je me tiens devant ma vieille amie, à présent, je contemple son torse nu, qui se balance doucement dans la brise glacée, à la vue de la moitié de la ville. Avec des morceaux de tissu, on lui a lié les poignets à une croix improvisée, et de gros clous sont plantés dans la paume de ses mains. Ses magnifiques cheveux sombres ont été coupés sauvagement, comme avec un couteau émoussé. Les mèches irrégulières sont plaquées sur son crâne par la pluie. Le sang dégouline. Il y a des plaies un peu partout, et d'étranges petites entailles sur tout son abdomen et sa poitrine. D'où je me trouve, je ne peux pas voir de quelle manière son dos a été lacéré et la peau arrachée, ainsi qu'on me l'a dit.

Le pire de tout, cependant — vraiment le pire —, c'est le mot « MENTEUSE », peint en rouge vif en travers de sa poitrine.

Bientôt, les médias nationaux seront là. Pour l'instant, ce sont les journalistes et les photographes du coin qui essaient d'obtenir des gros plans — pas pour les chaînes de télévision ou les journaux locaux, qui auraient le bon goût de ne pas les montrer, mais pour *Hard Copy*, pour l'*Inquirer*, et ce genre de torchons. Même la petite ligne à peine visible qui va du ventre à la toison pubienne, une vieille cicatrice de césarienne, est un vrai scoop. Jusque-là, personne ne savait que Marti avait eu un enfant, pas plus la presse que sa famille ou la plupart de ses amis. Elle ne s'était jamais mariée, n'avait jamais paru intéressée par la famille, seulement par son travail.

Moi, je savais. J'étais là, à côté de Marti, quinze ans plus tôt, quand on a fait sortir l'enfant de son ventre. Je lui ai tenu la main, les joues ruisselantes de larmes qui venaient se mêler aux siennes. Il était un temps où Marti n'avait pas de secrets pour moi.

Tandis que les adjoints du shérif viennent enfin décrocher mon amie de sa croix, je me dis qu'elle m'a pourtant caché quelque chose. Parce que rien, dans nos discussions récentes, n'a su m'avertir que quiconque pouvait la haïr au point de lui infliger ce calvaire.

La croix sur laquelle le corps supplicié était cloué est profondément enfoncée dans le sol amolli par la pluie, sur la colline qui domine le couvent des carmélites, à moins de cinq minutes de chez moi. Ce versant de la butte est dépourvu d'arbres, et si par une belle journée j'avais longé la Highway 1 pour aller prendre mon petit déjeuner à Rocky Point, j'aurais pu la voir. Mais jusqu'à ce que la pluie commence à tomber, il y avait beaucoup de brouillard, à Carmel, et la visibilité ne dépassait pas un pâté de maisons, dans un sens ou dans l'autre.

Je fais de mon mieux pour ne pas perdre contenance tandis qu'ils déposent mon amie sur une couverture en plastique noir, sous la pluie glacée, le médecin légiste poussant et enfonçant le doigt dans des endroits qu'elle ne lui aurait jamais laissé toucher de son vivant. Comme pour échapper à cette scène déplaisante, mon esprit se tourne vers le passé, et je me demande comment on peut en arriver là. Vingt ans plus tôt, Marti et moi étions pleines d'espoir, persuadées que nous pouvions tout faire, aller n'importe où, et que, même si nous devions finir dans une maison de retraite à pousser des déambulateurs, nous aurions au moins de merveilleux souvenirs pour nous accompagner jusqu'à la mort.

Je ne sais pas ce qui est arrivé aux rêves de Marti. Mais est-ce ma faute si les miens ont lâché prise ? Me suis-je trop cramponnée au passé ? Y avait-il en moi quelque chose qui souhaitait renouer avec ce temps où l'amour semblait si pur, si bon, si différent de ce qu'il était avec Jeffrey ?

Même maintenant, alors que des mois ont passé, je suis malade rien qu'en pensant à la manière dont j'ai trouvé mon mari au lit avec cette bimbo, dans des draps changés le matin même. Les seins de cette créature s'agitaient au-dessus de son torse, et il y enfouissait la tête comme un orphelin affamé tandis que la pitoyable partie de son anatomie — qui, à ma connaissance, n'avait pas fonctionné depuis des semaines — se dressait et s'insinuait dans toutes les ouvertures possibles.

A ce moment-là, mon mariage ne consistait plus qu'à accorder quelques plaisirs domestiques à mon époux — comme ajouter un produit spécial dans la machine à laver afin que les draps n'irritent pas sa peau sensible. Si j'avais su ce qu'il faisait avec *elle* pendant que j'étais dans mon bureau en train de batailler pour pondre une chronique pleine d'esprit, j'aurais vidé une bouteille d'acide sulfurique dans la lessive !

Fichu Viagra ! Car c'est avec ça que toute l'histoire a commencé.

Ça m'était assez égal, en fin de compte. Cela faisait un moment que je n'aimais plus Jeffrey, et on ne pouvait pas le blâmer d'être allé chercher du réconfort ailleurs, dans des rondeurs plus généreuses.

Alors, oui : j'ai attrapé le rêve quand il s'est présenté, et puis je l'ai balancé. Mais au cas où vous l'ignoreriez, il faut quand même s'acquitter de quelques fichues pénitences. Pas des « Je vous salue Marie », ou des « Notre Père », comme dans le passé. Ce serait trop beau de s'en sortir comme ça. Moi, alors que mon mari couche toujours à la maison, sur un canapé, afin de tenir les commères à distance, je dois me colleter avec un autre souvenir, maintenant. Un souvenir où j'arpente un couloir glacé au milieu de gens qui portent des biberons et appellent à l'aide, sans savoir où ils sont.

Marti ! Toi, la rayonnante Shining Bright, où étais-tu, et avec qui, pour finir d'une aussi terrible façon ? Tu ne peux pas être morte, Marti, n'est-ce pas ? Dans un moment, tu vas te lever et éclater de rire, tu vas te moquer de moi :

— C'est toi qui t'es fait avoir, cette fois, Abby ! J'ai fini par t'avoir.

Je donnerais tout pour m'être fait avoir. Absolument tout.

— Abby…

Ben Schaeffer, qui est inspecteur au poste de police de Carmel, se tient à côté de moi. Il a le front plissé, et ses yeux noisette sont emplis de sympathie.

— Je suis désolé. Je sais à quel point vous étiez amies…

Je hoche la tête, même si mon cou me paraît aussi dur et inflexible que mon âme, qui refuse de se plier à la réalité.

— Merci d'avoir convaincu le shérif de me laisser passer le cordon de sécurité.

Je m'éclaircis la gorge et tente d'affermir ma voix.

— Est-ce qu'ils ne pourraient pas la couvrir, lui mettre quelque chose sur le corps ? Ça n'est pas bien de la laisser comme ça, couchée par terre. Et c'est à croire que cette fichue pluie ne s'arrêtera jamais ! Ces gouttes qui tombent, qui tombent, qui tombent…

— Calme-toi, Ab, dit Ben en me posant la main sur le bras. Ça ne devrait plus être très long. Je vais voir ce que je peux faire pour activer les choses.

Je regarde sa haute silhouette s'avancer vers le coroner et les deux adjoints du shérif qui s'affairent autour de Marti. A quelques mètres derrière moi, des photographes et des journalistes, collègues pour certains, se pressent contre le cordon jaune. L'un d'eux, Billy Drubin, les épaules voûtées, a les mains plongées dans les poches d'un vieil imper.

— Hé, Abby ! Qu'est-ce que t'as trouvé ?

Comme je ne réponds pas, il ajoute :

— T'es pas là pour ta chronique, c'est ça ? Comment est-ce que t'as fait pour passer le cordon de sécurité ?

Je marche vers lui, sachant qu'il ne me fichera pas la paix tant qu'il n'aura pas ce qu'il veut. Les autres nous observent, à l'affût du moindre de nos mots. D'une manière étrange, je me dis que si je parle à Billy, le cauchemar disparaîtra.

— Marti était une bonne amie. Cela faisait des années que je la connaissais.

— Mince, c'est dur, ça, Abby. J'suis désolé. Qu'est-ce qu'il s'est passé ? Ils ont des éléments ?

— Non, il est trop tôt.

— T'es sur l'affaire ? demande encore Billy.

— Pour *Around Town* ? Je ne vois pas comment.

— N'empêche, si tu la connaissais…

Il sort de sa poche un paquet tout aplati de Marlboro, prend une cigarette et l'allume. Son allumette s'éteint en grésillant, et, en l'espace de quelques instants, sa cigarette est détrempée par la pluie. Il la laisse pendre au coin de sa bouche.

— Pourquoi est-ce que tu ne me parlerais pas d'elle ? Dis-moi tout. Mais surtout, les dessous de l'histoire, des choses qu'on ne sait pas déjà.

Je le fixe en fronçant les sourcils, soudain méfiante.

— Quels dessous de l'histoire, Billy ?

Ses yeux bleu pâle sont brillants d'avidité.

— Eh bien, tu sais… il y a ces rumeurs. Elle était très célèbre, elle faisait partie du top dans le monde de la photo et du journalisme. Alors, qu'est-ce qui s'est passé ? Pourquoi elle a soudain disparu de la circulation ? Enfin quoi, Abby, ça faisait des mois que personne l'avait vue ! Et ça veut dire quoi, ce « MENTEUSE » ? Et cette cicatrice sur son ventre ?

Je continue de le regarder fixement, en me demandant comment j'ai jamais pu appartenir à cette meute vorace de prédateurs qu'on appelle « la presse ».

— Je dois y aller, Billy.

Il écrase sa cigarette par terre et il insiste :

— Je veux dire, si vous étiez aussi proches, tu dois bien avoir une idée de l'endroit où elle se trouvait. Et ce qu'elle fabriquait.

Malgré mon état, proche de celui d'un zombie, la rage se fraie un chemin en moi. Peut-être la première lueur de réalité qui s'immisce dans mon esprit.

— Bon sang, Billy, laisse tomber ! Je ne sais pas !

Je fais volte-face et constate que le petit groupe d'hommes entourant Marti a commencé de se disperser. Ben est toujours là, en train de parler avec le shérif et avec Ted Wright, le coroner, et on remonte la fermeture à glissière d'un sac mortuaire sur la poitrine meurtrie de mon amie. Une douleur aiguë me transperce en plein ventre lorsque le visage, ce visage si beau, disparaît sous le plastique noir. Des larmes emplissent mes yeux.

Ben a dû me voir pleurer, car il me rejoint à grandes enjambées, sans se soucier de la boue qui éclabousse son jean et ses baskets. Quand il passe un bras réconfortant sur mes épaules, je me laisse aller contre lui, sans m'abandonner complètement, toutefois, consciente de la présence des médias.

— Jeffrey sera chez vous, ce soir ? me demande-t-il tranquillement.

Je secoue la tête.

— Il est à Washington.

— Tu me retrouves chez moi ? demande encore Ben sur le même ton. Dans une heure ?

Hésitante, je désigne de la tête le fourgon du coroner, dans lequel on est en train d'embarquer Marti.

— Tu n'as pas du travail qui t'attend ?

— Les hommes du shérif s'occupent de tout. Et un groupe d'enquête devrait être constitué au niveau du comté, une *task force*. J'ai deux heures, ajoute-t-il après avoir consulté sa montre.

Autrefois, si j'avais suivi Ben, ç'aurait été en grande partie pour me venger de mon mari. Mais maintenant, nous nous parlons à peine, Jeffrey et moi, et je n'éprouve plus de colère contre lui. Nous vivons sous le même toit uniquement par intérêt ; nous faisons mine d'être encore un couple alors que nous menons des existences séparées.

Dans ces conditions, si je rentre avec Ben ce soir, c'est pour moi seule que je le fais. Pour sentir ses bras autour de moi. Pour me glisser entre ses draps et pour oublier.

« Merci, mon Dieu, merci de m'avoir donné Ben », me dis-je. Face à la trahison de Jeffrey, Ben est toujours là, aussi loyal et constant que le jour est long. Je peux lui faire une absolue confiance : il ne me trahira jamais, lui.

*
* *

— J'aimerais la voir encore une fois, dis-je, la voix pleine de sanglots. Je ne lui ai pas vraiment dit au revoir.

— Je suis sûr qu'on peut arranger ça.

Ben se tient derrière moi, les bras passés autour de ma taille, alors que nous sommes tous deux devant la fenêtre de son salon, en train de contempler l'océan couleur de plomb.

— Où est-elle, maintenant ?

— Elle va rester un moment dans les bureaux du coroner, me répond-il. Pour l'autopsie…

Je frissonne. Des images défilent devant mes yeux : le médecin légiste attrape ses outils pleins de sang, il scie et incise le corps de mon amie ; il lui brise la cage thoracique pour accéder à son cœur et il taille dans son estomac…

— Je peux la voir avant qu'il fasse… tout ça ?

— Je m'en occuperai, d'accord ?

Il soulève mes cheveux, dépose un baiser à la naissance de ma nuque, puis il se rend dans la cuisine pour téléphoner. Par-dessus le comptoir, je le vois faire les cent pas en discutant, tandis que le fil s'enroule autour de sa taille légèrement épaissie. A quarante ans, et alors même qu'il est grand et plutôt mince, Ben a ce qu'on appelle des poignées d'amour. J'ai toujours aimé ces petits capitons de chair. Ils me donnent un sentiment de sécurité — quelque chose à quoi se raccrocher, quand le monde semble sens dessus dessous.

Je l'entends marmonner ces espèces d'onomatopées réservées aux discussions avec d'autres flics. « Ouais, O.K., sûr, impec. » Les policiers donnent l'impression d'avoir leur propre langage, une langue en abrégé qu'ils utilisent sur leurs fréquences radio, mais qu'on retrouve dans leur vie de tous les jours.

Quand il revient, il me dit :

— Ce soir, vers 22 heures. Ils devraient l'avoir… enfin, elle sera présentable.

Il essaie de me ménager, mais je sais ce que ses paroles signifient : mon amie ne sera pas en morceaux. Du moins n'en donnera-t-elle pas l'impression.

— Hé ! me lance-t-il doucement en me prenant dans ses bras. Tout ira bien. Je serai avec toi.

Je passe les bras autour de son cou et je me hisse sur la pointe des pieds pour l'embrasser. Une main m'attire contre lui tandis que l'autre me presse les seins, si fort qu'une pointe de douleur me transperce. Aussitôt, l'excitation me gagne, comme si mon corps voulait me faire comprendre que moi, au moins, je suis toujours en vie.

Après, Ben n'a plus besoin de faire quoi que ce soit. Je suis allongée sur lui, oscillant entre tendresse et brutalité, et il ne cherche pas à intervenir. Il sait la rage et le désespoir qui m'habitent.

A bout de forces, nous sommes nus, dans le grand lit de Ben. La fenêtre, haute et large, encadre un paysage des Carmel Highlands que quatre-vingt-dix pour cent des artistes de la ville ont pris pour modèle : des falaises anthracite, des pins émeraude et des flancs de coteaux parsemés de maisons à plusieurs millions de dollars. Au-dessous des maisons s'étend une mer céruléenne, agitée de grosses vagues qui viennent s'écraser sur le rivage.

La maison de Ben, elle, si la vue dont on y jouit est à couper le souffle, reste une demeure toute simple, un vrai refuge de célibataire.

Il s'étire et laisse échapper un soupir.

— Eh bien ! Quelle séance !

— Tu l'as dit.

— Tu te sens mieux ? demande-t-il en m'attirant contre lui.

— En fait, je n'ai même plus assez d'énergie pour être en colère. Enfin... pour l'instant.

Il se tourne sur le côté pour me faire face.

— Tu penses à ce soir ? Tu sais, tu n'es pas obligée d'y aller.

— Si, je le suis.

— Qu'est-ce que cela va t'apporter ?

— Je lui dirai au revoir.

— Je pensais que tu l'avais déjà fait, sur la colline.

— Ce n'est pas la même chose.

Il me prend la main.

— Est-ce que tu veux que nous en parlions ?

Ma première réaction est de secouer la tête, puis je m'immobilise net. S'il y a une personne à qui je peux parler de Marti, c'est bien Ben. Et j'ai besoin que ça sorte, j'ai besoin de partager les vieux souvenirs, les bribes de passé qui ont resurgi devant le corps martyrisé de mon amie, sur la colline.

Je passe la langue sur mes lèvres sèches, puis je me lance.

— Ça a commencé comme un de ces béguins stupides qu'ont les fillettes à l'école. Marti et moi, on allait au même lycée, Marie Stella, à Santa Rosa. Un établissement de filles, exclusivement. Aucune de nous deux n'avait assez de confiance en elle pour flirter avec les garçons, quand ils venaient de Saint-John pour une manifestation sportive ou pour le bal de l'année.

» Marti était très branchée journalisme. Moi aussi. On travaillait ensemble pour le journal du lycée, et c'est comme ça qu'on est devenues amies. Marti avait plus de fougue que moi, toutefois. C'était toujours elle qui prenait des positions sans compromission, que ce soit pour mettre fin à une guerre ou pour préserver la planète. Elle écrivait des articles, elle faisait des discours et elle marchait pour la paix. Moi, je suivais le mouvement.

Je marque une pause. Comment dire le reste ? Même pour moi, la façon dont les choses sont arrivées reste obscure.

— En dernière année, on parlait beaucoup de ce qu'on allait faire dans la vie. Les sœurs nous poussaient à devenir religieuses, bien sûr. Mais nous, nous n'avions pas encore envisagé sérieusement la question de notre avenir. Tout ce que nous savions, c'est que nous voulions nous consacrer à une grande cause. Simplement, nous ignorions laquelle.

De nouveau, je m'humecte les lèvres et lutte contre les remontées de bile. Les œufs brouillés de ce matin ont un désagréable goût de cuivre, soudain.

— Le fait est qu'aucune de nous ne se sentait franchement inspirée par ce qui se tramait sur cette terre. Les années 80 arrivaient, et on voyait déjà ce qui se profilait. La complaisance, le matérialisme. Et il y avait… comment dire ? Il y avait quelque chose de vraiment froid, dans le monde. Tout devenait trop grand, on avait l'impression que les gens avaient cessé de s'intéresser aux autres. Nous avions aussi le sentiment — c'était stupide, bien sûr — que tout ce qui pourrait jamais survenir était déjà arrivé et révolu. Les deux guerres mondiales, le Viêt-nam, l'époque hippie. Et, par-dessus tout, nous nous figurions que la planète allait à vau-l'eau, et nous n'avions pas envie de faire partie du naufrage.

Je repousse mes cheveux de mon front, encore trempé de sueur.

— Alors j'imagine qu'on essayait de fuir, avant tout. Une religieuse, sœur Helen, continuait de nous presser d'entrer dans l'ordre auquel elle appartenait. Elle nous faisait nettoyer la chapelle ardente de l'école et repasser les nappes d'autel. Tu as compris : on s'est laissé entraîner. Servir le Seigneur nous est apparu comme une perspective préférable à celle de nous frayer un chemin dans un monde auquel nous n'avions de toute façon pas le sentiment d'appartenir.

— En d'autres termes, vous avez trouvé une manière acceptable de baisser les bras, commente Ben en me donnant une pichenette sur l'épaule.

— Quelque chose comme ça, oui. Marti, bien sûr, gardait toujours plus d'entrain que moi. Elle était assez idéaliste. Faire don de sa vie à Dieu était le sacrifice suprême, le plus noble de tous les buts. Elle pensait qu'elle pourrait changer plus de choses en se trouvant derrière les murs d'un couvent qu'en étant à l'extérieur. A travers la prière, et le reste.

Je regarde Ben, en me demandant s'il nous trouve toutes les deux ridicules. En tout cas, il n'a pas ce léger sourire qui étire curieusement ses lèvres lorsqu'il désapprouve quelque chose et qu'il n'ose pas le dire.

— Continue, me presse-t-il.

— Eh bien, quand le mois de septembre est arrivé, nous sommes toutes les deux entrées au couvent Joseph et Marie, à Santa Rosa. D'abord, on s'est vraiment amusées. On a vécu ça comme une aventure totalement inédite — porter l'uniforme et le voile des postulantes, se lever à l'aube et prier dans la chapelle, ou même récurer les sols... Nous avons adoré chaque minute de cette vie. Jusqu'au jour où une des religieuses nous a surprises, alors que nous nous contentions de bavarder, et nous a dénoncées à la maîtresse des novices. Le couvent Joseph et Marie était un peu en retard sur l'époque, et les règles n'avaient pas été assouplies après 62 et Vatican II — comme cela avait été le cas dans certaines maisons. La maîtresse des novices nous informa que les amitiés par trop exclusives étaient sources d'ennuis — en d'autres mots, qu'elles pouvaient conduire à des relations homosexuelles. Elles étaient par conséquent interdites. On nous ordonna de ne plus nous voir, et nous ne fûmes plus autorisées à passer du temps avec les autres postulantes que dans des groupes de trois ou quatre. En aucun cas, nous ne pouvions nous retrouver seules et parler.

— Après que vous aviez été si proches au lycée, ça n'a pas dû être facile, remarque Ben.

— Ç'a été horrible, oui ! Je ne sais pas si c'est le simple fait de l'interdiction ou bien le poids de notre terrible solitude, mais plus on nous disait de ne pas nous voir, et plus nous en mourions d'envie… Nous avons même violé une des règles les plus strictes — rester silencieuses toute la nuit —, pour nous retrouver dans la galerie du chœur quand tout le monde dormait. Et puis, un soir, comme l'avait prévu la maîtresse des novices, notre amitié a pris un tour nouveau. Oh ! on ne faisait pas grand-chose, on se tenait la main et on s'embrassait de temps à autre. Aucune de nous n'avait eu de relations sexuelles, nous étions toutes les deux vierges. Mais plus nous passions de temps ensemble, et plus… plus ce sentiment grandissait entre nous. Le plus drôle, dans l'histoire, c'est que ça paraissait complètement naturel. Et il ne nous fallait rien de plus qu'un baiser pour nous rendre heureuses. Je me souviens que les lèvres de Marti…

Je m'interromps en sentant mon visage s'enflammer.

— Eh bien ? me demande Ben en souriant. Qu'est-ce qu'elles avaient, les lèvres de Marti ?

Je me sens rougir un peu plus.

— Elles… elles étaient plus fermes que dans mon idée. Un peu comme les lèvres d'un homme, tu comprends ?

Il s'empare de mon menton et me donne un long baiser.

— Tu veux dire plutôt comme ça ? chuchote-t-il contre mes lèvres.

Comme il ne s'arrête pas et qu'il s'est couché sur moi, je le repousse pour respirer et lui demande en riant :

— Attends une minute ! Tu ne serais pas jaloux, par hasard ?

Il hausse les sourcils d'une façon exagérée.

— Jaloux ? Moi ?

— Oui, toi ! Toi qui as voulu que je te raconte tout.

Il soupire et s'écarte de moi.

— C'est bien ce que je veux. Que tu me racontes tout.

Je m'assois et prends le verre d'eau glacée que j'ai posé quelques minutes plus tôt sur la table de nuit. Les glaçons ont fondu, et l'eau a un désagréable goût de chlore, mais elle suffit néanmoins à humidifier mes lèvres. Tout à l'heure, en voyant Marti vidée de tout son sang, j'ai eu l'impression que mon propre corps subissait le même sort. Maintenant que plusieurs heures ont passé, c'est comme si je n'étais plus constituée que de vieux parchemin qui aurait commencé à s'effriter. Et faire l'amour avec Ben n'a rien changé à cette sensation de sécheresse qui m'envahit, sinon que cela m'a apporté un vague soupçon de douceur, et le minuscule espoir de pouvoir redevenir un jour moi-même.

Un souvenir s'impose à moi, qui me fait sourire.

— Quand il s'agissait de transgresser les règles, c'était en général Marti l'instigatrice. Elle était la plus courageuse de nous deux. Pendant la récréation du soir, si d'autres filles voulaient s'éclipser discrètement pour aller fumer une cigarette dans les bois, elle était toujours partante. Je suivais, parfois, pour ne pas avoir l'air trop coincée — alors que je ne fumais pas et que je n'ai jamais aimé ça. Mais l'excitation de la transgression me suffisait.

Je me redresse et arrange les oreillers de façon à m'asseoir.

— Finalement est arrivé le moment où l'on s'est fait prendre trop souvent, et où la pénitence qu'on nous infligeait — vingt minutes de « Je Vous salue, Marie », prostrées sur le sol de la chapelle — ne servait plus à rien. Alors, elles ont fait venir sœur Helen pour nous parler. En plus d'avoir été notre prof au lycée, c'était notre marraine, au couvent. Sœur Helen a été furieuse quand elle a su ce que nous avions fait. C'était une religieuse de la vieille école : dans les années 80, elle portait toujours son long habit noir, alors que la plupart des sœurs appartenant à des ordres actifs portaient des vêtements civils. Elle disait qu'elle avait travaillé trop longtemps et trop durement pour avoir cet habit, et qu'elle n'avait pas l'intention de le laisser tomber.

— Et vous avez eu droit à la ceinture ? demande Ben en s'étirant, les mains sur la nuque. Ou bien à un grand coup de règle sur les doigts ? C'est ce que mes profs avaient l'habitude de faire, à Saint-Thomas.

— Ni l'un ni l'autre.

Je pose la tête sur son épaule, et passe machinalement les doigts dans la toison brune qui couvre son torse. Il m'attire vers lui tandis que je réponds :

— En fait, elle nous a expliqué en des termes on ne peut plus clairs combien nous la décevions. Si nous avions eu le moindre respect pour notre vocation, selon elle, jamais nous ne nous serions conduites de façon aussi abominable. Pour tout dire, elle avait la conviction que nous n'avions pas la vocation et que jamais nous ne deviendrions religieuses.

— Ouf ! lâche Ben. Et qu'avez-vous répondu, Marti et toi ?

— Pas grand-chose. Sœur Helen avait raison, nous le savions. Ça n'était même pas la peine de discuter. Le lendemain, nous nous sommes retrouvées dans le bureau de la maîtresse des novices pour lui annoncer que nous partions.

— Comment sœur Helen a-t-elle pris la chose ?

— Aucune idée. Je ne l'ai jamais revue. Je suis rentrée quelques semaines à la maison, avant de partir pour Berkeley, à la fac. Marti est allée étudier sur la côte Est. Nous sommes restées en contact, mais je crois que nous avions toutes les deux mauvaise conscience. Comme si nous avions bousillé une chance unique de faire quelque chose de vraiment bien ici-bas, ou au moins de désintéressé.

Je marque une courte pause pour réfléchir.

— Avec le recul, je pense que nous avons évité pendant un moment de nous voir, de peur de nous rappeler l'une à l'autre notre échec. Personnellement, en tout cas, il m'a fallu pas mal de temps pour renouer avec le monde.

— Mais Marti et toi êtes restées en contact.

— Oui. L'année passée au couvent s'est diluée dans le cours du temps et nous avons repris nos relations.

Je sens le regard de Ben sur moi, et m'empresse de préciser :

— Comme *amies*. En fait…

— Quoi ?

Je secoue la tête.

— Rien, juste un vieux souvenir.

Plus tard, peut-être, je pourrai lui parler du bébé de Marti. Pour l'instant, la mort de mon amie est trop proche, trop douloureuse…

J'attrape le verre d'eau et bois une grande gorgée. Puis je demande à Ben :

— Alors, tu es choqué ?

— Que tu aies eu un béguin de collégienne pour Marti Bright ? Non, ce genre de chose arrive. En fait, je suis plutôt intrigué.

Je m'empare d'un oreiller et le lui jette au visage.

— Tu es bien un homme ! Ça vous excite, l'idée de deux femmes ensemble, pas vrai ?

Je n'ai pas d'autre intention, en disant cela, que de le taquiner. Mais une ombre passe sur son visage, et je me souviens un peu tard que je viens de mettre le doigt sur un point délicat.

L'ancienne femme de Ben, Darcy, a eu une histoire d'amour avec la propriétaire de la Seahurst Art Gallery de Carmel, Daisy Trent. Quand Daisy s'est enfuie avec l'argent de plusieurs artistes et que Darcy l'a suivie à Paris, Ben s'est retrouvé tout seul à devoir ramasser les morceaux. Il a été question de ce scandale dans les journaux pendant des mois, et Ben — pour une raison qu'il n'a jamais jugé utile d'expliquer — a dédommagé les artistes que Daisy, la maîtresse de son ex-femme, avait escroqués. Tout ça est arrivé bien avant que je ne le rencontre, et il n'aime pas trop en parler.

— Je suis désolée, lui dis-je.

— Ça va, ça va, assure-t-il.

Mais l'ambiance plutôt enjouée qui régnait a disparu.

Au bout d'un moment, je m'interroge à voix haute pour savoir où se dérouleront les funérailles de Marti, et qui s'en occupera.

— Elle n'avait pas de famille ? demande Ben.

— Un frère, pour autant que je me rappelle. Mais ils n'étaient pas très proches.

Le téléphone, qui se trouve près du lit, se met alors à sonner. Ben ne répond pas et laisse le répondeur se déclencher.

— Ben, c'est Arnie, dit une voix d'un ton brusque. Réponds, c'est important.

En maugréant, Ben se penche pour soulever le combiné. Il marmonne un vague bonjour et ne dit plus rien pendant longtemps, se contentant d'écouter. A un moment, il fronce les sourcils et se tourne vers moi.

Dès qu'il raccroche, je demande :

— Que se passe-t-il ?

Arnie est un de ses collègues du poste de police de Carmel, et aussi un ami.

Je sens que Ben hésite.

— Ben ?

— Eh bien… Arnie a causé au shérif MacElroy. Il dit que tout porte à croire que Marti a été traînée d'une voiture jusqu'à l'endroit où on l'a trouvée. Il y a des signes de lutte dans les buissons, sur le côté. A cet endroit, Marti — ou quelqu'un d'autre — a réussi à tracer un prénom dans la terre.

Je me redresse, et, pour une raison inexplicable, je tire la couverture sur ma nudité.

— Un prénom ? Quel prénom ?

Au lieu de répondre, Ben me regarde d'une drôle de façon.

— Quand est-ce que tu as vu Marti pour la dernière fois, Abby ?

— Je ne sais pas, moi. Cela remonte à plusieurs mois.

— Tu peux être plus précise ?

— Oui… C'était il y a environ trois mois. Au mois d'août.

— Elle vivait à New York, n'est-ce pas ?

— Oui.

— Tu as une idée de la raison pour laquelle elle était ici ?

Perplexe, je secoue la tête.

— Elle faisait un reportage sur les sans-abri pour un magazine, et je pense qu'elle se rendait aussi dans un centre d'accueil pour femmes violées, à Seaside. Pourquoi ?

— Tu l'as vue souvent, pendant son séjour ?

— Quelques fois.

— Et vous avez eu une dispute, toutes les deux ?

Je sens comme une grande vague de froid m'envahir, et je me tourne vers Ben.

— Bon sang, Ben, qu'est-ce qui se passe ?

Il se glisse hors du lit et commence à s'habiller. J'ai l'impression qu'un mur s'est soudain dressé entre lui et moi.

— J'ai essayé plusieurs fois de te joindre, tôt ce matin, avant de réussir à te trouver. Où étais-tu, Abby ?

— Dehors, en train de promener Murphy le long de Scenic Road ! Mais pourquoi ces questions, à la fin ?

Je suis en colère, à présent, d'autant qu'il ne me répond pas.

— Ben ! Pourquoi est-ce que j'ai l'impression de me trouver en face d'un flic, soudain ?

Il sort une veste vert sombre de sa penderie, il l'enfile et passe une cravate sur sa chemise. Quand il est de nouveau devant moi, c'est vraiment à un flic dans l'exercice de ses fonctions que j'ai affaire.

— Abby, cela fait quinze ans que je travaille aux homicides. Il y a certains éléments, certains motifs qu'on retrouve d'une affaire à l'autre. Et quand la victime d'un meurtre prend le temps de tracer un nom sur le sol… Ecoute, je ne dis pas que c'est toujours le cas mais, le plus souvent, le nom en question est celui du meurtrier.

Il y a un court moment de silence, durant lequel j'attends le prochain coup qu'on va m'assener. En même temps, je ne suis pas une imbécile, et je sais déjà ce qui va me tomber dessus.

— Marti a écrit mon prénom… Abby. C'est ça ?

— Tu ferais mieux de t'habiller, me dit l'homme que j'aime.

Celui qui ne me trahira jamais.

Il ne me passe pas les menottes pour m'emmener au poste de police, sur Junipero Avenue, mais il m'y emmène bel et bien. Il y est obligé, m'explique-t-il pendant que je m'habille. Un peu plus tard, dans la voiture, il me dit que quelqu'un veut me parler, là-bas.

Il ne me révélera pas qui est ce « quelqu'un ». Il a fallu l'espace d'un battement de cœur pour que Ben change du tout au tout. D'une certaine manière, j'ai l'impression d'avoir perdu deux personnes, aujourd'hui.

A peine cette pensée s'impose-t-elle à moi que je la trouve ridicule. Car Ben est toujours avec moi, bien sûr ! Il m'aide à descendre de la voiture, quand mes jambes, peu assurées, menacent de se dérober. Il m'installe dans un bureau tranquille du petit poste de police et me propose un café. Je hoche la tête et il m'apporte un gobelet qu'il pose devant moi, avec un sucre et beaucoup de crème, comme il sait que je l'aime.

Quand un homme se soucie assez de vous pour se rappeler la façon dont vous prenez votre café, c'est que les choses ne sont pas si graves, après tout.

Tout cela n'empêche pas mon esprit de fonctionner à cent à l'heure. Pourquoi Marti serait-elle allée tracer mon prénom dans la terre ? Et qui veut m'interroger là-dessus ? Le shérif ? Je sais que les bureaux du poste de police de Carmel sont souvent utilisés par les services du shérif, comme par d'autres agences d'investigation. Et même si Ben devrait faire partie de la *task force* chargée du meurtre de Marti, l'endroit où on a découvert son corps se trouve dans la juridiction du shérif.

Ben m'a placée d'un côté d'une longue table, à peu près au milieu. Avec Arnie Lehman, il va s'asseoir à l'une des extrémités. Une fois installés, ils restent silencieux, les bras croisés, le visage figé, impénétrable. Ce qui me semble plus effrayant que s'ils m'avaient braqué une lampe dans les yeux et avaient commencé à me torturer avec des aiguilles.

Quand je demande si je ne devrais pas appeler un avocat, Ben me jette un coup d'œil scrutateur, sans dire un mot. Arnie, de son côté, m'assure tranquillement que je ne suis accusée de rien du tout. Il se tourne vers la porte fermée et consulte sa montre. Il soupire, s'étire. Ben se passe une main sur le visage.

Au moment même où je pense que je ne vais pas supporter cette situation une minute de plus, deux hommes en costume sombre font leur entrée. Le premier, aux cheveux blond roux, est le plus grand. L'autre, plus âgé, a un visage ridé et des cheveux gris. Des lunettes sans monture cachent ses yeux. Les deux hommes ont la même expression lisse, ne laissant rien filtrer.

— Madame Northrup ? demande le plus grand lorsque je lève les yeux vers lui. Je suis l'agent spécial Mauro.

Il tend une main dans laquelle se trouve un porte-cartes orné d'un badge. Il l'ouvre et, sur une carte, je lis les mots « Services secrets », avec le nom de l'agent spécial Stephen Mauro, une photo et un sceau.

— Et voici l'agent spécial Hillars, ajoute-t-il.

Le plus âgé hoche la tête. Ils vont s'asseoir juste en face de moi, et je suis presque soulagée. Car s'il s'agit des Services secrets, tout cela n'a bien évidemment rien à voir avec moi. Pour autant que je sache, je n'ai pas trafiqué de la fausse monnaie, pas plus que je n'ai comploté contre le président des Etats-Unis.

En même temps, une part de moi reste persuadée que je suis sur le point d'être arrêtée pour un crime abominable que je ne me rappelle pas avoir commis. C'est un moment de pure schizophrénie : qu'est-ce que l'autre Abby a fait que celle-ci a évacué ?

— D'abord, nous aimerions vous remercier de vous être déplacée jusqu'ici pour cet entretien, commence poliment l'agent Mauro. Nous avons conscience que vous traversez un moment difficile.

Tentée de lui faire remarquer que je n'ai pas eu le choix, je croise le regard éloquent de Ben et me ravise.

— Je… je vous en prie.

C'est tout ce que je parviens à balbutier.

— Nous aimerions vous poser quelques questions au sujet de Marti Bright, poursuit l'agent Mauro en sortant un stylo et un petit calepin d'une poche intérieure de sa veste. J'ai cru comprendre que Mlle Bright et vous-même étiez des amies très proches.

J'ai le sentiment que l'agent choisit ses mots avec le plus grand soin. Et, sous son regard fixe, je me sens aussi rassurée qu'un daim face au fusil d'un chasseur.

— Oui, nous étions amies.

— Nous avons besoin que vous nous disiez tout ce que vous savez de Marti Bright. Comment vous l'avez connue, depuis quand, combien de fois elle est venue dans la péninsule, la dernière fois que vous l'avez vue, qui étaient ses autres amis, avec qui elle aurait pu avoir des relations — intimes s'entend — au cours des dernières années, comment…

— Une minute !

Je n'ai pas pu m'empêcher de lui couper le sifflet. Je m'humecte les lèvres et continue :

— Je peux répondre à certaines de vos questions. Pour les autres, je ne sais pas.

— Je suis persuadé que vous ferez de votre mieux, déclare l'agent Mauro d'une voix neutre.

L'agent Hillars se penche légèrement en avant, et sa voix me surprend. Il est mince, d'allure ascétique, et je m'imaginais un timbre assorti. Au lieu de quoi, il a une voix douce et pleine, typique du Sud.

— Encore une fois, nous sommes désolés de vous déranger en un tel moment, madame Northrup. Nous comprenons quelle perte la mort de Marti Bright représente pour vous. Pour cette raison, nous avons d'ailleurs pensé qu'il serait plus agréable de vous interroger ici. Mais si vous préférez, nous pouvons nous entretenir dans un cadre plus… officiel.

La menace subtile contenue dans ces paroles me secoue un peu.

— Je… ce n'est pas que je ne veuille pas coopérer, mais…

De nouveau, j'ai le sentiment que j'aurais peut-être besoin d'un avocat. Il y a ça, et aussi la conviction intime que je dois protéger Marti. Je décide donc de ne leur dire que ce qu'ils savent probablement déjà — ou pourraient trouver dans n'importe quelles archives publiques.

Je prends un air pensif.

— Voyons… Où ai-je rencontré Marti ?

Et je leur explique comment nous nous sommes connues à Santa Rosa, au lycée Marie Stella, puis comment nous sommes entrées ensemble au couvent Joseph et Marie. C'est en gros ce que j'ai déjà raconté à Ben un peu plus tôt, à ceci près que je laisse de côté les détails concernant l'exacte nature de mes relations avec Marti, à l'époque. Ben suit ces confessions d'un œil attentif, mais il n'intervient pas, ne me contredit pas — et c'est pour moi un soulagement.

L'agent Hillars n'arrête pas de s'agiter, et l'agent Mauro fronce les sourcils quand je lui explique la façon dont Marti et moi avons quitté le couvent, avant de mener chacune sa vie universitaire.

Je poursuis mon babillage :

— Elle a toujours été la plus sérieuse des étudiantes, obtenant les meilleures bourses, les meilleurs diplômes, tandis que je me contentais de…

— Est-ce que nous pourrions avancer, je vous prie ? m'interrompt l'agent Mauro. Madame Northrup, j'aimerais que vous nous parliez de la première fois où Mlle Bright est venue dans la péninsule. Cela doit remonter à quinze ans, non ? demande-t-il en prenant des notes dans son calepin.

— Plutôt quatorze, précisé-je, tout en sachant que c'est un mensonge.

Il s'arrête d'écrire et me dévisage. Mal à l'aise, je m'empresse de poursuivre :

— Jusque-là, nous n'avions que des contacts téléphoniques et nous nous rencontrions parfois à New York, quand elle revenait de l'étranger pour régler des affaires. Lorsque je pouvais me le permettre, je la rejoignais là-bas pour un jour ou deux de shopping et de spectacles.

— Et vous l'avez donc revue ici pour la première fois il y a quatorze ans, n'est-ce pas ?

— En effet, dis-je d'une voix ferme.

L'agent Mauro m'étudie durant un long moment. Je soutiens son regard, sans ciller. Il finit par baisser les yeux sur ses notes, et quand il les lève de nouveau sur moi, je me retrouve dans la position du gibier acculé par le chasseur.

— Madame Northrup, il m'a semblé comprendre que Mlle Bright et vous-même avez eu durant un temps une relation qui allait au-delà de la simple amitié.

Je sens mes joues s'enflammer, et je croise furtivement le regard de Ben.

— Où est-ce que…

— Comment je sais cela ? Laissez-moi jouer cartes sur table, madame Northrup. Nous savons beaucoup de choses sur vous. Où vous êtes allée à l'école, quelles notes vous avez eues depuis la maternelle, le fait que vous avez un Q.I. de génie que vous vous donnez rarement la peine d'utiliser…

— Je…

Sous le choc, je plonge les mains dans les poches de mon pantalon pour qu'on ne voie pas à quel point je tremble. Du coin de l'œil, je note que Ben m'observe attentivement.

— Nous avons les noms de vos amies de lycée, poursuit Mauro. Nous savons que vous avez été chef de classe non pas une, mais trois fois, alors que vous étiez une sorte de rebelle. Nous connaissons l'état malheureux de votre mariage en ce moment même… et, conclut-il après une pause, la nature de votre relation avec Marti Bright.

Je suis sans voix. Consternée. J'ai bien sûr entendu dire combien la loi a le bras long. Mais que ces gens détiennent de telles informations me paraît impensable. A qui ont-ils bien pu parler ?

Une telle colère enfle en moi que j'abandonne toute forme de prudence.

— Si vous savez tout, pourquoi perdre du temps à me questionner ? Allez plutôt voir du côté de vos informateurs !

— Madame Northrup, me dit calmement l'agent Mauro, il y a… comment dire ? des *trous*, dans les informations que nous avons recueillies.

— Je vois. Des choses que même les Services secrets ne peuvent pas découvrir.

— Par exemple, continue l'imperturbable Mauro, qui Mlle Bright a-t-elle vu quand elle se trouvait ici, dans la péninsule ?

— Vu ?

— Des amis, des associés… Elle devait bien avoir une raison de venir ici.

Hillars, le plus âgé du tandem, se penche de nouveau légèrement en avant. Aussitôt, je sens que ma réponse va avoir de l'importance. Ils sont en train de tendre un piège. Mais à qui ?

— Pardonnez-moi, monsieur, mais vous avez visiblement potassé votre sujet, et vous devez donc savoir que Marti a réalisé ici et à Santa Monica plusieurs reportages sur les sans-abri. Des reportages pour lesquels elle a reçu des prix. Alors, encore une fois, pourquoi est-ce que vous posez des questions dont vous détenez déjà les réponses ?

Il sourit, mais il n'y a aucune espèce de chaleur dans ses yeux gris. En réalité, son regard est si froid et dénué d'expression qu'il m'évoque celui d'un pitbull en train de jauger son repas.

— Sans doute parce que je m'intéresse aux raisons qui ont poussé Mlle Bright à venir si souvent ici au fil des ans, plus qu'à ce qu'elle a pu y faire. Pourquoi ici, quand il y a tant d'autres villes confrontées aux mêmes problèmes. Des villes plus grandes, avec des problèmes bien plus importants, pour tout dire.

Ma réponse fuse, cinglante.

— Peut-être aimait-elle le climat ?

— Ou peut-être avait-elle une liaison, déclare tranquillement Mauro.

— Une quoi ?

Je reste un instant éberluée. Puis je me mets à rire, sans pouvoir m'en empêcher.

— Une « liaison » ? Seigneur ! En définitive, vous ne connaissez pas aussi bien Marti que je ne le croyais.

Les yeux de Mauro se plissent.

— Pourquoi dites-vous cela, madame Northrup ?

— Parce que, pour Marti, il n'y avait que le travail. Elle n'avait pas de temps pour des liaisons. Et, de toute façon, il n'y avait que son boulot qui l'intéressait.

— Vous faites allusion à la Marti Bright d'il y a quinze ans, ou à celle d'aujourd'hui ?

Je lui ai délibérément précisé que Marti n'était pas venue ici depuis quatorze ans. L'a-t-il oublié — ou bien est-ce que cela fait partie du piège ?

Soudain, je ne suis sûre que d'une seule chose : il est temps que je fasse entendre ma voix. Je me lève et lance d'un ton ferme :

— Agent Mauro, je dois rentrer chez moi donner à manger à mon chien. Si vous n'avez pas de citation à comparaître, ou je ne sais trop quoi d'autre, je ne répondrai plus à aucune de vos questions. A moins que vous ne daigniez me dire de quoi il s'agit.

Mauro jette un coup d'œil vers Hillars, et une question muette passe entre les deux hommes. Hillars finit par hausser les épaules de façon imperceptible, et Mauro range son carnet dans la poche intérieure de sa veste. Les deux hommes se lèvent. Hillars me considère avec un regard qui oscille entre la rage et le mépris, ou peut-être contient les deux à la fois. Difficile à dire, puisque ses yeux retrouvent presque aussitôt leur absence d'expression.

Mauro, toujours aussi courtois — du moins en surface —, me tend la main.

— Merci pour votre coopération, madame Northrup. Il se pourrait que nous ayons besoin de nous entretenir un peu plus avec vous. Si c'est le cas, nous vous recontacterons.

Il laisse retomber ma main aussitôt après l'avoir saisie, visiblement en colère contre moi.

Bien. Quelle que soit la raison pour laquelle il m'a fait venir ici, il n'a pas obtenu ce qu'il voulait.

Après le départ des deux agents fédéraux, un silence pesant envahit la pièce. Je me tourne vers Ben. Ma voix est aussi glacée que mes mains.

— J'aimerais rentrer, maintenant.

Ben consulte Arnie du regard, et celui-ci hausse les épaules.

— J'ai eu ma dose d'animation pour la journée.

Ben hoche la tête. Il se lève et contourne la table pour me rejoindre. Il ôte sa cravate, ôte sa veste, relève les manches de sa chemise. Et il me sourit.

Le mur s'effondre. Ou du moins le pense-t-il.

C'est un homme, après tout.

Un peu plus tard, Ben arrête son Explorer noire devant chez moi.

— Laisse-moi entrer, me demande-t-il pour la seconde fois. J'ai envie d'être avec toi, Abby. Il ne faut pas que tu restes seule.

Je descends de voiture et, avant de claquer ma portière, je lui dis :

— Non, merci. Je préfère être seule.

— Bon sang, Abby, il a bien fallu que je coopère avec eux ! Et moi qui pensais que tu me serais reconnaissante…

— Reconnaissante ?

Le ton de ma voix est assez éloquent : il dit ce que je ressens au souvenir de ce bureau sans chaleur, de cette chaise glacée, de la présence elle aussi dépourvue d'émotion de l'homme avec qui j'avais fait l'amour quelques heures plus tôt. Un homme qui m'a laissée aux prises avec les Services secrets et leurs questions biaisées, destinées à me faire cracher quelque information qui puisse m'incriminer.

— Mais oui, parfaitement, reconnaissante ! s'exclame-t-il. Tu penses que ça aurait été aussi facile si tu avais été n'importe qui ? Tu devrais réfléchir un peu et te demander ce qui se passe en général quand un suspect est interrogé…

Il ferme brusquement la bouche. Mais trop tard.

— « Suspect » ? Tu me traites de suspect, maintenant ? Va au diable, Ben ! C'est cette histoire de nom, pas vrai ? Mon prénom dans la boue, là où Marti est morte : c'est de ça qu'il est question ? Est-ce que le shérif a appelé les Services secrets ? A moins que ce ne soit toi ? Comment est-ce qu'ils auraient pu entendre parler de moi, sinon ? Et de toute façon, qu'est-ce que les Services secrets viennent faire là-dedans, bon sang ?

— Tu sais très bien que je ne les ai pas contactés ! réplique-t-il. Tu devrais aussi savoir que si Arnie ne m'avait pas appelé — s'il ne leur avait pas dit que nous étions amis —, les choses auraient pu tourner très différemment.

— Et toi, tu devrais savoir que tu es un gros enfoiré, Ben Schaeffer !

Je claque la portière. Ben fait grincer les vitesses de son Explorer et part en trombe. Lorsque je me tourne vers la maison, le cœur gros, un pauvre sursaut de légèreté me vient à l'idée de franchir la porte d'entrée et de voir une boule de poil me sauter dans les bras.

Le meilleur ami de la femme — son chien.

3.

Murphy n'est pas en train de m'attendre à la porte comme il en a l'habitude. Cela me contrarie sans pour autant m'inquiéter : il lui arrive de sortir en même temps que Frannie, ma femme de ménage, sans qu'elle ait le temps de le rattraper et de le ramener à la maison. Frannie a une famille à nourrir, et elle est toujours pressée. De toute façon, Murphy ne s'en va jamais longtemps. Il aime garder un œil sur moi, un peu comme une mère qui pense que son tout-petit, dès qu'elle ne l'a pas à portée de regard, va faire des bêtises. J'imagine qu'il ne tardera pas à se montrer.

Je dépose mon sac sur la desserte de l'entrée, et je me sers un verre de vin en cuisine. En cette fin d'après-midi, la pièce est illuminée : non parce que Frannie a tout briqué de fond en comble, mais parce que le soleil jette tous ses feux sur l'océan. Partout dans la maison, de grandes baies vitrées donnent sur le Pacifique. Une vue à un million de dollars, disent les gens. Selon les prix actuels du marché, c'est plutôt d'une vue à six millions de dollars qu'il faudrait parler. Et cela pour une maison qui, lorsqu'elle fut construite, quelque vingt ans plus tôt, en coûta moins de cent mille.

On me l'envie beaucoup. Comme la plupart des résidences de Carmel, son nom lui tient lieu d'adresse. Windhaven — « le

Refuge du Vent ». Dans les années 50, un film éponyme y a été tourné, qui passe régulièrement sur le câble.

Maintenant, bien sûr, la portion de plage devant la maison est plus réduite, de récents ouragans ayant grignoté le rivage. Mais des photographies, parues dans des revues de décoration et d'architecture, montrent encore à quoi ressemblait l'endroit, quelques années en arrière. Quand Jeffrey et moi, jeunes mariés, sommes venus nous installer ici, nous avons ouvert la demeure aux visiteurs, pendant les fêtes de Noël. C'était avant que Clint Eastwood ne soit maire de Carmel. Jeffrey, qui œuvre dans l'immobilier mais dont la vraie passion est la politique, collabora activement à la campagne électorale de l'acteur, à l'époque. Nous avions des tonnes d'amis, alors, tous artistes, écrivains ou politiciens. Pour les fêtes, nous accrochions du houx et des guirlandes lumineuses un peu partout, y compris sur les pins majestueux qui bordent l'allée. De la terrasse de Windhaven jusqu'à la falaise s'étend une grande parcelle de pelouse. Tout au bord de l'abîme, nous avons planté des pins, qui font office de coupe-vent. A l'échelle de la vie d'un arbre, ce ne sont encore que des nourrissons, même si les rafales qui se déchaînent tout au long de l'hiver les ont déjà douloureusement tordus et penchés. Je ne peux d'ailleurs m'empêcher de penser que, pour des yeux suffisamment exercés, le couple que je forme avec Jeffrey doit accuser la même inclinaison, déformé par les assauts subis au fil des années.

Lancinant, un chapelet de questions s'impose à moi, tandis que j'attrape un verre à vin sur l'étagère supérieure du placard. A quel moment un mariage commence-t-il à glisser irrémédiablement sur la mauvaise pente ? A quel moment cesse-t-on de se tenir la main en se promenant, d'échanger un regard dans une pièce avec un sourire complice ? A quel moment de petites pensées comme « Jeffrey est tout pour moi » se retrouvent-elles vides de sens ? Quand la solitude finit-elle par s'installer pour de bon, et non juste de temps en temps ? Quand survient le dégoût pour la chair autrefois aimée et désirée ?

Ce sont, je pense, des questions — en réalité il y en a beaucoup d'autres — auxquelles seul un verre de vin blanc californien, du Seven Peaks, peut répondre. Je prends dans le réfrigérateur une bouteille de mon chardonnay préféré. Je la débouche, remplis mon verre, puis décide d'emporter la bouteille dans le salon avec moi. Quelle journée pourrie, vraiment !

Et je ne suis pas encore passée par le bureau du coroner. Je jette un coup d'œil à ma montre et constate qu'il n'est même pas 17 heures. Je ne verrai pas Marti avant 22 heures. Qu'est-ce que je vais bien pouvoir faire durant les cinq prochaines heures ?

Je m'assois dans un fauteuil confortable et regarde par la fenêtre. Pas vers la mer, dont l'étendue ne ferait qu'accroître mon sentiment de solitude : dans la direction opposée, vers la rue. Des gens se promènent sur Scenic, la plupart avec des chiens. Cela m'agace que Murphy ne soit pas là. Pourquoi a-t-il fallu qu'il choisisse précisément aujourd'hui pour aller se promener ?

Non. En réalité, la vraie question est : Pourquoi a-t-il fallu que Marti meure aujourd'hui ? La voilà, la vraie source de ma colère. Murphy n'a rien à voir là-dedans. Pas plus que Ben.

Pourquoi mon amie est-elle morte ?

Et qui a pu avoir une raison de la tuer de cette manière ? D'après ce que Ben a dit, cette horrible croix a été confectionnée à partir de poutres récupérées sur le chantier d'une maison en construction, au bas de la colline. Il fallait de la force pour les tirer jusque là-haut, pour les assembler et planter la structure dans le sol, encore alourdie par le corps crucifié de Marti…

Et ces ignobles lettres sur sa poitrine : qui pourrait être assez malfaisant pour les peindre ? Et encore une dernière question, inévitable : qu'est-ce que les Services secrets viennent faire là-dedans ?

Plus les énigmes s'accumulent et moins je saurais y trouver de réponses… Rien ne fonctionne, aujourd'hui. Ni le sexe ni le vin. Soudain frigorifiée, je pose mon verre et m'approche de l'âtre, où j'entasse du papier, du petit bois, puis des bûches. Je frotte une longue allumette et regarde le feu prendre et s'étendre — l'unique source de chaleur qui semble m'être accordée, aujourd'hui… Dehors, il s'est remis à pleuvoir. J'entends les gouttes contre la mitre en cuivre de la cheminée, un crépitement léger qui se transmue peu à peu en martèlement. Comme des clous… Comme des clous dans une croix… Comme des clous…

Maintenant, maintenant seulement, je parviens à me représenter la réalité atroce des faits : les gros clous de construction qui lui transpercent les paumes, le sang qui sourd des lambeaux de vêtements serrés pour lui tenir poignets et chevilles en place… Une réalité que j'avais voulu éluder et que l'alcool, en l'atténuant, me donne la force d'envisager.

Alors, enfin, je me recroqueville devant le feu dans cette position fœtale que mon corps a réclamée toute la journée, et les larmes arrivent. Il y a des avantages à vivre quasiment seule. On peut pleurer quand on veut, sans personne pour entendre.

*
* *

Un peu après 18 heures, je sors de l'espèce de stupeur où mes larmes m'ont plongée et je fais le tour de la maison, pour fermer les volets et allumer des lumières. Bien plus contrariée qu'irritée, je me demande de nouveau où Murphy a bien pu passer. Ça ne lui ressemble pas. Berger allemand mâtiné de chow-chow, mon fauve a un appétit qu'on ne peut imaginer. Habituellement, à 17 h 30, il déboule dans l'allée pour exiger son repas.

Je peux dire qu'il me manque. Si un être m'a permis de traverser les sales moments que j'ai eus avec Jeffrey, c'est bien mon Murphy. Le museau effilé d'un chien de berger posé sur le cou d'un lion : c'est tout son portrait — en particulier lorsqu'il se campe devant la porte de ma chambre, au sommet de l'escalier, dans une posture hiératique. C'est un protecteur-né, qui passe chaque nuit à ce poste en attendant de me cueillir au petit matin.

Je vais jusqu'au téléphone et j'appelle Frannie, ma femme de ménage, à son domicile. Quand elle décroche, j'entends des enfants derrière elle, toute une maisonnée bruyante et vibrionnante, pleine de rires et de vie. Comme cela arrive souvent, j'en conçois une pointe de jalousie. Je crois que Frannie le sait. Elle me regarde parfois avec tristesse, consciente que si j'ai plus d'argent qu'elle, elle est plus riche en amour. Cela devrait créer une sorte d'équilibre entre nous, mais ça n'est pas le cas. « L'argent, l'ai-je entendue dire un jour au téléphone à un ami, c'est peut-être un bon acompte sur la vie, mais rien ne vaut un homme sur qui on peut compter. »

— Frannie, est-ce que Murphy est sorti lorsque vous êtes partie, aujourd'hui ?

— Non, répond-elle avant de lancer : Descends de là tout de suite, veux-tu ? Je ne t'ai pas déjà dit qu'on ne faisait pas le marathon sur la table ?

Son plus jeune fils, Billy, souffre d'hyperactivité. Son passe-temps favori consiste à transformer les meubles en tremplins ou en pistes de cirque.

— Qu'est-ce qui se passe ? demande-t-elle. Murphy n'est pas chez vous ? En tout cas, il y était quand je suis partie.

— Vous en êtes certaine ? Je ne vois pas comment il aurait pu sortir. Vous avez bien fermé la porte ?

— Bien sûr. Ah non ! Pas de cookies. Pas de cookies avant le dîner !

J'entends dans sa voix une exaspération comparable à celle qui monte en moi. Si Frannie est à moitié aussi distraite quand elle vient à la maison, il ne faut pas trop s'étonner que Murphy ait pu s'échapper.

— Il est peut-être en train de dormir dans le grenier, me dit-elle. J'y suis montée juste avant de partir, avec des affaires que je voulais ranger. Il s'y trouvait peut-être : je ne m'en serai pas aperçue et je l'aurai enfermé.

Je hoche la tête, soulagée.

— C'est probablement ça. Je ne sais pas pourquoi je m'inquiète tant à son sujet. Juste une impression — mais vous savez ce que c'est…

— J'ai le même genre de problème avec Billy. Il me rend dingue. Mais qu'il arrive quoi que ce soit d'un peu anormal, et alors là, je deviens vraiment folle.

Nous nous mettons à rire toutes les deux.

— Merci, lui dis-je. Et désolée de vous avoir dérangée.

— Ne vous bilez pas pour ça. Et tenez-moi au courant, d'accord ? Je dormirai mieux en sachant que vous avez retrouvé Murph. Oh ! j'allais oublier, Abby, ajoute-t-elle en baissant la voix. J'ai entendu parler de ce qui s'est passé sur la colline, aujourd'hui. Quelle abomination ! C'était une de vos amies, n'est-ce pas ?

— Oui.

— Mon Dieu, je suis désolée. Ça va ?

— Ça ira, oui. J'imagine qu'il me faudra un peu de temps…

— Il en faut, oui. Quand j'ai perdu Will… Enfin, vous savez.

— Oui.

Frannie a quelqu'un dans sa vie, maintenant, mais je me souviens du temps qu'il lui a fallu pour surmonter la mort de son mari, et combien cet accident de voiture l'a hantée, l'empêchant de conduire pendant des semaines et des semaines. Elle avait pourtant besoin de l'argent qu'elle gagne en venant chez moi : d'un commun accord, je passais donc la prendre chez elle, puis je la raccompagnais. Le temps que nous avons alors passé ensemble en voiture nous a aidées à faire connaissance et nous sommes devenues amies.

— Enfin, dit-elle, tenez-moi au courant.

— C'est promis, Frannie. Merci.

Je raccroche et me dirige aussitôt vers le grenier. Il y a malgré tout quelque chose d'anormal dans l'immobilité ambiante. Si Murphy se trouvait dans le grenier, il aurait aboyé en m'entendant rentrer, ou du moins serait-il maintenant en train de gémir pour réclamer son dîner. Décidément, quelque chose ne tourne pas rond. Vraiment pas rond.

Mon inquiétude se trouve confirmée quand j'ouvre la porte du grenier et que Murphy n'en descend pas en trombe. Je gravis néanmoins les quelques marches. Je me souviens qu'une fois, il s'était endormi sur une pile de vieilles couvertures.

J'appuie sur l'interrupteur, au sommet de l'escalier, et je m'immobilise au milieu d'une flaque de lumière. Une des deux ampoules du plafonnier a grillé : du coup, seule une partie du grenier est éclairée, dans un cercle d'environ deux mètres de diamètre. J'ai l'impression d'être sous le feu d'un projecteur tandis que le reste des combles gît dans l'obscurité.

Le vent fait craquer les poutres. Je ramène les bras autour de ma taille tandis que des séquences de vieux films se pressent dans mon crâne. J'imagine que quelqu'un m'observe, tapi dans l'ombre, prêt à bondir pour me faire subir le même supplice qu'à Marti. J'ai encore le réflexe de me raisonner, Dieu merci : je me dis que je suis stupide, et que ma peur découle des images horribles qui m'ont choquée, ce matin — des images qui me hanteront probablement jusqu'à la fin de mes jours.

J'appelle mon chien, histoire de m'obliger à desserrer les lèvres.

— Murph ! Où es-tu, mon garçon ? Est-ce que tu es là, Murph ?

Pas de réponse.

Un autre craquement de poutres se fait entendre, en provenance cette fois de l'autre bout du grenier, où je ne vois rien.

— Murph ? C'est toi ? Allez, viens ici, Murph !

Ma voix tremble, à présent, et je ne sais pas trop si je dois aller jusque là-bas ou faire demi-tour en courant. Bon sang ! Pourquoi est-ce que je n'ai pas pris une lampe de poche avec moi ?

Tout simplement parce que je ne pensais pas en avoir besoin.

La dernière fois que je suis montée, cette ampoule n'était pas grillée, j'en suis certaine. D'ailleurs, je remarque bientôt qu'elle n'est pas grillée : elle a été retirée.

De nouveau, des images de films : l'héroïne qui descend pas à pas l'escalier de la cave, une bougie à la main, l'électricité ayant été coupée à cause du violent orage qui fait rage au-dehors ; le tueur l'attend au bas des marches, la longue lame de son couteau dressée…

Dieu, que je déteste ce genre de films !

Et pourtant, si Murphy est bien ici, il a peut-être été blessé. A moins qu'il ne soit malade.

Assez malade pour ne pas pouvoir gémir ?

Oui, c'est possible.

Tremblant un peu plus à chaque pas, je m'enfonce dans les profondeurs des combles dans l'attente qu'un coup s'abatte sur moi, que quelqu'un surgisse de la pénombre et me frappe à mort. Je progresse les mains en avant, comme lorsque, enfant, je jouais à l'aveugle. Normalement, il ne devrait rien y avoir sur le passage. Je me souviens avoir moi-même dégagé une allée parmi les valises, les ventilateurs électriques, les vêtements suspendus et autres caisses de vieux livres.

Et soudain, ma main touche une forme, juste devant moi. Une forme qui a des épaules, un cou…

Je laisse échapper un cri.

Tandis que je m'escrime à le repousser, mon autre main s'abat pour frapper celui qui se trouve là, qui qu'il soit. Puis, c'est des deux mains que je m'acharne sur l'intrus, désespérément, balançant des coups de poing au jugé, cherchant les orbites des yeux pour y enfoncer les pouces.

Mais il n'y a pas d'yeux. Pas d'yeux, et pas de tête.

Je repense à Marti sur cette croix, à sa chair meurtrie et lacérée oscillant sous le vent : et voilà maintenant que quelqu'un a suspendu, ici, dans mon grenier, un corps sans tête… Je commence à crier, à crier encore et encore, dans une espèce de grondement sourd qui monte de ma gorge, et je me laisse tomber à genoux. Jusqu'à ce que, dans un éclair de lucidité, je me souvienne du kit de secours pour les tremblements de terre que j'ai laissé dans une malle. A quatre pattes, je m'achemine vers la malle et fouille à l'intérieur. J'en sors une bombe de gaz lacrymogène, puis une torche électrique que j'allume aussitôt. Pendu aux chevrons, un corps décapité bouche l'allée. Un grand cintre, et un mannequin de couture.

Brusquement, c'est comme si je n'avais plus d'os, plus de muscles, rien qu'une chair sans force, pareille à de la gelée, incapable de tenir par elle-même. Une partie de moi a envie de rire.

L'autre partie, elle, voudrait tuer Frannie. Car c'est elle, forcément, qui, pensant que je ne m'en servirais plus, a apporté cette chose ici. Seulement, madame était sans doute trop préoccupée pour songer à ranger sur les côtés ! Je lui ai pourtant dit et répété de laisser du passage afin qu'on puisse progresser plus facilement dans le grenier ! Pourquoi est-ce qu'elle ne s'en est pas souvenue, nom d'une pipe ?

Je m'entends fulminer. J'entends cette voix pleine d'acrimonie enfler en moi au risque de m'étouffer, et, finalement, je me mets à rire — quoique d'un rire encore faible. Je commence à ressembler à Frannie, quand elle râle à propos de Billy, parce qu'il laisse traîner ses jouets dans la maison ! D'autant que si elle a suspendu le mannequin aux chevrons, c'est précisément pour laisser le passage libre, comme je le lui avais demandé. Car je me rends compte à présent que le mannequin n'est pas au milieu de l'allée, mais bien sur le côté.

Je me redresse tant bien que mal, repose la bombe de gaz lacrymogène et braque la lampe vers le fond des combles, là d'où provenait le son. Il n'y a rien. Rien que la pile de couvertures sur laquelle mon chien aurait pu s'endormir. Pas de Murph. Pas d'assassin. Des toiles d'araignées et de vieux souvenirs, voilà tout.

Ainsi, suspendue sur le côté de l'allée, sous sa housse protectrice, il y a ma robe de mariée. Et tout près, sur le sol, deux cartons d'albums de photographies datant de nos premières années communes. A côté, se trouvent deux autres cartons, pleins de ces carnets à spirales dans lesquels je rédigeais mon journal, il y a encore quelques années.

Je me détourne : à présent, je suis franchement inquiète au sujet de Murph. Si Frannie ne l'a pas accidentellement enfermé ici, où diable peut-il bien être ? Jamais il n'a disparu de la sorte.

Redescendue dans le hall, je réfléchis. Mon chien s'est peut-être glissé dans la cave, dont la porte a pu rester ouverte. Ce n'est pas une cave bien grande : elle n'abrite que la chaudière, et vérifier ne me prendra pas trop de temps. La lumière est vive, en bas des marches, et il me suffit en effet d'un coup d'œil dans l'entrebâillement de la porte, sans avoir besoin de descendre, pour constater que Murph n'y est pas. La sonnette de la porte d'entrée retentit alors que mes perspectives d'investigation sont dans l'impasse.

Cette visite, alors qu'il est près de 19 heures, n'est pas dans l'ordre des choses. Une règle tacite est établie entre mes voisins et moi, selon laquelle on ne se rend pas les uns chez les autres sans avoir préalablement appelé.

En regagnant le hall, j'allume la lumière du porche et jette un coup d'œil par l'espèce de meurtrière qui se trouve à côté de la porte. J'aperçois quelqu'un que je n'ai jamais vu, un jeune homme à la crinière blonde et qui doit avoir entre vingt et vingt-cinq ans. Il porte un jean, un coupe-vent vert, et il tient une laisse. A l'extrémité de laquelle se trouve Murphy, la tête baissée et la queue entre les jambes.

Je suis si contente de voir mon toutou que j'ouvre la porte à la volée, sans même répondre à la question que me pose le jeune homme.

— C'est votre chien ? Quelqu'un, à côté, m'a dit que c'était le vôtre.

Le fait que Murph soit mon chien est une évidence : quand je m'accroupis et que je passe les bras autour de lui, il me lèche le visage, le cou, les mains, puis de nouveau le visage, sans doute soulagé de ne pas se faire gronder pour son escapade.

— Où l'avez-vous trouvé ?

— En bas, sur la plage, près de la Huitième Rue. Il avait l'air perdu, mais j'ai pensé qu'il devait appartenir à un habitant de Scenic. Sur le chemin, j'ai vérifié dans toutes les maisons où il y avait quelqu'un.

— Je ne sais pas comment vous remercier, dis-je, tout en continuant de caresser la tête de Murphy et de le serrer contre moi.

Jusque-là, le jeune homme n'a pas souri une seule fois. Soudain, son expression se durcit.

— Je… j'ai deux chiens, m'explique-t-il, et je n'aimerais pas trop savoir que l'un ou l'autre est en train d'errer dans les rues. En fait, il y a une chose que…

Je cesse de flatter Murph et me redresse vers mon bienfaiteur, qui attend sans doute une récompense.

— Oui, bien sûr. Laissez-moi un instant, je vais chercher de quoi vous remercier.

Il secoue la tête.

— Non, non, ce n'est pas ça. Je voudrais juste vous demander un truc, à propos de ça.

Il se penche et soulève une mèche de poils brun clair sur le dos de Murphy. Là, gravée à même la peau, comme si on avait utilisé une épingle ou une aiguille, je découvre la lettre A, aux contours encore sanglants.

Murphy se met à gémir et, l'espace d'un instant, ma vue se brouille.

— Oh ! mon Dieu !

Les événements de la matinée m'ont laissée nauséeuse : je sens mon estomac se nouer tandis que mes jambes, soudain, semblent à peine capables de me porter. J'agrippe la main que le jeune homme m'a tendue spontanément.

— Désolé, me dit-il. C'est pour ça que je me suis donné autant de mal pour retrouver le propriétaire. Je me demandais si c'était lui, ou elle, qui avait fait ça. Si c'était le cas, je n'avais franchement pas envie que le chien revienne chez lui pour goûter à d'autres horreurs du même genre.

Je m'assois sur les talons, et, prenant la tête de Murphy entre mes mains, je lui parle comme s'il était en mesure de me répondre.

— Qui t'a fait ça, mon pauvre bébé ? Qui a pu faire une chose pareille ?

— Il avait la tête et la queue baissées, comme maintenant, quand je l'ai trouvé. Comme si on l'avait battu. Et puis, quand j'ai commencé à le caresser, j'ai trouvé ça. Je vois bien que c'est une surprise, pour vous…

Une vague de colère s'empare de moi.

— Evidemment ! Je n'arrive pas à croire que quelqu'un ait pu commettre un acte aussi épouvantable !

Je me rends compte que ce sont à peu près les mêmes mots que j'ai dits à Ben, plus tôt dans la journée, au sujet de Marti. Une coïncidence un peu curieuse qui m'emplit d'un sentiment de peur. A croire qu'il y a une espèce de fou en liberté dans le coin. Deux actes barbares en une seule journée ? Il s'agit bien plus que d'une coïncidence…

Et ce A ? Que signifie-t-il ? D'abord, il y a eu mon prénom tracé dans la terre, sur la colline où Marti est morte ; et puis, maintenant, ce A, sur la peau de Murphy…

Le coupable ne peut être que quelqu'un qui me connaît, qui sait que Murph est mon chien.

Cette pensée est la plus glaçante de toutes.

Le jeune homme est resté un instant à m'observer, les bras autour de Murphy, et il semble satisfait. Quand je lui demande s'il veut entrer boire une tasse de café, il secoue la tête.

— Merci, mais j'ai un rendez-vous et je suis déjà en retard. Je suis content de vous avoir trouvée, c'est tout. Ça m'a pris un moment, vous savez ? Vous devriez mettre une plaque d'identification à son collier.

— Mais je…

Je me penche pour inspecter le collier de Murphy.

— Il l'avait, ce matin !

— Elle est peut-être tombée, suggère le jeune homme en haussant les épaules.

— Vous êtes sûr que je ne peux rien faire pour vous remercier ? Après tout le mal que vous vous êtes donné !

Il secoue de nouveau la tête et donne une tape légère sur la tête de Murphy.

— Salut, Murph. Fais gaffe à toi.

En bas des marches du patio, il se retourne et me lance :

— Vous aussi, soyez prudente. C'est quand même bizarre, ce qui vous arrive. On ne sait jamais ce que les gens peuvent faire — les gens capables de ce genre de saloperie, je veux dire.

Ma main se crispe sur le bouton de la porte.

— Je sais. Merci — même si je ne vous remercierai sans doute jamais assez.

Je regarde mon visiteur franchir la tonnelle, avec toutes ses lumières qui scintillent. Un décor de conte de fées, me suis-je déjà dit plus d'une fois. Imaginé par les frères Grimm, ai-je envie d'ajouter aujourd'hui.

J'emmène Murphy dans la cuisine, où il engloutit son dîner comme s'il n'avait pas mangé depuis des mois. Ce qui, me semble-t-il, est plutôt bon signe. Pendant ce temps, j'appelle le vétérinaire, tout en sachant d'expérience que son cabinet est en général fermé le soir. Le répondeur indique qu'ils ouvriront dès 8 heures le lendemain matin et donne un numéro de nuit en cas d'urgence.

Lorsque Murph a fini de manger, j'entreprends de nettoyer soigneusement la lettre A sur son dos, avec de l'eau et une serviette propre. Ainsi, je m'aperçois que la blessure est plus superficielle que je n'avais d'abord pensé. Et comme Murphy semble avoir recouvré ses esprits, je décide de ne pas contraindre le vétérinaire à revenir à son cabinet à une heure pareille ; demain matin fera l'affaire. Après avoir vaporisé une lotion antiseptique sur la blessure, j'emmène Murphy dans le salon. Là, je l'installe avec moi sur le canapé, sa tête sur mes cuisses, jusqu'à ce qu'il s'endorme.

Un bref instant, j'envisage d'appeler la police. Mais tout le monde me connaît, au poste, et quelqu'un mettra fatalement Ben au courant. Or, je ne sais pas si je suis encore prête à lui parler.

Je sirote mon vin, tiède à présent, et tente de mettre un peu d'ordre dans les chocs multiples de la journée. Au même instant, je m'avise que Murphy a toujours la laisse que le jeune homme lui a passée autour du cou. D'où vient-elle ? Il a dit qu'il avait lui-même des chiens. Lesquels n'étaient pas avec lui. A-t-il l'habitude de se promener seul sur la plage avec une laisse dans la poche ?

Il faudrait que je la lui rende. D'autant plus qu'un examen plus approfondi m'informe qu'elle est de cuir et qu'elle doit coûter cher.

Il n'y a qu'un problème : je ne sais pas d'où il vient ni où il habite.

Il est 21 h 30. J'ai passé un jean et un pull chaud pour aller à Salinas, dans les bureaux du coroner. Murphy dort bruyamment dans le salon, à côté de la cheminée.

Au moment de mon départ, je ferme et verrouille soigneusement toutes les portes, afin de prévenir une nouvelle mésaventure. Il faudra que je parle de nouveau avec Frannie, demain matin. Car, à l'évidence, Murph est sorti pendant qu'elle était là. Est-il possible qu'elle ne s'en soit pas aperçue, tout simplement ? A-t-elle eu peur de me l'avouer ? Cela me paraît dur à imaginer, même si je dois bien en envisager la possibilité.

A 22 h 10, je suis seule, les yeux baissés sur Marti. Son corps, qui repose sur la table d'autopsie, est recouvert d'un drap jusqu'au menton. Même la partie arrière de son crâne, au-delà de la ligne de cheveux, m'est dissimulée, laissant tout loisir d'imaginer quelles horreurs se cachent sous le tissu. Une odeur écœurante flotte dans l'air. Un mélange de produits chimiques et de mort, j'imagine, même si c'est en réalité la première fois que je me trouve confrontée d'aussi près à la mort. Dieu merci, pensé-je, on est loin de ce que j'ai pu lire ou voir dans les films, quand on ne découvre un corps qu'au bout de plusieurs jours.

Le fait de voir mon amie comme ça est déjà assez dur. Dans la mort, sa peau est lisse et pâle. Elle ne semble pas avoir plus de dix-huit ans. Il y a ça, et le drap blanc, qui me rappelle nos « cellules », au couvent, quand nous dormions à vingt dans un dortoir. Des draps blancs étaient suspendus à une trentaine de centimètres du plafond, séparant les cellules les unes des autres, et donnant à l'endroit les allures d'une salle d'hôpital. A l'intérieur de chaque cellule, il y avait un lit et une minuscule commode de bois pour nos vêtements.

Mes lèvres esquissent un léger sourire et je dis dans un murmure :

— Tu te souviens, Marti ? Tu te souviens du soir où tu as renversé des centaines d'épingles à voile sur mon lit ?

Les épingles, avec leurs têtes rondes et noires, étaient éparpillées sur le couvre-lit blanc, et il avait fallu que je les retire une à une afin de pouvoir me coucher. C'était la vengeance de Marti, après que je lui avais mis son lit en portefeuille, la veille.

Des farces idiotes. D'autant plus idiotes que nous avions dix-huit ans, et que nous étions censément adultes. A douze ans, elles auraient été compréhensibles, mais…

— On était encore si jeunes, alors… Si naïves. Quand est-ce qu'on a cessé de s'amuser, Marti ? Et pourquoi ?

On dit que les enfants, lorsqu'ils naissent, sont de purs esprits, pleins de joie. Des émotions comme la peur, la tristesse, la culpabilité leur viennent à mesure qu'ils grandissent. A sept ans, ils sont censés atteindre l'âge de raison — du moins, dans l'église catholique. C'est en effet à ce moment-là qu'ils acceptent la faute et les péchés du monde. Par la suite, chaque année supplémentaire les rend plus sérieux et alourdit le fardeau des responsabilités.

Marti et moi avons dû évoluer sur le tard. Nous avions encore en nous de la fantaisie, quand nous avons quitté Joseph et Marie. Nous venions toutes les deux de familles qui nous avaient aimées et soutenues, et où toutes les chances d'épanouissement avaient été mises de notre côté. Ma mère était — elle l'est toujours — une Irlandaise pleine d'insouciance, un peu rondelette et haute comme trois pommes. Mon père, commis voyageur à la retraite, l'aime à la folie. Il l'appelle sa « petite boule » ; il s'occupe d'elle et la protège comme si elle était de verre. Parce que, explique-t-il, « elle rit en dehors et elle pleure en dedans », comme dans la chanson. Il me dit souvent qu'elle cache en elle des chagrins dont elle ne parlera à personne, pas même à lui. L'expression favorite de ma mère a tout du cliché, mais elle n'en est pas moins vraie : « Souris, et le monde sourit avec toi ; pleure, et tu pleures seule. »

Les parents de Marti étaient différents des miens. Assez distants, même s'ils pouvaient se montrer d'un grand soutien. Sa mère était un génie littéraire, saluée dans les années 40 pour son style novateur et récompensée par de nombreux prix. Son père était un artiste, dont on disait également qu'il était un génie. Ils sont morts il y a quelques années, ensemble, dans un accident d'avion en Amérique centrale, alors qu'ils allaient aider des enfants devenus orphelins à la suite d'une tempête. Leur décès avait endeuillé une grande partie du monde.

Je ne peux m'empêcher de penser qu'au moins, ils ne sont plus là pour apprendre l'assassinat de leur fille. La vie a ses bons côtés.

Derrière moi, une porte s'ouvre et se ferme. Je sens un courant d'air sur ma nuque, puis des mains larges et familières se posent sur mes épaules. Je me laisse aller en arrière et ma tête vient reposer contre le torse de Ben.

— Je ne savais pas trop si tu viendrais, lui dis-je.

— Je pensais que tu m'appellerais.

Sous-entendu : quand tu aurais eu fini par te calmer.

— J'aurais dû, mais il s'est passé quelque chose.

Il m'oblige à me retourner vers lui, et je vois bien qu'il est inquiet. Des lignes profondes relient ses joues à sa bouche, son front est tout plissé. Pauvre Ben ! Si j'en crois certaines photos que j'ai pu voir, il était beau et insouciant, à dix-huit ans. Il est toujours très séduisant, du moins à mes yeux, mais on a l'impression que l'image de l'adolescent est passée dans le filtre d'un nouveau procédé photographique, qui s'appellerait la vie. Son front est si marqué par les soucis qu'il le restera sans doute en permanence, lorsqu'il atteindra les cinquante ans. Ses yeux ont un regard intense, plein de circonspection.

— Que s'est-il passé ? me demande-t-il. Ça va ?

— Oui, je vais bien. C'est Murphy.

Il plisse les yeux.

— Qu'y a-t-il ?

— Il s'est enfui, aujourd'hui. Et quelqu'un lui a fait quelque chose.

— Quoi ?

— Eh bien… On lui a… gravé la lettre A dans le dos. Gravé dans la peau.

Il passe les bras autour de moi et me serre contre lui.

— Nom de Dieu ! Qu'est-ce qui se passe, Abby ?

— Je n'en sais rien.

Je le repousse, craignant de perdre tout contrôle sur moi-même si je me laisse aller.

— Je ne veux pas parler de ça maintenant, d'accord ? dis-je en me tournant vers la table d'autopsie. Qu'est-ce qu'ils ont trouvé sur Marti ?

Il plonge les mains dans ses poches, comme s'il ne savait soudain plus trop quoi en faire.

— Cela prendra du temps pour effectuer certains tests de labo, m'explique-t-il. Mais selon Ted, elle n'est pas morte à cause des clous dans les mains. La mort par crucifixion peut prendre des jours, et celui qui l'a tuée ne voulait apparemment pas que…

Il s'interrompt soudain.

— Tu es sûre de vouloir entendre tout ça ? On pourrait laisser ces détails de côté, pour l'instant.

— Non, dis-moi. Je veux savoir.

— Eh bien, la cause ultime de la mort, du moins d'après ce que Ted peut avancer sans disposer de tous les résultats, serait une hémorragie consécutive à une blessure cervicale.

— Quel genre de blessure ?

Ben est de plus en plus mal à l'aise.

— Je pense que je devrais laisser Ted t'expliquer ça, d'accord ?

— Je… d'accord.

De nouveau, il hésite.

— Ces… ces drôles de petites blessures sur son corps, tu les as vues, n'est-ce pas ?

— Oui, elle en avait un peu partout sur le devant.

— Eh bien, c'était la même chose derrière. Je croyais te l'avoir dit. D'après le coroner, elle aurait été battue avec une espèce de fouet. Un truc avec des petites billes métalliques au bout des lanières.

— Oh ! mon Dieu…

En songeant combien elle a dû souffrir, je me tourne vers Marti, la gorge serrée, les larmes aux yeux.

— Mais alors… Si elle était encore vivante, malgré les clous dans ses mains, elle l'était lorsqu'on l'a frappée. Tu penses qu'elle a tout vu ? Tout senti ?

Je m'approche de Marti pour lui effleurer la joue. Elle est aussi froide qu'un bloc de glace. Je me souviens alors que ce n'est que sa coquille. Marti n'est pas ici. Elle ne sera plus jamais ici.

Le caractère définitif et irrémédiable de sa mort me frappe brutalement. Jusque-là, j'avais été d'une certaine façon protégée par le choc. Et voilà qu'à présent, le fait que je ne parlerai plus jamais à mon amie, que je ne rirai plus jamais avec elle, qu'elle ne sera plus à l'autre bout de la ligne quand je l'appellerai, tout cela me percute de plein fouet.

Ben pose une nouvelle fois les mains sur mes épaules et il me soutient, tandis que je pleure. Mes larmes tombent sur la couverture blanche comme autant de minuscules épingles de voile, sauf qu'il ne s'agit pas d'une blague, cette fois, et qu'il n'y a pas de rire pour me répondre.

Ted Wright, le coroner, entre dans la pièce. C'est un homme assez petit, pâle, aux yeux pétillants d'intelligence. Il me regarde avec chaleur.

— J'ai demandé à Ted de te parler, m'explique Ben. Mais seulement si tu veux qu'il le fasse.

J'essuie mon visage du dos de la main.

— Oui, je le veux.

Visiblement mal à l'aise, Ted s'éclaircit la gorge. Bien que la mort, les cadavres et les corps mutilés soient son lot quotidien, ou presque, c'est le plus gentil des hommes, je le sais.

Je lui adresse un pauvre sourire.

— Ne vous en faites pas, Ted. Je ne m'évanouirai pas dans vos bras.

Derrière les lunettes à monture d'acier, ses yeux sont emplis de sympathie.

— Je vais essayer de faire simple, commence-t-il en venant se poster à côté de moi, devant Marti. La première chose, et c'est un des détails qui m'ont tout de suite frappé, c'est que certains rituels semblent avoir été scrupuleusement observés. Je ne veux pas seulement parler de la crucifixion, mais aussi de la flagellation…

Il s'interrompt et se tourne vers Ben, lequel hoche la tête.

— Je le lui ai dit.

— J'ai lu pas mal d'articles sur le sujet, et il semblerait que le tueur ait délibérément imité les supplices de crucifixion tels qu'ils existaient autrefois. Pour la flagellation, il aurait utilisé un flagrum. Les flagrums étaient faits de lanières de cuir à l'extrémité desquelles se trouvaient de petites billes de plomb. On raconte que Jésus de Nazareth et d'autres condamnés à la croix furent flagellés de cette manière, pratiquement jusqu'à la mort. Et qu'on les crucifia seulement après.

Ted soupire et ôte ses lunettes, dont il essuie les verres sur sa manche.

— Ted, qu'est-ce que ça veut dire ?

C'est moi qui ai posé la question.

Il remet ses lunettes et secoue la tête.

— Je n'ai jamais rien vu de tel. Je suis désolé, Abby. Mon idée, c'est qu'il pourrait s'agir d'une espèce d'exécution. Peut-être pour faire taire votre amie, ou pour envoyer un message à quelqu'un. Peut-être même pour se venger de quelque chose qu'elle aurait fait. Le mot tracé sur sa poitrine tendrait d'ailleurs à confirmer cette hypothèse.

Ben resserre le bras passé autour de mon épaule, et Ted ajoute :

— Vous voulez que je poursuive, vous en êtes certaine ?

— Oui, allez-y.

Soudain, je veux tout savoir. Je veux que chaque mot soit gravé au fer rouge dans mon cerveau, de manière à ce que si jamais je croise la route du monstre qui a fait ça, je me sente parfaitement autorisée à le tuer.

— La peau de son dos est en lambeaux, reprend Ted. Le fait que ses pieds aient été cloués sur la croix, et qu'on ne l'y ait pas simplement accrochée par les bras avec des morceaux d'étoffe, est significatif. Dans les cas connus de crucifixion, il semblerait que le fait de suspendre — autrement dit, sans fixer les pieds à la croix — causerait une mort relativement rapide, par suffocation. A condition que la victime du supplice ne meure pas d'abord d'un problème cardiaque, d'une hémorragie ou de déshydratation. Le poids du corps tire les bras vers le haut, causant un étirement des muscles pectoraux et intercostaux. Ce qui conduit à une hyperexpansion des poumons et à une incapacité à respirer. La victime essaie alors de se redresser à la force des bras, pour diminuer la pression, ce qui provoque de violents spasmes musculaires. Incapable de soutenir longtemps cette position, notre supplicié mourra très rapidement.

Je ferme brièvement les yeux, mais pour me calmer, pas pour évacuer la vision. Le récit de Ted produit son effet. Ma rage ne fait que monter.

L'air triste, il secoue la tête, me regarde, puis baisse les yeux sur Marti.

— Dans le cas de votre amie, comme je l'ai dit, on lui a fixé les pieds à la croix. Cela m'a donc paru assez significatif. Lorsque les pieds étaient ainsi cloués à la croix, autrefois, c'était en premier lieu pour prolonger les souffrances du supplicié. Cela lui fournissait un point d'appui sans solliciter exagérément les muscles de ses bras. De cette façon, il pouvait respirer de temps à autre. Il pouvait tantôt se laisser aller pour soulager la douleur au niveau des membres inférieurs, puis se reposer sur les pieds afin de respirer de nouveau. La souffrance causée par la pression sur les chevilles retenues par les clous était bien évidemment terrible. Finalement, la victime, qui dans de nombreux cas entamait cet épouvantable supplice en perdant beaucoup de sang, était trop épuisée pour se soulever plus longtemps. Les muscles respiratoires devenaient bientôt pour ainsi dire paralysés. Ce qui menait à la suffocation et à la mort.

Ted soupire.

— Je simplifie, évidemment. Il y a d'autres détails médicaux, que je pourrais voir avec vous, mais…

Ben secoue la tête, et cette fois je suis d'accord avec lui. Je me demande si je serai jamais capable d'oublier ça, même si le meurtrier de Marti est un jour arrêté et condamné à la peine qu'il mérite.

— Merci, Ted, lui dis-je. Ça ira.

Puis je me souviens d'un détail que Ben m'a confié un peu plus tôt.

— Juste une chose. Ben m'a expliqué que, selon vous, Marti serait morte à la suite d'une blessure au cerveau. Ce n'est donc pas la suffocation ?

Il prend un long moment avant de répondre.

— Sans avoir vu les résultats des tests toxicologiques, reprend-il enfin, avec une évidente réticence, c'est ma meilleure hypothèse.

— Elle serait donc morte d'un coup à la tête ?

Une nouvelle fois, Ted consulte Ben du regard, visiblement malheureux de devoir évoquer tout cela devant moi. J'éprouve une certaine pitié pour lui, mais mon besoin de savoir est le plus fort.

— Dites-moi, je vous en prie.

Une des mains de Ted se porte vers le front de Marti. Il l'effleure doucement, comme pour écarter une mèche de cheveux, lesquels sont entièrement cachés sous le drap blanc.

— Comme je l'ai dit, j'ai lu un certain nombre de documents concernant les meurtres rituels, en particulier religieux. Ce que j'ai trouvé sur votre amie… Abby, avez-vous déjà entendu parler de trépanation ?

— Oui, bien sûr. Mais…

— Dans la pratique médicale, il s'agit de l'ouverture de la boîte crânienne à l'aide d'un trépan. Mais le culte de la trépanation est tout autre chose. C'est un rituel qui existe, par intermittence, depuis des milliers d'années, et qui semble faire son retour aujourd'hui — enfin, si l'on peut dire… Ses adeptes sont persuadés qu'en perçant un trou sur le sommet du crâne de quelqu'un, à l'emplacement de la fontanelle, sensible chez les nouveau-nés, la personne accède à un état de béatitude, de félicité absolue — ce qui constituerait une expérience suprême, la plus grande qu'il soit possible de vivre.

— Vous voulez dire qu'ils se font trépaner de leur plein gré, sans raison médicale précise ?

— Je crains que oui.

— Mais, Ted… ce sont des malades !

— Tout à fait d'accord. Néanmoins, il semble y avoir des preuves historiques que la pratique s'est effectuée sur des milliers de gens au fil des siècles. Pour certains, il s'agissait de soigner des maladies mentales, la migraine, l'épilepsie. D'autres affirmaient que cela leur donnait des pouvoirs mentaux extraordinaires. Dans le cas de votre amie…

— Vous voulez dire qu'on a fait ça à Marti ?

— J'en ai peur, Abby, oui. J'ai trouvé un trou de la taille d'une pièce de monnaie, dans son crâne. On avait creusé avec un objet semblable à un trépan, j'imagine.

En voyant mon expression horrifiée, il s'arrête, observe une pause, avant de reprendre.

— Malheureusement, l'instrument utilisé est allé trop loin — jusque dans le cerveau. Il y a eu une grosse hémorragie cérébrale, et je pense que c'est ce qui a en définitive causé la mort. Mais comme je l'ai dit, je ne peux être sûr de rien sans des tests et examens plus poussés. En tout cas, je soupçonne que cela s'est passé après que votre amie a été crucifiée.

Machinalement, je baisse une nouvelle fois les yeux sur Marti, imaginant le scalp, puis le crâne percé par cet engin, l'horrible douleur qu'elle a dû endurer.

J'essaie de déglutir, mais il n'y a pas de salive, rien que de la bile dans ma gorge.

— Seigneur ! dis-je en tremblant. Pourquoi faire une chose pareille ?

— Mon idée est qu'il faut chercher dans le caractère religieux de ce meurtre. Si je me réfère aux rapports que j'ai lus, les prêtres se livraient autrefois à de tels actes pour libérer les esprits malfaisants des gens qui étaient possédés — enfin, étaient censés l'être.

Une fois de plus, mes jambes semblent trop faibles pour me supporter, et je me laisse de nouveau aller en arrière, contre Ben. Le goût de la bile est remonté jusque dans ma bouche. J'ai l'impression que je vais vomir. J'attrape un Kleenex au fond de mon sac et le porte à ma bouche.

Le regard de Ted fait l'aller-retour entre Ben et moi.

— Tu devrais la ramener chez elle, dit-il à Ben. Encore une fois, je suis désolé, Abby. Vraiment désolé. Essayez de vous reposer et de ne plus penser à tout ça pendant un moment.

— Ne plus y penser ? Mais comment est-ce que je pourrais ne plus y penser, Ted ? Je veux savoir qui a pu faire une chose pareille à Marti !

— J'ai peur de ne pas pouvoir répondre à cette question. Dans son domaine, votre amie était quelqu'un de très connu. La renommée attire parfois des inimitiés…

Je n'arrive pas à imaginer que Marti ait jamais pu avoir un seul ennemi.

Reprise par la colère, je me tourne vers Ben.

— A ton avis, il vous faudra combien de temps pour mettre la main sur ce monstre ?

— Aucune idée. Tout le monde, à Carmel, depuis le maire jusqu'aux habitants, veut que cette histoire soit résolue, et vite. La *task force* est déjà au boulot, réunissant les efforts des services du shérif, de la police de toutes les villes de la péninsule, et bien sûr…

Il s'interrompt, mais je sais ce qu'il allait ajouter. Les Services secrets. Je sais aussi pourquoi il préfère taire ce détail. C'est à cause de Ted : sans doute a-t-on donné pour consigne de rendre l'intervention des Services secrets aussi discrète que possible.

— Je peux te promettre une chose, reprend-il en posant les yeux sur Marti, une expression sévère sur le visage. Je ferai tout mon possible pour retrouver le salopard qui a fait ça.

Je le laisse me conduire jusqu'à la porte. A mi-chemin, je me retourne.

— Ted, vous ne m'avez pas dit : est-ce que Marti… est-ce qu'elle a été violée ?

Il secoue la tête.

— Je n'ai trouvé aucune trace de violences sexuelles, Abby. Non, comme je l'ai indiqué, tout semble nous orienter vers une exécution en règle. C'était le « style » qui comptait, j'ai l'impression — la force émotionnelle d'un acte épouvantable, plus que la cause réelle de la mort.

4.

Quand je laisse Ben sur le parking, devant son Explorer, il me promet une nouvelle fois de trouver le meurtrier de Marti. Une promesse réconfortante — même si j'ai bien peur que ça ne soit malheureusement pas grand-chose de plus. Je me demande d'ailleurs dans combien de temps on m'interrogera de nouveau.

Etonnamment, nous n'avons pas reparlé de mon prénom tracé sur le sol du lieu du crime, pas plus que du A gravé sur le dos de Murphy. Mais cela peut simplement signifier que Ben a hâte de retourner au poste de police, pour s'atteler à l'affaire.

A la maison, je commence par m'occuper de Murphy. J'ouvre un tube de vitamine E que j'applique doucement sur sa blessure, pour en accélérer la cicatrisation. Je vérifie ensuite une deuxième fois que portes et fenêtres sont toutes fermées. Je monte une tasse de chocolat chaud à l'étage, et passe un pyjama. Comme à son habitude, Murphy vient se poster en haut des marches, face à ma porte. Bientôt, je tapote le lit en l'appelant, pour lui faire comprendre qu'il a le droit, ce soir, de se coucher près de moi. Je passe un bras autour de lui en évitant le point douloureux sur son échine, et cherche la position la plus confortable pour que nous passions une bonne nuit.

Il me lèche la main et plante dans mes yeux un regard noyé d'interrogations, auxquelles je ne possède hélas aucune réponse. Il laisse échapper comme un soupir et ferme les yeux.

La première chose que je fais, le lendemain matin, c'est d'appeler le vétérinaire, qui me donne rendez-vous au cabinet à 13 heures. J'installe Murph à côté du feu, sur une couverture, et prépare mon petit déjeuner. Ensuite, je passe à la vaisselle, balance quelques vêtements dans la machine à laver et lessive le patio, sur le côté de la maison. Lorsque j'en ai terminé, j'informe Frannie par téléphone que j'ai retrouvé Murphy. Elle est horrifiée en apprenant ce qu'on lui a fait, et nous passons quelques bonnes minutes à plaindre la pauvre bête. Pour terminer, j'appelle Ben pour savoir s'il y a du nouveau dans l'affaire et si les funérailles de Marti sont réglées. Mais Ben est absent ; la jeune femme du standard m'assure qu'elle lui dira de me contacter dès son retour.

Après cela, je ne sais plus trop quoi faire de ma peau. Autant le reconnaître, toute l'activité déployée jusque-là ne visait qu'à un but : m'empêcher de ruminer de sombres pensées au sujet de mon amie. Ça ne servirait à rien de s'asseoir et de pleurer, n'est-ce pas ? Et en même temps, que faire d'autre ? Prendre les rênes d'un destrier blanc et me lancer dans une croisade vengeresse ? Je donnerais tout pour être capable de venger la mort de mon amie. Si je savais qui l'a tuée, sans doute serais-je en cet instant en train de l'étrangler de mes propres mains. Malheureusement, je ne sais même pas par où commencer.

Si seulement elle m'avait parlé un peu plus d'elle, de sa vie, ces derniers temps ! Si seulement j'avais fait plus d'efforts pour la voir, pour passer du temps avec elle, pour découvrir ce qui se tramait ! Si seulement, si seulement, si seulement… Est-ce que j'aurais pu faire plus ?

Je décide d'aller écrire pour me vider la tête, mais ça ne semble pas très efficace. Installée devant l'ordinateur, j'essaie de me dépêtrer de ma chronique hebdomadaire. Mon cerveau ne fonctionne pas. J'ai l'impression d'être en pleine crise de somnambulisme. Finalement, je renonce à renouer avec les propos pleins d'esprit que mes lecteurs attendent de moi, ces observations drôles et parfois caustiques sur la vie à Carmel, appréciées autant des habitants que des touristes. Au lieu de ça, je pianote sur le clavier, je tape le prénom de Marti, et la lettre A, encore et encore, comme une gamine qui griffonne le nom de famille de son petit ami à côté du sien, dans son cahier de géographie : « Annie Smith. Annie Smith Jones. Mme David Jones. » Le rêve de toute femme… Se faire passer la bague au doigt, épouser cet homme.

Sauf qu'il ne s'agit pas d'un mariage, en l'occurrence, mais de funérailles. Pour ce qui me concerne, je ne vois pas vraiment de différence. Pour moi, les deux semblent liés à la mort, à l'agonie.

« Tu n'as qu'à écrire quelque chose sur les mariages. »

Je note cette idée, avant de me demander si les vieux souvenirs s'accrochent toujours au tissu de nos robes de mariée. Si je montais dans le grenier et enfilais la mienne, est-ce que j'éprouverais le bonheur que j'éprouvais le jour de mes noces ?

Je me souviens d'un vieux film dans lequel une femme enfilait une vieille robe de mariée, et se retrouvait propulsée un paquet d'années plus tôt, quand elle était jeune et amoureuse…

Les yeux fixés sur l'écran de l'ordinateur, je me demande pourquoi Marti ne s'est jamais mariée. A cause du bébé ?

Avait-elle le sentiment que ça ne serait pas honnête d'avoir une vie heureuse de femme mariée, quand elle avait abandonné l'enfant qui aurait pu (ou dû) en faire partie ? Marti aurait pensé « dû », j'en suis certaine. C'était sa façon de penser, pas la mienne.

Et me voilà de nouveau en train de songer à Shining Bright. Un exercice plein de futilité et de douleur auquel je décide de couper court en ouvrant le fichier de mon journal intime. *Dervish* — c'est ainsi que je l'ai intitulé — est rangé dans un dossier que seul un génie de l'informatique pourrait trouver, et cela aux seules fins de le préserver du regard indiscret de Jeffrey.

Ce qui ne devrait pas poser trop de problèmes avec les précautions que j'ai prises. D'autant que mon mari ne comprend rien aux ordinateurs : pour se charger de cela, il a des secrétaires. Ces demoiselles mériteraient en réalité le titre d'assistantes, mais jamais Jeffrey ne le reconnaîtrait, pas plus qu'il ne les autoriserait à se présenter ainsi dans leur curriculum vitæ. Accepter cette terminologie, explique-t-il sans aucune honte, ce serait diminuer sa propre position.

Quand le fichier s'ouvre, je me rends compte que je n'ai rien écrit depuis six mois, soit depuis que j'ai surpris Jeffrey avec sa bimbo. Suite à ça, il semble que je n'aie plus eu le cœur à coucher par écrit les détails de ma vie. Mes sentiments étaient par trop embarrassants, humiliants, même.

Quand j'étais enfant, je prononçais souvent cette prière : « Si je dois mourir pendant mon sommeil, je prie le Seigneur de prendre mon âme. » Plus tard, alors que j'avais un peu plus de vingt ans, je suis tombée désespérément amoureuse, pendant trois ans, et c'est là que j'ai pris l'habitude de tenir un journal.

J'y mettais absolument tout, même les désirs les plus stupides, les plus futiles. Quand cette histoire s'est terminée, j'avais un grand carton de presque un mètre cube bourré de carnets à spirale pleins de considérations décousues, à peine lisibles. Pendant des années, j'ai trimballé cette fichue caisse avec moi à chaque déménagement, comme une tortue embarrassée de sa carapace. Je roulais sur l'autoroute avec cette stupide chose dans mon coffre, morte de peur à l'idée qu'un chauffard me tue et que mon entourage finisse par tomber sur ces scories. Je n'arrivais pourtant tout simplement pas à m'en débarrasser — autant du journal que de l'homme, du reste. C'est ainsi que ma prière du soir est devenue : « Si je dois mourir pendant mon sommeil, je prie le Seigneur de prendre mon journal. »

Maintenant, je sais qu'il y a beaucoup plus de façons de mourir qu'on ne se l'imagine. Et même, il semblerait que certains jours il n'y ait pas de Dieu du tout, ou du moins qu'il se soit momentanément absenté.

Jeffrey est arrivé à la suite de ces trois années de frénésie d'écriture, durant l'une des fameuses journées sans Dieu. Mon cœur était toujours à vif, et il y avait cette sempiternelle caisse dans mon coffre. Simplement, je n'y pensais plus autant : je la poussais de côté chaque vendredi soir pour faire de la place pour les courses, sans même y réfléchir. Puis, avec Jeffrey, c'est une toute nouvelle ère littéraire qui a commencé.

Les cieux étant irrémédiablement fermés, ce jour-là, je suis tombée follement amoureuse de Jeffrey Northrup. Comme ça, sur-le-champ. Et, parce que je croyais encore aux vertus du journal intime, j'ai étalé la folie de nos vies sur les pages vierges d'un carnet flambant neuf, comme si je faisais le lit de mon cœur avec des draps propres et frais. Au début, j'écrivais tous les trucs du genre : « Je sais qu'il m'aime vraiment » et des âneries du type : « Je crois que j'en mourrai, s'il oublie mon anniversaire. »

L'ironie, c'est que Jeffrey est mort, à présent, et pas moi. Oh ! il marche et il parle. Mais, pour moi, les funérailles ont eu lieu quelque six mois en arrière.

J'ai rencontré mon mari il y a seize ans, au Peeble Beach Golf Club. J'étais descendue de San Francisco pour déjeuner avec deux amies qui, comme moi, n'avaient pas encore vingt-cinq ans. Elles étaient secrétaires, comme dirait Jeffrey. Moi, je travaillais comme journaliste au *San Francisco Chronicle*, et j'avais une jolie carrière devant moi. Ce jour-là, j'étais en congé et je venais profiter du soleil.

Jeffrey se trouvait également au club, où il jouait au golf. A deux cents dollars la partie, cela le plaçait bien au-dessus de nous. Lorsqu'il est entré, en sueur et tout sourires, son sourire s'est accentué rien qu'à nous voir. Il ne nous connaissait pas, mais, comme j'ai pu le constater par la suite, Jeffrey sourit toujours lorsqu'il aperçoit des jolies filles.

Et à l'époque, j'estimais faire partie de la catégorie des jolies filles. J'avais des cheveux bruns qui tombaient sur mes épaules en vagues brillantes, de grands yeux marron. A ce qu'on disait, il y avait chez moi quelque chose d'exotique — bien qu'en aucun cas vous ne m'en auriez convaincue. Résonnaient encore très vivement en moi ces petites voix qui vous viennent de l'enfance, et qui vous disent que vous êtes incapable de faire quoi que ce soit correctement, que vos cheveux ressemblent à une nichée de rats, que vous n'arriverez jamais à rien dans la vie.

Comment ces « petites voix » me sont entrées dans la tête, d'où elles viennent : cela reste un mystère. Mes parents n'ont en tout cas rien à y voir, eux qui m'ont toujours encouragée par tous les moyens possibles. Parfois, je me dis que ces opinions et remarques qui sillonnent mon crâne proviennent d'une autre vie, que je les avais avec moi, en moi, dès la naissance.

Ce qui impliquerait de croire en la réincarnation — et je ne veux même pas en entendre parler. Rien qu'à la pensée d'avoir à faire toutes ces choses encore et encore et encore, j'ai envie de pleurer — du moins, les jours où le comique d'une pareille situation m'échappe.

Le comique de Jeffrey, lui, m'a d'emblée conquise. Au début, il disait des choses vraiment drôles, tel un humoriste-né qui ne se serait pas tourné vers la scène mais vers la politique et les affaires. Et puis, après, il m'a fait rire d'une autre façon. Oh ! je sais que je n'aurais pas dû. Mais il arrivait dans la chambre nu comme un ver avec *ça* — cet appendice de plus de vingt centimètres, bien tendu, semblable aux « étendards flamboyants » dont parlent les vieux auteurs —, et il laissait peser sur moi ce regard lourd et sensuel en disant :

— Tu en as vraiment envie, pas vrai ?

Et c'était plus fort que moi : je riais. Il sortait de la douche et avait les cheveux humides, des boucles brunes s'accrochaient à son front ; mon regard passait sur ces yeux verts que j'aimais, sur ce nez aristocratique, ce torse couvert d'une toison brune qui grisonnait ici et là, et je riais.

En grande partie, je riais parce que je savais ne pas être la seule femme à qui il faisait ce numéro. Nous étions mariés depuis dix ans, et ce brave Jeffrey avait eu tout le loisir de faire admirer à nombre de femmes de Carmel son « étendard flamboyant ». La seule idée que je puisse avoir envie de lui ou de son impressionnant appendice était ridicule. Alors, j'essayais d'étouffer mes gloussements, mais, bon…

Plusieurs fois, j'ai pensé que Jeffrey aurait pu me frapper, quand je riais. Il ne l'a jamais fait. Mais il a eu sa vengeance en me prenant mon enfant.

Après deux piqûres à Murphy et d'innombrables questions sur le A gravé sur son dos, le vétérinaire m'assure que mon chien est sur la voie de la guérison — du moins, sur le plan physique. Pour le reste, Murphy n'a jamais affiché une telle bouille de chien battu.

Lorsque nous rentrons, nous trouvons Frannie à la maison, alors qu'il n'était pas prévu qu'elle vienne travailler, aujourd'hui.

— Je n'arrivais pas à y croire, quand vous m'avez raconté ce qui s'est passé.

Sous la masse de ses cheveux roux, ses yeux noisette expriment une tristesse sincère.

— Ça va, mon bonhomme ? demande-t-elle en donnant une légère tape à Murphy.

Il recule et fait entendre un léger grognement, manifestement peu disposé à ce qu'on le touche. Ce comportement inhabituel me stupéfie. En guise d'excuse, je me crois obligée d'expliquer :

— Le véto m'a prévenue qu'il serait un peu susceptible, pendant plusieurs jours.

Frannie hoche la tête et me suit dans la cuisine.

— Je vous jure, Abby, que je n'ai pas la moindre idée de la façon dont il a pu sortir. Quand je suis partie, j'étais persuadée qu'il était à l'intérieur.

— C'est un petit malin ! Quand il s'est mis en tête d'aller faire un tour, il sait comment s'y prendre.

— Probablement, oui, acquiesce Frannie, pensive. Vous vous souvenez du jour où il s'est enfui pendant que je rentrais les provisions ? Pendant tout ce temps, moi, je pensais qu'il était là-haut, dans votre chambre. Et le jour où il s'est sauvé en glissant contre vous alors que vous entriez ? Vous avez dû courir sur la moitié de Scenic pour le rattraper !

Nous évoquons en riant les diverses techniques élaborées par Murphy pour filer à l'anglaise, tout en occultant soigneusement le fait qu'il ne s'agit pas là d'une de ses fugues habituelles, comme le prouve amplement la blessure sur son dos.

— Ce n'est pas toujours aisé de le retrouver, dis-je en désignant la cuisine d'un geste de la main. Il y a dans cette maison beaucoup de recoins où il peut disparaître, surtout maintenant que Jeffrey est absent la moitié du temps.

Frannie secoue la tête.

— Vous devriez vendre cet endroit. Cliff dit qu'il pourrait vous en obtenir une petite fortune.

Cliff, son nouveau petit ami, est agent immobilier.

— Pour aller où ? Quitter la vallée ? Me retrouver dans un immeuble ? L'océan me manquerait trop. Et puis, j'ai toujours aimé cet endroit.

— C'est vrai que vous avez une vue magnifique, reconnaît Frannie en regardant autour d'elle. Mais, à votre place, je ne serais pas trop rassurée de me retrouver seule, la nuit…

— Et pourquoi ?

— Vous n'avez rien remarqué ? Rien entendu ?

Elle serre les lèvres, comme si elle avait préféré ne rien dire.

— Entendu quoi, Frannie ?

Je souris, mais à moitié seulement.

— Ne me dites pas que vous croyez à cette histoire de fantôme !

— Non, bien sûr que non, répond-elle. Je parle de quelque chose de bien plus… comment dire ? Bien plus terre à terre. La semaine dernière, j'étais dans le grenier…

Elle s'interrompt et se détourne.

— Eh bien ? Que s'est-il passé, dans le grenier ? Vous avez entendu quelque chose ?

Ses yeux verts croisent aussitôt les miens.

— Vous avez entendu aussi, c'est ça ?

— Ça suffit, Frannie ! Je veux savoir ce que vous avez entendu, au juste…

— Un bruit. Juste un bruit. Il m'a fallu un moment pour trouver le courage de monter là-haut. Quand j'y suis allée, il n'y avait rien.

— C'est étrange, parce que moi aussi, j'ai entendu quelque chose, hier soir. Et ça m'a fichu une bonne trouille…

Les yeux de Frannie s'écarquillent.

— C'était quoi, à votre avis ?

— Maintenant qu'il fait jour et que le soleil est déjà haut dans le ciel, je pencherais pour un écureuil.

— Et hier soir ?

— Eh bien, hier soir, j'étais certaine que c'était ce type, là, celui des films, avec le masque de hockey, qui m'attendait dans l'ombre…

Nerveuse, Frannie croise les bras sur sa taille.

— Moi aussi, j'ai pensé à quelque chose de ce genre, avoue-t-elle. Vous devriez vous en aller d'ici, Abby. Cliff dit que…

Cliff, me dis-je, semble surtout impatient de réaliser une très belle vente et d'empocher une commission conséquente.

Je décide de changer de sujet.

— Dites-moi, Frannie, c'est vous qui avez ôté une des ampoules du plafonnier ? Il n'y en a plus qu'une.

— Non. J'ai pensé que c'était vous. On n'y voit presque rien, là-haut. Je me suis dit qu'il faudrait remonter avec une ampoule neuve, et puis j'ai oublié. Désolée.

— Ce n'est pas grave, je m'en chargerai. Mais si ce n'est pas vous qui l'avez ôtée, alors qui est-ce ?

— Jeffrey ? propose Frannie en haussant les épaules.

— Il déteste aller là-haut. A l'entendre, le grenier…

— … est plein de cochonneries sans valeur qui le font éternuer, termine Frannie à ma place, avec une grimace comique. C'est bien pour ça que j'y fourre ses affaires favorites chaque fois que je dois y grimper.

— Vous faites quoi ?

— Vous m'avez très bien comprise ! confirme Frannie d'un air suffisant. Je n'ai pas trop apprécié le mauvais tour qu'il vous a joué, avec l'autre poufiasse !

Ben me téléphone vers 18 heures.

— Il faut que je te voie. On peut se retrouver en ville ?

— Pourquoi est-ce que tu ne viens pas plutôt à la maison ?

La « ville », qu'on appelle aussi « le village », n'est qu'à quelques pâtés de maisons de chez moi, mais je n'ai guère envie de troquer mes confortables vêtements d'intérieur pour une tenue plus décente.

— Tu sais bien que je n'aime pas venir chez toi, me rappelle Ben.

— Jeffrey est avec le Président. Il ne sera pas de retour à la maison avant le week-end.

— Même.

Ben convoite le poste de chef de la police, l'homme actuellement en place devant prochainement prendre sa retraite. Or, malgré tous les artistes et écrivains qui y ont élu domicile, Carmel est une ville assez conservatrice, et Ben se méfie des commérages. Une liaison avec une femme mariée ne ferait pas forcément bonne impression sur ceux qui, à la mairie et dans la police, sont en charge des nominations.

— Je ne comprends pas pourquoi tu ne divorces pas, qu'on en termine une bonne fois pour toutes ! me dit-il pour la énième fois. Fous-moi ce con dehors !

— Tu sais bien que j'ai promis de tenir jusqu'aux élections de novembre. Ma liberté sera mon cadeau de Noël.

— Désolé, mais cet arrangement ne tient pas debout. Quelque chose me dit que Jeffrey a une idée derrière la tête, et que cela n'a rien à voir avec sa position dans les sphères du pouvoir. Tu ne sais pas ce que ça pourrait être ?

— Comment savoir, surtout dans un milieu comme celui de la politique ? Il dit que, vu le climat moral qui pèse sur le pays en ce moment — un contrecoup aux légèretés du précédent président —, il ne veut pas prendre le risque qu'un scandale dans sa vie privée rejaillisse sur le gouvernement.

— A quel point est-il proche du président Chase ?

— Pour ce que je peux en dire, ils sont comme larrons en foire. Jeffrey est tout de même un des rares hommes du pays qui l'ait au téléphone plusieurs fois par semaine. Et c'est quasiment lui qui dirige la campagne pour sa réélection. Dans les coulisses, bien sûr.

— Et lui, Jeffrey ? Est-ce qu'il brigue personnellement des fonctions ?

— Pas du tout. Il considère les politiciens comme des espèces de machines télécommandées, ou des pions qu'il peut mener à sa guise.

Ben laisse passer un moment de silence.

— Le divorce n'est plus aussi sulfureux que par le passé, Abby. Et Jeffrey, si on met les choses à plat, ne fait jamais que *travailler* pour le Président. Qu'est-ce qui prouve qu'il ne t'obligera pas à rester avec lui, même après les élections, simplement pour pouvoir continuer à habiter Windhaven ?

— Parce que tu t'imagines qu'il a une vie agréable, ici, en ce moment ?

— Alors, c'est qu'il y a autre chose. Peut-être qu'il veut te reconquérir.

Je laisse échapper un soupir exaspéré.

— Tu parles sérieusement ?

— Non. Bon, on se retrouve pour le dîner ? Au Red Lion ?

— Tu veux dire au Britannia ?

— Absolument.

— Tu as donc l'intention de dîner avec moi dans un lieu public ? Ben, tu as bu ou quoi ?

— Personne ne fera attention. Ce n'est pas le Mission Ranch, quand même !

Un nouveau soupir franchit mes lèvres.

— Bon, d'accord. Mais…

— Mais tu es habillée décontracté et tu n'as pas envie de te changer. Cela nous fait une bonne raison de plus pour aller au Red Lion — enfin, au Britannia. Je t'attendrai au bar.

— Pourquoi est-ce qu'on n'irait pas au Bully III ?

— Parce que je suis déjà au Red Lion.

— Mais le Bully III a le meilleur *french dip* de la ville !

— De toute façon, tu ne mangeras pratiquement rien.

Résignée, je secoue la tête.

— Je crois que tu me connais trop bien.

— Comment va Murph ? me demande Ben.

Nous venons de nous installer à une table du Red Lion — anciennement, le Britannia —, à côté de la cheminée, et nous avons commandé à boire. C'est l'endroit où traînent tous les gens du coin, et pratiquement tous les clients présents ce soir nous connaissent. Cela m'étonne que Ben soit disposé à être vu ici en ma compagnie.

— Murphy ? dis-je. Il ne va pas si mal.

Ben fronce les sourcils.

— Tu as du nouveau sur ce qui a pu se passer ?

— Non. Le garçon qui l'a ramené à la maison m'a dit qu'il n'y avait personne d'autre dans les parages, et je n'ai pas jugé utile de l'interroger là-dessus.

— Il faudrait que je lui parle. Il a peut-être vu quelque chose, dont il ne mesure pas l'importance. Tu as son numéro de téléphone ?

— Non, et je le regrette. Il a utilisé sa laisse pour ramener Murphy à la maison et il l'a oubliée. Elle a l'air assez chère. On dirait même qu'elle a été réalisée sur mesure.

— J'y jetterai un coup d'œil, d'accord ? Si jamais c'est un artisan du coin qui l'a faite, je devrais pouvoir remonter jusqu'à notre témoin.

— D'accord. Je te la donnerai.

— Nous avons trouvé le frère de Marti. Il s'appelle Ned.

Ben s'interrompt, le temps de sourire et de remercier la serveuse qui vient de nous apporter les consommations.

— Il arrive pour arranger les funérailles, reprend-il.

— C'est pour ça que je t'ai appelé ce matin. Tu as eu mon message ?

Il hoche la tête, avant de boire une longue gorgée de sa bière blonde, de la Sierra Nevada.

— J'ai pensé que nous pourrions bavarder ici, plutôt qu'au téléphone, m'explique-t-il.

Les yeux baissés, je joue avec mon verre de chardonnay.

— Quand est-ce que Marti... Enfin, cela aura lieu quand ?

— A la fin de la semaine, d'après Ted. Il pense que les rapports toxicologiques ne donneront rien d'intéressant, et il a mis son grain de sel pour que le processus soit accéléré. Il l'a fait pour toi. Il t'aime bien.

— Ted est adorable... Et sa femme aussi. Alors, ne va surtout pas te faire des idées. Mais, pour en revenir au frère de Marti : il veut que les funérailles se déroulent ici ? J'avoue que ça me surprend.

— D'après moi, il a compris que c'était la meilleure façon de régler les choses. Surtout sur le plan financier. J'ai eu l'impression que Marti et lui ne s'entendaient pas très bien.

— Ton impression est la bonne. Elle ne parlait pratiquement jamais de lui et je pourrais compter sur les doigts d'une main le nombre de fois où je les ai vus ensemble.

— Tu n'as pas idée de ce qui aurait pu les brouiller ? Enfin, s'ils étaient brouillés.

— Je ne vois pas, non. Je sais qu'il est plus âgé qu'elle ; ils ont dix ans d'écart, je crois. Peut-être que l'arrivée d'une petite sœur, alors qu'il avait été si longtemps enfant unique, n'a pas été à son goût ?

Ben m'observe en train de siroter mon vin avec une petite lueur taquine dans le regard.

— Superbe coiffure, commente-t-il en se moquant gentiment de ma queue-de-cheval faite à la diable. Et j'adore les chaussures de jogging un peu usées. Du pur Carmel !

— Avec toi, il faut avoir les pieds ailés de Mercure.

Il hausse un sourcil.

— Ah bon ? Et pourquoi ça ?

— Eh bien, pour débouler aussi vite que possible quand tu me convoques au resto pour m'interroger.

— Si j'avais voulu t'interroger, je t'aurais fait venir au commissariat.

— Oh ? Alors, tu m'as donné rendez-vous pour me faire la cour ? Mince ! Et moi qui pensais qu'on faisait ça chez toi, pas en public…

Comme il n'a apparemment rien à me répondre, je pousse un gros soupir.

— Bon, alors vas-y, déballe ton truc. Qu'est-ce que tu veux savoir ?

Il repose la grosse chope de bière sur la table. Des bûches craquent dans la cheminée, à côté de nous, et je commence à avoir trop chaud. Au comptoir, des clients bavardent en jetant de fréquents coups d'œil vers la télévision, au fond de la salle.

— J'aimerais en savoir plus sur le bébé de Marti, me dit Ben. C'est une chose que tu as oublié de mentionner, Abby — la raison de cette cicatrice de césarienne.

— Je n'ai pas oublié, dis-je en haussant les épaules. J'ai juste promis que je n'en parlerais à personne.

— Mais elle…

— Elle est morte, oui, je sais. Et tu ne crois pas que c'est assez dur ? Quel intérêt de connaître la vérité là-dessus ?

— Je n'en sais trop rien pour l'instant. Juste l'intuition que cela a un rapport avec les raisons pour lesquelles on l'a tuée.

— Vraiment ?

Les intuitions de Ben font partie des choses dont j'ai appris à tenir compte. Il est d'ailleurs connu pour cela, et son talent n'a rien à voir avec les *profilers* un peu fantaisistes qu'on voit à la télévision. Il examine tous les éléments de bien plus près que la plupart des enquêteurs, si bien qu'il peut parfois donner la fausse impression de ne pratiquement pas avancer.

Quoi qu'il en soit, le vin m'a toujours délié la langue. J'attends que nous ayons passé commande du dîner, et je me lance.

— C'était il y a longtemps. Dans les années 80. Marti avait beaucoup travaillé en Amérique centrale, à l'époque, aussi nous nous étions très peu vues. Un jour, elle est venue frapper à ma porte. Elle était pratiquement sur le point d'accoucher. C'était peu de temps après mon mariage avec Jeffrey.

— Elle est venue ici ? A Carmel ?

— Absolument. J'ai bien essayé de la convaincre d'avouer la vérité au père de l'enfant, mais elle s'est montrée intraitable.

D'après elle, il était préférable pour tout le monde qu'il n'en sache rien. Elle ne m'a jamais dit qui c'était.

— Peut-être quelqu'un de marié ?

— Peut-être, oui.

— Et qu'est-ce qu'elle attendait de toi ?

— Juste d'être à son côté, je pense. Ses parents avaient été tués quelques années plus tôt dans un accident d'avion, au Honduras, et, à part Ned, elle se retrouvait pratiquement seule au monde. Avec le travail qu'elle abattait et ses voyages incessants, elle n'avait jamais vraiment eu le temps de se faire des amis.

— Alors, tu étais avec elle pour l'accouchement ?

— Oui.

Ben reste un moment silencieux.

— Qu'est-ce que Jeffrey a pensé de tout cela ? finit-il par demander.

— Il n'en a jamais rien su. Il était absent, quand c'est arrivé, et, par la suite, Marti m'a fait jurer de garder le secret.

— N'empêche… En général, les femmes confient à leur mari des choses qu'elles gardent secrètes pour les autres, non ?

— Non. Pas dans ce cas.

Il n'insiste pas, et je n'ai donc pas besoin de lui dire le peu de confiance que j'avais en mon mari, même si nous n'en étions qu'aux premiers temps de notre mariage.

— Il y a un détail qui m'échappe, reprend-il en secouant la tête. Comment a-t-elle pu dissimuler qu'elle était enceinte ? Elle n'était pas déjà connue, à l'époque ?

— Si. Mais Marti a toujours été très mince. Elle m'a expliqué qu'elle avait pu cacher sa grossesse pendant les six premiers mois.

Ensuite, elle a pris un congé sabbatique et elle s'est enfermée dans une espèce de cabane, en pleine forêt.

— Une cabane en pleine forêt ? C'est un peu rude, non ?

— Marti était habituée à des conditions de vie difficiles. Elle était très résistante.

— Où cette cabane se trouvait-elle ?

— Dans le Maine, si je me souviens bien. Je crois que c'était un ami qui la lui avait prêtée.

— Et où le bébé est-il né ?

— Ici, à Monterey.

— Au Community Hospital ?

— Oui.

La serveuse nous apporte nos assiettes, et Ben se met à jouer avec son sandwich chaud à la dinde, qu'il fait tourner dans son assiette.

— Un autre point m'échappe, Abby. Comment a-t-elle réussi à garder secrète la naissance de son enfant pendant tant d'années ? Surtout en ayant accouché dans un endroit public comme le CHOMP…

Le CHOMP — Community Hospital of the Monterey Peninsula — est très en vue : c'est là que se rendent les célébrités de passage pour se faire soigner.

— Avant tout, elle n'est jamais allée consulter où que ce soit pour des soins prénataux. Marti était très ferrée sur les méthodes de soins alternatives, et elle connaissait vraiment très bien son corps. Quand elle est rentrée à l'hôpital pour accoucher, elle est passée par les urgences. Où elle a payé cash.

— Cash ? Elle a dû débourser une fortune !

Je hausse les épaules.

— Je l'ai aidée.

— Ah ! je comprends mieux…

Il goûte son sandwich et fait la grimace. Je savais qu'il n'aimerait pas. Ben adore la dinde, mais il déteste la sauce au jus de viande lorsqu'elle est trop poivrée. En plus, ils l'ont servie avec des toasts, alors qu'il préfère le pain traditionnel.

— Quand même, me dit-il, les ordinateurs étant ce qu'ils sont, tu as dû penser qu'il y aurait un enregistrement de la naissance ?

— Il y en a un, oui. Au nom de Maria Gonzalez, de Salinas. Tu sais combien de Gonzalez vivent à Salinas ? Marti leur a expliqué qu'elle travaillait à Carmel comme femme de chambre.

— Et ça a marché ? Elle a pu se faire passer pour une Hispanique ?

— Elle avait les cheveux bruns, des yeux marron, et après toutes ces années passées à travailler au-dessous de l'Equateur, elle avait aussi le teint mat. Sans compter qu'elle parlait la langue. Donc, son histoire est passée comme une lettre à la poste.

La vérité, c'est que la plupart des médecins et membres du personnel hospitalier ne regardent pas vraiment les gens comme des gens. Surtout quand ils s'appellent Gonzalez et qu'ils n'ont pas d'assurance pour couvrir les soins médicaux.

— J'ai confirmé qu'elle travaillait chez moi, et que j'étais la personne la plus proche d'elle dans la région.

— Et, bien sûr, dès lors qu'elle a payé — ou que tu as payé — cash, il n'y avait plus personne pour poser de questions.

— Exactement. Nous avons pensé que ce serait mieux ainsi pour elle — plutôt que d'aller à l'hôpital du comté, où l'administration garde un œil sur tout. Elle aurait eu beaucoup plus de mal à passer inaperçue, à se noyer dans le système. Et elle n'aurait pas reçu de meilleurs soins.

— Tes ruses et tes manigances ne cesseront jamais de m'étonner, me dit Ben.

Il secoue la tête et reporte son attention sur une grosse tranche de pain chaude et imprégnée d'ail.

— Renvoie-la, lui dis-je.

— Hein ?

— Renvoie ta dinde en cuisine. Tu n'as qu'à dire que la sauce est trop poivrée et que tu n'aimes pas ton toast. Ils te donneront autre chose.

— Non. Je ne veux pas les déranger. De toute façon, ajoute-t-il en repoussant son assiette, je n'ai pas vraiment faim.

— On aurait mieux fait d'aller au Bully III.

Pour dire la vérité, je n'ai pas très faim non plus. Quand la serveuse revient, nous affirmons que le dîner était excellent. Elle débarrasse nos assiettes et nous rapporte à boire, ce qui me va très bien.

Après dîner, nous allons marcher sur la Sixième Rue, jusqu'au parc où se trouve cette statue d'un homme et d'une femme âgés, assis côte à côte sur un banc. La sculpture fut offerte à la ville par une galerie d'art, au terme d'une longue polémique sur la pertinence de la mettre là ou non.

— Tu sais ce qui m'enquiquine, avec eux ? finis-je par demander.

Ben me regarde avec surprise.

— Tu parles des deux vieux ? Eh bien, quoi ?

— Ils ont toujours l'air heureux. Or, personne n'est heureux sans arrêt, comme ça.

— Peut-être qu'ils nous donnent un but à atteindre, suggère Ben en prenant la défense des deux personnages de bronze.

— Mouais.

— Tu sais ce que tu es ? Une grincheuse. Une grincheuse de trente-huit ans.

— Merci ! Ça fait toujours plaisir…

Il passe un bras sur mes épaules et m'entraîne vers un banc, en face du vieux couple. Là, il entreprend de me semer de petits baisers dans le cou.

— Hé ! Fais attention ! Qu'est-ce que les gens vont penser ?

— Il fait sombre. Et, de toute façon, personne ne regarde. Ils ont bien mangé, bien bu, ils rentrent chez eux ou à l'hôtel pour faire l'amour devant la cheminée.

— La perspective est séduisante. Tu as fini de m'interroger ?

Les lèvres de Ben glissent jusqu'aux miennes.

— Je crois bien qu'il y a encore quelques points à éclaircir…

— Alors, au travail, jeune homme. Je commence à me faire vieille.

— Ça va mieux ? me demande Ben alors que nous marchons le long d'Ocean Avenue.

La plupart des magasins sont fermés, mais les restaurants brillamment éclairés se succèdent au fil des immeubles. Un jour, et cela remonte déjà à un certain temps, quelqu'un avait dénombré pas moins de quatre-vingt-sept restaurants dans les quelques hectares de Carmel Village, et plus de cent galeries d'art.

— Mieux ? Tu pourrais préciser le sens de ta question ?

— Tu es mieux que chez toi, seule, à ressasser tes pensées ?

— Oui. Tu m'as fait boire et manger comme cela ne devrait pas être permis, et je ne vois pas comment ni pourquoi je ne me sentirais pas mieux. Je me fais l'impression d'une vache bien grasse, pour tout dire.

— Je ne trouve pas que tu ressembles à une vache bien grasse.

— Ah bon ? Mais alors, pourquoi ai-je l'impression qu'on va m'envoyer à l'abattoir ?

— Je ne pourrai jamais te berner, pas vrai ?

— Essaie de t'en souvenir, à l'occasion. Bon, alors, de quoi s'agit-il ?

— Je ne t'ai pas vraiment tout dit.

— Ça ne m'avait jamais traversé l'esprit... Alors ?

— Mauro et Hillars... Ils veulent de nouveau te parler.

Je laisse échapper un grognement.

— Oh ! mon Dieu ! Drôle de façon de terminer une journée.

Je tends les mains en avant, comme pour attendre qu'on me passe les menottes. Ben retient un sourire.

— Pas maintenant, me dit-il. Je tenais juste à ce que tu saches qu'ils y avaient fait allusion. Ils te contacteront.

— Mais qu'est-ce qui se passe, Ben ? Pourquoi les Services secrets ?

— Aucune idée.

— Ah, non ! Tu ne me feras pas avaler ça !

— Je te le jure, Abby. Et, à la façon dont se passent les choses, j'ai la conviction qu'ils ne diront à personne ce qu'ils fabriquent ici. Crois bien que ça me rend dingue. Alors, quand ils t'appelleront, j'ai pensé que tu pourrais essayer de leur soutirer une petite info.

— Je vois. Une petite info que je partagerais avec toi…

Nous nous arrêtons de marcher, et Ben me prend la main pour la fourrer au fond de sa poche.

— Je pensais que tu pourrais. Nous partageons quelques bonnes choses, pas vrai ?

— Quelques, oui.

Nous parcourons quelques mètres de plus, et je m'arrête de nouveau.

— Continue comme ça avec ma main, et je te promets que nous aurons bientôt quelque chose d'autre à partager…

— C'est la nouvelle technique que j'ai mise au point pour les interrogatoires, explique Ben.

— Ah oui ? Vraiment ? Eh bien, pense à l'homologuer : ça marche.

Pour la première fois depuis cinq mois que nous sortons ensemble, Ben vient avec moi à la maison. Et, bien sûr, c'est ce soir que Jeffrey choisit pour rentrer plus tôt que prévu.

Nous sommes sous un gros édredon dans ma chambre — où je dors seule, désormais, même si Jeffrey et moi partageons encore les placards. Un feu craque dans la cheminée, et les portes-fenêtres donnant sur la terrasse sont légèrement entrouvertes pour laisser passer la rumeur des vagues qui s'abattent sur le rivage. J'ai aussi mis un peu de musique.

Malgré tout, j'entends les pas de mon mari dans l'escalier. Après toutes ces années, difficile pour moi de me tromper.

Ben et moi sommes nus, nos vêtements répandus un peu partout sur le sol. Impossible dans ces circonstances de les récupérer, les enfiler, et prétendre que nous sommes en réunion.

Jeffrey entre. Je m'assois, remonte les draps jusque sous mon menton, et tente de gagner du temps.

— Tu rentres plus tôt que prévu, dis-je sur un ton de reproche — piètre tentative pour lui faire endosser la responsabilité de la situation.

D'un regard, il prend la mesure du tableau que nous composons, Ben et moi.

— Si j'avais su que vous étiez en pleines réjouissances, j'aurais passé un coup de fil, dit-il d'un ton miel et vinaigre.

Malgré ses efforts pour jouer les indifférents, je serais prête à jurer que ses cheveux grisonnants à la George Clooney se sont hérissés — comme la crinière d'un lion qui vient de trouver un autre mâle dans sa tanière.

De son côté, Ben fait de son mieux pour conserver sa dignité — bataille perdue d'avance pour un homme qui se trouve couché, nu, à côté de la femme d'un autre. Il me semble presque entendre grincer les rouages de son cerveau, alors qu'il envisage une à une les options possibles : « Est-ce que je sors du lit et fonce m'enfermer dans la salle de bains pendant qu'ils règlent leur problème aux poings, ou est-ce que je récupère mes vêtements et tente un départ éclair par la porte ? »

Ben déteste les confrontations de ce genre. En revanche, donnez-lui un flingue et un criminel, et c'est un tout autre homme.

— Tu restes où tu es, Ben, lui dis-je d'un ton ferme. Après tout, il ne s'agit pas de quelque chose de nouveau pour Jeffrey…

Je le sens glisser entre les draps centimètre par centimètre.

— Bonsoir, Ben, dit Jeffrey. Ça se passe bien, votre demande de promotion ? J'ai entendu dire que vous briguiez le poste de chef ?

La menace de révéler notre liaison est évidente, même s'il n'en fera rien, puisque je le tiens moi-même avec son histoire de bimbo. Néanmoins, il ne peut pas s'empêcher de plastronner un peu.

— Ça se passe bien, répond Ben sur le ton de la conversation.

Son aisance me rend fière de lui. Il a visiblement décidé de se comporter comme s'il se trouvait en smoking dans le salon, et non dans ma chambre nu comme un ver.

— Et pour vous, Jeffrey ? Tout va bien ?

— Très bien, oui, répond Jeffrey, avant de se diriger vers la penderie. Mais continuez ce que vous étiez en train de faire, tous les deux. J'étais juste passé prendre des chemises propres.

Ben et moi échangeons un coup d'œil. Jeffrey récupère ses chemises, puis il s'arrête dans le bureau, à la recherche de boutons de manchettes qu'il met un certain temps à trouver. Nous sommes immobiles dans le lit, les draps remontés sur nous, osant à peine respirer.

— Je m'en vais, maintenant, annonce Jeffrey une bonne centaine d'années plus tard, en passant la tête dans l'encadrement de la porte.

Il ne s'arrête qu'un moment sur le palier, alors que Murphy fait entendre un grognement. Nous entendons ses pas dans l'escalier puis, un peu plus tard, sa voiture qui s'en va.

Ben fait passer l'édredon sur sa tête en gémissant. D'une voix étouffée, il marmonne :

— S'il parle à qui que ce soit, je suis foutu !

Je plonge sous les couvertures et les draps pour le rejoindre.

— En attendant, je suggère qu'on batte le fer pendant qu'il est chaud. Voyons voir ce que nous avons là…

5.

Marti sera enterrée au sud de Carmel, sur la route de Big Sur, dans un petit cimetière catholique situé au cœur d'une vieille propriété espagnole. Ben m'a appris que la propriétaire, une certaine Lydia Greyson, a proposé spontanément que ses ancêtres accueillent Marti parmi eux, un privilège dont elle se déclare grandement honorée. Elle a en outre fait valoir que la tombe serait bien protégée des curieux, derrière les hauts murs d'adobe de la propriété.

Qui est cette femme, et pourquoi elle a offert à Marti une place dans son cimetière familial : je n'en ai pas la moindre idée. Je peux juste supposer qu'elle connaît le frère de Marti, Ned, ou du moins qu'elle lui a parlé, puisqu'il a bien fallu qu'il donne son accord.

Un long cortège de voitures et de limousines noires file vers le sud. Sur certaines portions de la route, par très beau temps, on ne peut guère rouler à plus de cinquante kilomètres à l'heure. Or, le temps, aujourd'hui, n'est malheureusement guère clément, avec un brouillard qui pèse lourdement sur tout le paysage.

Dans notre Mercedes noire, Jeffrey et moi sommes tranquillement assis l'un à côté de l'autre, chacun perdu dans ses pensées. Devant nous, dans une limousine, il y a Ned. Je ne l'ai jamais vraiment rencontré ; tout au plus l'ai-je croisé en compagnie de sa sœur, il y a de cela des années. Quand nous étions au lycée, Ned était déjà à la fac. Par la suite, durant notre séjour au couvent Joseph et Marie, il a dû se montrer une ou deux fois pour les visites du samedi.

Deux femmes voilées de noir sont avec lui. A l'église, l'une d'elles, de par son maintien, m'a paru vaguement familière — mais je ne suis pas parvenue à trouver qui elle pouvait être. Pour être voilée de la sorte, elle appartient forcément à la famille — ce qui me surprend, moi qui étais persuadée que Marti n'avait plus d'autres parents que son frère.

Derrière nous, des limousines transportent des habitants du coin. Certains sont de simples curieux, mais le plus grand nombre souhaite rendre hommage à Marti, en toute sincérité. Cette démonstration d'affection ne cesse de m'étonner. Même si j'ai toujours su combien mon amie était aimée, ses photos et ses reportages ont touché bien plus de gens que je ne croyais. Dans l'église, les mots Shining Bright ont plus d'une fois parcouru les bancs.

La queue du convoi est composée de journalistes, de photographes et de reporters, certains venus de l'étranger. Notre représentant au Congrès était à l'église, où se trouvaient également plusieurs sénateurs — à tel point que je me demande ce que Marti penserait d'une pareille agitation. Est-ce que cela lui ferait plaisir ? Serait-elle plutôt embarrassée ? Un peu des deux, à mon sens.

— Hein ? Quoi ? fait soudain Jeffrey.

— Je n'ai rien dit.

— Tu as fait un bruit.

— Je souriais.

— Je te dis que tu as fait un bruit.

La voix de Jeffrey est assez calme, alors que ses mains sont crispées sur le volant.

— En fait, ajoute-t-il, et à moins que je ne fasse erreur, c'était une espèce de grognement.

— S'il y a quelqu'un qui sache reconnaître mes grognements, c'est bien toi, Jeffrey.

— Non seulement je les reconnais, mais en plus je sais les interpréter.

— Vraiment ?

— Tu penses que c'est trop — tous ces gens, toutes ces voitures…

Je me tourne vers lui.

— Et toi ? Qu'est-ce que tu penses, Jeffrey ?

— Je pense que tu es trop cynique. Et que c'est ton pire défaut.

Après un moment de silence, je ne peux pas m'en empêcher : je grogne. Avant de lancer :

— En tout cas, nous voilà sûrs d'une chose, Jeffrey. C'est qu'il ne s'agit pas de *ton* pire défaut !

Mon mari est à côté de moi. Il a passé le bras sous le mien pour me soutenir, et les photographes semblent plus intéressés par notre couple que par la tombe de Marti. « Je t'avais bien dit qu'ils étaient toujours ensemble », déclare l'un d'eux, sans se soucier de baisser la voix. Et un autre murmure : « Elle donne l'impression de mieux tenir le choc que lui. »

Et c'est vrai que Jeffrey n'a pas l'air au mieux. Il a les yeux fatigués, les traits tirés. Je m'inquiéterais pour lui si je ne savais pas que cette petite mine est causée par trop d'heures de gym, et non par quelque vilaine maladie. Une grande partie de l'énergie de Jeffrey passe dans les efforts qu'il déploie pour rester jeune et ferme pour sa bimbo. Le bon sens commun a parfois du bon : passé un certain âge, il faut choisir « entre la frimousse et le cul ». Le fait est que les quelques kilos que j'ai pris aux abords de la quarantaine concourent à atténuer mes rides. Tandis que Jeffrey, lui, soulève de la fonte, court sur des kilomètres et fonce à toute vitesse vers les eaux bleues de la romance en même temps que vers la crise cardiaque.

De l'autre côté du cercueil, avec le frère de Marti, se trouvent les deux femmes au visage voilé de noir. Ce dernier a le regard sombre, même si les paroles du prêtre laissent planer comme un rictus sur ses lèvres.

— A toi, Seigneur, nous confions l'âme de cette femme de grande vertu et à la foi inébranlable. Nous demandons à tes anges de l'emporter doucement vers ce royaume où tu résides, de la guider et de la protéger durant ce voyage…

Mes yeux croisent ceux de Ned, et je suis vraiment stupéfaite par la haine que je crois y lire, et dont je me sens l'objet. Je détourne vite la tête, mais je sens ce regard agrippé à moi, chargé d'une hostilité intense et incompréhensible. Je fouille à la va-vite dans ma mémoire, à la recherche d'un début d'explication : en vain. Alors, je me concentre sur les prières que lit le prêtre, tandis que les deux femmes près de Ned font le signe de la croix. Lorsque le service se termine, l'une d'elles s'avance pour laisser tomber une poignée de terre sur le cercueil. Elle remonte le voile sur son visage et, abasourdie, je découvre les traits vieillis, mais reconnaissables entre mille, de sœur Helen.

Cela remonte à vingt ans, mais le regard que nous échangeons me donne l'impression qu'une journée à peine s'est écoulée. Je suis toujours la novice, elle ma marraine déçue et pleine de colère.

L'autre femme relève à son tour son voile. C'est une étrangère aux cheveux gris, coupés court, que je n'ai jamais rencontrée. Elle échange quelques mots avec sa voisine, hoche la tête et se dirige lentement vers les voitures. Sœur Helen s'approche de moi.

— Bonjour, Abby.

Sa voix râpeuse n'a guère changé : toujours aussi forte et intimidante. Elle est habillée en civil, tout en noir, ce qui me surprend. N'avait-elle pas juré, des années plus tôt, de toujours porter l'habit ?

Son regard est bien tel que je me le rappelle — sévère, intransigeant. Aussitôt, comme si le temps avait effectué un bond en arrière, j'ai l'impression d'avoir fait quelque chose de mal et je baisse les yeux, pour vérifier si j'ai mis mon col blanc de postulante à l'envers, ou si mes oxfords noirs se sont délacés à force de courir dans les couloirs.

Mon collant noir est-il filé ? Me suis-je renversé de la sauce dessus ?

Dans les yeux de sœur Helen, une lueur m'informe qu'elle sait exactement ce que je pense, et qu'elle goûte chaque instant de mon malaise.

— Une triste journée, me dit-elle.

— Oui. Très triste. Je suis surprise de vous voir ici, ma sœur. Comment allez-vous ? Comment allez-vous, depuis tout ce temps ?

Elle ne me répond pas, mais continue de me jauger. Un silence inconfortable s'installe. Jusqu'à ce que je finisse par balbutier :

— Est-ce que vous… est-ce que vous étiez restées en contact, Marti et vous ?

— Nous nous sommes parlé de temps à autre, me répond-elle évasivement.

Je me demande bien pourquoi Marti n'a jamais mentionné cela.

— Vous êtes toujours à Santa Rosa ? A Marie Stella ?

— Pas vraiment.

Il y a tant d'amertume dans sa voix que je ne sais pas trop comment prendre sa réponse.

— Vous vous êtes retirée ?

— J'imagine qu'on peut dire les choses comme ça.

Je suis de plus en plus déconcertée.

— Et toi, Abigail ? me demande-t-elle.

Voilà des années qu'on ne m'a pas appelée ainsi, et cela ne fait qu'ajouter à mon malaise.

— Je vis ici, à Carmel.

— Bien sûr. Pourquoi pas, du reste ?

— Que voulez-vous dire par là, ma sœur ?

— Ce que je veux dire, c'est que tu as toujours su retomber sur tes pieds. Quoi qu'il puisse en coûter aux autres.

Tant d'hostilité me laisse sans voix. J'ai l'impression que, dans son esprit, c'est avant-hier que j'ai brisé ma promesse de servir Dieu.

Nous nous faisons face, deux femmes avec bien trop de choses à se dire et bien trop d'années derrière elles pour pouvoir le faire.

Le frère de Marti choisit cet instant pour se glisser derrière sœur Helen et lui poser une main sur l'épaule.

— Helen ? dit-il. Nous sommes prêts.

Elle lui lance un bref coup d'œil, avant de se retourner vers moi.

— Tu connais Ned, le frère de Marti ? me demande-t-elle avec ce qui ressemble à une courtoisie étudiée.

— Non, nous ne nous sommes jamais rencontrés.

De près, je peux constater que Ned Bright est séduisant, mais à l'ancienne, à l'instar des personnages masculins des romans de Jane Austen. Il a un visage fin, comme celui de Marti, composé de lignes et d'angles pleins d'élégance. Les yeux marron, mis en valeur par de longs cils, sont tout simplement très beaux.

Je tends la main vers lui, mais il ne fait aucun geste.

— C'est vous qui l'avez tuée, me dit-il. Au bout du compte, c'est vous.

Je suis sous le choc.

— Ce… ce n'est pas vrai. Je… Marti était ma meilleure amie !

— Vous n'avez jamais été une amie pour ma sœur.

Je me tourne vers sœur Helen, implorant de l'aide, du soutien et aussi la confirmation que je suis en train d'imaginer cette scène. Mais elle se détourne.

— Je suis prête, annonce-t-elle d'un ton sec.

Ned lui prend le bras et ils s'éloignent, rejoignant l'autre femme près des voitures. Et moi, je continue de les regarder, choquée et incrédule.

*
* *

Comme frappée par un nouveau deuil, j'ai soudain très envie de rentrer chez moi pour me retrouver seule avec mon chien, mes livres, mon lit. Voilà quatre jours que Marti est morte, et pas un instant qui n'ait eu sa charge de douleur, d'interrogations sans réponse…

Je me demande quand les agents des Services secrets me tomberont de nouveau dessus.

J'ai fait de mon mieux pour brouiller les pistes, Marti. Ben est le seul à qui j'aie dit la vérité au sujet de ton fils. Avec de la chance…

Soudain, rester là, sur cette colline noyée de brouillard et détrempée par la pluie, alors que mon amie n'est plus, m'entendre dire qu'elle n'était pas mon amie, tout cela est plus que je n'en puis supporter.

Je cherche Jeffrey du regard. Il bavarde avec un groupe de personnes, des connaissances aussi bien que des étrangers. Je le regarde serrer des mains, hocher la tête, sourire, rire même, bref se comporter comme s'il était en pleine réunion politique. Je soupire et décide de l'attendre dans la voiture.

C'est alors seulement que je remarque un autre homme, à une vingtaine de mètres du petit enclos qui tient lieu de cimetière, sous un bosquet d'eucalyptus. Grand, d'apparence fragile, il semble avoir mon âge. Une brise glacée s'est levée : je me serre dans ma cape noire tandis qu'il se blottit dans un coupe-vent bleu marine. Tandis que je m'approche de lui, je m'aperçois qu'il tient dans la main un bouquet de roses roses.

Il y a quelque chose de familier dans tout ça. Une tonalité de déjà-vu. Mais où ai-je déjà vécu cette scène ?

Et puis, ça me revient : Tommy. Tommy Lawrence, du lycée. Un garçon de Saint-John, un crétin qu'aucune fille n'aimait. Une fois, il avait offert à Marti un petit bouquet de roses roses. Il l'avait retrouvée un matin à l'arrêt du bus, le visage en feu, les mains tremblantes. Et tandis qu'un certain nombre de nos copines de classe étaient restées à ricaner, Marti l'avait chaleureusement remercié, en chassant de son visage des cheveux qu'elle avait très longs à l'époque. Elle avait fait sécher les fleurs et les avait conservées entre les pages de son livre d'histoire.

— Il m'a donné plus que ces roses, m'avait-elle expliqué. Ce qu'il a fait demandait beaucoup de courage, et cela mérite d'être respecté.

Cet épisode en tête, je me dirige vers Tommy. Nos regards se croisent, mais il se détourne, comme désireux d'éviter tout contact. Je me dis qu'il doit être toujours aussi timide, et souris pour le mettre à l'aise. A mesure que j'approche, je me rends compte que ses yeux brillent de larmes. Ses joues, elles, sont humides, comme s'il avait beaucoup pleuré.

— Tommy, dis-je. Tommy Lawrence. Comment vas-tu ?

— Salut, Abby.

— Tu te souviens de moi ?

Il hausse les épaules.

— Evidemment. Tu étais la meilleure amie de Marti.

— Mais on ne s'est jamais parlé. Comment le sais-tu ?

— J'imagine que j'en savais pas mal à propos de Marti. A l'époque, du moins.

Bien sûr. Il était obsédé par elle. Ce qui avait commencé avec un petit bouquet de roses avait pris de l'ampleur, peu à peu. La nuit, il faisait le guet devant chez elle. Le matin, il la suivait jusqu'à l'école, puis il l'attendait au bas de l'escalier à la sortie des classes. Le léger embarras que Marti avait éprouvé au départ s'était vite transformé en agacement — et même en peur.

— Je ne lui ai jamais voulu le moindre tort, me dit-il maintenant, comme s'il lisait dans mes pensées. J'avais envie d'être près d'elle.

— Tu lui faisais peur, Tommy. Si tu ne voulais pas la blesser…

— Pourquoi est-ce que je faisais ça ?

Il secoue la tête.

— J'imagine que je ne pouvais pas m'en empêcher. Comme si nous étions depuis toujours destinés l'un à l'autre — c'est l'impression que j'ai eue la première fois que je l'ai vue. Et le jour où elle m'a remercié de lui avoir donné des roses, j'ai compris que j'avais raison. Elle continuait à dire qu'elle voulait qu'on soit juste amis, mais je me suis dit que si j'arrivais à lui montrer à quel point je tenais à elle, peut-être qu'elle m'aimerait, elle aussi.

C'est une histoire aussi vieille que les collines qui nous entourent. Soyez gentil avec quelqu'un, faites des choses gentilles pour lui, et il apprendra à vous aimer. Combien de gens qui éprouvaient des passions sans espoir se sont-ils accrochés à cette pensée, avant que la réalité ne se rappelle à leur bon souvenir ?

— Elle t'aimait bien, Tommy, dis-je avec douceur. Mais elle ne tenait pas à ce que les choses aillent plus loin. Tu comprends ?

— Ouais. Ouais, tu as sans doute raison.

Une mèche de cheveux bruns tombe devant son front, qui me ramène à l'image de l'adolescent que j'ai connu.

— Mais j'ai grandi, continue-t-il. Je ne guette plus les femmes devant leur maison.

Il baisse les yeux sur ses roses et la tristesse réapparaît sur son visage.

— Je voulais juste lui apporter des fleurs.

J'éprouve un élan de sympathie pour lui, pour ce jeune homme qui, au moins un court instant, fit naître un sourire sur le visage de Marti.

— Viens, dis-je en lui tendant la main. Je t'accompagne.

La gratitude que je lis dans son regard suffit à me convaincre que j'ai pris la bonne décision. Nous traversons la pelouse jusqu'à la tombe, près de laquelle Jeffrey est entouré de sa cour. Dommage qu'il n'ait pas songé à apporter du champagne et des petits-fours, la fête aurait été complète.

Mais je suis bien trop habituée à Jeffrey, à son mode de fonctionnement et à ses manigances, pour investir de l'énergie dans une forme quelconque de contrariété.

Tommy extrait une rose de son bouquet, et il la laisse tomber sur le cercueil de la femme qu'il a aimée. Il pose ensuite les fleurs à côté de la tombe et, quand il se retourne vers moi, ses yeux sont de nouveau pleins de larmes.

— Je sais que ça fait des années, murmure-t-il. Et pourtant, j'ai l'impression que c'était hier.

— Je sais. J'ai ressenti un peu la même chose. Tout ce qu'on a laissé derrière soi semble refaire surface spontanément, comme si on était propulsé dans le passé.

Il sourit.

— Merci pour ta compréhension. Je peux te laisser quelque part ?

Je secoue la tête.

— Mon mari, dis-je en désignant Jeffrey.

— Il ne semble pas sur le point de partir.

— Tu as remarqué, toi aussi ?

— Il me reste deux heures avant de prendre l'avion. Allons boire un café. Pour te remercier, ajoute-t-il précipitamment. Tu n'as pas à t'inquiéter.

Je souris pour lui signifier que je ne m'inquiète pas du tout. Je réfléchis un instant et m'avise que personne, durant les funérailles, n'a évoqué la possibilité de se rassembler pour boire un café et manger quelque chose. A moins que Ned, sœur Helen et l'autre femme ne se retrouvent de leur côté, j'ai bien peur que Marti, une fois en terre, ne soit oubliée.

— Allons chez moi. Jeffrey ne va sans doute pas tarder, et il ramènera probablement des gens avec lui. Entre-temps, nous pouvons boire un café et manger un sandwich. Tu n'as qu'à me suivre en voiture. Ça te va ?

— Super ! Sauf que je suis venu en taxi.

— Dans ce cas, tu montes avec moi.

— Super ! répète Tommy. Merci.

Nous montons dans la Mercedes, et j'adresse à Jeffrey un signe pour lui dire qu'il devra trouver quelqu'un pour le ramener. Sa réponse se limite à un geste machinal et un sourire sans chaleur. A-t-il seulement compris que je partais ?

Ben l'a compris, lui. Avec son collègue Arnie, il est resté tout au long de la cérémonie près des voitures stationnées dans l'allée. Plus près de la tombe, j'ai reconnu deux inspecteurs des services du shérif et le chef de la police de Monterey. Personne des Services secrets.

Ben hausse un sourcil quand je passe devant lui pour rejoindre ma voiture, mais il ne dit rien, probablement à cause de Tommy.

Je sais pourquoi ils sont là, bien sûr. Un peu plus tôt, durant la messe, Ben et Arnie étaient déjà au fond de l'église. Puis ils ont suivi la longue procession funéraire sur la Highway 1, en direction de Big Sur — leur voiture marron banalisée aussi voyante qu'un gyrophare, derrière toutes les limousines noires. Ben a surnommé cette voiture « l'Etron ». Elle est moche, mais c'est elle qu'il préfère, dit-il, même si tous les filous de la ville l'ont repérée depuis belle lurette. A la grande consternation de ses collègues, il refuse de s'en séparer.

La raison pour laquelle il est présent aujourd'hui, avec Arnie et les hommes du shérif, c'est qu'on a souvent constaté que le meurtrier se montrait aux funérailles de sa victime.

Je me demande s'ils ont repéré quelqu'un. Quelqu'un à part moi, je veux dire.

— Cet endroit est incroyable ! lance Tommy Lawrence tandis que je rince la cafetière et verse des grains dans le moulin. J'ai l'impression d'avoir déjà vu cette maison quelque part. Dans un magazine ?

Je hoche la tête, vaguement embarrassée.

— C'est possible. Elle est magnifique, mais ancienne. Et puis, plus le temps passe, plus elle nous réserve de surprises.

Pourquoi est-ce que je me sens soudain obligée de me justifier de la sorte ? Parce que j'ai remarqué que le col de chemise de Tommy, quoique propre, est un peu élimé, et que le vert de son pantalon est plus clair au niveau des genoux ?

Il se tient devant une des portes-fenêtres.

— Tu as raison, me dit-il en faisant jouer l'huisserie de la porte. Les vis qui devraient tenir ça ne sont plus très vaillantes.

N'importe qui pourrait rentrer, par là. J'espère que tu as un bon système de sécurité ?

— J'ai Murphy. Tu as peut-être remarqué qu'il ne m'a pas quittée un instant depuis que nous avons franchi la porte d'entrée.

Je baisse les yeux sur Murphy, qui agite violemment la queue.

— Parce que je suis là ? demande Tommy.

— Sans doute, oui.

— Je ne devrais peut-être pas te dire ça, mais je trouve qu'il se comporte plus comme un bon toutou insouciant que comme un chien de garde.

— Ah oui ? Tu penses ça ? Eh bien, essaye de faire quelque chose.

— Quelque chose ?

— De me prendre le bras, par exemple.

Quoique visiblement embarrassé, il fait ce que je lui ai demandé. Murphy se dresse aussitôt, toutes dents dehors.

Tommy me lâche le bras.

— D'accord, d'accord ! dit-il en reculant et en riant. Tout va bien, mon garçon !

Mais Murphy ne se calme pas tant que je ne lui en ai pas donné l'ordre. Epaté, Tommy se tourne vers moi.

— Eh bien ! Il a dû être sacrément bien dressé !

— Non, et c'est le plus étonnant dans l'histoire. Il n'a reçu aucun entraînement. C'est sa nature. Tu peux le caresser, et il te léchera comme un malade. Mais, avec moi, il ne faut rien tenter.

Tommy se penche vers Murphy et, d'un geste hésitant, entreprend de le caresser.

— Qu'est-ce que c'est ? demande-t-il en sentant la partie rugueuse de son pelage, là où le vétérinaire a coupé ses poils pour soigner la blessure.

— Il a eu une petite mésaventure, dis-je, peu enthousiaste à l'idée d'aborder le sujet. Il va très bien, maintenant.

— Une mésaventure ? Ça m'a tout l'air d'être plus grave que ça. Mon pauvre…

Quand Tommy écarte la fourrure pour mieux voir, un grondement sourd et guttural lui signifie sans ambiguïté de s'en tenir là.

L'homme se redresse et répète :

— Mon pauvre…

Quelques minutes plus tard, le café est prêt. Tommy m'accompagne dans le salon, et Murphy nous suit.

— Asseyons-nous là, à côté de la fenêtre, dis-je. Il semblerait que le soleil a enfin décidé de faire son apparition.

— Nous pouvons parler ? demande Tommy en prenant place.

— Bien sûr. Je ne vois pas trop ce que nous…

— Je veux dire : parler de Marti.

Je me demande s'il sait comment les choses se sont passées, et ce qu'on a fait à Marti. C'était dans tous les journaux, dans tous les bulletins d'informations télévisées. Mais va-t-il me réclamer des détails ? Je ne suis pas sûre d'être prête à ça.

— En fait, reprend-il, je me demandais si tu savais ce qu'elle avait fait pendant toutes ces années ?

Je le regarde par-dessus le bord de ma tasse, surprise.

— Marti était photoreporter. Tu l'ignorais ? Certains de ses reportages ont fait le tour du monde et elle a gagné beaucoup de récompenses.

— Ça, je le sais, oui. Mais je parlais de sa vie personnelle. On dit qu'elle n'a jamais eu de famille, qu'elle ne s'est jamais mariée. Qu'est-ce qu'elle a fait, pendant tout ce temps ?

Je lui lance un coup d'œil incisif.

— Je n'en sais rien, Tommy. Pourquoi cette question ?

Il semble plus tendu, soudain. Ses mains, longues et fines, se resserrent sur la tasse de café.

— La curiosité. Je… je voudrais bien savoir si elle était heureuse. Si elle a… enfin, si elle a aimé quelqu'un.

— Toi, en tout cas, tu l'aimes encore, n'est-ce pas ? Tu ne l'as pas oubliée…

Il secoue la tête.

— Non. On n'oublie pas la… la première personne qu'on a aimée.

— Mais enfin, Tommy, ça n'était pas vraiment une relation. Elle n'a jamais eu le moindre sentiment pour toi.

Il semble sur le point de dire quelque chose, et puis il ferme résolument les lèvres. Ses yeux se mettent à briller.

— Ça ne fait rien, déclare-t-il. Tu ne peux pas t'arrêter d'aimer juste parce que l'autre personne…

Il secoue la tête et se passe le pouce sur les yeux.

— Je crois qu'elle était heureuse, dis-je pour le réconforter. Aussi heureuse que peut l'être une personne qui se voue entièrement à son travail et qui n'a pas trop de temps pour soi.

— Alors… elle n'a jamais été amoureuse ?

— Je n'ai pas dit ça. Je pense qu'elle l'a été. Une fois.

Il se raidit et son regard se fait plus dur.

— De qui ?

— Je l'ignore.

— Dans ce cas, comment peux-tu savoir que…

— Je le sais, voilà tout. Si on passait à autre chose, Tommy ?

Il reste un moment silencieux. Jusqu'à ce qu'il finisse par ajouter :

— Encore une chose. Elle a eu un enfant, n'est-ce pas ? C'est ce que j'ai entendu aux informations — qu'elle avait une cicatrice de césarienne.

Je me lève avec un soupir.

— Ecoute, Tommy, je ne peux pas parler de ça. En plus, j'entends des voitures qui s'arrêtent dans l'allée du garage. Ce doit être Jeffrey. Il est temps que je joue les hôtesses.

Aussi étrange que cela puisse paraître, je suis soulagée de savoir que mon mari va franchir la porte d'entrée dans quelques secondes.

— Oui, bien sûr, dit Tommy. Désolé si j'ai été un peu insistant. Je vais m'en aller.

— Non, ce n'est pas ce que je voulais dire. Je t'en prie, reste.

Nous retournons dans la cuisine.

— Quand repars-tu, déjà ?

— En fait, j'ai réservé une place sur le vol de 22 heures, ce soir.

— 22 heures ? Mais il est à peine midi ! Au cimetière, tu m'as dit qu'il te restait une heure ou deux à tuer…

— Je voulais que tu penses que je partais tôt, m'avoue-t-il, et que tu ne te sentes pas obligée de passer du temps avec moi. J'avais l'intention de t'inviter à boire un café, si tu étais d'accord, puis je serais allé me promener sur la plage et dîner quelque part.

Je ne peux pas m'empêcher d'être impressionnée par son honnêteté. A la réflexion, pourtant, le garçon dont j'avais gardé le souvenir avait toujours été honnête avec ses sentiments. Comme le disait Marti, il lui avait fallu une bonne dose de courage, la première fois, ne fût-ce que pour l'approcher avec ses roses. Il n'est pas courant de voir des gens étaler ainsi leurs sentiments, au vu et au su de tous.

En outre, il est agréable d'avoir ici quelqu'un qui connaissait et aimait Marti. Au cours de la dernière heure, il me semble que la douleur s'est légèrement apaisée.

— Bien, lui dis-je. Si tu as tout ce temps, je pense que je vais te retenir prisonnier et te mettre au travail.

Je tends à Tommy des bouteilles de vin blanc sorties du réfrigérateur et d'autres, de vin rouge, rangées dans un placard.

— Emporte ça dans le salon, d'accord ? Tu les mets sur le buffet qui se trouve à côté de la cheminée, et tu reviens ici. Il va me falloir de l'aide pour nourrir ces messieurs-dames et préparer des canapés.

— Comme ces mini hot dogs en rouleaux de pâte feuilletée ? me demande-t-il.

— Je ne pense pas que Jeffrey…

Au même moment, je me souviens que Marti les adorait. Dans ma tête, comme dans celle de Tommy, peut-être, cette petite réception improvisée pourrait devenir celle de Marti, en définitive.

Je hausse les épaules.

— Et pourquoi pas, après tout ? Va pour les mini hot dogs !

*
* *

La petite sauterie de Jeffrey est une de ces fêtes improvisées dont il est coutumier. Il en a toujours été ainsi : je n'ai jamais su quand il invitait des gens. Et j'ai compris depuis le début que jouer les hôtesses était mon lot, une des raisons tacites pour lesquelles il m'a épousée. Dans ce registre, au moins, j'ai toujours été à la hauteur.

Une fois acquittée de mes obligations, je me tiens dans la salle à manger, à l'écart du vacarme qui se fait dans le salon. Les gens sont en tenue de deuil, et, malgré tout, il y a cet après-midi plus de diamants, d'émeraudes et de rubis que chez Tiffany's et Cartier réunis. Les conversations roulent sur la politique, la Bourse et le golf, et j'ai déjà entendu dix fois chacune des histoires qui circulent. Les gens ont tendance à rabâcher le récit de leurs succès. Personnellement, je préfère écouter Frannie, qui fait le ménage chez la plupart d'entre eux et me rapporte quelques détails croustillants.

Un jour, par exemple, elle m'a raconté comment, alors qu'elle se rendait chez Cynthia Slyke pour nettoyer sa cuisine, récurer ses sols et faire la chasse aux poils pubiens dans les toilettes et les salles de bains, elle avait croisé la maîtresse de maison dans l'allée. Cynthia, qui partait jouer au tennis dans son coupé Mercedes, lui avait fait un grand signe de la main en lui lançant :

— Bye-byc, ma chère ! Amusez-vous bien !

— M'amuser ! me dit Frannie le lendemain en maugréant. Alors que je suis enceinte de sept mois ! Avec tous les produits d'entretien que je respire, c'est un miracle si mon gosse ne naît pas avec les poumons atrophiés !

Evidemment, tous les invités de Jeffrey ne sont pas stupides. Il y a par exemple Harry Blimm, le président de la Seacost

Bank de Carmel, qui vient justement vers moi et prend ma main dans la sienne, petite et potelée.

— Je suis désolé pour ce qui est arrivé à votre amie, me dit-il. Elle nous manquera terriblement.

— Nous ?

— A Haven House, je veux dire. Elle était une de nos plus ardentes sympathisantes.

Il secoue la tête avec tristesse et ajoute :

— Croyez-moi, elle laisse un vide que nous avons bien peu d'espoir de combler.

Ne voyant pas à quoi il fait allusion, je me sens un peu stupide.

— Haven House ?

— Oui, notre refuge pour les sans-abri. A Seaside. Vous ne saviez pas ?

Je dois reconnaître mon ignorance en secouant la tête.

— Il y a tellement de femmes et d'enfants dans les refuges, maintenant, m'explique Harry. Marti est venue plusieurs fois, pour les voir, leur parler. Dès qu'elle avait un peu de temps devant elle, elle venait à Haven House. Elle ne faisait pas étalage de son bénévolat, mais je pensais que vous étiez au courant…

— Non, désolée. C'est une découverte, pour moi. Je me souviens des reportages qu'elle a réalisés sur les sans-abri, ainsi que sur les victimes de viols, mais…

— Ce dont je vous parle n'a rien à voir. A Haven House, Marti ne prenait jamais de photos. La vie privée de ces femmes et de ces enfants était sacrée, pour elle.

— Je vois. Et que faisait-elle exactement, à Haven House ?

— Elle parlait à ces femmes, elle leur tenait la main, pleurait avec elles. Quelle grandeur d'âme elle avait ! Mais, encore une fois, dit Harry en me fixant avec curiosité, je suis surpris que vous n'en sachiez rien.

— Moi aussi, Harry. Et vous, comment l'avez-vous appris ?

— Je fais partie du conseil d'administration de Haven House. Depuis vingt ans.

Première nouvelle, là encore. Du coup, je me demande sur quelle planète je vis. Suis-je trop absorbée par mes difficultés pour me soucier des autres ?

Un peu plus tard, quand tout le monde est bien imprégné d'alcool, je vois le même Harry, notre estimé directeur de banque, danser avec une de mes nappes espagnoles autour de la taille et les créoles de sa femme aux oreilles. Son crâne chauve luit sous la lumière du chandelier de cristal, et tout le monde tape dans ses mains pour l'encourager.

Il fut un temps où, moi aussi, je l'aurais encouragé. A présent que Harry est aux ordres de Jeffrey, j'en sais trop sur lui pour pouvoir me le permettre.

Tommy Lawrence me rejoint en cuisine.

— Le moins qu'on puisse dire, me lance-t-il alors que je fais la vaisselle, c'est que tu te donnes du mal. Les gens comme toi n'ont pas du personnel, en général ?

Je me mets à rire.

— Qu'est-ce que tu sais des « gens comme moi » ?

— Pas grand-chose, à vrai dire.

— C'est bien ce que je pensais. En vérité, j'aime bien me charger de l'intendance, dans les réceptions. Ça me donne un prétexte pour m'esquiver et éviter les mondanités.

— Tu n'aimes pas ça ?

— Carmel est une petite ville. Je connais la plupart des amis de Jeffrey depuis des années. Disons que je suis blasée…

Tommy secoue la tête.

— J'ai aussi remarqué la façon dont tu le regardes.

— Qui ça ?

— Ton mari. Comme si c'était un étranger. Ce n'est pas mon problème, bien sûr, mais est-ce qu'il vous arrive de vous parler, tous les deux ?

— Seulement quand nous ne pouvons pas faire autrement.

— Oh…

— Comme tu dis.

Je finis de remplir un des deux lave-vaisselle et me tourne vers Tommy.

— Tu poses toujours des questions personnelles aux gens, comme ça ?

Il fait la grimace.

— Excuse-moi. Mais j'aime bien comprendre comment les individus fonctionnent, ce qui les motive. Je ne crois pas te l'avoir dit, mais… j'écris.

— Ah bon ? Vraiment ?

Il ne s'agit pas d'une réelle surprise, en fin de compte. Cela s'accorde assez bien avec l'image du jeune homme timide, son bouquet de roses à la main.

— Et qu'est-ce que tu écris ? demandé-je, persuadée qu'il ne peut s'agir que de poésie.

— Des romans. Des thrillers, pour être précis.

— Des thrillers ! Tu as déjà été publié ?

Il semble mal à l'aise — une réaction que je comprends. Mes amis écrivains évoquent souvent la difficulté qu'il y a à se faire publier, aujourd'hui. Du coup, ma question sonne presque comme une accusation.

— Tu n'as pas encore réussi, n'est-ce pas ?

— Pas encore, reconnaît Tommy. J'ai un agent, pourtant.

— C'est bien, ça ! Ce n'est sans doute plus qu'une question de temps, alors.

— Merci, murmure-t-il, légèrement désabusé. Tu n'étais pas obligée de dire ça, mais merci quand même.

— J'ai dit ce que je pensais : si quelqu'un croit suffisamment en toi pour te représenter, tu as déjà gagné une partie de la bataille, non ? Tu écris à plein temps ?

— A peu près. En fait, j'effectue des travaux d'édition en free-lance pour vivre, et j'ai écrit quelques articles, médicaux et scientifiques pour la plupart. Cela me prend environ la moitié de mon temps. Le reste, je le consacre à la fiction.

— Eh bien, dis-je en souriant, on dirait que le petit Tommy Lawrence est en passe de devenir un auteur de best-sellers !

Il se met à rire.

— Je crois que j'ai encore pas mal de travail devant moi… Et toi, au fait : j'ai cru comprendre que tu écrivais, aussi.

Je hausse les épaules.

— Oui, mais rien d'aussi ambitieux que des romans. J'ai une chronique dans le journal local, *Around Town*. Il s'agit principalement de papotages sur les événements de Carmel et des environs, le tout pimenté de quelques cancans.

— Tu n'as pas à rabaisser ce que tu fais ! J'ai entendu dire que tu travaillais pour le *San Francisco Chronicle* et que tu avais même été nommée pour le Pulitzer, une fois.

Surprise, je me tourne vers lui.

— C'était il y a des années ! Dans une autre vie. Mais comment es-tu au courant ?

— Je ne sais pas… J'ai dû le lire quelque part. C'est à cause de ça qu'il y a de l'eau dans le gaz, entre ton mari et toi ? Ton travail te manque ? Après tout ce que tu as fait, ta vie d'aujourd'hui ne doit pas être toujours très drôle.

Cette conversation devient un peu trop personnelle à mon goût.

— C'est étrange, tu sais, dis-je. Tu surgis de nulle part, après toutes ces années, et tu sembles en savoir beaucoup sur nous.

— Pas sur vous. Sur toi.

— Sur mon mari aussi, on dirait.

— Je me suis renseigné, explique-t-il en remplissant une assiette de céleri, de carottes et de sauce. Notamment au bar de l'hôtel où je suis descendu. Le La Playa. Tu connais ?

— Evidemment. C'est le plus gros hôtel de la ville.

Ce qui m'amène à me demander comment un auteur jamais publié peut se permettre de descendre dans un établissement aussi luxueux, ne serait-ce que pour quelques jours.

— Je suis arrivé mercredi, m'explique Tommy, et j'ai bavardé avec le barman.

— Ah, oui, Jimmy-John.

Mon ton est éloquent.

— Tu le connais ?

— Je connais surtout sa réputation de colporteur de ragots, dis-je en rinçant des verres.

— En fait, il n'a rien dit de mal à ton propos. Il m'a simplement livré des détails.

— Et pourquoi as-tu besoin de « détails », Tommy ? Notamment de détails nous concernant, mon mari et moi ?

— Vous étiez des amis de Marti. Enfin, toi. D'après Jimmy-John, ton mari ne l'aimait pas trop.

Qu'il aille au diable, ce Jimmy-John ! Allez savoir ce qu'il peut encore faire circuler en ville à notre propos ! Ce coco débarque dans la région et il diffuse les pires commérages, en particulier sur les Eastwood et d'autres grosses légumes de la ville ! L'hôtel l'a déjà menacé de renvoi à deux reprises, mais, jusqu'à présent, il s'en est bien sorti.

— C'est vrai ? me demande Tommy. Ton mari n'aimait pas trop Marti ?

— En réalité, il ne la connaissait pas vraiment.

Je lui tourne le dos. Mais ses questions en soulèvent d'autres. Par exemple : qu'est-ce que Jeffrey avait contre Marti ? Et pourquoi n'aimait-il pas la savoir par ici ? Ce n'cst pas la première fois que je me demande cela. Jeffrey, lui, a toujours refusé d'aborder le sujet.

— Cela doit avoir un rapport avec le fait que Marti défendait les pauvres, dis-je, sans trop savoir pourquoi j'éprouve le besoin de répondre à Tommy.

Car il va évidemment trop loin pour un simple visiteur, quelqu'un que je n'ai pas vu depuis vingt ans.

— Les pauvres ?

— Les enfants du tiers-monde, mais aussi ceux des Etats-Unis. Les sans-abri, hommes et femmes. Marti avait une place spéciale dans son cœur pour ceux qui n'ont pas d'endroit où vivre.

— Je ne pense pas qu'on puisse dire la même chose de ton mari. Je me trompe ?

— Non.

La vérité, c'est que Jeffrey marcherait sur un nourrisson de trois kilos s'il le trouvait sur son chemin en allant conclure une affaire.

— Que fait-il ? me demande Tommy.

— Il travaille dans la politique. Il se considère aussi comme un magnat de l'immobilier. Il estime que les terres qu'on a mises de côté « pour les générations futures », dans les années 20, sont destinées à ce qu'il puisse construire dessus.

— Et la politique ?

— Il a collaboré à la campagne électorale de Clint Eastwood, quand celui-ci est devenu maire de Carmel. Depuis, il a attrapé le virus de la politique et il magouille dans les coulisses.

— Il a des aspirations pour lui-même ?

— Pas du tout. A ses yeux, les politiciens sont des abeilles qu'il « dispatche » ici et là pour ses propres intérêts. Il dit que c'est ça, le vrai pouvoir. Mais pourquoi est-ce que je te raconte tout ça ?

— Aucune idée, avoue Tommy en souriant. Mais tu sais quoi ? Je ne pense pas que Clint Eastwood apprécierait de s'entendre comparer à une abeille…

— C'était différent, à l'époque. Jeffrey faisait ses premiers pas dans la politique, ce n'était qu'un membre du comité de campagne parmi d'autres.

Après avoir déposé les verres dans le lave-vaisselle, je m'attaque au désordre qui règne sur le plan de travail. Et je demande à Tommy :

— Pourquoi t'intéresses-tu autant à nous ? Je ne pense pas que tu écrives un roman sur notre vie ?

— Ça se pourrait. A moins que tu ne me l'interdises.

— Cela t'arrêterait ?

— Peut-être.

— Dans ce cas, je retire ce que j'ai dit tout à l'heure. Avec une attitude comme la tienne, tu ne seras probablement jamais publié. Les écrivains doivent développer des instincts de filous s'ils ont l'intention de faire des révélations sur des personnes existantes.

Il ne sourit pas, bien que mon ton soit resté léger et taquin.

— Tout ce que je veux vraiment, m'avoue-t-il, c'est savoir qui a tué Marti.

— C'est la seule raison de ta présence ici ?

— Ça… et apporter les roses. J'avais promis à Marti…

Un silence pesant plombe soudain l'atmosphère.

— Oui ? Qu'est-ce que tu lui avais promis ?

Tommy semble de nouveau mal à l'aise. Pour se donner une contenance, il essuie le comptoir, à côté des éviers.

— Tommy ?

— C'était il y a longtemps. Quelque chose dont je me suis souvenu.

— Mais…

A cet instant, la sonnette de la porte d'entrée retentit et interrompt notre conversation. Un instant plus tard, le silence tombe sur la petite foule réunie dans le salon. Des voix au débit saccadé et à la tonalité très professionnelle me parviennent. Des voix d'hommes.

— Je me demande qui ça peut être, dis-je en me dirigeant vers la porte battante qui sépare la cuisine de la salle à manger.

J'ai dans les mains un plateau de tasses de café, et je me tourne pour prier Tommy d'apporter l'autre plateau, avec le lait, le sucre et les serviettes.

— Tommy, est-ce que tu pourrais…

Mais il a disparu. Je vais voir dans le cellier, pensant qu'il est peut-être en train de chercher des torchons propres. Mais que ce soit là ou ailleurs, il demeure invisible.

Interdite, je me dirige vers le salon et manque renverser mon plateau quand Jeffrey ouvre la porte battante de son côté.

— Ah ! te voilà, dit-il, comme s'il était surpris de me trouver ici, en train de jouer mon rôle. Il y a des… euh, des gens qui aimeraient te parler.

— Des gens ? Qui ça ?

Aux coups d'œil que Jeffrey jette derrière lui, à l'affût d'éventuelles oreilles indiscrètes, je comprends que je n'en apprendrai pas plus. Je me dis qu'il s'agit sans doute de Ned. Ou bien de sœur Helen.

Mais je constate en rejoignant le salon que ce n'est ni l'un ni l'autre. Les agents Mauro et Hillars se tiennent dans l'entrée. Je dépose mon plateau sur le buffet et me dirige vers eux.

— Le moment est assez mal choisi, leur dis-je, prête à les renvoyer.

— Désolé, madame Northrup, répond Mauro d'un ton sec, mais nous devons vraiment vous parler.

Il inspecte rapidement le salon.

— Y a-t-il un endroit où nous pourrions nous entretenir ? Seuls ?

J'observe Jeffrey, qui paraît tendu et contraint. Je ne lui ai rien dit de mon entretien avec les Services secrets, mais, à l'évidence, les présentations ont été faites. Je sens qu'il préférerait disparaître sous terre, en cet instant, plutôt que d'avoir ces gens chez lui.

— Nous pouvons nous installer dans mon bureau, dis-je en esquissant un mouvement vers la pièce qui fait face à la cuisine, de l'autre côté du hall. Jeffrey ?

Je m'arrête, attendant qu'il nous rejoigne.

— Si vous n'y voyez pas d'inconvénient, me dit Mauro d'un ton ferme, nous aimerions d'abord vous voir seule, madame Northrup.

Jeffrey me jette un regard rapide. Il semble vouloir contester ce point, puis ses lèvres ébauchent un de ces légers sourires dont il a l'habitude, dénués de sens.

— Je vais rejoindre nos invités, ma chérie.

Ma chérie ?

Sitôt que nous nous trouvons dans le bureau, je prends place derrière ma table de travail. L'agent Mauro me signifie qu'il préfère rester debout, tandis que Hillars s'assoit sur une chaise droite, le long du mur, devant les rayonnages de la bibliothèque. Il a les genoux serrés l'un contre l'autre et, dans son costume sombre et strict, il ressemble plus à un prof de fac guindé qu'à un agent des Services secrets.

— Très bien, dis-je, moins nerveuse ici, sur mon propre territoire, qu'au poste de police. Nous sommes seuls. Qu'est-ce que je peux faire pour vous ?

— C'est à propos de certaines informations que nous n'étions pas en mesure de vous révéler l'autre jour, m'explique Mauro. Depuis, la situation a évolué.

— Evolué ? En quoi ?

— En premier lieu, nous devons avoir votre promesse que tout ce que nous dirons ici restera strictement confidentiel.

— Je… très bien.

— J'insiste sur ce point. Si jamais la presse apprend que nous sommes à Carmel et découvre pourquoi, cela pourrait nous gêner dans notre enquête. Nous prenons toutes ces précautions parce que vous appartenez vous-même à la presse…

— Oh ! je vous en prie ! J'écris une petite chronique locale hebdomadaire — je ne travaille pas pour l'*Enquirer* ! Alors, allez-vous parler, oui ou non ?

L'agent se tourne vers Hillars, qui demeure silencieux, avant de me faire de nouveau face.

— Nous nous trouvons ici à la requête du Président. Le président Chase nous a demandé, à l'agent Hillars et à moi-même, de nous pencher sur la mort de Marti Bright.

— Le président ? Je ne comprends pas…

Des yeux sans émotion, pareils à ceux d'un piranha, me jaugent.

— Vous ignoriez les liens qui unissaient Mlle Bright et la famille présidentielle ?

— Oui, absolument.

— Vous devez quand même savoir qu'elle les avait accompagnés lors de leur voyage en Afrique, il y a trois ans. Son reportage dans *Life* lui a valu de nombreuses récompenses.

— En fait, Marti a voyagé avec beaucoup de gens, sans être toujours proche d'eux.

— Dans ce cas, madame Northrup, Marti Bright et la première famille sont devenues amies. C'est la femme du Président qui a maintenu des liens avec Mlle Bright, et je crois savoir qu'elle est derrière la volonté du Président d'élucider le meurtre.

Je suis surprise, certes, mais pas tant que cela. Si Marti n'a jamais fait allusion à des relations amicales avec la famille présidentielle, c'est sans doute uniquement parce qu'elle ne se vantait jamais et ne pensait pas aux gens en termes de célébrité. Marti avait des liens avec des vedettes du cinéma, des rock stars, des dirigeants de pays étrangers. Aucun journaliste aux Etats-Unis n'avait sans doute autant d'amis parmi les sommités de ce monde.

— Si je comprends bien, le Président vous a envoyés ici pour m'interroger ?

— Pas directement. Mais, dans le cours de notre enquête, il nous est apparu que Mlle Bright et vous étiez proches depuis de nombreuses années. Si quelqu'un peut nous donner un indice sur son assassin, c'est bien vous, madame Northrup.

— Désolée, mais je n'ai aucun indice. Si c'était le cas…

— Oui ?

Sans doute est-il préférable de ne pas avouer que si j'avais une idée sur l'identité du monstre qui a fait ça, je le tuerais.

— J'imagine que j'étais sous le choc. Je n'ai pas vraiment pensé à l'assassin — pas de la sorte. Je devais me dire que Marti avait été victime d'un malheureux hasard. D'un fou.

— Le coroner vous a pourtant précisé que Marti Bright a probablement été victime de quelqu'un qu'elle connaissait.

Et comment savez-vous qu'il m'a dit ça, agent Mauro ? Encore le long bras de la loi ?

— Les crimes aveugles, aléatoires, sont rarement aussi élaborés que celui-ci ; ils prennent très peu souvent les caractéristiques d'un rituel.

— Vous avez sans doute raison.

— Voyez-vous quelqu'un qui pourrait haïr Marti Bright au point de lui avoir fait subir une chose pareille ?

Je secoue la tête.

— Je n'ai pas la moindre idée sur la question. Je ne me rappelle pas l'avoir entendue dire qu'elle avait peur de quelqu'un, ou que quelqu'un en avait après elle. Cela pourrait avoir un rapport avec le reportage auquel elle travaillait. Vous devriez commencer par aller voir du côté des refuges pour sans-abri, des centres d'accueil pour femmes violées…

— Nous avons déjà cherché de ce côté, coupe Mauro. Et chaque fois, nous en revenons à vous.

— A moi ?

— A vous, oui. Tous les gens à qui nous avons parlé font entendre le même son de cloche, madame Northrup — ils ne connaissaient pas très bien Marti Bright. Ils l'appréciaient pour le travail qu'elle effectuait à leurs côtés, mais ils n'étaient jamais proches d'elle. Une personne m'a confié avoir eu l'impression qu'elle cachait quelque chose, un secret qu'elle ne pouvait partager avec personne.

— Eh bien, dans ce cas…

— Laissez-moi terminer ! J'allais dire, avec personne sauf une amie très proche. Madame Northrup, nous avons besoin que vous nous disiez tout ce que vous savez au sujet du fils que Marti Bright a eu il y a de cela quinze ans.

Je pensais avoir dépassé le stade où l'agent Mauro pourrait me surprendre. Pourtant, en cet instant, je suis sous le choc.

Soudain, je vois le visage de Marti le jour où elle a donné la vie à son petit garçon — un visage où la peur le disputait à l'amour qu'elle ressentait pour le petit être.

Tu dois jurer, Abby, jurer que tu ne diras jamais rien sur lui. A personne.

Au prix d'un effort considérable, je parviens à déclarer avec fermeté :

— Je n'ai pas la moindre idée de ce dont vous parlez.

Mauro vient se poster devant mon bureau et s'y appuie des deux mains, les paumes bien à plat.

— Je propose qu'on joue cartes sur table, madame Northrup. Nous savons que Marti Bright est venue à Carmel pour la première fois il y a quinze ans, et non quatorze, comme vous l'affirmez. Nous savons aussi qu'elle a eu un enfant, que vous étiez à son côté au moment de la naissance, et que l'enfant s'appelle Justin. Nous savons encore que Mlle Bright a confié son fils à un couple, les Ryan, afin qu'ils l'élèvent.

J'ouvre la bouche pour réfuter tout cela, mais Mauro soupire.

— Je vous en prie, madame Northrup, arrêtons de biaiser. L'enfant a été enlevé. Nous avons besoin de connaître tout ce que vous savez.

Je me suis levée d'un bond, les mains devant la bouche.

— Kidnappé ? Oh ! mon Dieu, non ! De quoi parlez-vous ?

— Il y a trois mois, Marti Bright se trouvait ici, sur la péninsule, pour une raison bien précise : aider les Ryan à retrouver son fils. Comme elle n'obtenait aucun résultat, elle a fait appel à la famille présidentielle et le Président nous a confié l'affaire.

Je me laisse aller en avant et prends appui contre le bureau.

— Je ne crois pas un mot de tout cela ! Marti ne m'en a rien dit. Et le FBI ? La police locale ? Je n'ai rien entendu là-dessus, il n'y a pas eu le moindre article dans la presse…

— Parce que personne n'en a rien su. A la requête de Mlle Bright et des Ryan, seuls le Président et son épouse sont au courant de l'enlèvement. Le couple présidentiel a honoré cette requête du vivant de Marti Bright. Et à présent, étant donné la façon dont Mlle Bright est morte et toute l'attention qui s'est concentrée sur elle, rendre publique la nouvelle de l'enlèvement ne pourrait que nuire aux négociations pour récupérer l'enfant vivant.

— Des négociations…

Je me mords la lèvre. Ma bouche est incroyablement sèche, douloureuse.

— Il y a donc des négociations ? On sait qui a enlevé Justin ?

Il me semble entrevoir comme un tremblement dans les yeux de Mauro. Au même moment, Hillars demande, avec son accent du Sud :

— Connaissez-vous personnellement l'enfant ?

— Non, non, bien sûr que non.

Ce n'est pas l'exacte vérité, mais je ne suis pas encore certaine de pouvoir faire confiance aux Services secrets — en tout cas, pas autant qu'ils semblent me faire confiance.

— Savez-vous qui a enlevé Justin ?

— Nous ne sommes pas en mesure de répondre à cette question.

— Quand avez-vous dit que cela s'est passé ?

Pendant un moment, un long moment, j'ai l'impression qu'ils ne vont pas répondre. Jusqu'à ce que Mauro reprenne la parole.

— Comme je vous l'ai déjà indiqué, nous croyons savoir que Mlle Bright a commencé les négociations avec les ravisseurs il y a environ trois mois.

— Trois mois ? Mais c'est impossible, voyons ! Nous nous disions tout : jamais Marti n'aurait gardé pour elle une chose pareille !

En même temps, je me rappelle qu'au cours des trois derniers mois, elle n'a jamais répondu à mes coups de fil, n'est jamais venue me voir quand elle était dans le coin. Et tandis que ce constat s'impose à moi, j'entends Ned en train de me dire : « C'est vous qui l'avez tuée », et je vois le visage froid et hostile de sœur Helen.

Mais que se passe-t-il, à la fin ?

— Si elle vous disait en effet tout, poursuit l'agent Mauro, vous devriez alors pouvoir nous révéler le nom du père biologique de l'enfant.

Je secoue la tête.

— Non, je n'en sais rien. Ça, elle ne m'en a jamais rien dit.

— Madame Northrup, je me permets de vous rappeler que la vie de cet enfant est en jeu. Si vous savez…

— Mais puisque je vous dis que je ne sais rien ! Sa seule confidence sur le sujet a été de m'avouer qu'il s'agissait d'une aventure d'une nuit et qu'elle ne désirait pas que le père soit impliqué.

— S'est-elle justifiée ? L'homme en question était-il violent, par exemple ? Avait-elle le sentiment de devoir éloigner son enfant de lui, de le cacher ?

— Je… non. Je ne pense pas…

— Mais ? insiste Mauro en sentant mon hésitation.

— Elle m'a confié qu'elle ne pensait pas qu'il ferait un bon père. Qu'il n'avait pas l'étoffe d'un père ou peut-être qu'il n'était pas disponible. Quelque chose comme ça.

— Etait-il instable ?

— Je vous répète que je l'ignore. Elle ne m'en a pas dit plus.

Je me demande combien de temps encore je vais pouvoir tenir le coup. Où est Jeffrey, bon sang ? Je ne pense pas qu'il soit encore en train de jouer les hôtes pour ses fichus invités. Il a dû renvoyer tout son petit monde au bercail.

En fait, je le sais pour avoir entendu les voitures partir. Dans ce cas, pourquoi ne vient-il pas nous rejoindre et faire peser le poids de sa position, en exigeant de savoir ce qui se passe ? Pourquoi n'appelle-t-il pas Sol Lenquist, notre avocat ?

Peut-être l'a-t-il fait. Alors Sol me sortira de cette situation.

Mais l'agent Mauro a encore une petite surprise pour moi.

— Connaissez-vous une certaine Helen Asback ?

— Asback ? Non, cela ne me dit rien.

— Vous la connaissez sans doute sous le nom de sœur Helen…

— Oh ! bien sûr ! En réalité, je crois bien que j'ignorais son nom de famille.

C'est aussi à une identité que notre ancien professeur avait renoncé en prononçant ses vœux, pas seulement à des vêtements de ville.

— Que vient-elle faire dans cette affaire ?

— Avant de venir ici, nous nous sommes entretenus avec Helen Asback — sœur Helen, donc. Elle semble persuadée — et le frère de Marti Bright, Ned Bright, partage son avis — que vous en savez plus sur le meurtre de votre amie que vous ne voulez bien le dire.

— Mais c'est absurde ! Je n'ai pas vu sœur Helen depuis vingt ans. Et j'ai rencontré le frère de Marti pour la première fois aujourd'hui. Comment osent-ils affirmer des choses pareilles ?

— Peut-être Mlle Bright vous a-t-elle fait des révélations ? Des révélations qui pourraient vous incriminer…

J'ai peut-être ruiné une carrière prometteuse de reporter pour épouser un mufle et venir m'enterrer dans un trou, mais j'ai cependant encore assez de flair journalistique pour affirmer qu'en cet instant, l'agent Mauro est à la pêche. Sans cela, pourquoi me livrerait-il tous ces détails ? Pourquoi ses questions seraient-elles si peu précises ?

— Peut-être, en effet, dis-je d'un ton froid. Et peut-être aussi qu'ils peuvent aller au diable ! De même que vous, agent Mauro, et vous, agent Hillars !

Puisant de la force dans la colère, je me lève.

— Je suis désolée, mais j'ai le sentiment que toutes vos investigations ne riment à rien. Je ne sais rien de ce que vous cherchez à apprendre. Je suis fatiguée, très fatiguée. Si vous insistez, mon avocat et moi nous vous rencontrerons demain matin. En attendant, je vais vous demander de me laisser.

Je suis récompensée par la rougeur qui envahit soudain le visage de l'agent Mauro.

C'est l'agent Hillars qui, le premier, reprend la parole.

— Si nous vous avons blessée, nous en sommes désolés, madame Northrup. Mais vous devez comprendre que nous nous efforçons d'aller au fond des choses. Nous aimerions trouver l'assassin de votre amie. Stephen ? On y va ?

Il a le dos raide tandis qu'il gagne la porte. L'agent Mauro se tourne vers moi, comme s'il s'apprêtait à décocher sa dernière flèche, mais Hillars l'entraîne vers la porte en marmonnant :

— Pas maintenant, Stephen ! Au nom du ciel !

Quand la porte se ferme sur eux, je me laisse tomber dans un fauteuil et me couvre le visage des mains.

Justin… Justin a été kidnappé.

Oh ! mon Dieu, Marti ! Qu'est-ce que je dois faire, maintenant ?

Je trouve Jeffrey dans le salon, écroulé dans son fauteuil favori en train d'écluser sa boisson favorite, du whisky sec. Son visage rouge et ses traits affaissés laissent supposer qu'il n'en est pas à son premier verre de la soirée.

— Bon sang, Jeffrey ! A te voir, on croirait que c'est toi qu'ils viennent de cuisiner, pas moi… Et pourquoi est-ce que tu n'as rien fait ?

Je sais que j'ai l'air d'une harpie, mais c'est plus fort que moi. Je suis à bout de nerfs.

— Faire quoi, Abby ? me répond-il avec un regard hargneux. M'amener dans la cuisine et les foutre dehors ? Je ne suis pas certain que c'était la bonne solution.

— Tu aurais pu au moins appeler Sol !

— Je l'ai fait.

Sous le coup, mes poumons se vident à moitié. Je me laisse tomber dans le fauteuil faisant face à celui de Jeffrey, devant la cheminée.

— Qu'a-t-il dit ?

— Il arrive. Je l'ai appelé sur son portable, à Santa Cruz. Il m'a promis qu'il serait là en moins d'une heure. Ce qui signifie, ajoute-t-il en consultant sa montre, qu'il ne devrait pas tarder.

Il vide son verre d'un trait et demande :

— Alors ? Qu'est-ce qu'ils voulaient ?

Non seulement les Services secrets m'ont demandé de ne rien divulguer sur l'enlèvement de Justin, mais je n'ai absolument pas l'intention de révéler à Jeffrey l'existence du fils de Marti.

— Je n'en sais trop rien, dis-je. Ils m'ont posé tout un tas de questions sur Marti.

— Et alors ? Qu'est-ce que tu leur as raconté ?

— Pas grand-chose de plus que ce qu'ils savaient déjà.

— Ils enquêtent sur le meurtre ?

— Ils… oui.

— Tu as hésité. Pourquoi ?

— Ecoute, je suis épuisée, et je n'ai aucune envie de subir un nouvel interrogatoire. Tu en sauras plus dès que Sol arrivera.

Je me lève et me sers moi aussi un whisky bien tassé. Je me tourne vers Jeffrey :

— Tu en veux un autre ?

— Non, merci, dit-il en se levant à son tour pour marcher face à la cheminée. Je préfère rester sobre en attendant l'arrivée de Sol.

— C'est un peu tard…

— Un jour, ta grande gueule…

— Je sais, ma grande gueule m'attirera des ennuis. D'accord, excuse-moi. Mais il me semble que tu bois plus que de coutume, ces derniers temps. Qu'est-ce qui se passe, Jeffrey ?

— Ce qui se passe ? Tu me demandes ce qui se passe ? Il se passe que je me sens comme un prisonnier, ici, avec une geôlière qui ne me supporte pas et qui voudrait me voir déguerpir au plus vite !

Dans mon verre, les glaçons tintent contre le cristal.

— Parce que tu penses que c'est une partie de plaisir, pour moi ? Au cas où tu l'aurais oublié, tout ça était ton idée. Si tu veux t'en aller, va-t'en ! C'est aussi simple que ça.

— Tu sais que ça n'est pas aussi simple.

— Tu as raison : avec toi, rien n'est jamais simple !

Je l'observe, avec sa coupe à la George Clooney qui commence à se faner, son regard sexy qui a perdu de son éclat. Jeffrey a un peu plus de cinquante ans, mais ces derniers mois semblent l'avoir usé prématurément. Ses heures de gym intensive n'arrangent rien à son état, mais soit son entraîneur n'ose pas lui dire de lever un peu le pied, soit il a peur de perdre un bon client.

Je pense avec regret aux premiers temps de notre vie commune, combien nous nous sommes amusés. Je songe aux rêves qui étaient les nôtres, aux promesses que nous n'avions pas encore rompues…

— Oh ! Jeffrey, dis-je. Ce n'est pas toi qui m'insupportes, c'est ce que tu as fait. Cette fameuse nuit ne cesse de me revenir à la mémoire, encore et encore. Je suis désolée si je parais amère. Mais je ne parviens pas à me sortir ça de la tête.

— Eh bien, maintenant, j'ai moi aussi une certaine soirée à l'esprit, réplique-t-il d'un ton froid. Toi et ton petit copain le policier. Seigneur, Abby ! Tu n'aurais pas pu au moins te dégoter quelqu'un d'un peu plus classe ?

— Plus « classe » ? Tu veux dire comme Karen, ta petite bimbo ?

— Nom d'un chien, c'est ta sœur, quand même ! Montre-lui un minimum de respect.

Je me mets à rire, mais sans la moindre joie.

— De respect ? Comme toi, peut-être ? Quand tu avais la tête enfouie entre ses jambes, affairé comme un condamné à mort face à son dernier dîner ?

— Justement. Je me sentais comme un condamné à mort.

— Jeffrey…

Soudain, mon souffle se fait lourd, empli de tristesse et de culpabilité.

— Ne recommence pas, je t'en prie.

Il reste silencieux. Le plus étrange, c'est qu'il a sans doute raison — je devrais peut-être essayer de manifester un petit peu de respect. Karen est effectivement ma sœur. Malheureusement, c'est aussi une espèce de vagabonde. Mes parents ont fait tout leur possible, avec elle, mais Karen n'a jamais répondu aux attentes des autres — sinon aux pires. Elle s'est enfuie de la maison à seize ans, sans jamais écrire ni appeler par la suite. Quand elle est arrivée à Carmel, il y a cinq ans, c'était une adolescente de quarante ans, une femme qui avait appris à se frayer un chemin dans le monde en utilisant les gens. Elle a vécu avec Jeffrey et moi pendant plusieurs mois, période durant laquelle elle a dû coucher avec à peu près la moitié des hommes mariés du comté, comme pour se prouver qu'elle était encore assez jeune pour les attirer. Quand elle s'est trouvée à court de proies, elle s'est tout naturellement rabattue sur mon mari. Une partie du problème de Karen, c'est qu'elle aime les *choses*, surtout celles qui ne lui appartiennent pas. Quand elle a vu ce que j'avais, elle l'a voulu.

C'est moi qui ai eu le dernier mot, pourtant. Même si Jeffrey l'a installée dans un appartement à un million de dollars avec vue sur la mer, elle l'a sur les bras, maintenant — alors que moi, j'ai Ben.

Ben et Windhaven, tant que je cohabiterai plus ou moins avec Jeffrey, en attendant les élections.

La réélection de Chase.

Je me demande comment mon mari réagirait s'il savait que son « patron » a envoyé les Services secrets ici, ce soir.

Mais il a dû le savoir à la minute où ils ont franchi la porte d'entrée. Les Services secrets agissent sur requête du Président, et personne — dans la vie privée, du moins — n'est aussi proche du Président que Jeffrey.

Dans ce cas, pourquoi leur visite le rend-elle aussi nerveux ? Pourquoi boit-il autant ? Et pourquoi ne m'a-t-il pas dit qu'il connaissait la raison de leur présence ici ?

Une voiture s'arrête dans l'allée, et, un instant plus tard, le carillon de la porte d'entrée se fait entendre. Je vais dans le hall ouvrir à Sol.

— Désolé d'avoir été si long, Abby, lance-t-il en regardant autour de lui. Vos invités sont partis ?

— Les fédéraux, vous voulez dire ? Je les ai congédiés.

— Si quelqu'un pouvait faire ça, c'était bien vous, commente Sol avec un sourire. Que se passe-t-il ?

— Venez vous installer dans le salon. Vous voulez boire quelque chose ?

Il me suit dans le salon, où il salue Jeffrey d'un signe de tête mais refuse de prendre un verre. Il s'installe dans le canapé, ou plutôt s'immerge dedans, pousse un grognement et cale un coussin derrière son dos.

— Je rêve du jour où vous aurez enfin un mobilier digne de ce nom, marmonne-t-il, comme à chacune de ses visites. Ces machins trop mous me tuent.

Sol est petit, brun de peau et assez costaud. Il a l'allure d'un avocat de la mafia, il raisonne souvent comme un avocat de la mafia, mais son cœur est pur. Il est notre avocat, à Jeffrey et à moi, depuis notre mariage, et il s'est toujours montré honnête avec chacun de nous. C'est lui, en vérité, qui a obtenu de Jeffrey que nous n'établissions pas de contrat de mariage. Il a fait valoir le bonheur de sa propre union, basée sur la confiance. Sans confiance, a-t-il expliqué, rien ne peut fonctionner. Et Jeffrey m'a finalement épousée en renonçant à ce qu'il avait en tête au départ : à savoir qu'en cas de séparation, je me retrouverais simplement avec ce que j'avais apporté.

Autant dire rien, ou presque. Et j'étais si amoureuse, à l'époque, que j'aurais signé son putain de contrat de mariage sans la moindre hésitation.

— Bon, alors, dites-moi un peu de quoi il retourne, commence Sol.

Je m'assois en face de lui et bois une gorgée de whisky.

— Ce n'est pas la première fois qu'ils m'interrogent. Je leur ai déjà parlé, il y a quelques jours.

Jeffrey a l'air très surpris.

— Tu ne m'en as rien dit !

— Tu n'étais pas là. Plus tard, j'ai oublié… Ils m'ont posé des questions au sujet de Marti, Sol. Et ils semblaient tout savoir de moi, jusqu'au grain de beauté que j'ai dans le dos. Ils avaient visiblement fait un gros travail d'enquête en amont.

— Qu'est-ce qu'ils savaient, par exemple ? demande Sol.

— Ils n'ignoraient rien de ma scolarité, depuis la maternelle jusqu'au lycée. Ils savaient même que Marti et moi étions entrées au couvent ensemble, que nous en étions sorties ensemble, et que nous étions restées amies.

Sol est déjà au courant de cela, je ne lui apprends donc rien.

— Ils vous ont donné leurs noms ?

— Celui qui conduisait les interrogatoires était l'agent Mauro. Stephen Mauro. L'autre s'appelait Hillars, mais je ne connais pas son prénom.

— Ça suffira. Je peux facilement le retrouver. Ils vous ont posé des questions de quel genre ?

— Ils voulaient que je leur donne le plus de détails possible sur Marti. En particulier, qui elle voyait quand elle était dans la région, et avec qui elle aurait pu avoir des relations très étroites.

— Un petit ami, vous voulez dire ? Un amant ?

J'hésite à lui parler de Justin, à lui révéler qu'il a été enlevé, et que c'est la raison pour laquelle Mauro et Hillars se trouvent ici, à la demande de la famille présidentielle. Si je me tais, c'est d'abord parce que Mauro a bien insisté sur la confidentialité de l'affaire ; et ensuite, parce que Jeffrey est présent. Une question, de nouveau, s'impose à moi : si Chase avait voulu que Jeffrey soit au courant, n'aurait-il pas appelé pour lui en parler ? Un coup de fil du Président nous avertissant d'une prochaine visite des Services secrets n'aurait pas été déplacé.

Sol doit lire dans mes pensées. Il se passe une main sur le visage et finit par demander :

— Jeffrey ?

— Oui ?

— Ils ne vous ont pas parlé ?

— Non. En partant, ils m'ont juste dit qu'ils voulaient me voir demain matin à 10 heures, au poste de police de Carmel.

Je me tourne vers lui.

— Tu ne m'en as pas parlé.

Jeffrey me regarde à peine, on dirait qu'il me considère responsable de cette convocation.

J'interroge Sol :

— Qu'est-ce que vous en pensez ?

— Je ne sais pas trop, Abby. Vous ont-ils demandé quelque chose qui vous a paru insolite ?

— Un certain nombre de choses, oui.

Je lui livre un résumé de l'entretien, écartant l'information concernant Justin.

— J'ai fini par leur suggérer d'aller questionner les gens dans les différents abris que Marti visitait. Si elle connaissait d'autres personnes que moi dans la région, c'est là qu'elles se trouvent. Ils m'ont expliqué qu'ils y avaient déjà pensé, mais que, parmi tous les gens rencontrés, personne ne s'était jamais senti proche de Marti. Elle était très aimée, mais nul ne la connaissait bien.

— Et cela vous a paru étonnant ?

Je baisse les yeux sur la glace qui finit de fondre dans mon whisky.

— Seulement parce que l'idée que je ne la connaissais moi-même pas très bien s'est imposée à moi.

— Vous n'étiez pas plus proches que cela ?

— Je pensais que si. Mais, au cours des trois derniers mois, Marti a changé. Je ne savais jamais vraiment où elle était, et je lui ai laissé plusieurs messages auxquels elle n'a pas répondu. En fait, maintenant que j'y réfléchis, je lui ai parlé pour la dernière fois il y a de cela six mois. Nous nous sommes croisées en voiture, dans une rue de Monterey. Je me souviens assez précisément du jour car le président Chase était en ville, lui aussi, il intervenait dans le cadre d'une conférence sur l'environnement au Monterey Bay Aquarium. Tu te rappelles, Jeffrey ?

Il hoche la tête avec un air sombre.

— Foam Street était interdite à la circulation, poursuis-je. Je suivais la déviation quand j'ai vu Marti arriver, dans la direction opposée. Je lui ai fait signe de la main, et nous nous sommes arrêtées pour parler quelques minutes.

— Parler de quelque chose en particulier ? me demande Sol.

— Non. Elle m'a simplement expliqué qu'elle était là pour faire son reportage sur les sans-abri. Quant à moi, je me rendais à un déjeuner.

Je ne peux pas m'empêcher de songer que j'ai dû paraître stupide à mon amie. Une de ces femmes riches et stupides, oisives, sans but.

— Après ça, je ne l'ai plus jamais revue. Enfin, jusqu'à l'autre jour. Sur la… la colline.

Des larmes affluent aussitôt à mes yeux, et je détourne la tête.

Sol soulève sa volumineuse carcasse et gémit tout en s'étirant.

— Vous auriez de l'eau gazeuse ?

— Bien sûr. Votre estomac vous joue encore des tours ?

— On dirait un four qui aurait pris feu.

— Vous devriez voir un médecin, Sol.

— Un médecin ? Le jour où je me retrouverai entre les mains d'un de ces escrocs, ce sera le jour de ma mort. Avant ça, pas question !

Sol a vu sa femme mourir suite à une erreur médicale. Je vais prendre une bouteille d'eau gazeuse dans le buffet et lui en emplis un verre.

Jeffrey est étrangement calme. Même Sol s'en rend compte.

— Jeffrey ? Quelque chose vous contrarie ?

— Bien sûr que je suis contrarié ! Avec les élections dans seulement un mois, cette histoire est bien la dernière chose dont j'avais besoin ! Si jamais les électeurs apprennent que nous sommes dans le collimateur des Services secrets, ils ne chercheront pas à savoir pourquoi. La presse commencera à monter toute une histoire — basée sur du vent, évidemment —, et cela pourrait très vite déteindre sur Chase. Je ne l'ai pas soutenu pendant les douze dernières années, depuis ses débuts au Congrès, pour le voir perdre cette réélection !

Avec l'aide de Jeffrey, Gary Chase avait en effet rapidement gravi les échelons, sur les traces d'un président à la réputation entachée par des aventures à répétition. L'apparition de l'irréprochable et immaculé Chase avait été une bouffée d'air frais, pour les électeurs. Sa campagne était gagnée d'avance.

— Voyons, Jeffrey, lui dit Sol, je crois que vous exagérez l'importance de cette visite des Services secrets. C'est à l'évidence Marti Bright qui les intéresse, pas vous.

— Vous savez comme moi comment ça se passe ! s'exclame Jeffrey avec un geste impatient. Il suffit d'ouvrir une boîte d'asticots pour que… Bon sang, Sol ! Je veux que vous nous débarrassiez d'eux. Collez-leur quelques plaintes sur le dos.

Sol me consulte du regard. Je me contente de hausser les épaules en faisant quelques pas vers la fenêtre, ouverte sur la tonnelle illuminée. Nous entrons à présent dans le monde des fantasmes : les fantasmes de Jeffrey, pour qui l'argent peut tout acheter…

— Croyez-moi, Jeffrey, lui dit Sol, ça ne réussirait qu'à les renforcer dans l'envie de vous interroger. Vous allez voir, ça va se tasser. Ils trouveront un suspect. Et si jamais la presse révèle qu'Abby et vous avez été interrogés, vous expliquerez tous deux que c'était simplement dans le cadre de l'enquête. Ce qui était le cas. D'accord, Abby ?

— D'accord, Sol.

A son regard, toutefois, je vois qu'il n'est pas aussi sûr de lui qu'il veut bien le montrer.

— Moi, je n'aime pas ça ! lance Jeffrey avec colère. Je ne connaissais même pas cette femme ! Je ne leur parlerai pas, Sol. C'est Abby qui s'en chargera.

— Quelle galanterie, mon cher mari !

— Dieu du ciel, Abby ! L'enjeu va bien au-delà d'un petit désagrément pour toi ! Et autant il est normal qu'ils t'interrogent, autant je ne vois pas pourquoi ils me convoquent.

Mais Sol campe sur sa position.

— Vous devez leur parler, Jeffrey. Ce sont les Services secrets, pas ces espèces de clowns politiciens auxquels vous avez affaire d'ordinaire. Je vous accompagnerai, demain matin, et vous leur direz tout ce que vous savez — ou ne savez pas, pour être plus exact. Ils seront satisfaits de voir que vous coopérez, et c'en sera terminé. Autrement, conclut-il en haussant les épaules, je ne vois pas comment vous aider.

Un long silence s'installe, ponctué par les craquements du feu dans la cheminée, durant lequel Jeffrey considère les options qui se présentent à lui. Enfin, il laisse échapper un soupir.

— D'accord, d'accord, dit-il. Mais je veux que vous fassiez office de tampon, Sol. Comme dans une salle d'audience. Ne les laissez pas me cuisiner.

— Mais qu'est-ce qui t'inquiète à ce point ? lui dis-je d'un ton sec. Que pourrais-tu raconter qui t'incriminerait dans la mort de Marti ?

C'est une question gratuite, de celle qu'on lance quand on sait très bien que la réponse sera : « Absolument rien. »

Jeffrey me jette un coup d'œil dans lequel se lit, sans équivoque possible, de la peur. Je ne sais qu'en penser et, au bout d'un moment, je détourne les yeux.

— Sol ? dis-je. Rentrez donc chez vous et allez soigner votre ulcère. Merci mille fois d'être venu. Tout se passera bien.

Il hoche la tête.

— On se voit demain, Jeffrey. Rendez-vous au poste de police de Carmel — un peu avant 10 heures, que nous ayons le temps d'accorder nos violons.

Jeffrey a déjà attrapé son manteau et son attaché-case, qu'il avait laissés à côté de la porte.

— Un instant, Sol, je vous accompagne jusqu'à votre voiture. Abby ? N'oublie pas de fermer les verrous. Je rentrerai tard.

Autant dire qu'il ne rentrera pas du tout.

— D'accord, dis-je en vidant mon verre. Bien le bonjour à ma frangine.

Après le départ de Sol et de Jeffrey, je regagne la cuisine pour finir la vaisselle et réfléchir. Cette révélation à propos de Justin m'a déconcertée, c'est le moins qu'on puisse dire. Sauf que je ne sais pas trop quoi en faire.

Parle-moi, Marti. Dis-moi quoi faire.

Mais ma vieille amie reste aussi silencieuse qu'elle le fut durant les trois derniers mois de sa vie.

Je suis devant l'évier, en train de laver une assiette, quand je sens un mouvement derrière moi. Je devrais être seule, pourtant. Tous les invités sont déjà partis depuis longtemps.

Peut-être Murph ? Non, Jeffrey l'a enfermé dans le garage pour le tenir à l'écart des invités, justement. Et avec toute cette agitation, j'ai oublié d'aller le libérer.

Mon esprit fonctionne à toute allure tandis que ma main se crispe sur l'éponge. Je suis ceinture bleue de Kenpo, mais cela ne me vient même pas à l'esprit. J'empoigne un couteau au fond de l'évier et fais aussitôt volte-face, menaçante.

— Hé ! doucement, ça n'est que moi !

Si ma combativité ne fait pas long feu, ma peur, elle, demeure. Je me laisse aller en arrière contre l'évier, le souffle court.

— Tommy ? Qu'est-ce que tu fais là ?

— Cela me gêne de l'avouer, dit-il en souriant avec un brin de nervosité, mais je ne suis jamais parti. Tu m'as laissé ici, puis je t'ai vue entrer dans le bureau, là-bas, avec ces deux types, et j'ai entendu ton mari qui renvoyait tous les invités. Après ça, il a téléphoné, et je ne savais plus trop quoi faire... Alors, je suis sorti et j'ai attendu sous le patio. Quand je me suis rendu compte que tu étais de nouveau dans la cuisine, je suis revenu. Désolé, vraiment, si je t'ai fait peur.

Mon cœur bat encore à cent à l'heure. Je demande :

— Tu es resté dehors tout ce temps ?

— Presque, oui. Je suis juste rentré une fois pour boire un verre d'eau. Dis, tu comptes utiliser ce truc contre moi ?

Encore tremblante, je laisse tomber le couteau dans l'évier, et, après m'être essuyé les mains à un torchon, je m'écroule sur une chaise.

— Tu as de sacrés réflexes, commente Tommy en s'asseyant face à moi.

— Tu m'as fichu une de ces peurs !

— Encore une fois, j'en suis désolé. Je sais que la journée a été difficile, pour toi. Si je peux faire quoi que ce soit...

Je secoue la tête.

— Je suis fatiguée, j'ai simplement besoin d'être seule, à présent. Ça ne t'ennuie pas ?

— Bien sûr que non. Je vais m'en aller. Mais je peux te demander quelque chose, avant ça ?

— Essaye toujours.

— Pourquoi est-ce que tu restes avec ce pauvre type ?

Je retiens mon souffle.

— Tu nous as écoutés ?

— J'ai juste entendu quelques mots, quand je suis venu chercher de l'eau, mais c'était suffisant. Tu vois, Abby, j'ai toujours pensé que, toi et Marti, vous feriez de grandes choses.

— Je ne m'étais même pas rendu compte que tu m'avais remarquée, Tommy.

— Bien sûr que si. C'est toi qui ne m'avais pas remarqué.

A cela, je n'ai rien à répondre.

— Je peux te poser une autre question ?

Oh ! mon Dieu ! J'ai l'impression de me trouver en présence d'un gosse de cinq ans. Je me passe les mains sur le visage, repousse mes cheveux et soupire.

— Vas-y.

— Comment se fait-il que tu ne connaisses pas le succès que tu mérites ? Tu écrivais vraiment bien ! Et c'est toujours le cas, si j'en juge par ce superbe article que tu as écrit pour le *Chronicle* sur la question du droit de l'eau. Comment se fait-il que tu n'aies pas continué dans cette voie, pour écrire des trucs sérieux ? Pourquoi perds-tu ton temps avec une espèce de petite chronique dans un journal local ?

— Ce n'est pas qu'« une espèce de petite chronique » ! Ça me plaît ! Le reste est derrière moi.

— A t'entendre, on croirait que ta vie est terminée, ou que tu as abandonné…

De nouveau, je soupire.

— Ecoute, Tommy, je suis bien trop occupée avec ma vie pour qu'elle soit terminée. Et je suis aussi bien trop occupée pour écrire des « trucs sérieux ».

— Trop occupée à organiser des réceptions pour ton abruti de mari, tu veux dire ?

Je repousse ma chaise en arrière.

— Ça suffit ! De quel droit me parles-tu ainsi ? Tu débarques ici, comme un étranger ou presque…

— C'est précisément parce que je suis un étranger que je peux te parler de la sorte, Abby. Je n'ai rien à perdre. Tu me vires, je pars, c'est terminé. Mais j'espère que tu ne vas pas le faire. Tu as sûrement besoin de quelqu'un à qui parler.

— J'*ai* quelqu'un à qui parler.

— Le flic ? Tu ne peux pas lui parler de tout. Il est bien trop impliqué.

Sur ce point, Tommy a raison. J'évite d'aborder certains problèmes avec Ben.

— Ecoute, je vais bien, lui dis-je. Si ce n'est que je suis fatiguée. Maintenant, va-t'en, Tommy. Je vais t'appeler un taxi qui te ramènera à l'hôtel, à l'aéroport, ou je ne sais où.

— A l'hôtel. Je crois que je vais rester dans le coin un moment. Je te laisse, maintenant, Abby. Est-ce que je peux revenir demain ?

J'ai de nouveau l'impression d'avoir en face de moi un gamin de cinq ans, qui me demande s'il peut avoir un cornet de glace à la pistache. Je considère le visage de Tommy, allongé, plein de sérieux, et je capitule. Après tout, il a lui aussi perdu quelqu'un, cette semaine.

— D'accord, reviens demain. Mais je serai occupée toute la matinée.

— Je sais. Avec les Services secrets.

Ma voix se fait tranchante.

— Non, Tommy ! C'est à croire que quelque chose t'a échappé. C'est Jeffrey qu'ils veulent voir, demain.

C'est alors seulement que je m'avise que je ne lui avais jamais parlé de Ben. Or, il a parlé du « flic ». Comment est-il au courant de son existence ?

Je me plante devant lui, les bras croisés.

— Tu n'es pas celui que je croyais, lui dis-je. Je me trompe ?

— Peut-être pas, me répond-il avec un regard grave. Mais tu n'es pas non plus celle que je croyais.

6.

Aussitôt après le départ de Tommy, j'appelle Ben. S'il est vrai que je lui cache parfois des choses, là, la coupe est pleine et j'ai besoin de la vider.

J'ai aussi besoin de savoir si Mauro et Hillars lui ont déjà parlé de Justin. Si oui, qu'a-t-on mis en œuvre pour retrouver l'enfant ?

— Tu peux venir ? lui dis-je dès que je parviens à le joindre. Il faut vraiment que je te voie.

— Et Jeffrey ? Je préférerais ne pas avoir à rejouer la scène de l'autre nuit.

— Il est avec Karen.

— Oh ! la bimbo.

Je souris.

— Merci.

— A votre service.

Ben est un des hommes sur lesquels Karen a tenté de mettre le grappin, du temps où il était encore marié. Il l'a repoussée, et ils n'éprouvent pas beaucoup de tendresse l'un pour l'autre.

— Accorde-moi une demi-heure, me dit-il, le temps que je prenne une douche.

— Un quart d'heure. Nous prendrons la douche ensemble.

— T'ai-je déjà dit que tu es l'amour de ma vie ?

*
* *

— Après ce qui s'est passé l'autre nuit, je n'arrive pas à croire que tu sois là.

Nous sommes installés par terre, nus, devant la cheminée où brûle un bon feu, et Murphy se tortille sous notre couverture, faisant de son mieux pour venir caser son encombrante carcasse entre nous.

— J'ai cru comprendre que tu avais besoin de moi, répond Ben. Aïe ! Bon sang, Murph, fiche-moi le camp !

— Il ne t'a pas mordu, j'espère ? Allez, va coucher, Murph.

Murph s'agite pour sortir de sous la couverture et se laisse lourdement tomber un peu plus loin, visiblement mécontent.

— Non, me dit Ben, mais il a des griffes acérées. Presque autant que les tiennes.

Il me mordille l'oreille tandis que je fais courir mes ongles dans son dos, histoire de lui montrer à quel point ils peuvent effectivement être acérés. Une douce excitation monte en nous et, bientôt, Ben me pénètre doucement.

Nous restons ainsi, sans faire un geste ni parler, pendant quelques instants.

— Ça va ? murmure Ben.

— Très bien.

Il commence à bouger lentement, sans précipitation.

— Oh ! Ça va encore mieux, là.

— Parle-moi de ta journée, me dit-il alors.

— *Maintenant ?*

— Maintenant, oui. Histoire de faire durer le plaisir.

Je ne suis pas certaine de parvenir à contrôler la durée, mais j'essaye.

— Eh bien, ça… la journée a été… mmmhh, terrible.

Je passe mes jambes autour de sa taille pour l'accueillir plus profond en moi.

— L'enterrement, tu veux dire ? demande-t-il, le souffle court. Ou y a-t-il quelque chose d'autre ?

— Quel… quelque chose d'autre. Les Services secrets… sont… sont venus ici.

Ben se met à bouger plus vite, soudain.

— Mauro et Hillars ? interroge-t-il, haletant. Qu'est-ce qu'ils… voulaient, bon sang ?

— Ils… ils m'ont posé… Je t'en prie, Ben, ralentis, je ne peux pas… Oh ! et puis non ! Ne ralentis… pas. Continue…

— Des questions, lâche-t-il dans un souffle. Ils t'ont posé des…

— Marti. C'était au sujet de Marti.

Je nous fais rouler de manière à me retrouver sur lui. Ce ne sera plus très long, maintenant. Je me mets à parler très vite.

— Ils voulaient savoir toutes sortes de choses à son sujet… Oh, oui ! Sa… savoir qui elle connaissait, avec qui elle travaillait… Oui, comme ça, oui… Et je suis à peu près sûre qu'ils étaient au courant, pour le bébé…

— Bébé, répète Ben dans un souffle.

— Celui de… Marti.

— Bébé.

Le souffle de Ben se fait de plus en plus saccadé, à l'image de nos mouvements, jusqu'à ce que nous jouissions ensemble. Il m'agrippe les cheveux et fait venir mes lèvres jusqu'à sa bouche. Au bout d'un moment, c'est lui qui, tout en restant en moi, nous fait rouler sur le côté.

— Oh ! mon Dieu ! lance-t-il avec un soupir, avant de se laisser aller sur le dos. Je crois bien que c'est la première fois que j'interroge un témoin comme ça.

Je lui donne une tape sur l'épaule.

— Comment ça, tu crois bien ?

— Je ne pige pas, me dit Ben.

Nous sommes dans la cuisine, en train de boire le jus d'oranges fraîchement pressées.

— Où veulent-ils en venir, avec Jeffrey ? Car il ne connaissait pas vraiment Marti, n'est-ce pas ?

— Non. Il n'avait jamais voulu. J'ai toujours senti qu'il était jaloux de notre amitié.

Ben secoue la tête.

— Il y a quelque chose d'autre, là-dessous.

C'est le moment où je devrais lui demander s'il sait quoi que ce soit sur l'enlèvement de Justin. Mais quelque chose me retient.

— Tu crois qu'ils s'intéressent à Jeffrey pour une raison précise ? me demande Ben. Et que l'enquête sur la mort de Marti n'est qu'un prétexte ?

— Je n'y avais jamais pensé, dois-je reconnaître avec surprise. Mais pourquoi en auraient-ils après lui ?

— Bon sang, Abby ! Jeffrey est impliqué dans tellement de magouilles ! Comment savoir ? Au fait, c'était qui le type avec qui je t'ai vue partir après l'enterrement ?

— Il s'appelle Tommy Lawrence. Nous nous sommes connus à l'époque du lycée.

— Je croyais me souvenir que le lycée en question n'était pas mixte…

— Il ne l'était pas. Mais Tommy avait le béguin pour Marti, et il avait l'habitude de venir de Saint-John et de traîner dans le coin, juste pour la voir. Voilà pourquoi il a assisté à l'enterrement.

— C'était bien, de venir déposer des fleurs sur sa tombe, remarque Ben d'un ton songeur.

Je suis habituée à le voir penser en flic mais, cette fois, je lui décoche un coup d'œil acéré.

— Tu doutes de sa sincérité ?

— Je ne sais pas. Et toi, qu'est-ce que tu en penses ?

— Ça m'a semblé assez authentique. Il est venu à la maison avec moi et il m'a aidée, dans la cuisine. Nous avons parlé.

— Où est-il, maintenant ?

— A l'hôtel La Playa. Il m'a dit qu'il avait décidé d'y rester quelques jours. Il y a quand même un détail qui me contrarie, Ben. Il était ici quand Mauro et Hillars sont venus pour me parler. Je pensais que tout le monde était parti, mais il était juste sorti sous le patio et, à un moment, il est rentré. Je pense qu'il n'a pas raté grand-chose de ce qui s'est dit.

— Il t'a dit ce qu'il avait entendu ?

— Rien de mon entretien avec Mauro et Hillars, je pense. Mais Jeffrey et moi avons parlé, après cela — une discussion qui n'avait franchement rien de plaisant. Ensuite, Sol est arrivé, qui m'a posé un certain nombre de questions. Pendant tout ce temps, j'ai cru que nous étions seuls, alors que Tommy était dehors en train d'écouter.

— Il l'a reconnu ?

— Il m'a demandé pourquoi je restais avec Jeffrey. Mon « abruti de mari », a-t-il dit. Et il semblait en savoir beaucoup sur notre compte. Même à ton sujet. Il m'a expliqué qu'il était curieux de nature et qu'il avait posé des questions au bar de son hôtel.

Je hausse les épaules et ajoute :

— Il est écrivain.

— Tu crois que ceci explique cela ?

— Ça se pourrait.

— Ouais, peut-être, murmure Ben. Et peut-être aussi que je devrais avoir une petite discussion avec ce type.

— Ben… Si ça devait se produire, sois gentil avec lui, d'accord ? Il a été très secoué par ce qui est arrivé à Marti.

— Ouais, peut-être, répète-t-il.

Je le regarde dans les yeux.

— Bon, allez, vas-y, crache le morceau.

— Je n'ai rien de précis pour l'instant. Juste une impression.

Ainsi que j'ai déjà eu l'occasion de le dire, j'ai appris à respecter les intuitions de Ben. Et, dans ce cas précis, j'éprouve moi aussi un léger malaise avec Tommy Lawrence. Ce qui ne m'empêche pas de dire :

— Ecoute, Ben, j'ai découvert ces deux derniers jours ce que c'est que d'être traité comme un suspect. Je ne voudrais pas que la même chose lui arrive — pas s'il est innocent, du moins.

— Ne t'inquiète pas. Et ne t'inquiète pas non plus pour toi. J'ai dit à Mauro et Hillars que tu étais O.K.

— O.K. ?

— Pas une suspecte — du moins, aux yeux de la police de Carmel. Je leur ai dit que je te connaissais depuis des années et que tu es aussi pure que la neige qui vient de tomber.

Je souris.

— C'est peut-être un peu exagéré, non ?

— C'est ce que Mauro a dit, reconnaît Ben en grimaçant.

— Et Hillars ?

— Visage de pierre, pas de commentaire.

— Que tu crois. En fait, j'ai l'impression que Hillars fait en permanence des commentaires. Mais il les garde pour lui.

Non seulement Jeffrey n'est pas revenu à la maison cette nuit, mais il n'est même pas passé dans la matinée pour récupérer des vêtements. Et quand il ne se montre pas non plus à 10 heures à son rendez-vous avec les Services secrets, un Sol agité, suivi de peu par un Mauro tout aussi agité, m'appelle pour savoir où il se trouve. Je leur explique à tous les deux qu'il est probablement chez Karen, et je donne à Mauro le numéro de téléphone de ma sœur.

— J'ai déjà essayé, me dit-il.

— Vous savez, pour Karen ? Mais oui, bien sûr que vous savez ! Je parierais même que vous avez placé une caméra dans sa chambre !

— Je vous en prie, madame Northrup, réplique-t-il dans un soupir, ne jouez pas avec ma patience. Pas aujourd'hui.

— Je ferai de mon mieux. Alors ? Jeffrey n'était pas là-bas ?

— Elle ne l'aurait pas vu de toute la nuit.

— Dans ce cas, je ne sais pas où il est.

— Vraiment aucune idée ?

— Ecoutez, agent Mauro, je suis certaine que vous avez déjà appelé son bureau à Carmel. Alors, non, vraiment, je n'en ai pas la moindre idée.

— Vous ne semblez pas particulièrement surprise qu'il demeure introuvable.

— Je ne le suis pas. J'ai eu tout le temps de m'habituer à l'aspect insaisissable de mon époux.

— Madame Northrup, me dit-il sur le ton qu'un enseignant emploierait pour tancer un étudiant qui ne rend pas ses devoirs à l'heure, il est de mon devoir de vous informer que si nous n'avons pas de nouvelles de votre mari avant midi, nous devrons le considérer comme suspect. Je n'hésiterai pas à lancer un avis de recherche à 12 heures précises. Vous feriez mieux de le mettre au courant, si jamais vous avez de ses nouvelles.

Il me salue et raccroche.

Tout en caressant Murphy, je pense à Marti, crucifiée là-haut, sur cette colline désolée, impie.

Marti, où est Justin ? Qui peut l'avoir enlevé, et pourquoi ? Est-ce qu'on prend soin de lui ? Est-ce qu'il a froid ? Est-ce qu'il est blessé ? Est-ce qu'il a peur ?

Ou pire ?

Comparé à cela, rien ne semble assez inquiétant pour qu'on s'en soucie — pas Jeffrey, et certainement pas ces fichus Services secrets.

Au bout d'un moment, je me rends dans la cuisine pour prendre une seconde tasse de café. J'attrape un calepin jaune et un stylo, m'assois dans le coin petit déjeuner et commence à écrire.

Point numéro un : Mauro et Hillars travaillent dans le brouillard, pour ne pas dire dans le noir complet, malgré tout ce qu'ils savent sur Jeffrey, Marti et moi-même. S'ils savaient vraiment quelque chose, s'ils avaient une bonne piste pour les relier aux ravisseurs de Justin et à l'assassin de Marti, ils ne m'auraient pas interrogée, hier soir.

Point numéro deux : ils n'ont rien dit à Ben sur l'enlèvement de Justin. S'ils l'avaient fait, il m'en aurait parlé. Enfin, je crois.

Point numéro trois : je n'ai pas parlé de l'enlèvement à Ben. Pourquoi ?

Et enfin : comment les Ryan réagissent-ils face à cette situation ?

Un rayon de soleil, perçant à travers les branches de l'arbre qui domine le patio, m'inonde de lumière en même temps qu'il me réchauffe. Le brouillard mental dans lequel j'avançais depuis l'assassinat de Marti commence à se dissiper. C'est comme si mon amie me parlait : *Tu m'as promis que tu ferais attention à lui, Abby. Ne me laisse pas tomber, maintenant.*

Je décide de laisser un message sur le répondeur pour Jeffrey, à propos de l'agent Mauro et de ses menaces. J'enfile ensuite un blouson par-dessus mon pull et mon jean, j'attrape mes clés, et je donne à Murph la ration de biscuits à laquelle il a droit quand je sors. Dans le garage, il me faut choisir entre la décapotable Mercedes, un modèle vieux de deux ans, et la voiture que je surnomme « le Frelon vert », une jeep Cherokee de 92 que j'ai achetée pour pouvoir rouler tout autour de la ville. En réalité, j'en ai fait l'acquisition après avoir découvert ce qui se passait entre Jeffrey et Karen. Pour une raison aussi folle qu'obscure, je voulais les suivre, les surprendre autant de fois que possible, et la jeep était plus anonyme que la Mercedes. Dans cette ville, le nombre de jeep Cherokee vertes avoisine presque celui des cambriolages — c'est dire…

Je sors du garage en vérifiant que personne ne surveille la maison ou ne tente de me suivre. Même si la voie semble libre, je reste vigilante sur tout le chemin jusqu'à Pacific Grove. Comme personne, décidément, ne semble me filer, j'en conclus que soit Mauro et Hillars sont trop occupés à retrouver Jeffrey, soit Ben a réussi à les convaincre de me laisser tranquille pendant un moment.

Ce qui ne m'empêche pas, une fois sur Pacific Grove, de jouer la carte de la diversion stratégique en tournant tout de suite sur Forest Road, puis de prendre à gauche, et encore à gauche quelques immeubles plus loin, ce qui me ramène ainsi sur l'artère de départ. Dans le quartier où je suis à présent, les voitures ont depuis longtemps disparu. Encore quelques mètres et je tourne sur la droite, dans Aberdeen, et monte la colline jusqu'à Seadrift, un quartier de luxueuses résidences, avec ici et là quelques rares maisons victoriennes pleines d'élégance.

Je m'arrête non loin d'un de ces beaux témoignages historiques. La maison, jaune, est bien entretenue, avec ses rideaux en dentelle blanche derrière lesquels se devine un intérieur couleur pain d'épice. Je reste au volant de la jeep quelques minutes, moteur coupé, à prendre la température du voisinage. J'ai rarement vu des gens se promener, par ici, car il faut bien travailler pour payer les traites de sa maison.

Contente-toi de jeter un œil sur lui de temps à autre, Abby, c'est tout ce que je te demande. Ne t'impose pas. A moins que tu ne voies ou entendes quelque chose d'anormal, personne ne doit savoir ce que tu fais, pas même les Ryan.

— Eh bien, il se passe quelque chose d'anormal, Marti, dis-je dans un murmure. Maintenant, qu'est-ce que je dois faire ?

Etant donné les circonstances, la maison victorienne des Ryan semble bien trop calme. Ne devrait-il pas y avoir une certaine activité, quelle qu'elle soit ?

Selon Mauro, cela fait trois mois que Justin a été enlevé. Il n'y aurait rien d'étonnant à ce que la diligence des premiers jours se soit ralentie. Et si le FBI et la police n'ont jamais été avertis…

Il a dit que des négociations étaient en cours.

Or, je n'ai jamais entendu parler de négociations aussi longues dans le cadre d'un enlèvement.

J'observe et surveille les Ryan depuis assez longtemps — quinze ans, maintenant — pour savoir que ce sont des parents aimants et attentionnés. Comment ont-ils pu supporter de garder le silence sur la disparition de leur fils adoptif pendant trois mois ?

Cela fait plusieurs mois que je ne suis pas venue ici. Et j'en conçois une certaine culpabilité. Autrefois, je me suis efforcée de jeter un œil sur Justin au moins une fois par mois. Quand il était plus jeune, j'ai travaillé bénévolement dans la bibliothèque de son école. Tout au long de sa scolarité, je suis allée à des séances de piscine et d'athlétisme, puis à des matchs de basket-ball ou de base-ball, selon son âge et les saisons. Pas une fois je ne les ai approchés, les Ryan ou lui ; jamais ils n'ont pu soupçonner que je connaissais Marti, quand ils m'ont aperçue parmi la foule des personnes présentes à telle ou telle sortie. Mais ces diverses occasions m'ont permis de voir comment le fils de Marti était traité par ses parents, comment ils vantaient ses mérites et l'encourageaient, et je n'ai jamais décelé autre chose que de l'amour dans leur comportement.

Seulement, ma « surveillance » s'est arrêtée six mois plus tôt. Depuis ce jour où Jeffrey a amené Karen à la maison, j'ai été absorbée par les derniers sursauts d'agonie de notre mariage. Oh ! le « glas de notre union » avait été sonné depuis belle lurette, je suis bien forcée de l'admettre… Mais la façon dont mon mari et ma sœur m'ont trahie m'a ébranlée bien plus que je ne voulais alors le reconnaître. Même mon travail en a pâti, le peu d'énergie qui me restait se diluant dans ma relation naissante avec Ben, dans laquelle j'essayais vaguement de me reconstruire.

Je n'étais pas là quand ton fils a eu besoin de moi, Marti. Si j'avais été présente, j'aurais vu quelque chose. Quelqu'un en train de rôder, guettant le moment de kidnapper un garçon de quinze ans.

Désespérément, je tente d'assurer ma propre défense.

Comment aurais-je pu savoir ? Justin n'est pas un gamin faible. Il est mince, mais vigoureux et plein de force — comme toi, Marti. C'est une vedette, au sein de son équipe de natation, et il est excellent en athlétisme. Comment aurais-je pu me douter que quelqu'un surgirait de nulle part et l'enlèverait ?

Mes arguments ne pèsent pas lourd, même à mes yeux. Marti m'avait chargée de la sécurité de Justin. Je les ai tous les deux laissés tomber.

Aucune voiture n'est passée dans la rue depuis plusieurs minutes. Je descends de la jeep et traverse la chaussée, droit vers la maison victorienne. En gravissant les marches du perron, je me demande ce que je vais dire à la mère adoptive de Justin, que je n'ai jamais rencontrée. Comment gagner sa confiance ? J'ai absolument besoin qu'elle me parle.

Mais je sonne à la porte et personne ne vient me répondre. Au bout d'une minute, je me décide à frapper au battant. Toujours personne. Et aucun bruit n'est perceptible à l'intérieur de la maison.

Je sais que Mary Ryan ne travaille pas. Bien sûr, elle pourrait être sortie faire des courses, se promener, ou s'occuper comme peut le faire une mère dont le fils est parti depuis trois mois.

Il n'y a pas de garage, et le break Taurus que j'ai déjà vu dans l'allée n'est pas là.

Dépitée, je m'apprête à tourner bride. Une voix me parvient alors de la maison voisine, au jardinet si bien entretenu. Une vieille dame aux cheveux blancs se tient sur un perron encore décoré, trois semaines après Halloween, de citrouilles quelque peu défraîchies.

— Vous cherchez les Ryan ? me demande-t-elle d'un ton grincheux.

— Oui, dis-je en m'approchant de la balustrade qui nous sépare. Savez-vous où ils sont ?

— Ils ne sont pas là. Ils sont partis.

— Vraiment ? Et est-ce que vous sauriez où ?

— En Europe. En France, pour être exacte. Cela fait déjà un moment.

Il n'est pas inhabituel que les gens de la péninsule voyagent à l'étranger et ne passent que la moitié de l'année ici. Mais j'ignorais complètement que cela était le cas pour les Ryan.

Et n'est-ce pas étonnant, quand leur fils a été enlevé ? Ne devraient-ils pas plutôt rester chez eux, au cas où il rentrerait ?

Je frissonne, gagnée par une peur obscure et inexplicable.

Marti, tout ça n'est pas normal. Pas normal du tout.

Je descends les marches du perron et entre dans le jardin de la voisine.

— Ont-ils laissé une adresse ? Un numéro de téléphone ?

— Qui êtes-vous ? me demande-t-elle, soudain soupçonneuse. Je ne vois pas pourquoi je vous dirais cela.

Il y a un autocollant *Neighbourhood Watch* — ce système de surveillance assuré par les habitants mêmes d'un quartier — sur une des fenêtres de sa maison, et je ne dois donc pas m'étonner qu'elle soit prudente. Même si, normalement, cette méfiance aurait dû venir bien plus tôt.

— Je suis la maman d'un des copains de Justin, au collège, lui dis-je. J'ai quelque chose pour Justin.

— Oh ! je vois. Eh bien, dans ce cas, j'imagine que cela ne devrait pas poser de problème. Ils m'ont demandé de faire suivre leur courrier et m'ont laissé une adresse. Attendez une minute.

Elle rentre chez elle et ressort quelques instants plus tard avec un morceau de papier. Je gravis les marches du perron et prends la feuille, où est inscrite une adresse à Paris.

— Ont-ils emmené Justin avec eux ? Comme on ne l'a pas vu au collège, cet automne, on a fini par penser qu'il était malade.

— Oh ! non, il va bien. C'est un gentil garçon. Attentionné avec son père et sa mère. Pas comme le mien, qui ne m'appelle pas et ne vient jamais me voir.

Les coins de sa bouche s'affaissent, sous ses yeux brouillés par un début de cataracte.

— Vous ne pouvez pas comprendre. Vous avez encore un moment à vivre, avant de voir ça.

— Je suis désolée, dis-je. Mais je me doute de ce que vous pouvez éprouver. Est-ce que… euh, est-ce que Justin est parti avec ses parents ?

Elle hoche la tête.

— Ils ont obtenu du collège la permission qu'il s'absente un moment.

— Vous ont-ils précisé combien de temps ils partaient ?

Pour la première fois, elle semble hésiter.

— J'imagine qu'on pourrait vous le dire, au collège…

— Oh ! oui, bien sûr. Mais comme je passais par là, je me suis arrêtée pour me renseigner par moi-même.

Elle hoche de nouveau la tête, visiblement satisfaite par cette explication.

— Voyez-vous, ils ne m'ont absolument pas prévenue, le jour où ils sont partis. Il devait leur paraître évident que je me chargerais de leur courrier. Oh ! je le fais toujours, bien sûr. Et en retour, ils s'occupent du mien — cela marche dans les deux sens. Non pas que je voyage beaucoup, surtout quand on voit ce que sont les voyages en avion, de nos jours : des heures dans des files d'attente, avec mes hanches qui ne sont plus ce qu'elles étaient… Rien que le fait d'aller d'une porte à l'autre…

— Oui, ça doit être pénible, lui dis-je. Et j'imagine que ça empire d'année en année, madame… ?

— Jeffers. Comme Robinson Jeffers, le poète. Mais il n'y a aucune parenté, malheureusement. C'est lui qui a construit cette jolie maison de pierre, à Carmel, vous savez ? Il l'a construite de ses propres mains. J'imagine que si c'était moi qui avais hérité de cette maison, mon fils me rendrait visite plus souvent…

— Les avez-vous vus partir, madame Jeffers ?

— Les Jeffers ?

— Non, non, les Ryan. Les avez-vous vus ?

— Juste ciel, non ! Ils ont fait ça en pleine nuit, sans même un au revoir.

Elle s'interrompt. Le doute vient de s'immiscer en elle. Quelque chose à quoi elle n'avait pas pensé auparavant, et que mes questions semblent lui avoir rappelé. Ses paupières frémissent, et elle paraît de nouveau hésitante.

— Ça m'a paru étrange, vous savez ?

— Qu'ils s'en aillent en pleine nuit ?

— Non, qu'ils prennent leur voiture. C'est comme ça que j'ai su qu'ils partaient. J'ai entendu le moteur démarrer. Vous ne pouvez pas laisser votre voiture pendant des mois à l'aéroport, n'est-ce pas ? A moins d'être riche, bien sûr. Cela revient bien moins cher de prendre un taxi.

— Vous avez raison, madame Jeffers, absolument raison. Au fait, quand sont-ils partis ?

— Oh ! plusieurs semaines, je dirais. Au moins deux mois.

J'observe un instant de silence. Je ne sais pas trop quoi faire de ces informations. Je remercie la voisine et lui dis :

— Eh bien, tant pis pour moi. En tout cas, je suis heureuse d'apprendre que Justin va bien. Même s'il manque à mes fils.

— A eux aussi, déclare Mme Jeffers, alors que je me suis déjà tournée pour partir. Si vous saviez !

— *Eux ?* dis-je en faisant volte-face.

— Les Ryan. Leur fils leur manquait à un point !

— Je ne comprends pas. Vous m'avez dit qu'ils étaient partis tous ensemble…

— Pas du tout, ma jeune dame, ça n'est pas ce que j'ai dit. Les gens croient que je perds la boule, mais ça n'est pas le cas. Le fait est que Justin est parti un bon mois avant eux.

Pour le coup, c'est moi qui ai l'impression de perdre la boule.

— Je ne… mais comment savez-vous cela ?

— Parce que Mary me l'a dit, pardi ! Ils avaient déjà leurs billets d'avion en juillet, mais Paul — M. Ryan, qui est avocat, au cas où vous l'ignoreriez — n'a pu s'en aller à cause de son travail. Ils ont donc envoyé Justin tout seul sur place. Et le temps qu'ils puissent partir à leur tour, il manquait terriblement à sa mère.

— Elle vous l'a dit, qu'il lui manquait ?

Mme Jeffers secoue la tête et fait entendre un claquement de langue.

— Elle n'avait pas besoin de me le dire, la malheureuse. Je le constatais par moi-même en regardant par la fenêtre de ma cuisine — qui fait face à la sienne. Je la voyais qui pleurait, pleurait encore, comme si son cœur était brisé. Elle est si proche de son fils…

— Dans ce cas, pourquoi l'ont-ils envoyé en Europe sans eux ?

— Parce qu'il devait être là-bas à temps pour commencer le semestre dans une école spéciale, m'explique Mme Jeffers avec patience. Je ne vous l'ai pas dit ?

— Non, vous ne me l'avez pas dit.

— D'après ce qu'ils m'ont expliqué, il avait obtenu une bourse pour étudier l'histoire, ou quelque chose dans ce genre. C'est la raison pour laquelle le collège a consenti à le laisser partir.

— Donc, Justin est parti il y a trois mois, en fait ? En juillet ? Et les Ryan ne l'ont rejoint qu'en août ?

— C'est bien ce que j'ai dit, oui.

La voisine des Ryan me scrute soudain avec curiosité.

— Je suis surprise que Mary n'ait pas prévenu votre fils du départ de Justin. Mais ils ne m'ont pas avertie non plus, lorsqu'ils sont partis... Ce que j'ai trouvé un rien grossier, pour tout vous avouer.

Je risque encore une question.

— Quelqu'un d'autre est-il venu prendre des nouvelles des Ryan ?

— Pas une âme, me répond Mme Jeffers en secouant la tête. A part des témoins de Jéhovah, bien sûr, tout endimanchés. Seigneur, ils sont venus si souvent, ces derniers temps, qu'on se demande pourquoi on ne les charge pas de la distribution du courrier !

— Ça n'est pas une mauvaise idée, lui dis-je en riant. Et avez-vous remarqué qu'ils se déplacent toujours par paires ?

Ces prétendus témoins de Jéhovah ne sont autres que le tandem Mauro-Hillars, j'en mettrais ma main à couper.

D'autant que Mme Jeffers, les sourcils froncés, me confie :

— Ils m'ont posé beaucoup de questions, exactement comme vous. Mais je ne leur en ai pas dit autant, ça non ! Alors, quel que soit le problème avec les Ryan, vous ne devez pas vous inquiéter.

Je la regarde avec surprise.

— Ah, ah ! fait-elle en gloussant. Vous pensiez que vous m'aviez eue, pas vrai ?

— Hein ?

— Enfin ! je vois bien qu'il se passe quelque chose. Mais ça, je ne le *leur* ai pas dit.

— A qui ? Aux Ryan ?

— Vous ne pourriez pas être un peu plus attentive, ma jeune dame ? Je parle des témoins de Jéhovah. Je ne leur ai rien dit.

De retour dans ma jeep, je jette un coup d'œil à l'adresse que Mme Jeffers m'a donnée.

Bien. Et maintenant, Marti ?

Les Ryan sont partis. Ils ont levé le camp deux mois plus tôt, soit un mois après la disparition de Justin. Pour les voisins et le collège, ils ont inventé une histoire selon laquelle leur fils avait décroché une bourse pour aller étudier pendant un semestre à Paris. Puis ils sont partis. A Paris. Avec leur voiture.

J'espère qu'elle était équipée de roues à aubes...

Tu te souviens, Marti, quand on prenait le bateau à aubes, sur ce lac artificiel, et que les pales se prenaient dans des branches immergées ? Tu t'inquiétais plus des dégâts occasionnés aux arbres que de savoir si on serait en mesure d'atteindre le rivage...

Tais-toi, Abby. Cesse de ressasser.

Je soupire. Bon, réfléchissons. On pourrait expliquer de maintes façons le fait que les Ryan soient partis avec leur voiture. Ils ont pu se rendre chez un ami, qui a gardé le véhicule dans son garage et les a accompagnés à l'aéroport — ici ou à San Francisco. Si c'était ici, il a fallu qu'ils prennent une navette aérienne pour rejoindre San Francisco. Il n'y a pas de vols directs pour l'Europe à partir de Monterey.

A moins, bien sûr, qu'on ne dispose d'un avion privé.

Les Ryan ont-ils eu accès à un avion privé ?

Mais non, laisse tomber. Cette histoire de séjour à Paris a évidemment été montée de toutes pièces pour couvrir la disparition de Justin.

Et ses parents n'y sont probablement pas plus allés que lui, d'ailleurs.

Mais où sont-ils, alors ?

S'ils sont partis un mois après la disparition de leur fils, en août, faut-il en conclure qu'ils ont eu de ses nouvelles ? Qu'ils sont allés le récupérer ?

Avaient-ils un indice concernant l'endroit où il se trouvait ?

Et si oui, en ont-ils fait part à quelqu'un ? A Marti, par exemple ?

Ils lui ont annoncé que son fils avait disparu. Mauro et Hillars ont précisé que c'était Marti qui avait prévenu la famille présidentielle de l'enlèvement de Justin. Elle est allée chercher de l'aide auprès d'eux quand ses propres efforts se sont révélés vains.

Les Ryan, bien sûr, savaient depuis le départ que Marti était la mère biologique de Justin. Par l'entremise de Sol, j'ai aidé à organiser l'adoption. Mais pas plus les Ryan que qui que ce soit d'autre — pas même Jeffrey — n'ont eu connaissance de ma participation. Et pour ce que j'en sais, jamais Marti n'a approché Justin après l'avoir abandonné.

Il est étrange, tout de même, que Mauro et Hillars n'aient pas songé à m'informer que les Ryan avaient disparu, eux aussi.

Depuis combien de temps le savaient-ils ?

Et où peuvent-ils bien être, nom d'un chien ?

Les Ryan, j'entends. Car pour ce qui concerne Mauro et Hillars, il me suffit de jeter un coup d'œil dans mon rétroviseur intérieur. Ils sont là, à bord d'une Volvo noire flambant neuve, juste derrière moi.

— Ça n'est pas une bonne idée, me dit l'agent Mauro en se penchant à la fenêtre de ma portière. Nous devons vous demander de partir d'ici, madame Northrup.

— Dans ce cas, lui dis-je de mon ton le plus contrarié, je dois vous demander pourquoi. Et aussi où sont les Ryan.

— Je ne peux pas vous répondre. Je vous en prie, madame Northrup, quittez les lieux, à présent. Rentrez chez vous et oubliez cette histoire.

— Désolée, mais ça n'est pas possible. J'ai fait la promesse à Marti de veiller sur son fils.

— La meilleure façon de l'aider est de rester en dehors de tout ça, croyez-moi.

— En dehors de quoi ? dis-je avec colère. Que savez-vous ? Avec qui négociez-vous pour la libération de Justin ? Et pourquoi est-ce que cela prend tant de temps ?

— Je vous répète que je ne peux pas vous répondre.

Je fais tourner ma clé de contact.

— Dans ce cas, je trouverai un autre moyen de savoir.

L'expression de Mauro se durcit.

— Madame Northrup, dois-je vous rappeler que vous pourriez toujours être suspectée du meurtre de Marti Bright ? Votre prénom était tracé par terre, près de l'endroit où elle est morte.

Son frère pense que vous êtes d'une manière ou d'une autre responsable de cette mort. Et puis, il y a d'autres choses…

Il s'arrête, comme pour marquer une pause. Sans reprendre la parole.

— Quel genre de choses ?

— Il me suffit de dire que nous n'avons encore pris aucune mesure à votre encontre, et cela pour complaire à l'inspecteur Schaeffer, qui s'est porté garant pour vous. Cela peut changer à tout instant.

— Vous voulez dire que si je ne suis pas une bonne petite fille et que je ne vous obéis pas, vous m'arrêterez ?

— Si j'ai un mobile plausible, je le ferai, oui.

— N'essayez pas de bluffer avec moi, agent Mauro. Je n'ai pas tué Marti Bright, et vous n'avez absolument aucun moyen de prouver le contraire.

— Pour le moment, peut-être pas, déclare-t-il d'un ton doucereux. Mais si votre mari ne refait pas surface rapidement, je pourrai vous faire arrêter pour complicité de crime, obstruction à la justice et/ou asile donné à un fugitif. Après quelques jours en cellule, qui sait tout ce que vous serez prête à reconnaître ?

— Là, vous poussez un peu, Mauro ! Le seul fugitif auquel je donne asile, c'est mon chien. Et pour autant que je sache, ça n'est pas contraire à la loi.

Les doigts de l'agent se crispent sur l'encadrement de ma portière.

— Madame Northrup, nous avons lancé un avis de recherche et un mandat d'arrêt contre votre mari, et Karen Dean, votre sœur, affirme que vous êtes la seule personne à savoir où il peut être.

La salope !

— Ma sœur est folle, dis-je, et elle m'en veut. Elle rêve d'épouser Jeffrey et pense que c'est de moi seule que dépend le divorce. Si quelqu'un peut le cacher, c'est bien elle.

— Et le frère de Marti Bright, Ned Bright ? Il est fou, lui aussi ? Tout le monde est fou, sauf vous, madame Northrup, c'est bien ça ?

— Bien sûr que non. Mais comme dit Henry Kissinger, même les paranoïaques ont des ennemis.

— C'est comme ça que vous voulez la jouer, hein ? La détective en jupons qui enquête dans la ville et se met en tête de résoudre tous les crimes qui se présentent ?

— Si vous ne me dites pas ce qui se passe, vous ne me laissez pas le choix.

En vérité, je commence à être ennuyée.

Mauro ouvre ma portière, que je n'avais pas verrouillée.

— Coupez votre moteur, je vous prie, et descendez de votre véhicule, madame Northrup.

— Certainement pas !

— Ne me faites pas de scène.

— Une scène ? Mais mon pauvre ami, vous n'avez encore…

Bon sang, voilà que je perds les pédales ! J'ai le visage en feu et mes mains tremblent.

— A moins que vous n'ayez un mandat d'arrêt contre moi, je n'irai nulle part avec vous, dis-je avec le plus de fermeté possible.

— Dale ! appelle Mauro en se tournant vers Hillars, assis dans la Volvo. Tu peux venir m'aider, s'il te plaît ? On va embarquer Mme Northrup pour une petite discussion.

Je commence par protester.

— Vous n'avez pas le droit !

Quand Hillars nous rejoint, je comprends que ça ne servira à rien. Mauro se penche dans l'habitacle de la jeep, coupe le contact et glisse la clé sous le tapis de sol. On me tire hors de la voiture et je suis menottée en moins de temps qu'il n'en faut pour le dire.

Je crois bien que je n'ai jamais eu aussi peur de ma vie.

Ils ne m'emmènent pas au poste de police de Carmel, mais dans une chambre de l'hôtel Embassy Suites, à Seaside. Ils me font passer par l'escalier de service, afin que personne ne puisse nous voir. Assise à une immense table, j'ai les mains posées devant moi, menottées, à côté d'un verre d'eau et d'une carafe.

Au bout de deux heures, je crois avoir compris. Ils ont tous les deux une mission, et on leur a donné carte blanche pour s'en acquitter. Ils sont plus dangereux que des flics qui joueraient les justiciers solitaires ; ils ont le pouvoir et se fichent pas mal des lois.

Si j'ai eu peur, lorsqu'ils m'ont arrêtée, je suis carrément terrifiée, à présent.

— Reprenons, me dit Mauro en faisant les cent pas. Parlez-nous de votre mari.

— A quel propos ? Si vous m'expliquiez ce que vous…

— Où est-il ? coupe Mauro.

— Je vous l'ai dit, je ne sais pas. Jeffrey est tout le temps absent. Il se donne rarement la peine de me préciser où il va.

— Si votre mariage est dans un tel état, pourquoi n'avez-vous pas divorcé ?

— Cela ne vous regarde pas.

— Cela nous regarde si cela peut nous donner une idée des motifs de sa disparition.

— Vous n'exagérez pas un peu en parlant de disparition ? Jeffrey est probablement en voyage d'affaires, point. D'ailleurs, il se peut fort bien qu'il soit avec votre patron.

Mauro s'arrête pour me fixer.

— Le Président, dis-je en guise de précision. L'homme qui vous a envoyés ici.

— Pourquoi votre mari se trouverait-il avec le Président Chase ?

— Oh, allez ! Ne me dites pas que vous ignorez qu'ils sont cul et chemise, tous les deux — si vous me passez l'expression. Jeffrey est son éminence grise.

Mauro plisse les yeux.

— Qu'est-ce que vous essayez exactement de me faire comprendre, madame Northrup ?

— Que Jeffrey est quelqu'un d'influent ! Qu'il représente le pouvoir à l'œuvre dans les coulisses. Quand Jeffrey dit de sauter, Chase saute !

Mauro jette un coup d'œil à Hillars, qui secoue la tête. Tout cela est-il nouveau pour eux ? Je l'ignore. Mais c'est à l'évidence un territoire sur lequel ils ne veulent pas s'aventurer.

— Il y a une chose que vous nous avez dite, l'autre jour, et qui ne colle pas du tout, reprend Mauro.

— Seulement une ?

Mauro fronce les sourcils, et, un bref instant, j'ai l'impression qu'il aimerait bien m'étrangler. Je surprends Hillars qui l'observe, et je me demande si la fonction principale de celui-ci n'est pas de tempérer les ardeurs de son jeune et irritable partenaire.

— Vous nous avez affirmé ignorer qui est le père biologique de Justin Ryan, poursuit Mauro. Si Marti Bright et vous-même étiez aussi proches que nous l'avons découvert, vous devriez avoir au moins une petite idée…

— Eh bien, non ! Elle est arrivée chez moi alors qu'elle était déjà en plein travail. Je n'ai jamais rencontré l'homme en question.

— Il a bien fallu qu'elle remplisse un acte de naissance, insiste Mauro. Et vous étiez avec elle à l'hôpital.

Encore une fois, je suis stupéfaite par tout ce qu'il sait. Néanmoins, il n'a visiblement pas été capable de retrouver le pseudonyme — Maria Gonzales — que Marti a utilisé pour entrer à l'hôpital.

Un point pour notre équipe.

— Si je me souviens bien, lui dis-je en toute honnêteté, elle a écrit « Inconnu » à la place du nom du père. C'était quelqu'un qu'elle avait rencontré pendant un de ses voyages, et elle ne voulait pas qu'il soit mêlé à tout ça. Mais pourquoi est-ce si important ?

— Ça peut l'être si le père en question a découvert que Marti Bright lui a caché l'existence de cet enfant. S'il était déjà un peu dérangé à la base, il peut avoir complètement perdu la tête, après un choc pareil. On peut encore imaginer qu'il a kidnappé Justin, et, si c'est le cas, qu'il a ensuite assassiné Mlle Bright dans un accès de rage aveugle.

— Ça fait beaucoup de si.

— Nous devons considérer l'affaire sous tous les angles, madame Northrup.

Ma patience mais aussi ma peur commencent à se dissiper. J'abats mes mains sur la table. Mes menottes font entendre un bruit métallique sur le bois.

— Vous voulez des angles ? Vous allez me dire ce que vous pensez de celui-ci. Cette année-là, Marti a voyagé avec beaucoup de gens. Il y avait parmi eux un jeune membre du Congrès, du nom de Gary Chase. Pourquoi vous ne lui demanderiez pas s'il est le père de Justin, et si c'est la raison pour laquelle il vous a envoyés ici pour retrouver son fiston ? Demandez donc à M. l'Irréprochable s'il a eu un accès de rage pendant sa campagne et s'il a kidnappé son bâtard, avant d'aller crucifier sa mère sur cette foutue colline !

Je m'aperçois aussitôt que j'ai touché un point sensible. Hillars pâlit et Mauro se fige.

Est-ce une hypothèse qu'ils ont en effet envisagée ? Je ne l'avais moi-même pas considérée avec sérieux jusqu'à cet instant — même si, je dois l'avouer, j'y avais pensé. Un jour où j'avais entendu à la télévision que Chase, pour ses vacances, avait rejoint « sa cabane du Maine ». Or, Marti avait passé les trois derniers mois de sa grossesse dans une cabane du Maine, justement. Chase était-il l'« ami » qui la lui avait prêtée ? A l'époque où il siégeait encore au Congrès, Marti profitait largement de ses largesses avec la presse. Seigneur ! Se pourrait-il qu'il soit le père de Justin ? Il était marié, à l'époque — pas disponible, comme disait Marti. Il lui était donc impossible de l'aider à élever son enfant.

Et s'il *est* le père de Justin, et que Marti le lui a révélé, cela expliquerait qu'il ait chargé les Services secrets de l'aider à retrouver l'enfant. Il n'aurait pas laissé une telle enquête au

FBI, ni à des enquêteurs du coin. Il lui aurait envoyé ce qu'il avait de mieux.

Jeffrey connaît-il la vérité au sujet de l'enfant de Marti, alors ? Et est-ce la raison de sa peur ? Que le secret de Chase soit révélé, créant un scandale juste avant l'élection ?

Mauro ne sait visiblement pas quoi dire. Fourrant ses mains dans les poches de son costume sombre, il fixe le plafond, s'éclaircit la gorge et va s'asseoir. Quand il reprend la parole, il a recouvré le contrôle de sa personne et on est passé à un autre sujet.

— Venons-en à votre visite au domicile des Ryan, aujourd'hui, madame Northrup. J'ai cru comprendre que ça n'était pas la première. Vous êtes déjà venue — souvent, même.

— Je n'ai jamais parlé aux Ryan.

— Là n'est pas la question. Vous étiez devant chez eux et vous les espionniez.

— Je ne les espionnais pas. Je m'assurais que Justin allait bien.

— Dans ce cas, vous vous êtes fréquemment assurée qu'il allait bien. Une fois par mois ou presque, au cours des quinze dernières années. Madame Northrup, vous n'avez vous-même jamais eu d'enfant, n'est-ce pas ? Comment expliquez-vous cette obsession pour Justin Ryan ?

Obsession. Le mot m'atteint entre les deux yeux. Car c'est une accusation que Jeffrey m'a servie plus d'une fois.

« Tu es obsédée par le fait de vouloir un enfant. Obsédée par le fait d'en adopter un. Essaye d'oublier ça, nom d'un chien ! Ça n'est pas sain. Tu es obsédée ! »

Et moi, inlassablement, j'ai rétorqué que je n'étais pas obsédée. Que le fait de désirer un enfant est au contraire le désir le plus sain qui soit.

Mais qu'est-ce que je peux dire à ces hommes, qui n'ont pas idée de ce qui m'est arrivé, et qui ne comprendraient pas, de toute façon ?

— Il faut que je mange, dis-je soudain en tendant une main tremblante. Je fais de l'hypoglycémie. Vous ne pouvez pas me garder ici sans me donner à manger. Imaginez que j'aie un malaise ? Vous devriez me faire transporter à l'hôpital, ils poseraient des questions. C'est ce que vous voulez ?

Au regard de Mauro, je comprends qu'il ne croit pas beaucoup à cette histoire d'hypoglycémie. Toutefois, je vais bien finir par sortir de cette chambre d'hôtel — je l'espère —, et je pourrai alors parler des mauvais traitements que font subir les Services secrets…

Il repousse sa chaise et va jusqu'au téléphone pour appeler le service d'étage.

— Nous voudrions trois sandwichs à la dinde, commande-t-il en me regardant.

— Et du café, lui dis-je.

— Et du café, ajoute-t-il. Une pleine cafetière.

Il raccroche et Hillars se lève pour le rejoindre. Tous deux se postent devant la fenêtre. Ils se parlent en chuchotant et me jettent de temps à autre un coup d'œil. Je ferme les yeux, pose ma tête entre mes mains et réfléchis encore à ce mot — *obsession*.

Lorsque j'ai rencontré Jeffrey, seize ans plus tôt, j'avais vingt-trois ans. Je venais juste de mettre sur les rails une belle carrière de journaliste au *San Francisco Chronicle*, et j'avais pondu un article qui m'avait presque valu le prix Pulitzer. Puis est arrivé le jour fatidique où je suis venue ici et où j'ai rencontré Jeffrey. Quelques mois plus tard, je me suis « retirée » à Carmel afin de vivre mon rêve de jeunesse : devenir femme au foyer et élever des enfants. J'étais jeune — et pour ce qui concernait les rapports humains, incroyablement stupide.

Jeffrey et moi n'avions jamais abordé la question des enfants. Quand je suis tombée enceinte, trois mois après le mariage, il est devenu furieux. J'ai pensé qu'il avait juste besoin de temps pour s'habituer à l'idée — à présent, je me rends compte qu'il avait envie d'être le seul enfant à la maison. Un jour, alors que j'étais enceinte de quatre mois, il m'a emmenée sur le voilier qu'il possédait, en m'assurant que le temps et l'eau seraient assez calmes, alors que nous venions tout juste d'essuyer une grosse tempête.

— C'est le meilleur moment pour sortir, Abby, m'avait-il assuré. Après une tempête, la mer offre un spectacle majestueux. Tu vas adorer.

Il ne m'est évidemment pas possible de prouver que mon mari a voulu tuer notre enfant. En fait, avec le temps, j'ai réussi à me convaincre que tout cela n'avait été qu'un accident. C'est dire à quel point je voulais m'accrocher à notre mariage…

Ce dont je me souviens, c'est que Jeffrey a fait une manœuvre très brusque, de façon complètement inattendue — afin d'éviter une énorme pièce de bois flotté, expliqua-t-il plus tard aux gardes-côtes, un fragment d'un des escaliers de la plage de Carmel entraîné par la tempête jusqu'à Santa Cruz. Au même moment, une lame de près de six mètres s'est abattue sur nous. J'ai essayé d'agripper le bastingage mais je suis passée par-dessus bord. Le combat pour rester à la surface dans les vagues et repousser d'autres pièces de bois flotté était trop dur. Jeffrey, Dieu merci, a réussi à me sortir de l'eau, en attrapant ma main. J'ai fini à l'hôpital avec des fractures, des lésions internes et une fausse couche. On m'a annoncé que je ne pourrais plus avoir d'enfants.

Marti a accouché de Justin peu de temps après, et toute la place qu'il y avait dans mon cœur pour mon bébé a été remplie par Justin, par ma promesse de veiller sur lui. J'y ai vu un engagement sacré, que jamais je ne trahirais.

Je ne pense pas que Marti attendait de moi que j'aille jeter un œil sur son fils tous les mois. Ça s'est simplement trouvé comme ça — une de ces habitudes qui, jour après jour, mois après mois, se développent. Dans ce cas, l'habitude s'est prolongée sur des années.

Et maintenant, Justin n'est plus là ; il s'est évanoui dans l'air — comme mon enfant.

Je suis plus âgée, et aussi plus maligne qu'à l'époque où j'ai fait cette fausse couche, durant ma première année de mariage. Avec le recul, et une meilleure vision des gens et des événements, je comprends bien la raison pour laquelle Mauro et Hillars sont si désireux d'interroger Jeffrey : ils pensent qu'il pourrait avoir joué un rôle dans l'enlèvement de Justin.

Mais pourquoi Jeffrey aurait-il fait une chose pareille ?

— Madame Northrup ? Je vous ai posé une question…

Je m'extirpe de mes pensées et lève les yeux vers Mauro, assis de nouveau face à moi. Hillars, lui, est au téléphone.

— Désolée, je n'ai pas entendu.

— Je vous demandais de me dire tout ce que vous saviez au sujet d'Helen Asback.

— Sœur Helen, vous voulez dire ?

— J'imagine qu'elle doit toujours porter ce titre.

— Comment ça, toujours ? Je ne comprends pas.

— Vous ignoriez que sœur Helen, puisque c'est sous ce nom que vous la connaissez, a quitté son ordre ?

La nouvelle me laisse un instant sous le choc.

— Vous voulez dire qu'elle a changé de couvent ?

— Non, je veux dire qu'elle n'est plus religieuse. Depuis les années 80. Vous ne le saviez pas ?

Je secoue la tête, incrédule.

— Non. Comme je vous l'ai déjà indiqué, cela faisait des années que je n'avais pas eu le moindre contact avec elle.

— Combien de temps exactement ?

— Au moins vingt ans. Depuis que Marti et moi avons quitté le couvent Joseph et Marie.

— Mais Mlle Bright avait-elle des contacts avec elle ?

— Je n'en suis pas trop sûre. C'est possible, mais si c'est le cas, elle ne m'en a jamais parlé.

Je n'arrive toujours pas à y croire. Sœur Helen ne serait plus religieuse ? Dans mon esprit, cela revient à dire que la lune a décidé de ne plus se lever ou que le soleil s'est totalement consumé.

Je demande à Mauro :

— Comment savez-vous tout cela ? Vous lui avez parlé ?

— A Helen Asback ?

— Oui.

— Madame Northrup, me dit Mauro en affectant une patience exagérée, c'est elle qui nous a menés jusqu'à vous. Elle s'accorde avec Ned Bright pour affirmer que vous avez quelque chose à voir dans le meurtre de Marti Bright.

— C'est ridicule ! Je ne peux pas le croire ! Elle m'en a voulu quand j'ai quitté le couvent, mais c'était il y a des années ! Et pour quelle raison aurait-elle dit une chose pareille ? Marti et moi étions les meilleures amies du monde.

— Pas si j'en crois Helen Asback, rétorque Mauro. A l'écouter, Marti Bright ne vous faisait plus confiance. Ce que confirme d'ailleurs le frère de Marti Bright.

En cet instant, j'ai l'impression de me débattre au milieu d'un de ces drames kafkaïens où plus rien n'a de sens. Marti qui ne me faisait plus confiance ? Allons ! Ça ne peut pas être vrai, c'est impossible !

Hillars raccroche le téléphone et s'approche de Mauro. Les voilà qui marmonnent de nouveau. Mauro esquisse un geste de protestation, mais Hillars, de la main, lui intime de se calmer.

Avec un soupir, Mauro se lève et vient vers moi. Il sort une clé de la poche de sa veste et m'ôte les menottes.

— Je crains que vous ne deviez tirer un trait sur votre déjeuner, m'explique-t-il. Nous devons nous en aller.

— Et moi qui l'attendais avec tellement d'impatience ! dis-je avec ironie.

Je me relève, fais jouer mes genoux ankylosés et masse mes poignets.

— D'un autre côté, ajouté-je en consultant ma montre, il est toujours temps pour moi d'aller voir mon avocat et de vous poursuivre pour arrestation arbitraire.

— Mais vous n'avez pas été arrêtée, souligne Mauro d'un ton doucereux. Il n'y a aucune trace quelle qu'elle soit de notre petite conversation.

— Si je comprends bien, c'est votre parole contre la mienne ? Je ne sais pas trop, agent Mauro… mais avec le climat qui règne en ce moment dans le pays, j'ai l'impression que les gens seraient plus enclins à croire une citoyenne innocente qu'un tandem d'agents renégats des Services secrets.

— Je dois admettre, me répond Hillars de sa voix traînante, que vous avez sans doute raison sur ce point, madame Northrup. Néanmoins, j'aimerais que vous teniez quand même compte du fait que l'agent Mauro et moi disposons des meilleures chances pour trouver le meurtrier de Marti Bright. Si vous êtes en effet innocente, vous ne voudriez pas qu'on nous lie les mains d'une manière ou d'une autre, n'est-ce pas ?

Il me saisit le bras.

— Allez, laissez-nous vous ramener à votre voiture.

Malgré son chaleureux accent du Sud, l'agent Hillars me donne la chair de poule.

— Non, merci, dis-je en reculant. Je prendrai un taxi.

Ils se consultent du regard et haussent les épaules, d'un même mouvement ou presque, puis ils se dirigent vers la porte et l'ouvrent pour moi.

Alors que nous nous en allons, le garçon du service d'étage arrive. J'attrape un sandwich sur le chariot et mords dedans à pleines dents — imaginant qu'il s'agit du bras de l'agent Mauro.

7.

— *Ben* —

Assis face à Peter Bridges, qui l'a convoqué dans son bureau, Ben constate avec dépit que rien ne se passe comme il l'avait espéré. Il croise les bras dans une attitude qu'il voudrait ferme et lance à son supérieur :

— Ça ne me plaît pas trop, chef. Je ne peux pas faire surveiller Abby à son insu. C'est une amie.

— Une amie ? Ben, tu penses donc qu'on est tous aveugles, ici, ou quoi ? Tu crois qu'on n'y voit que du feu ?

Ben hausse les épaules.

— J'ai essayé d'être discret, chef.

— Discret ?

Bridges donne un coup de poing sur la pile de lettres dressée devant lui. Prenant celle du sommet, il commence à lire :

— « Le détective Ben Schaeffer a été vu en train de dîner l'autre soir avec une femme que tout désigne comme le principal suspect dans l'affaire Marti Bright. Pour ajouter à cela, la dame en question est l'auteur de la chronique hebdomadaire des cancans de la ville. Que fait la police ? »

Il met la lettre de côté et en prend une autre.

— « Pourquoi les policiers n'arrêtent-ils pas Abby Northrup ? Tout le monde sait qu'elle connaissait Marti Bright, et son nom, gravé dans le sol sur le lieu du crime, fait d'elle la coupable désignée. Que faut-il de plus aux autorités de Carmel pour procéder à son arrestation ? A moins qu'une fois de plus, quelques pattes bien graissées… »

Il ramasse une autre lettre, mais Ben lève la main.

— N'en jetez plus, chef, j'ai compris. Mais nous recevons tout le temps des lettres comme ça. Merde, à la fin ! Carmel est le genre de ville où les habitants appellent les flics quand ils voient des gosses jouer dans les arbres ! Vous vous rappelez le jour où quelqu'un nous a contactés pour signaler deux Noirs qui se tenaient à un carrefour ? Ils avaient l'air « suspects », à ce que disait la personne. C'étaient deux de nos hommes !

Ben se penche vers l'avant.

— Vous comme moi, nous savons qu'il n'existe aucune preuve tangible de la culpabilité d'Abby. Je vous dis qu'elle et moi sommes les meilleurs amis qui soient. Et je vous dis aussi qu'Abby n'est pas une tueuse.

Bridges soupire.

— Ben, tu as envie de prendre ma place, après mon départ ?

— Vous savez bien que oui !

— Alors, il va falloir me résoudre cette affaire ! Et battre aux points ces enfoirés des Services secrets ! J'ai le conseil municipal et le maire sur le dos, plus un comité d'entrepreneurs et d'hommes d'affaires, sans parler des habitants ! Cette foutue crucifixion a fait le tour des journaux du pays. Tu as vu qu'ils en ont parlé à *Entertainment Tonight* ? « Meurtre sur les terres de Clint Eastwood » : c'est le titre qu'ils ont donné à leur foutu reportage ! Certains parlent même des « meurtres par crucifixion », au pluriel, comme si on en avait une tripotée sur le gril ! Même notre *Herald* local a titré l'autre jour : « Crucifiée à Carmel. » Merde, Ben ! Toutes les télévisions du pays couvrent l'histoire, jour après jour, et les touristes désertent la région de peur de finir cloués sur la colline ! Sans parler du fait que les habitants de la péninsule sont eux aussi terrifiés. Il faut qu'on agisse, et vite !

— La *task force* est sur l'affaire, rappelle Ben. Et chacun fait de son mieux.

Le chef Bridges se redresse et pointe un doigt vers lui.

— C'est à *toi* de faire quelque chose, Ben ! A toi, personnellement ! Tu te vois te présenter devant la commission des promotions et admettre ton impuissance face au premier vrai crime monstrueux qu'ait connu la ville ? Tu ne veux pas laisser aux Services secrets tout le bénéfice de la gloire, quand même ?

— Je me contrefous de la gloire.

— Je suis certain que non. Carmel est une petite ville, bon sang ! A part mon fauteuil, il n'y a aucune autre place pour toi ! Et je veux que tu le récupères, moi, ce poste de chef ! Tu as fait un sacrément bon boulot, depuis des années. Tu es attentif aux gens, qui t'apprécient pour cela. Tu es intelligent, et tu as réussi à obtenir leur confiance et leur respect, les deux qualités de base dont un flic a besoin dans cette ville.

Ben reste silencieux.

— Ecoute, enchaîne le chef Bridges, fais surveiller Abby Northrup. Elle est la meilleure piste qu'on ait.

Ben se passe une main sur le visage.

— Chef… je n'ai pas été totalement honnête avec vous.

Bridges plisse les yeux.

— Qu'est-ce que tu veux dire ?

— J'ai travaillé sur cette affaire de mon côté. Pendant mon temps libre.

— Seul ?

— En fait, je… on m'a un peu aidé.

— Lehman ?

Ben hausse les épaules.

— C'est mon adjoint, vous savez bien.

— Et alors ? Qu'est-ce que vous avez découvert ?

— C'est le problème. Rien. Je ne comprends pas pourquoi on a tracé le nom d'Abby dans le sol, sur la colline. Ça peut très bien être le tueur, qui a fait ça. Quelqu'un qui connaissait Abby et qui voulait diriger les soupçons sur elle. Mais je suis prêt à parier que si c'est Marti Bright qui a gravé ces lettres dans le sol, alors c'était pour appeler Abby à l'aide, pas pour la désigner comme son assassin.

Au mépris du panneau d'interdiction de fumer qui trône dans son bureau, Peter Bridges allume un cigare.

— Tu es prêt à le parier ?

— Oui, chef.

Peter tire sur son cigare. Puis il pose les yeux sur Ben et l'évalue du regard.

— Tu serais prêt à parier ton avenir ?

Suit un court silence.

— J'espère qu'on n'en arrivera pas là, murmure Ben.

— Qu'est-ce que tu comptes faire ? demande Bridges en fixant la pile de lettres devant lui.

— D'abord, j'aimerais interroger cette religieuse, celle qui a connu Marti Bright et Abby il y a vingt ans. Je l'ai vue à l'église et au cimetière, et il y a quelque chose en elle qui ne me plaît pas.

— Une religieuse ? Tu voudrais désigner une religieuse comme étant l'assassin ? Bon sang, Ben, on n'a pas besoin de ça ! Imagine un peu : « La police de Carmel arrête une religieuse dans l'affaire de la crucifixion » !

Ben sourit.

— Pour autant que j'aie compris, elle n'est pas vraiment religieuse. Et elle est amère.

— Amère ? Voyez-vous ça… Elle habite ici ?

— C'est là que ça devient intéressant. Au début, je n'ai pas réussi à la localiser. J'ai commencé par le couvent de Santa Rosa. Il a été transformé en école privée, et il n'y a plus qu'une poignée de religieuses qui y enseignent. C'est l'une d'elles qui m'a expliqué que sœur Helen — alias Helen Asback — a quitté l'ordre il y a de cela des années, à une époque où les couvents fermaient les uns après les autres. J'imagine qu'elle n'a pas digéré ces bouleversements.

— Je veux bien le croire, dit le chef Bridges en hochant la tête. J'avais une tante qui…

Il secoue la tête.

— Disons que l'Eglise aimerait bien qu'on oublie que certaines de ces vieilles nonnes ont passé un vraiment sale moment… Alors, et cette sœur Helen ?

— Je n'ai pas encore toutes les pièces du puzzle en main, mais je me suis entretenu avec Lydia Greyson, la propriétaire des terres sur lesquelles Marti Bright a été enterrée. Sœur Helen et elle étaient ensemble aux funérailles, avec le frère de Marti Bright. Elle m'a appris que l'ancienne religieuse vit à présent dans la Carmel Valley, dans un endroit qu'on appelle « la Maison de Prière ».

— Et qu'est-ce que Lydia Greyson a à voir là-dedans ?

— C'est elle qui possède et dirige la Maison de Prière. Je n'en sais pas plus, si ce n'est qu'elle fait également partie du conseil d'administration d'un des centres d'hébergement où Marti Bright venait travailler bénévolement, à Seaside.

Le chef fixe Ben à travers la fumée bleutée de son cigare.

— La Maison de Prière, hein ? Bizarre, comme nom. Tu en avais déjà entendu parler ?

— Deux ou trois fois, oui. Des problèmes de plats cuisinés vendus aux touristes, des personnes tombées malades qui ont porté plainte… Il y a eu un procès, au terme duquel on leur a imposé d'effectuer toutes sortes de transformations et de mettre leur cuisine aux normes.

— Ouais… Et qu'est-ce qu'ils font, dans cet endroit, à part la cuisine ?

— C'est une espèce de lieu de retraite pour les religieuses et ex-religieuses. Pour vivre, elles vendent des pains spéciaux, de la soupe, et divers autres produits réalisés par leurs soins. Il y a aussi des fonds privés, dans l'histoire.

Songeur, le chef reste un instant silencieux.

— Qu'est-ce que tu espères tirer de cette femme ? demande-t-il enfin. De l'ex-bonne sœur.

— Je n'en sais trop rien, chef. Mon idée, c'est qu'il pourrait y avoir un lien entre cette Maison de Prière et la façon dont Marti Bright est morte. Ça n'est quand même pas tous les jours qu'on a des meurtres par crucifixion. En plus, comme ça s'est passé sur la colline située à côté du monastère des Carmélites, on pourrait avoir affaire à une religieuse cinglée, quelqu'un qui aurait quelque chose contre l'église catholique, qui sait ?

— Donc, tu aimerais aller fouiner du côté de cette Maison de Prière, provoquer des problèmes avec ces nonnes et Dieu sait qui encore, et tout ça avec ma bénédiction ?

— J'espère que vous me suivrez, chef, oui. On n'a pas grand-chose d'autre.

Ben s'éclaircit la gorge et ajoute :

— A part Abby.

Bridges se laisse aller contre le dossier de son fauteuil, les yeux perdus dans les volutes de fumée. Finalement, il écrase son cigare dans un cendrier d'argile.

— Tu vois ça ? dit-il en désignant le cendrier. C'est un gamin qui l'a fait pour moi. Le gosse avait disparu, et je l'ai retrouvé pendant une patrouille. Il se planquait dans la vieille propriété des Flanders.

— Je me souviens, chef.

— Pour le coup, ça n'avait rien d'un boulot de chef. Je suis tombé dessus par hasard. Et aussi parce que j'ai le nez pour ça. Retrouver les gosses, je veux dire.

— Je me souviens, oui, répète Ben.

— Mon nez fonctionne toujours, Ben. Et cette fois, il me dit qu'Abby Northrup est dans les emmerdes jusqu'au cou. Je sais, je sais, tu n'es pas d'accord. Et avec les années, j'ai appris à croire à ton fichu instinct, qui est sans doute meilleur que le mien. D'un autre côté, poursuit le chef en se levant, il y a ces connards des Services secrets. Alors, qu'est-ce qu'on fait ? Eh bien, je vais te le dire, moi, ce qu'on fait. Je t'accorde quarante-huit heures. Après ça, je ne peux plus rien te promettre.

Ben se lève à son tour.

— Merci, chef.

— Ne me remercie pas. Il se peut que ça ne serve à rien.

— A rien ?

— Si les Services secrets décident de l'embarquer. Le temps est compté, pour Abby Northrup.

8.

— *Abby* —

Après avoir échappé à Mauro et Hillars, mon premier réflexe est de chercher à parler à Ben. Mais lorsque je joins Arnie au poste de police, il m'annonce que Ben est sorti. Juste ceci : « sorti ». Et il paraît peu disposé à me donner d'autres détails — ce qui, s'il n'y avait comme une espèce de circonspection dans sa voix, ne m'inquiéterait pas plus que cela.

Il me promet néanmoins de prévenir Ben de mon appel. De mon côté, j'écoute les messages sur mon répondeur, dans l'espoir qu'il ait appelé pendant mon absence. Pour cette seule matinée, ce ne sont pas moins de vingt-deux messages qui m'attendent, dont deux seulement ne proviennent pas de journalistes désireux de m'interviewer à propos de Marti. L'un d'eux m'a été laissé par Dan Green, de KSBW-TV, un de mes présentateurs favoris, avec Kate Callaghan. Je note mentalement de le rappeler et de reprendre contact avec Kate — mais pas avant d'avoir en ma possession quelque chose que je me sente vraiment libre de partager.

A part ça, j'ai un message du *Pinecone* : mon patron me rappelle que je dois rendre ma chronique hebdomadaire ce matin même. Au moins, il ne m'a pas encore virée.

L'autre message personnel m'a été laissé par Tommy Lawrence, que j'avais complètement oublié.

— Abby ? Je suis passé chez toi vers 11 heures, mais tu n'étais pas là. J'imagine que tu as oublié... Ce n'est pas grave. Je voulais juste savoir si tu étais toujours d'accord pour qu'on se revoie.

Il me laisse un numéro, que je reconnais comme étant celui du La Playa Hotel.

Est-ce que j'aurai le temps de m'occuper de lui aujourd'hui ? J'efface en bloc cette armada de messages et décide de le rappeler plus tard.

Je monte ensuite à l'étage pour prendre une douche dans la grande salle de bains, dont l'avantage est d'être équipée d'un radiateur. Tétanisés par la frayeur de tout à l'heure, mes membres sont douloureux ; un peu de chaleur m'aidera à les détendre.

Sous la douche, j'entends du bruit. J'appelle :

— Jeffrey ?

Pas de réponse.

— Jeffrey ?

Toujours pas de réponse.

Ces six derniers mois, Jeffrey a couché au rez-de-chaussée, sur le canapé-lit de son bureau. Il lui est arrivé plus d'une fois de rentrer par l'arrière de la maison et de s'éclipser sans même que je me sois rendu compte de son passage.

Je m'interroge : dois-je descendre pour aller le voir ? Je finis par m'y résoudre en songeant que s'il n'entre pas en contact au plus tôt avec Mauro et Hillars, les deux agents me tomberont dessus pour complicité.

Tandis que je me noue une serviette sur la tête, ayant renoncé à me laver les cheveux, j'entends un autre bruit. Plus proche, celui-ci, comme s'il venait du couloir.

— C'est toi, Jeffrey ? Je suis là.

Je n'obtiens aucune réponse et me mords les lèvres. Il y a eu plus d'un cambriolage dans le coin, ces derniers temps. Je m'enveloppe dans un drap de bain et me tiens immobile, aux aguets.

Des gouttes d'humidité coulent le long de la porte de la cabine de douche. Je comprends soudain pourquoi on a fabriqué ces portes de verre — afin de voir Norman Bates, lorsqu'il déboule avec son couteau.

Le problème étant que, malheureusement, lui aussi peut vous voir.

Des bruits de pas me parviennent du couloir, à présent, des pas qui se rapprochent.

Va jusqu'à la porte, Abby. Verrouille-la. Et appelle la police avec le téléphone mural.

Je relève le loquet de la porte de la cabine. Il ne fait entendre qu'un petit bruit métallique, mais, à mes oreilles, il résonne comme un coup de tonnerre. La salle de bains est grande, il faut bien une dizaine de pas pour en atteindre la porte. Si je cours, ne va-t-on pas m'entendre, du couloir ? Ne va-t-on pas entrer avant que j'aie pu m'enfermer ?

Mais le moment n'est pas aux tergiversations. Toutes mes antennes sont déployées et chaque parcelle de mon instinct me crie d'aller verrouiller cette damnée porte au plus vite. Alors, je m'élance et tourne le verrou en toute hâte.

Suite à quoi j'empoigne le téléphone mural pour composer le 911, le numéro de la police. Mais aucune sonnerie ne répond à mon appel, à l'autre bout du fil, aucune tonalité ne sort du récepteur, désespérément muet. Je compose de nouveau le numéro en tremblant. Toujours rien. J'agite le combiné, appuie sur les boutons, tire le cordon…

Et je me souviens que l'appareil ne fonctionne plus. Je me souviens que je devais le remplacer, mais qu'à force de reporter le moment de le faire, j'ai tout simplement fini par oublier…

Et Murphy, où est-il ? Pourquoi n'a-t-il pas aboyé, ou au moins grogné ? Même si mon visiteur n'est que Jeffrey, il doit grogner !

Murphy ! Des visions du soir où il est revenu à la maison avec ce A gravé dans la chair s'imposent à mon esprit.

Mon Dieu ! Non !

Sans plus réfléchir au danger possible, je déverrouille comme une furie la porte de la salle de bains et l'ouvre à la volée, armée en tout et pour tout d'une dérisoire bombe de laque pour les cheveux. Je me plaque sur le côté, prête à en aveugler l'intrus, mais aucune silhouette ne s'engouffre dans la pièce, aucun coup de feu ne retentit… Au bout d'un moment, je risque un coup d'œil dans le couloir.

Murphy est tranquillement assis en haut des marches, à l'endroit même où il se trouvait quand je suis montée. Un comportement pour le moins surprenant… Il est établi que Murph n'attaquera jamais qui que ce soit, à moins que la personne ne s'en prenne à moi. Cependant, si un étranger pénètre dans la maison, il n'est pas normal qu'il ne donne pas aussitôt l'alerte.

Et s'il s'agissait de Jeffrey, après tout ? Oui, mais alors, pourquoi n'a-t-il pas répondu lorsque je l'ai appelé ?

Je perçois encore un bruit, en provenance de ma chambre. Comme si l'on ouvrait et fermait des tiroirs. Je parcours le long couloir sur la pointe des pieds et m'arrête à environ un mètre de la porte. Je me tourne vers Murph : nous échangeons un regard et il se dresse enfin sur ses pattes pour venir se glisser entre mes jambes, comme pour m'empêcher d'aller plus loin.

— Qu'y a-t-il, mon chien ? dis-je dans un chuchotement. Explique-moi !

Murph se presse de plus belle contre mes jambes.

L'alternative est simple. Soit j'essaie de me faufiler devant la chambre sans être vue pour descendre dans le salon et me ruer sur le téléphone, soit je tente de coincer la personne qui s'est introduite chez moi, bon sang !

La colère l'emporte sur la peur et je lance d'une voix forte :

— Il y a quelqu'un ?

Passe un court silence, suivi de bruits de pas qui viennent vers moi. Murph se met à grogner.

Alors, en un clin d'œil, je me campe devant l'encadrement de la porte et presse des deux pouces l'embout de la bombe de laque.

— Aïe ! Mes yeux ! Oh ! mon Dieu, j'ai mal !

Ma sœur, Karen, se jette sur moi en proférant des insanités et en décochant des coups de poing dans tous les sens — dont un m'atteint au torse et m'envoie sur le côté.

— Bon sang, Abby, j'y vois plus ! s'écrie-t-elle en se frottant les yeux de sa main libre.

Je lâche ma bombe et attrape ma sœur par les épaules pour la secouer.

— Mais qu'est-ce que tu fiches ici, Karen ? Pourquoi est-ce que tu ne m'as pas répondu, nom d'un chien ?

Je la traîne à moitié à travers la chambre, vers le petit cabinet de toilette qui s'y trouve. Là, je verse rapidement de l'eau dans mes mains en coupe et entreprends de lui rincer les yeux.

Je lui passe ensuite une serviette, pour qu'elle puisse sécher ses cheveux blonds coupés court. Elle s'apprête à reprendre la parole, mais je suis la plus rapide.

— Qu'est-ce que tu fais ici ? Et comment es-tu entrée ?

— J'ai toujours mes clés, répond-elle en s'essuyant les yeux. Tu aurais pu me rendre aveugle, Abby ! Ma parole, mais tu es complètement folle, depuis quelque temps !

Je sors du cabinet et contemple le désordre qu'elle a mis dans la chambre. Visiblement, elle fouillait dans les tiroirs de Jeffrey.

Derrière moi, j'entends le cliquetis de ses bracelets en or.

— Je ne savais même pas que tu étais ici, me dit-elle. Tu imagines un peu la trouille que tu m'as fichue en me tombant dessus comme ça ?

— Et toi, est-ce que tu aurais oublié que tu es chez moi, Karen ?

Elle me défie du regard. Ses cheveux séchés à la hâte se dressent dans tous les sens. Les racines noires commencent à se voir, et elle semble plus vieille que lors de notre dernière rencontre, cinq mois plus tôt. Ses yeux bruns sont cernés — ces yeux qui ressemblent tant aux miens, en même temps qu'ils en sont si différents.

— Je t'ai posé une question, Karen. Qu'est-ce que tu fabriques ici ? Pourquoi fouilles-tu dans les affaires de Jeffrey ?

— Il… il m'a demandé de venir chercher quelques vêtements. Des chemises, et un de ses costumes.

— Il t'a demandé ça, vraiment ? Et quand ça ?

— Hier soir.

Elle me lance un regard plein de bravade.

— Eh bien, oui, il était avec moi, la nuit dernière ! Et après ? Qu'est-ce que ça peut te faire ?

— Rien, crois-moi. Le seul problème, c'est que tu mens. Je sais que tu as dit à la police que tu n'avais pas vu Jeffrey de la nuit. Personne ne sait où il se trouve.

Karen renifle.

— Ne me regarde pas comme ça ! Moi non plus, je ne sais pas…

Elle jette la serviette mouillée sur le lit et s'assoit tranquillement devant ma coiffeuse, sans hésiter à se refaire une beauté avec mes propres produits de maquillage.

Je viens me planter derrière elle, les bras croisés.

— Moi, je crois que tu sais. Et je t'en prie, ne me regarde pas comme ça. Où est-il, Karen ? C'est important.

Elle hausse les épaules et continue de se pomponner, se peinturlurant les lèvres jusqu'à les faire paraître un bon quart plus grandes qu'elles ne sont. A chaque mouvement de tête, ses boucles d'oreilles en diamants lancent des éclairs. Un petit cadeau de mon mari pour se faire pardonner son absence ?

— Je n'ai absolument aucune idée de l'endroit où se trouve Jeffrey, affirme-t-elle en pinçant les lèvres. Cela fait deux jours que je ne l'ai pas vu.

— Comment sais-tu qu'il veut des vêtements, dans ce cas ?

Elle hausse un sourcil redessiné avec un stylo trop sombre.

— Il m'a appelée, sœurette. Tu n'as jamais entendu parler du téléphone ?

— D'accord, il t'a appelée. Et il t'a demandé de venir récupérer des vêtements. Dans ce cas, tu devrais savoir où il les range.

— Eh bien, non, il ne me l'a pas dit… Bon, tu le connais. Il finira bien par se montrer. Ou bien il me passera un coup de fil pour dire où il est.

— N'y compte pas trop, dis-je dans un murmure.

— Quoi ?

— Rien.

Je reste songeuse et silencieuse.

— *Quoi ?* répète Karen. Quoi ?

— Rien… J'étais en train de me demander pourquoi Murphy ne m'a pas prévenue de ta présence dans la maison. Habituellement, avec les étrangers…

Un sourire se dessine sur les lèvres de ma sœur. Un sourire de satisfaction.

— C'est que je ne suis peut-être pas vraiment une étrangère…

— Cela fait des années que tu ne vis plus ici, Karen.

Elle se lève et se tourne vers moi.

— Exact. Mais je n'étais pas loin. Peut-être même plus près que tu ne crois.

— Ce qui signifie ?

Elle rit, d'un rire perçant qui me casse les oreilles.

— Parce que tu t'imagines que la nuit où tu nous as surpris était une première, pour Jeffrey et moi ?

Je suis incapable de répondre.

— On couchait déjà ensemble quand j'habitais avec vous, Abby, poursuit Karen. Cela fait des années qu'on est amants — et ça a commencé ici, dans ton lit.

— Tu n'es qu'une petite pute !

C'est tout ce que je trouve à lui lancer pour ne pas la gifler.

— Hé ! réplique-t-elle en m'agrippant le bras, fais attention à ce que tu dis, O.K. ? Qui est vraiment la pute ? Que diraient les respectables citoyens de Carmel — tous tes amis de la bonne société, sans parler de tes très dévoués lecteurs — si Jeffrey leur disait un mot sur ton petit ami ?

— Je me contrefous de ce qu'il peut aller raconter à la terre entière !

Elle me lâche et récupère son sac, posé sur le lit. Avec une lenteur délibérée, elle sort une cigarette de son étui et l'allume sans se hâter davantage.

— Eteins ça !

Elle esquisse une espèce de rictus et souffle sa fumée vers le plafond.

— Oh ! c'est vrai... Il est interdit de fumer chez toi. Vraiment, Abby, tu devrais apprendre à te décoincer un peu !

Je suis allergique à la fumée, et Karen le sait. Il suffit qu'il y en ait un peu trop et ma gorge se contracte affreusement. C'est plus d'une fois que je me suis retrouvée à l'hôpital, pour tabagisme passif.

— Je t'en prie, Karen, donne-moi ça, dis-je en tendant la main.

Ses yeux sont emplis d'une telle haine que j'en reste un instant saisie. Et, en une fraction de seconde, elle m'attrape la main pour m'écraser la cigarette dans la paume.

Je pousse un hurlement et, de ma main libre, je lui saisis le poignet. Aussitôt, Murphy fait irruption dans la pièce en aboyant et en essayant de la mordre aux chevilles.

Je me précipite vers le petit cabinet et fais couler de l'eau froide sur ma paume brûlée. La douleur est presque insoutenable et je suis sous le choc, à peine capable de croire à ce qui vient d'arriver. Des larmes m'emplissent les yeux. Comment en sommes-nous arrivées là ? Comment ma sœur en est-elle arrivée là ?

Quand nous avions dix ou douze ans, Karen était comme ma seconde maman. Elle veillait sur moi, s'assurait que personne ne venait me faire de mal. Elle me défendait contre les petites brutes de la cour de récréation.

Que s'est-il passé pour qu'elle devienne ce monstre ?

Lorsque la douleur commence à se faire moins intense, j'essuie ma main avec une serviette propre et contemple mon visage pâle dans le miroir.

Karen ne m'a pas suivie dans le cabinet de toilette, et je n'entends plus le moindre bruit dans la chambre. J'y retourne avec prudence. Elle est assise sur le lit, tenue en respect par Murphy qui lui a planté ses griffes dans les cuisses. Des larmes ruissellent sur le visage de ma sœur. Avec ses cheveux en désordre, ses bijoux et ses larmes, on dirait une poupée de chiffon trop bien habillée qu'on aurait définitivement dédaignée.

Et pourquoi est-ce que je n'appelle pas la police, pour qu'on vienne m'en débarrasser ? Eh bien, tout simplement parce que Karen reste ma sœur, celle-là même que j'ai perdue et pleurée lorsqu'elle s'est enfuie de la maison, à l'âge de seize ans. Il me reste un soupçon d'affection pour elle, quelque chose qui s'élève au-dessus de la peur de ce qu'elle pourrait encore me faire.

— Ça va, Murph, dis-je doucement. Viens ici.

Il fait entendre un gémissement guttural, mais finit par laisser sa captive pour me rejoindre et se poster derrière moi.

— Karen ?

Comme elle ne me répond pas, je me demande si elle m'a entendue. J'appelle de nouveau :

— Karen ?

— Il est avec elle, dit-elle dans un filet de voix.

— Jeffrey ? Avec qui ?

Elle hausse les épaules, des épaules qui paraissent toutes frêles, soudain, frêles et vieilles, tels les pétales d'une fleur séchée. Je viens m'agenouiller devant elle et je lui demande :

— Qui est avec Jeffrey ?

— Je ne sais pas. C'est ce que j'essayais de découvrir.

Mais de quoi parle-t-elle ? Serait-elle en train de perdre la tête ?

— Karen, je ne comprends pas.

Elle sèche ses larmes du dos de la main, comme une enfant.

— Il a noté son adresse sur un bout de papier. Le papier se trouve dans une de ses vestes. C'est au Brésil. Je veux juste retrouver cette feuille, la lui montrer et voir comment il réagit.

— Tu veux dire que Jeffrey a une liaison avec une autre femme ?

Avec la haine qui vient noyer son regard, c'est la vie qui semble refluer en elle, soudain.

— Tu es contente, n'est-ce pas ? Tu m'avais prévenue qu'il me ferait subir la même chose ! Quand un homme s'égare une fois, il recommence toujours, encore et encore — c'est bien ce que tu m'avais expliqué, non ?

— Je sais, dis-je en tendant la main pour dégager les cheveux de son visage. Je sais que j'ai dit ça. Mais je pensais que Jeffrey et toi étiez heureux ensemble, Karen.

Elle me repousse. Puis elle se lève d'un bond et s'enfuit de la chambre en criant :

— Tu ne sais rien sur quoi que ce soit, Abby ! Rien de rien !

Après le claquement de la porte d'entrée, je dois attendre quelques instants pour que mes jambes veuillent me soutenir de nouveau. Lorsque enfin je suis descendue m'assurer que ma sœur est bien partie, je remonte à l'étage et enfile tant bien que mal, avec mon unique main valide, un pantalon kaki et un T-shirt blanc.

Dans la cuisine, où me voilà redescendue, j'ouvre avec les dents le tube de vitamine E et entreprends d'en masser doucement ma paume brûlée. Puis je mets la bouilloire sur le feu et m'assois à la table, songeuse.

L'eau bout avant même que j'aie pu démêler quoi que ce soit de l'écheveau de mes pensées. Je me sers une bonne tasse de thé au jasmin, pour me calmer, puis je regagne la table et me replonge dans mes réflexions.

Les rayons d'un soleil de fin d'après-midi se déversent à travers la fenêtre. Je me lève pour tirer à moitié les stores. D'un côté, une voix me dit tout bas d'appeler ma mère, à Santa Rosa, de lui parler de Karen, de Jeffrey, de Marti, de trouver un peu de chaleur et d'écoute dans cette voix douce que j'aime tant. Et, de l'autre, quelque chose me rappelle que je suis une adulte. Et de toute façon, en quoi ma mère pourrait-elle m'aider ?

De ma main épargnée, j'allume la radio et cherche la fréquence de KRML, une station qui diffuse du jazz cool. Je reste là à siroter mon thé. Ma main me fait un mal de chien, avec des élancements insensés. Murphy est assis à côté de moi, à même le sol, blotti si près de mes jambes que je peux sentir les battements de son cœur. Ce qu'il y a de bien, avec lui, c'est qu'il sait comment réconforter une femme.

Je commence seulement à mesurer combien ce qui s'est passé avec ma sœur me perturbe. Quelle est la part de ma responsabilité dans cet incident ? Il est vrai que je n'ai pas toujours été à l'écoute de ses problèmes, ou de ce qui se passait dans sa vie. Comme je sais que, pour elle, il n'y a là rien d'autre que l'expression de mon côté snob et privilégié, qui m'interdirait de me soucier des autres.

Ce que Karen n'arrive pas à comprendre, c'est que certains privilèges ne sont privilèges qu'en apparence. S'il est vrai que je vis dans une belle maison et ne manque pas d'argent de poche — ce dont je me réjouis chaque jour —, la Californie est un Etat où, entre époux, la communauté des biens fait loi. Autrement dit, comme nous n'avons pas établi de contrat de mariage, Jeffrey et moi, tout ce qui m'appartient est à lui, et inversement. Quand Frannie me conseille de vendre, par exemple, elle ne se rend pas compte qu'il m'est impossible de le faire sans son accord. Je dois attendre qu'il me cède sa part de propriété après les élections — et jusque-là, je dois garder bonne contenance, donner l'illusion que notre mariage est heureux.

Je ne suis pas vraiment fière de cet arrangement, mais le passé est encore assez vif en moi pour que je sois prête à des compromis. Je ne veux plus jamais connaître la pauvreté. Malgré les sacrifices que ma mère a consentis pour que nous ne manquions de rien, il arrivait que les ventes de mon père soient au plus bas, que la nourriture vienne à manquer, et que nous ayons du retard pour le loyer. Les avis d'expulsion, eux, n'avaient jamais de retard. Le loup n'était pas simplement à la porte : il la franchissait régulièrement.

Et puis, aussi, j'entretiens une vieille histoire d'amour avec les commodités de base. Un jour, j'avais dit à Marti que si Dieu avait vraiment voulu que je vive au XIVe siècle, il m'y aurait envoyée, plutôt qu'à notre époque. Il aurait dit : « Et voilà, ma petite Abby ! », et il m'aurait laissée tomber dans les lieux d'aisance publics d'une ville infestée par le choléra.

Au lieu de quoi, il m'a offert Carmel. Qui, les bons jours, est proche du paradis — et, les mauvais, peut avoisiner l'enfer.

Voici où on en est : après les élections, le mois prochain, je récupérerai ma liberté et ma maison. Ensuite, Dieu seul sait ce qu'il adviendra. Jeffrey a toujours été maître dans l'art de cacher son jeu, et j'ai le sentiment que je vais finir par devoir gagner moi-même ma vie.

Les quelques dollars que ma chronique me rapporte chaque semaine ne me permettront pas de subvenir longtemps à mes besoins. Je devrai donc travailler davantage et, comme la plupart des femmes divorcées qui ont perdu pied avec leur profession, je ne gagnerai probablement pas beaucoup d'argent — du moins au début. A un moment ou à un autre, je serai donc contrainte de vendre Windhaven.

La vente de la maison, c'est vrai, me permettra de tenir pendant un bon moment. Mais quelle triste perspective que de la perdre un jour, quand elle est si chère à mon cœur ! « Une femme sans maison, aime à dire ma mère avec la sagesse malicieuse qui est la sienne, est comme un chat sans souris. Pas de pouvoir, pas de jeu ! »

En attendant, me voilà installée dans ma vie *privilégiée* — laquelle, je le sais, inspire de la jalousie à ma sœur.

Sous les stores à moitié tirés, j'aperçois des gens qui se promènent sur Scenic, avec leurs chiens. Je pense de nouveau au jeune homme qui m'a ramené Murphy, l'autre jour. Est-il parmi eux ? J'aimerais bien lui rendre sa laisse.

J'avale une gorgée de thé et songe qu'après tout, s'il tenait à la récupérer, il se serait déjà manifesté.

Et d'autres questions s'imposent à moi, d'une tout autre importance. Quelle est la situation de Karen ? Jeffrey a-t-il vraiment trouvé une autre femme ? La trompe-t-il ?

En refroidissant, la bouilloire fait entendre des craquements qui sont comme des ponctuations à mes pensées.

Karen est venue pour essayer de trouver les coordonnées de l'« autre femme ». D'après ce qu'elle a dit, cette adresse est notée sur un morceau de papier, dans une des vestes de Jeffrey. Mais elle ne l'a visiblement pas trouvée, car lorsque je l'ai surprise, elle cherchait dans la commode.

Soudain, je me rappelle la nouvelle manie qu'a Frannie de monter des affaires de Jeffrey au grenier, pour le contrarier. Karen ne pouvait évidemment pas le savoir.

L'adresse de l'autre femme se trouve-t-elle là-haut, dans la poche d'une veste ?

Je pourrais monter, la trouver.

Mais pourquoi m'en soucier ?

Peut-être simplement parce que Jeffrey a disparu. Et que, comme par hasard, il a manqué un rendez-vous avec les Services secrets — rendez-vous durant lequel il devait être interrogé sur la mort de Marti et la disparition de son fils.

Mauro et Hillars pensent qu'il est important de trouver Jeffrey — si important qu'ils ont lancé un avis de recherche.

Si important même qu'ils sont prêts à m'arrêter s'il ne pointe pas le bout de son nez.

Où diable es-tu passé, Jeffrey ? Et comment oses-tu me laisser ici, avec cette histoire sur les bras ?

Je liquide ma tasse d'un trait et me résous enfin à monter au grenier.

Là — je l'espère — se trouve un indice sur l'endroit où se terre mon époux volage.

Cette fois, je me munis d'une torche électrique et d'une lanterne très puissante. Au sommet des marches, je regarde attentivement autour de moi. Le souvenir de ma dernière incursion dans les combles me rend nerveuse, et je préfère m'assurer que j'y suis bien seule. Je pose la lanterne à mes pieds et promène le faisceau lumineux de la torche un peu partout, en examinant chaque coin.

Il n'y a personne d'autre que moi, et beaucoup de souvenirs : mes vieux journaux intimes, une boîte contenant les lettres que Marti m'avait envoyées, au fil des années…

Les voir là me surprend. J'ai sans doute occulté le fait que je les avais encore, inconsciemment persuadée qu'il serait trop douloureux de les lire après sa mort. Je dépose la petite boîte bleue près de l'escalier, et je cherche les vêtements de Jeffrey.

Je les trouve tout de suite. Frannie, qui les a montés ici dans l'unique but de l'énerver, n'a pas pris la peine de les cacher. Elle sait que Jeffrey est allergique à la poussière. Et la poussière, notre grenier n'en manque pas.

Deux de ses costumes les plus chic sont suspendus à une tringle posée entre deux poutres, avec un blazer bleu, trois pulls et une chemise de soie blanche. Je ne peux m'empêcher de sourire. Jeffrey adore cette chemise — dans laquelle, en effet, il est à son avantage. Il doit être fou de rage de ne pas l'avoir avec lui, surtout s'il doit faire le joli cœur auprès d'une nouvelle conquête !

Un point pour toi, Frannie.

Je commence par m'intéresser au blazer bleu, qu'il aime porter sur ladite chemise. Je ne trouve dans les poches qu'un peu de peluche et un mouchoir propre. Je poursuis avec le costume noir. Des poches vides, là encore. Je me penche enfin sur le costume gris à rayures.

Jeffrey porte rarement ce vêtement en dehors du travail, et pourtant, c'est dans la poche de la veste que je trouve le morceau de papier que Karen devait chercher, avec une adresse inscrite dessus. Il y a aussi une pochette de billet d'avion et le talon d'une carte d'embarquement pour un vol à destination de Rio de Janeiro. D'ailleurs, en braquant la lampe électrique sur le morceau de papier, je vois que l'adresse est justement à Rio, ou plus précisément à Sao Conrado, une ville balnéaire voisine, où Jeffrey et moi sommes passés, au cours d'un séjour effectué au Brésil.

Jeffrey a toujours aimé Rio. Mais pourquoi diable se serait-il trouvé une petite amie aussi loin de chez lui ?

Le départ s'est fait le 7 août dernier, m'indique le billet. Pour un retour prévu deux jours plus tard, le 9 août.

Je glisse mes trouvailles dans la poche arrière de mon pantalon et récupère la boîte contenant les lettres de Marti. Après un dernier coup d'œil autour de moi, je descends quelques marches et referme la porte du grenier.

L'adresse et le talon de carte d'embarquement sont maintenant posés devant moi, sur la table de la cuisine, et j'effectue un retour mental vers le mois d'août. Jeffrey est parti en voyage d'affaires, à cette époque. Je m'en souviens parce qu'une vague de chaleur d'une violence rare a terrassé Carmel et que l'air conditionné est tombé en panne. Incapable de me rappeler le nom du réparateur chez lequel nous avons souscrit un contrat d'entretien, j'ai appelé Jeffrey à Washington, pour voir s'il avait meilleure mémoire que moi. Il n'était pas descendu à son hôtel. Par la suite, je lui ai fait une scène à ce propos.

Cela ne me faisait ni chaud ni froid, à vrai dire, mais je ne voulais pas qu'il s'imagine que je lui passerais tout. Depuis que je l'avais surpris avec Karen, mon raisonnement se bornait à ça : je continuerais à vivre avec lui, puisque je le devais, mais je n'accepterais pas le moindre mensonge de sa part. Mentir n'avait plus aucun sens, avais-je souligné lorsqu'il était rentré à Carmel. S'il était chez Karen pendant tout ce temps, et non à Washington, pourquoi ne pas l'avouer ?

Jeffrey avait quitté la maison sans un mot.

A présent, l'explication de son silence me semble assez simple : ce n'est pas avec Karen qu'il était, durant ces deux jours.

Alors ? Etait-il avec l'« autre » ? Celle que, d'après Karen, il a rejointe aujourd'hui ? Est-il en ce moment même sous le soleil brésilien, aux côtés de sa nouvelle maîtresse, pendant qu'ici j'affronte la tourmente à sa place ? Et est-ce qu'il pourrait me laisser arrêter, pour soi-disant complicité, sans lever le petit doigt ?

La réponse ne fait pas un pli. Bien sûr, qu'il le pourrait, cet enfoiré !

J'ai besoin d'un peu de temps pour réfléchir. De temps et d'une activité de surface.

Je vais dans la buanderie où je trie des vêtements et lance une machine. Ensuite, je lave le sol de la cuisine, rince ma tasse et récure l'évier. Après cela, je m'installe devant mon ordinateur et rédige à deux cents à l'heure une chronique sur la question de la prolifération des ratons laveurs — en conclusion de laquelle je me demande s'il est politiquement correct de porter des T-shirts qui disent : « La nouvelle viande blanche — les ratons laveurs. » J'envoie l'article par e-mail au *Pinecone*, puis, enfin, m'estime suffisamment vidée pour commencer à jeter un œil aux lettres de Marti.

Sauf qu'il n'y a rien sur quoi jeter un œil. Quand j'ouvre la boîte, je découvre avec stupeur qu'elle est vide. Quelqu'un s'est emparé des lettres que Marti m'avait envoyées au fil du temps, sur une vingtaine d'années.

Il n'y en avait pas beaucoup. Une trentaine, toutes rédigées sur ce fin papier de soie que Marti aimait, et qui ne pèse pas plus lourd qu'une plume.

Ces lettres étaient tout ce qui me restait de mon amie.

Et à présent, elles ont disparu.

La colère se mêle en moi à la confusion. Et c'est bientôt la peur qui domine quand je comprends cela : quelqu'un est donc venu chez moi.

Au moment même où cette pensée me traverse l'esprit, le téléphone sonne. Je n'ai pas mis le répondeur et j'hésite à décrocher, pensant qu'il pourrait encore s'agir d'un journaliste. D'un autre côté, cela pourrait aussi être Jeffrey.

— Salut ! lance Tommy Lawrence, quand je réponds après plusieurs sonneries. J'ai laissé un message, mais je n'étais pas sûr que tu l'aies écouté.

— Bonjour, Tommy. Si, si, je l'ai eu. Désolée, mais j'étais occupée.

— Pas de problème. Je me demandais simplement si tu avais envie qu'on se revoie, ou pas.

— Je ne sais pas. Tu sais, j'ai pas mal de soucis, en ce moment.

— C'est ce que j'ai cru comprendre. Je m'inquiète pour toi, Abby. Toutes sortes de rumeurs circulent, dont une selon laquelle un avis de recherche aurait été lancé contre ton mari, avec un mandat d'arrêt à la clé. On dit aussi que s'ils ne le trouvent pas rapidement, c'est toi qu'ils vont arrêter. Comprends-moi bien, Abby : je sais que tu n'as strictement rien à voir avec le meurtre d'Abby. Mais est-ce que ça va ? Je n'arrive pas à croire que ton mari ait pu disparaître comme ça, en te laissant te dépatouiller avec la police !

Jusqu'à cet instant, je n'avais pas la moindre idée de ce que j'allais bien pouvoir faire. Mais rien qu'à entendre Tommy se faire l'écho de mes pensées, tout s'illumine.

— Je vais plutôt bien, Tommy. Mais je vais m'absenter un jour ou deux.

— Oh ! mince, alors ! Enfin, je veux dire, je… j'espère que tu pars te détendre un peu ?

— En quelque sorte. Je t'appellerai à mon retour, d'accord ?

— Pas de problème. J'ai décidé de prolonger mon séjour.

— Tu seras au La Playa ?

— Euh... oui. Mais je suis souvent absent. Alors, laisse un message à la réception.

— D'accord. Je t'appelle dès mon retour.

— O.K. Et fais attention à toi.

Il raccroche et je fais de même.

C'était un garçon étrange, pour autant que je me souvienne. Et l'homme qu'il est devenu est encore plus étrange. Il y a quelque chose qui ne tourne pas rond, avec ce Tommy Lawrence, sans que je puisse vraiment dire quoi.

Mais il y a plus important. Karen est persuadée que Jeffrey est au Brésil avec sa petite amie, et, en général, une femme sent ce genre de choses. A défaut d'avoir d'autres obligations cette semaine, je peux au moins aller mettre la main sur celui qui fut mon mari et lui jeter au nez ce que je pense de lui. Puis j'irai déposer ce qui reste de sa petite personne sur le paillasson de Mauro et Hillars. J'en ai enduré beaucoup, avec Jeffrey Northrup, et je n'ai pas l'intention d'en supporter davantage.

J'envisage brièvement de dire à Ben où je vais. Pour le reste, j'ai besoin d'agir seule. J'appelle directement la compagnie aérienne, sans passer par mon agence de voyages habituelle, et réserve un aller-retour pour le Brésil, au départ de Monterey, via San Francisco. Je partirai tard dans la soirée et rentrerai demain à minuit.

Je préfère ne pas rester ici à attendre Dieu sait quoi. Quand nous sommes allés à Rio, il y a quelques années de cela, Jeffrey passait son temps dans des réunions et des conférences. Pour ma part, j'étais livrée à moi-même, dans la ville la plus festive du monde. Le soir où il m'a trouvée au bar de l'hôtel en train de bavarder avec un homme — et nous ne faisions vraiment que bavarder —, il est entré dans une rage folle. Mes autres souvenirs de Rio sont du même acabit.

J'appelle Frannie pour lui demander si elle peut garder Murph pendant deux jours. Elle l'a déjà fait auparavant, lorsque j'ai dû m'absenter, et elle accepte de bon cœur.

— Billy va adorer ! me lance-t-elle. Ils iront courir sur la plage, et peut-être que ça lui pompera un peu de son énergie. Celle de Billy, j'entends. Vous savez, j'aime vraiment mes enfants. Mais je les aimais beaucoup plus quand ils ne savaient pas marcher.

Entre les correspondances et les enregistrements qui demandent deux à trois heures d'avance, le voyage jusqu'à Rio est long et astreignant. A bord de l'avion qui m'emmène vers le sud, je laisse mes pensées dériver vers Marti et Justin.

Justin a six ans, c'est son premier jour d'école. Je me souviens que je suis assise dans ma voiture devant l'école, et que je regarde Mary Ryan rentrer avec lui, le tenant par la main. Il a huit ans lorsque j'obtiens ce poste de bénévole à la bibliothèque de son école. Il vient me voir au bureau, me demande de l'aider à trouver des livres.

Je me souviens que j'étais aux anges. Justin était aussi doué que Marti. Il avait aussi ses cheveux noirs, ses grands yeux sombres. A treize ans, ses premiers poils de barbe sont apparus, et sa voix en pleine mue s'est brisée lorsqu'il a reçu la récompense de l'élève le plus populaire de l'année.

J'étais là pour lui, Marti. Pour toi — et, oui, pour moi. Le fils que je n'ai jamais eu. Il était si beau, si grand ! Son sourire était pareil au tien. Et il avait ce merveilleux sens de l'humour… Je n'arrive pas à croire que je ne vais peut-être jamais le revoir, Marti. Ni toi.

Hillars avait peut-être raison en affirmant que Mauro et lui étaient notre meilleure chance de retrouver ton fils. Je ne vois personne d'autre qui pourrait mieux s'en charger. Et s'ils ont besoin de Jeffrey — pour quelque raison que ce soit —, je le trouverai.

Il est 8 heures du matin quand j'arrive à Rio, la tête légère et les jambes lourdes. Mon petit sac de voyage passe rapidement les formalités de douane, et j'appelle un taxi aussitôt franchies les portes de l'aéroport international. Je donne au chauffeur l'adresse trouvée dans la poche de Jeffrey. Il m'entraîne le long de la *Linha Vermelha*, la Ligne Rouge, à travers des quartiers populaires. Il y a beaucoup de circulation, mais nous finissons par rejoindre le sud, plus luxueux. Là, le décor devient superbe, les plages pleines de vie. Nous dépassons Leblon et arrivons à Sao Conrado, cité balnéaire peuplée de propriétés au style hollywoodien et de terrains de golf, sous un ciel empli de deltaplanes.

Le chauffeur ralentit au niveau d'une immense maison blanche à l'architecture contemporaine — trois niveaux de méandres, d'arcs et de courbes. Elle est posée sur une colline qui domine la mer, les palmiers qui l'entourent s'agitant au rythme d'une brise légère. Il n'y a pas d'autre demeure alentour ; elle jouit d'un merveilleux isolement.

Eh bien, Jeffrey ! Quelle petite amie tu as là ! Ce doit être une star de cinéma !

A moins que ce ne soit lui qui lui fournisse cette propriété. S'agit-il d'un de ces petits à-côtés que Jeffrey a oublié de mentionner ?

Avec la communauté de biens entre époux, je ne peux que l'espérer.

Le taxi s'arrête à l'entrée d'une longue et sinueuse allée bordée de petits arbustes rouges bourgeonnants. Je demande au chauffeur d'attendre un instant, le temps pour moi de me reprendre et de revoir le plan que j'ai échafaudé dans l'avion.

Frapper à la porte. Si c'est une femme qui ouvre, demander Jeffrey. Elle niera qu'il se trouve là, sans aucun doute. Entrer, alors, par n'importe quel moyen. Lui dire que son autre petite amie, Karen, le recherche.

Plutôt léger, comme plan, je veux bien l'admettre… Comment pénétrer de force chez quelqu'un sans être arrêtée par la police ou essuyer des coups de feu ?

Je finis par demander au chauffeur de me conduire jusqu'à la porte et d'attendre, lui versant un « acompte » plus que conséquent pour couper court à ses protestations. Je lui dis de laisser le compteur tourner.

Quand je descends de voiture, la première chose que je remarque, c'est le calme. A Carmel, il y a toujours un chantier en route. Dans cet endroit, non. On se laisse bercer par ses propres pensées. C'est une belle et silencieuse retraite.

Je soulève un marteau en fer forgé et le laisse retomber à quatre reprises contre la porte. Puis je tends l'oreille, sans rien entendre en retour. Je frappe de nouveau.

Quand, à ma troisième tentative, on ne répond toujours pas, je m'engage dans une petite allée bordée de coquillages, sur la gauche de la maison. Derrière la demeure, je découvre un spectacle époustouflant : une pelouse verte parfaitement entretenue, recouvrant tout le flanc de la colline, et, au-delà, une mer de carte postale, si bleue qu'on a peine à dire où elle finit et où le ciel commence. Au-dessus, toujours ces deltaplanes qui évoluent dans l'atmosphère douce et chaude.

Au milieu de la pelouse s'étend une piscine entourée de chaises longues, avec trois grandes cabines de bain aux couleurs vives sur le côté. En fond sonore, de la musique.

Il y a donc quelqu'un à la maison. Mais où ?

Au même moment, j'entends des rires s'élever d'une des cabines, puis la voix grave d'un homme, suivie par celle d'une femme.

Ça y est, Jeffrey ! Je te tiens !

Je traverse la pelouse vers la cabine, sur la pointe des pieds. Qu'est-ce qui pourrait m'empêcher, maintenant, d'aller soulever le battant de toile et d'exposer au grand jour mon mari fautif, qui se trouve être également l'amant de ma sœur ?

Quel choc pour moi quand je découvre, dans une étreinte très chaude et dénudée, les parents adoptifs de Justin, Mary et Paul Ryan. Un Polaroid est posé par terre, à côté d'eux, et des photos de Mary en monokini sont étalées tout autour.

Je retourne au taxi, règle ce que je dois et le laisse repartir. Puis je rejoins les Ryan dans la maison. Mary et son époux sont à présent habillés, l'un comme l'autre, d'un short et d'une chemise légère. Elle s'assoit en face de moi dans l'immense salon, les mains croisées sur les genoux, tandis que son mari se tient derrière, visiblement mal à l'aise. En fait, il semble bien plus gêné qu'elle d'avoir été surpris en pleins ébats amoureux.

Mais leur vie sexuelle ne m'intéresse pas. Je leur ai expliqué qui je suis et ce que je sais de l'enlèvement de leur fils. En retour, ils m'ont livré une histoire si effrayante que je doute de jamais revoir Justin vivant — même si eux ne semblent même pas avoir envisagé l'hypothèse de sa mort.

— C'est l'une des premières fois que nous nous décidons à utiliser la piscine, m'explique Mary, comme pour se justifier. Les quinze premiers jours que nous avons passés ici, nous n'avons fait que pleurer et penser à Justin. Ces six dernières semaines, nous avons piétiné dans cette maison et pleuré, marché et pleuré… Nous étions comme des zombies. J'avais perdu toute notion de temps. Puis Paul a décidé que nous devions nous secouer, faire un effort et essayer de vivre une vie normale. Cela pourrait durer des mois…

Elle se mord la lèvre.

— C'est tellement long ! lance Paul Ryan, qui arpente le salon, pareil à un fauve en cage. Nos vies sont comme en suspens, nous avons l'impression de ne rien pouvoir faire…

Il s'interrompt.

— Je veux dire, ça n'était plus supportable ! Et Mary devenait…

Il marque une nouvelle pause et la regarde, les yeux brillant de larmes.

— Ma femme ne va pas bien.

— C'est vrai, confirme-t-elle. Je suis devenue de plus en plus amère, renfermée. Vous n'avez pas idée de ce que c'était !

— Je ne comprends toujours pas comment vous avez atterri ici, dis-je avec une note d'accusation dans la voix. Pourquoi n'êtes-vous pas restés chez vous, où Justin aurait pu vous trouver s'il était revenu ? Des parents normaux…

Là, je me tais. Qu'est-ce que je sais des parents normaux et de ce qu'ils feraient si leur fils disparaissait ?

— Mais nous avons attendu ! proteste Mary. Nous avons attendu un mois, et puis... nous avons accepté de venir ici.

— Pour quelle raison ?

— Parce qu'on nous a expliqué qu'il serait plus sûr pour Justin que nous ne restions pas à Carmel, que nous allions nous cacher là où les journalistes ne pourraient pas nous trouver si l'histoire était révélée au grand jour.

Si l'histoire était révélée au grand jour. Voilà qui sonne de façon familière à mes oreilles.

Et certaines pièces du puzzle s'assemblent. Voilà pourquoi Jeffrey avait l'adresse de la propriété dans sa veste, et pourquoi il est venu à Rio en août sans rien m'en dire. Août, le mois où les Ryan ont quitté Pacific Grove.

— Mon mari vous a accompagnés ici, n'est-ce pas ? C'est sa maison ?

Mary Ryan semble étonnée.

— Oui, bien sûr. Mais... je pensais que vous le saviez ! C'est pour cette raison que vous êtes ici, non ?

Je soupire.

— Non, Mary. Je cherche Jeffrey. Je pensais qu'il entretenait une petite amie dans cette maison.

— Oh ! non, pas du tout ! Je suis désolée. Nous ne l'avons pas vu, n'est-ce pas, Paul ?

Son mari secoue la tête.

— Nous n'avons pas vu Jeffrey depuis qu'il nous a amenés ici, il y a deux mois. Il nous a téléphoné, bien sûr, pour nous tenir au courant des recherches...

— Oh ? Et que vous a-t-il dit, exactement ?

— Eh bien, que les enquêteurs ne relâchent pas leurs efforts, qu'ils trouvent des pistes, mais que la plupart ne mènent nulle part. Même les négociations… elles semblent être tombées à l'eau.

Paul Ryan paraît moins confiant qu'il ne devrait l'être sur la capacité de Jeffrey à prendre la situation en main — surtout si l'on pense que sa femme et lui ont suivi les conseils de mon mari, en quittant leur maison et en le laissant retrouver leur fils.

Quant aux supposées négociations, je me demande s'il y en a jamais eu. Seulement, pourquoi Mauro et Hillars iraient-ils mentir à ce sujet ?

Parce que le gouvernement ment. Tout le temps. Sur tout et n'importe quoi. Mentir aux citoyens est comme une seconde nature pour la CIA, le FBI, les Services secrets.

Dès lors, la seule question qu'il faut se poser, c'est : pourquoi ? Pourquoi ce mensonge-*là* ?

— Nous sommes tellement inquiets ! m'avoue Mary d'une voix tremblante. Jeffrey continue de nous répéter que Justin va bien. Je… je ne voudrais pas donner l'impression de critiquer votre mari, mais le temps passe et il est de plus en plus difficile de…

Elle s'interrompt et se redresse, tandis que sa voix se teinte d'une note de colère.

— Nous préférerions être chez nous, vraiment. Je pense sans arrêt que Justin pourrait rentrer et ne pas nous trouver…

Ses yeux s'emplissent de larmes, et elle se tourne vers son mari.

— Il ne saurait même pas que nous sommes ici, Paul.

C'est mon tour de ressentir le besoin de marcher. Je me lève et me dirige vers les immenses portes-fenêtres du salon. Face à la mer, je m'interroge sur ce que je viens de découvrir et ce que je dois en faire.

— Voyons si j'ai bien tout saisi, dis-je en me retournant vers le couple. Justin a disparu au mois de juillet. Vous avez aussitôt contacté Marti à New York pour le lui annoncer, pensant d'abord qu'il avait peut-être fugué pour la rejoindre. Il venait de découvrir qu'elle était sa mère biologique, c'est ça ?

Mary hoche la tête.

— J'étais sortie, un soir, et quand je suis rentrée à la maison, Paul m'a raconté ce qui s'était passé. Justin lui avait dit qu'il soupçonnait depuis déjà longtemps qu'il était un enfant adopté, et il voulait savoir qui était sa vraie mère. Paul avait fini par le lui avouer, alors que c'était la dernière chose que nous voulions faire. Nous avions décidé d'attendre qu'il en ait fini avec ses études secondaires, pour le garder tout à nous jusque-là, vous voyez, mais…

Elle se tourne vers son mari.

— Justin était en colère, reprend-il sans la regarder. Il s'est enfermé dans sa chambre, et j'ai pensé qu'il était allé se coucher. Mais le matin…

Il se couvre le visage des mains et Mary, les yeux fixés sur son époux, fond soudain en larmes.

C'est moi qui, au bout de quelques secondes, poursuis le récit :

— Le matin, en découvrant que Justin était parti, vous avez appelé Marti pour lui demander si elle avait eu de ses nouvelles. Elle ne l'avait pas vu, et elle a aussitôt pris l'avion pour venir vous assister dans vos recherches. Vous avez d'abord pensé qu'il était peut-être allé se réfugier chez un ami, mais comme vous ne le retrouviez pas, Marti a contacté… qui ?

Selon les agents Mauro et Hillars, elle aurait contacté la famille présidentielle pour demander de l'aide. Les Ryan le savent-ils ?

— Elle nous a fait promettre de ne rien dire, murmure Mary Ryan en se tordant les mains et en jetant un coup d'œil à Paul.

— Au sujet du Président ? lui dis-je.

Son visage s'éclaire.

— Oh ! vous êtes au courant, alors ? Oui, Marti nous a expliqué que le président Chase et sa femme étaient de vieux amis, et qu'elle pensait pouvoir se tourner vers eux. Selon elle, le FBI travaillerait plus dur sur l'affaire si les ordres venaient d'en haut…

Paul Ryan l'interrompt. Il ne cesse de serrer les poings et donne l'impression de pouvoir craquer à tout moment.

— Vous devez comprendre, m'explique-t-il d'une voix enrouée par les larmes, que tout cela est arrivé en quarante-huit heures. Justin nous en voulait tellement de ne pas lui avoir dit la vérité sur son adoption,que nous… nous pensions vraiment qu'il avait fugué. Nous ne pensions pas qu'il était allé très loin. En réalité, nous nous attendions même à le voir réapparaître dès le premier jour. Il est beaucoup plus mûr que la plupart des enfants de son âge, et…

Il pâlit, et sa voix commence à trembler.

— Nous ne voulions pas l'embarrasser en alertant la police et voir la nouvelle diffusée dans tous les journaux.

— Nous avons passé une journée entière au téléphone, explique encore Mary en séchant ses larmes. Marti, Paul et moi. Et Marti est aussi allée elle-même parler aux parents des amis de Justin. Mais personne ne l'avait vu. Et puis… et puis, la lettre est arrivée.

— Quand ?

— Pas tout de suite. Justin était parti depuis environ trois semaines.

— Et que disait cette lettre ?

— Elle disait que… que…

Incapable d'aller plus loin, Mary se cache le visage dans les mains et se met à sangloter.

Paul, lui, semble se recroqueviller sur lui-même.

— Elle disait, poursuit-il à la place de sa femme, que si nous contactions la police ou le FBI, Justin serait exécuté… et qu'on nous enverrait sa tête. Dans un sac.

— Oh ! mon Dieu !

Soudain, j'ai la nausée et me sens glacée jusqu'aux os.

— Mais avant l'arrivée de cette lettre, Marti avait déjà contacté le président Chase. Nous ne savions pas trop si c'était la meilleure chose à faire, mais Marti avait insisté. La vérité, c'est qu'elle était affolée. Nous l'étions tous.

— Nous avons alors reçu la visite de votre mari, reprend Mary. Il nous a expliqué qu'il était envoyé par le Président et que le FBI travaillait aussi discrètement que possible sur l'affaire. Nous ne devions pas en parler à qui que ce soit. Il nous servirait de liaison.

— De liaison ? Vous voulez dire que, pendant tout ce temps, vous n'avez pas une seule fois parlé au FBI ? Seulement à mon mari ?

— Eh bien, avec la menace des ravisseurs…

Visiblement mal à l'aise, Mary se tourne vers Paul et cherche dans ses yeux la confirmation qu'ils ont fait le bon choix.

Mais, cette fois encore, il évite son regard.

— Selon Jeffrey, il était préférable que nous restions à l'écart des recherches et que l'affaire fasse aussi peu de vagues que possible.

— Essayez-vous de nous expliquer que nous n'aurions pas dû faire confiance à votre mari ? me demande Mary, dont la voix monte d'un ton. Jeffrey Northrup est bien connu dans la communauté. Il est respecté. C'est un proche du Président.

J'aimerais bien leur confier le fond de ma pensée sur la confiance qu'on peut accorder à Jeffrey, mais je ne tiens pas à les effrayer plus qu'ils ne le sont déjà. Je demande :

— Marti était-elle d'accord pour que Jeffrey soit impliqué dans l'histoire ? Comment a-t-elle réagi ?

— Pour être honnête, me répond Mary, elle n'a pas trop apprécié, au départ. Elle voulait aller voir elle-même le FBI, mais Jeffrey lui a expliqué que le Président estimait que cela ne réussirait qu'à faire courir plus de risques à Justin.

Jeffrey a dit ceci… Jeffrey a fait cela… La peur que j'éprouvais au départ ne fait que s'amplifier.

— Et pour votre venue ici ? Marti était-elle d'accord ?

Mary se tourne vers son époux.

— Nous… nous l'ignorons. Jeffrey a dit que…

Je l'interromps et poursuis à sa place :

— Il a dit que moins de gens sauraient où vous étiez, mieux ce serait, c'est ça ?

— C'est… oui, c'est ça.

Il y a un tel bouillonnement de colère en moi que je ne peux m'empêcher d'être cinglante.

— Votre mari et vous avez donc quitté la ville au beau milieu de la nuit, en laissant votre maison et votre enfant disparu derrière vous, et vous n'avez même pas prévenu Marti, sa *mère* ?

— *Je* suis sa mère ! s'exclame Mary. Et de quel droit venez-vous ici nous accuser ? Vous ne savez pas ce que c'est ! Vous n'en avez pas la moindre idée !

— Ce que je sais, c'est que vous êtes tous les deux en train de vous prélasser dans le luxe alors que Justin endure Dieu sait quoi ! Sa tête pourrait aussi bien se trouver sur le pas de votre porte, dans un sac, sans que vous n'en sachiez rien !

Je suis carrément en train de perdre les pédales… Dieu merci, je parviens à me reprendre.

— Excusez-moi. Mais… je me fais moi aussi beaucoup de souci pour Justin. Marti et moi étions de bonnes amies, et je lui avais fait la promesse de veiller au bien-être de son fils, si jamais elle en était empêchée.

Mary semble affolée, soudain.

— Vous… vous voulez dire qu'il est arrivé quelque chose à Marti ?

Pendant un instant, je me contente de la regarder, indécise. Puis je demande :

— Vous voulez dire que vous ne savez pas ? Vous n'en avez pas entendu parler aux informations, dans les journaux ?

— Quelles informations ? me lance Paul Ryan. Nous n'avons même pas la télévision, ici. Ni même une radio, juste ce lecteur de CD que vous avez dû voir, au bord de la piscine. Alors ? Qu'est-il arrivé à Marti ?

Je soupire.

— Vous feriez mieux de vous asseoir. Et… vous n'auriez pas quelque chose à boire ?

Il est clair que Jeffrey a délibérément isolé les Ryan en les amenant ici. La raison pour laquelle il a agi ainsi m'échappe, mais une chose est certaine : les Ryan ont le droit d'en savoir au moins autant que moi. Après, ce sera à eux de décider comment ils agiront.

Paul nous sert un verre de vin, pour nous revigorer, et je m'assois en face d'eux.

— Tout ceci est confidentiel, leur dis-je. Je dois avoir votre promesse que ce que je vais vous révéler restera entre nous.

Si Mary hoche la tête, Paul semble moins disposé à promettre à la légère.

— J'aimerais d'abord vous entendre, dit-il.

J'accepte, persuadée que je n'aurai pas de mal à le convaincre, une fois qu'il saura.

— Jeffrey a disparu, dis-je pour commencer. Un avis de recherche et un mandat d'arrêt ont été lancés contre lui. Il a les Services secrets sur le dos, ainsi que la police de Carmel. Tous pensent qu'il pourrait savoir quelque chose à propos de la disparition de Justin… et de la mort de Marti.

— Marti est morte ! s'écrie Mary en portant les mains à sa bouche. Oh ! mon Dieu ! Comment est-ce arrivé ? Et quand ?

Leur exposer les faits n'a rien de facile. J'y parviens néanmoins tant bien que mal, en laissant de côté autant de détails que possible.

Une fois passés le choc et les sanglots, Mary me demande :

— Comment Helen prend-elle cela ?

J'hésite.

— Vous voulez dire sœur Helen ? Helen Asback ?

— Oui, bien sûr. Elle est souvent venue voir Justin, pendant toutes ces années. Vous ne saviez pas ?

— Non, Marti ne me l'avait jamais dit…

— Après avoir adopté Justin, nous avons rencontré Helen par l'intermédiaire de Marti. Elle venait d'emménager à Carmel. Peu à peu, nous sommes devenus proches.

Encore une surprise !

— Sœur Helen habite Carmel ?

— C'est une longue histoire, me répond Mary en secouant la tête. La pauvre a vécu des moments terribles. Mais elle vit à la Maison de Prière, maintenant.

Je fronce les sourcils, désorientée.

— Quelle maison de prière ?

— C'est un endroit qui se trouve dans la Carmel Valley, à un peu plus d'une heure de Carmel Valley Village. Elle y est depuis des années…

Son mari l'interrompt.

— J'aimerais qu'on revienne aux Services secrets, dit-il. Qu'est-ce qui leur fait penser que M. Northrup pourrait être impliqué dans la disparition de Justin ?

— Je n'en sais trop rien. Je suis venue jusqu'ici avec une longue série de questions à poser à Jeffrey, mais comme il n'est pas là… Je vais vous dire une chose : je crois qu'il est temps pour vous et Mary de rentrer à Carmel. Quelles que soient les raisons pour lesquelles Jeffrey vous a fait venir ici, elles n'étaient certainement pas bonnes.

Après avoir bu deux gorgées de vin, je pose mon verre et me penche en avant, les yeux fixés sur mes mains tandis que je cherche mes mots.

— Il y a autre chose. Je… je ne sais pas trop comment vous le dire, mais… à en croire les Services secrets, le FBI ne serait absolument pas au courant de la disparition de Justin. Quant aux Services secrets eux-mêmes, ils ne s'étaient pas montrés avant la semaine dernière. Je suis désolée, vraiment désolée, mais j'ai l'impression que Jeffrey n'a jamais signalé à qui que ce soit la disparition de votre fils. Et qu'en conséquence, personne ne le recherche.

Durant un long moment, Mary semble incapable de prononcer le moindre mot. La réaction de Paul est différente. Il se couvre de nouveau le visage des mains tandis que sa femme, revenant à la vie, se lève d'un bond, pleine de rage.

— Je t'avais bien dit qu'on n'aurait jamais dû lui faire confiance ! Depuis qu'on est là, j'ai toujours senti que quelque chose ne tournait pas rond !

— Vous n'avez rien à vous reprocher, dis-je avec empressement. Je vis avec mon mari depuis quinze ans, et cela m'a pris du temps pour comprendre qu'il ne fallait pas lui accorder la moindre confiance.

— Mais j'aurais dû le savoir ! insiste Mary, toujours furieuse. Ce n'est pas parce qu'un homme jouit d'une bonne réputation, même auprès de politiciens nationaux, que… que…

Elle suffoque et ne peut aller plus loin. Je conclus pour elle :

— Vous avez raison. Cela ne signifie rien.

Paul me dévisage, les yeux voilés et cerclés de rouge.

— Vous vivez avec cet homme ?

— Plus maintenant.

C'est une décision que je viens de prendre à l'instant.

Paul se frotte les yeux et secoue la tête. Mary lui pose la main sur l'épaule. C'est elle la plus forte, à présent.

— Vous pensez donc qu'il n'y a eu aucune recherche ? Vraiment aucune ?

— Je ne suis certaine de rien, Mary. Mais j'aimerais que vous me disiez… Vous avez parlé d'une lettre, n'est-ce pas ?

— Oui.

— Et dans cette lettre, le ou les ravisseurs menaçaient de tuer Justin si vous faisiez part à qui que ce soit de l'enlèvement ?

— C'est ça, oui.

— Mais avez-vous jamais reçu une demande de rançon ? Une lettre vous demandant de payer ou de faire quelque chose pour qu'on vous rende Justin ?

Mary se tourne vers Paul, et sa mâchoire tremble, à présent.

— Non. Non, nous n'avons jamais rien reçu de tel.

— Et vous n'avez pas trouvé cela étrange ?

— Bien sûr que si. Mais votre mari disait que…

Elle s'interrompt et me regarde avec une horreur croissante.

— Ce que votre mari disait n'avait aucune valeur, n'est-ce pas ? Parce que rien de tout cela n'était vrai. Ce n'était qu'un ramassis de mensonges.

Son visage se décompose.

— Mon Dieu, Paul ! Où est notre fils ?

9.

A en croire les statistiques, si un enfant kidnappé doit être tué, il l'est généralement dans l'heure qui suit son enlèvement. Ceux qui survivent à ce délai peuvent espérer un sursis de trois heures. Et quand trois mois se sont écoulés, on peut supposer — dans la plupart des cas, mais pas dans tous — que l'enfant ne reviendra plus. La police et le FBI cherchent un corps, alors.

Les Ryan savent tout cela aussi bien que moi. Trop de temps est passé. Et même si le FBI avait été sur l'affaire — ce qui n'a pas été le cas —, il serait certainement trop tard pour retrouver Justin.

C'est Jeffrey qu'il faut remercier pour cela. Jeffrey qui a prétendu coordonner une enquête et des recherches alors qu'il… alors qu'il faisait quoi, au fait ?

Voilà une question à laquelle aucun de nous ne peut répondre. Une question qui a plongé Mary et Paul dans un état fait de perplexité, de peine et de rage mêlées. Je ne suis pas loin de ressentir de même. Quel genre de monstre ai-je épousé ? Comment est-il devenu ainsi ?

Et qu'est-ce que Marti pensait, pendant tout ce temps ?

Selon Mary Ryan, Marti ne faisait pas pleinement confiance à Jeffrey. Si elle est effectivement allée voir le Président, si celui-ci a demandé à Jeffrey de prendre les choses en main et si Jeffrey s'est contenté de faire semblant, à quel moment Marti s'en est-elle rendu compte ? A-t-elle découvert tout ce dont mon mari était capable ? L'a-t-elle mis devant le fait accompli ? Et si oui, quand ?

Le jour où elle a été tuée ?

Mais Jeffrey n'a pas pu tuer Marti. Il n'a pas pu accomplir une monstruosité pareille. Oh, j'ai eu l'occasion de voir la face violente de sa personnalité à maintes reprises… Mais c'était il y a longtemps, et la maturité l'a assagi.

Enfin, je crois…

Quand je quitte les Ryan, ils préparent leurs bagages et réservent des places sur un vol pour les Etats-Unis. J'ignore ce qu'ils feront là-bas, mais je suis sûre que leur retour ne laissera pas Jeffrey insensible.

Est-ce que ce sera pourtant suffisant pour le faire sortir de sa cachette ? Ou, au contraire, se terrera-t-il encore plus profondément ?

Mon avion à moi décolle dans quelques heures, à minuit, et je suis littéralement sur des charbons ardents. En plus de Jeffrey, il y a une personne que j'ai hâte de revoir, à Carmel : sœur Helen.

J'ai recueilli les impressions des Ryan sur les visites de l'ex-religieuse, au fil des ans, pour savoir s'il ne leur semblait pas qu'elle les surveillait d'un peu trop près. Ils m'ont affirmé que non, que Justin avait toujours apprécié Helen, qu'il avait acceptée au même titre qu'une vieille amie de ses parents. Pour leur part, ils comprenaient tout à fait que Marti l'ait déléguée auprès d'eux, pour s'assurer que son enfant était bien traité et en bonne santé.

Dire que pendant tout ce temps je croyais être la seule — alors qu'en réalité, le fils de Marti avait *deux* anges gardiens ! Une part de moi en est presque jalouse, tandis que l'autre part s'en réjouit.

Il a eu une bonne vie, Marti ! Il était sincèrement aimé. Sache au moins ça.

La proximité de sœur Helen avec les Ryan, toutefois, m'amène à me questionner quelque peu sur l'hostilité qu'elle m'a manifestée au cimetière. Lui avaient-ils parlé de l'enlèvement de Justin, et soupçonnait-elle Jeffrey de ne pas jouer franc-jeu, quand il affirmait tout faire pour essayer de retrouver le garçon ?

Avait-elle confié ses craintes à Ned, le frère de Marti ? Si c'est le cas, cela pourrait expliquer beaucoup de choses.

J'aurais dû poser ces questions aux Ryan. Mais le choc de les voir, puis leur stupeur en apprenant la mort de Marti, tout cela a effacé de mon esprit les demandes les plus importantes que j'aurais pu leur faire. En tout cas, je suis bien décidée à rencontrer sœur Helen dès mon retour aux Etats-Unis, afin d'élucider ces divers points avec elle.

En ce qui concerne Justin, quelque chose a commencé à lâcher prise, dans mon esprit et dans mon cœur. Honnêtement, je ne vois pas comment il pourrait être encore en vie. Face à cela, il ne me reste plus qu'à pleurer. Pleurer, et faire tout ce qui est en mon pouvoir pour mettre la main sur son ravisseur et l'empêcher de nuire davantage.

En attendant, il faut que je mange. Le taxi que j'ai appelé vient me prendre et m'emmène jusqu'à un restaurant en terrasse, sur la plage, à Ipanema, où j'ai bien l'intention de me détendre avant de prendre mon avion. Je sirote un lait de coco glacé en apéritif, et me laisse aller contre le dossier de ma chaise. A une table, un jeune homme à la peau brune, très beau, me fait de l'œil sans façon. Derrière mes lunettes de soleil, je préfère faire celle qui n'a rien remarqué.

Je ferme les yeux et sens mon corps se détendre sous la caresse du soleil. Quand je perçois un mouvement à ma table, je pense qu'il s'agit de mon repas qui arrive et je reste ainsi, les yeux clos. Pas la moindre envie de bouger, pas même le désir de soulever une fourchette.

— Bonjour, jolie dame, dit une voix masculine.

Supposant qu'il s'agit du jeune homme de la table voisine, je choisis de continuer à l'ignorer.

— Hé, tu ne me parles pas, aujourd'hui ? lance la même voix.

J'ouvre les yeux et demeure bouche bée lorsque je vois devant moi non pas le beau Carioca, mais Tommy Lawrence.

— Qu'est-ce que… Tommy ! Mais qu'est-ce que tu fais là ?

Je suis proprement abasourdie ! Loin de me transporter d'allégresse, la présence de cet homme ici, à Rio de Janeiro, commence à faire naître en moi une peur irraisonnée.

Qu'est-ce qu'il fabrique ici ? Que me veut-il ? Que me veut-il vraiment, à la fin ?

Il se glisse dans le fauteuil juste en face du mien, sans même attendre que je l'y invite.

— J'ai entendu dire que tu étais dans le coin, et j'ai pensé que tu aimerais un peu de compagnie.

Je m'humecte les lèvres. Ma gorge est sèche, et ma voix se réduit à un filet.

— Tu as entendu dire ? Mais c'est impossible ! Je n'ai dit à personne que je venais au Brésil !

Que sait-il exactement de ma visite aux Ryan ? M'a-t-il suivie jusqu'à la villa ? Et comment m'a-t-il trouvée dans ce restaurant ?

— Disons que j'ai mes sources, explique-t-il en grimaçant un sourire.

Ses sources… A l'évidence, il ne va rien me dire. Mais cette fois, il est allé trop loin.

Quand j'ai vraiment recouvré l'usage de ma voix, je lui lance :

— Tu aurais mieux fait d'économiser ton argent. Je compte dîner, puis me rendre directement à l'aéroport.

— Tu repars ce soir ? demande-t-il avec une évidente déception.

— Oui.

J'ôte mes lunettes de soleil et le regarde droit dans les yeux.

— Alors… tu es ici pour le travail ?

— Non ! On est à Rio, Abby, la ville des nuits blanches ! Je me suis dit qu'un peu de compagnie te ferait du bien. Depuis combien de temps ne t'es-tu pas amusée ?

— C'est que ces derniers jours, vois-tu, je n'ai pas eu trop de temps pour ça… Tu t'en souviens, peut-être ? Trois fois rien : juste une de mes meilleures amies qui a été assassinée.

Il est aussitôt dégrisé.

— Comment pourrais-je oublier une chose pareille ? Je ne le peux pas plus que tu ne le peux, Abby. Et c'est bien pour cela que je suis ici. J'ai le sentiment que Marti aimerait que je te remonte un peu le moral. Peut-être en t'emmenant danser sur les toits illuminés, avec vue sur la ville et la mer ?

— A vrai dire, rien ne pourrait m'ennuyer davantage. Et je ne voudrais pas paraître impolie, mais je suis si fatiguée que je n'arrive même pas à me figurer à quoi ton programme pourrait ressembler.

Je laisse retomber mes lunettes de soleil et me cale au fond de ma chaise, en espérant qu'il va disparaître.

— Dans ce cas, laisse-moi te montrer, insiste-t-il avec son éternel sourire. Je connais Rio comme ma poche.

Je soulève de nouveau mes lunettes et plonge mon regard dans le sien.

— Tu es déjà venu au Brésil ?

— J'ai vécu ici, après la fac.

— Un auteur non publié, dis-je pensivement, qui peut se permettre un séjour prolongé au La Playa de Carmel, un aller-retour pour Rio et une nuit de bamboche en ville ? Hmm, que je réfléchisse un peu. Qu'est-ce qui cloche, dans tout ça ?

Le sourire de Tommy s'élargit.

— Ta nature méfiante, pour commencer. Un de mes oncles m'a laissé un petit héritage.

— Petit ?

— Disons, considérable, corrige-t-il en haussant les épaules. Tu te souviens de mon oncle Ron ?

— Non, je n'ai jamais entendu parler de ton oncle Ron. En fait, Tommy, j'ai l'impression que je ne t'ai jamais vraiment connu, toi non plus.

— Alors, profitons de l'instant présent ! *Dansons, joue contre joue…*

Il commence à fredonner quelques mesures d'une vieille chanson. Il chante si faux que je ne peux m'empêcher de rire. Au même moment, on m'apporte mon dîner et je me mets à manger, en prenant tout mon temps pour réfléchir. Autour de nous, les gens commencent à partir. Il est bien trop tard pour le déjeuner et un peu tôt pour le dîner. Les parasols blancs qui protègent chaque table s'agitent au gré de la brise légère, et, sur l'océan, les bateaux retournent au port. Le soleil commence à descendre derrière les montagnes, à l'ouest, tandis que le ciel se colore de rose et d'or.

— Alors, qu'est-ce que tu en penses ? insiste Tommy.

— Je ne peux pas aller danser avec toi ce soir, lui dis-je entre deux bouchées. Je rentre à la maison.

— Qu'est-ce qu'il y a, à la maison ?

— Mon chien, pour commencer. Et j'ai des gens à voir.

— Ils ne peuvent pas attendre ? Qu'y a-t-il de si important qui ne puisse pas attendre un jour de plus ?

Je pose ma fourchette dans mon assiette.

— Bon, qu'est-ce que tu veux, Tommy ? Qu'est-ce que tu veux vraiment, j'entends. Je ne suis pas d'humeur à jouer.

Il étend les mains, comme pour dire : « O.K., j'abandonne. »

— J'ai du temps à ne savoir qu'en faire et de l'argent qui me brûle les doigts, explique-t-il. J'ai simplement pensé que je pouvais t'aider, d'une manière ou d'une autre. Et puis, ajoute-t-il dans un soupir, Marti me manque. Je ne sais pas quoi faire de moi.

— Voyons, Tommy, comment quelqu'un que tu n'avais pas vu depuis le lycée peut-il te manquer ?

Pendant un moment, il reste silencieux. Quand il se décide enfin à répondre, des larmes lui sont montées aux yeux.

— C'est comme ça. Quand les gens sont vivants, tu penses que tout peut arriver, qu'un jour les choses changeront. Et puis, quand ils sont partis, c'est terminé. Tu sais que jamais plus ça n'ira bien, quoi que tu fasses. Tu ne peux pas faire revenir les gens.

Je repousse mon assiette et croise les mains sous mon menton, les coudes posés sur la table. Je suis peut-être idiote, mais les larmes de Tommy ont raison de moi.

— J'ai pensé comme toi, lui dis-je. Marti m'a évitée, ces derniers mois, sans que je sache pourquoi. J'aimerais juste qu'elle revienne, et je ferais en sorte que les choses se passent différemment, d'une manière ou d'une autre. Quelles choses ? Ça, je n'en sais rien. Et je ne le saurai peut-être jamais, maintenant.

— Tu vois, j'étais sûr que tu comprendrais, Abby ! dit Ben en se penchant vers moi. On doit vivre avec ça jusqu'à la fin de notre vie, maintenant, on n'a pas le choix… On peut juste le repousser dans un coin du passé. Mais pas n'importe où : dans un petit tiroir, pour se dire qu'on ne l'a pas égaré, simplement mis de côté pour un moment.

— Je ne sais pas si je peux faire ça.

— Bien sûr que tu peux ! Allez, viens avec moi, ce soir. Laisse-moi te montrer Rio.

La proposition est tentante. Non pas le fait que Tommy me montre Rio — je suis déjà venue, il y a des années. Mais, contrairement à ce que j'ai laissé entendre à l'énigmatique M. Lawrence, mon avion ne part qu'à minuit.

Alors, comment utiliser mon temps de la meilleure façon ?

En découvrant de quoi Tommy est vraiment capable. Je ne suis pas encore une imbécile totale : il y a bien plus derrière sa proposition de me montrer Rio qu'une simple envie de me remonter le moral.

— D'accord, dis-je en me décidant soudain. Rio, nous voilà !

Je vais acheter une robe dans une boutique d'Ipanema et je m'y change. J'ai quatre heures devant moi, avant mon vol, ce qui est parfait. C'est, je l'espère, tout ce dont j'aurai besoin.

Pour autant que je me souvienne de mes précédents séjours au Brésil, Rio est tout ce qu'a promis Tommy — à condition de ne pas aller voir la pauvreté et les enfants des rues qui se cachent derrière les lumières de la métropole. Que nous allions dans la boîte de nuit la plus branchée ou dans le plus grand hôtel de la ville — où nous buvons un verre et dansons un peu —, nous les rencontrons partout sur notre chemin.

Le spectacle des enfants des rues me touche et me donne un petit espoir. Et si, après tout, Justin s'était agrégé à leur troupe de misère, dans quelque grande ville américaine ? S'il avait vraiment fugué, comme ses parents et Marti l'ont d'abord pensé ? Si le mot des « ravisseurs » n'était qu'un truc de Jeffrey et qu'il n'avait jamais été enlevé ? Il se pourrait qu'il soit tout simplement en train de traîner quelque part, et que, d'ici quelques mois, il se décide à rentrer…

Cette idée me rend folle, même si je sais bien qu'il ne faut pas rêver.

Entre Tommy et moi, jusqu'à présent, tout se passe sans anicroches. Je dis bien « jusqu'à présent » car voilà que, alors que nous dansons un slow sur *As time goes by*, il me plante sans préambule un baiser sur les lèvres.

Je le repousse, totalement abasourdie, et il me demande :

— J'ai gaffé ? Je n'aurais pas dû faire ça ?

— Non, tu n'aurais pas dû faire ça, Tommy ! Tu sais bien que je suis avec quelqu'un.

— Avec le flic, tu veux dire ? Ben Schaeffer ? C'est sérieux ?

— C'est sérieux, oui.

Il fronce les sourcils, et je m'avise que c'est la deuxième fois qu'il fait allusion à Ben.

— Comment savais-tu, à propos de Ben ?

— J'ai mes…

— … sources, je sais. Laisse tomber.

Je suis en colère, et nous abandonnons le sujet.

Contrairement à ce que j'avais imaginé, Tommy ne me cuisine pas pour tenter de découvrir ce que je fais à Rio.

De son côté, je ne peux pas dire qu'il m'abreuve d'informations sur son compte. J'ai espéré, en me montrant conciliante, lui faire avouer depuis combien de temps il me suivait, et s'il sait que je suis allée à la maison de Sao Conrado, et qui j'y ai rencontré.

Mais à l'heure où le taxi nous dépose à l'aéroport international, juste à temps pour que nous sautions dans le vol de minuit, je n'ai toujours pas réussi à apprendre si mon charmant cavalier dispose de la moindre information au sujet des Ryan et des raisons qui m'ont amenée à Sao Conrado.

3 heures du matin. Assise à côté de Tommy, épuisée, le regard trouble, je n'ai pourtant pas renoncé à l'idée de lui soutirer des informations.

Le fait qu'il ait lui-même payé son billet de retour en première classe semble confirmer son histoire de gros héritage. A part cela, je suis toujours dans le noir.

C'est lui qui se lance le premier.

— Alors, qu'est-ce que tu faisais à Rio ? me demande-t-il.

— Je suis venue pour essayer de trouver Jeffrey. Je pensais découvrir qu'il entretenait une maîtresse.

— Oh ! Une preuve de son infidélité, en quelque sorte ? Tu envisages de demander le divorce ?

Je ne réponds pas.

— Et tu l'as trouvée, cette femme ? me demande-t-il encore.

— Non. J'imagine que je me laisse un peu trop dominer par les soupçons, parfois.

— Si tu veux mon avis, ton mari t'encourage sur cette pente…

— Je ne veux pas ton avis.

Je pense encore à ce baiser. Et si Tommy Lawrence était en train de transférer sur moi son obsession pour Marti ?

Il change de sujet.

— Tu m'as demandé comment je connaissais ton policier. En vérité, j'ai reçu sa visite hier, juste avant mon départ pour Rio.

— Oh ? Et que voulait-il ?

— Savoir d'où je venais, ce que je faisais à Carmel et combien de temps j'envisageais d'y rester. Il m'a aussi interrogé au sujet de Marti, et il m'a dit qu'il m'avait vu aux funérailles. Il a également voulu savoir depuis combien de temps je te connaissais.

— Qu'est-ce que tu lui as dit ?

— Que je n'avais rien à cacher, tout simplement. Je lui ai expliqué que je venais de Santa Rosa, que j'ignorais combien de temps je resterais à Carmel et que je vous connaissais, Marti et toi, depuis le lycée.

— C'est tout ce qu'il voulait savoir ?

En même temps que je pose la question, je me dis qu'on pourrait croire que je le soumets à un interrogatoire de routine.

— A peu près, oui, déclare-t-il avec un sourire. Tu vois, ça ne m'ennuie pas du tout de répondre à tes questions. Mais tu sais quoi ? Ne le prends pas mal, surtout, mais… il y a quelque chose chez Ben Schaeffer qui ne me plaît pas.

— Comment ça ?

— Eh bien, il me semble très rigide, dans la conception de son travail. Si j'avais su quoi que ce soit, je ne crois pas que je le lui aurais dit — enfin, si cela avait pu nuire à quelqu'un, j'entends.

— Nuire à quelqu'un ?

— Je ne pense à rien en particulier. Mais il ne me semble pas du genre à garder un secret. Pas s'il pense que cela peut gêner sa carrière.

— Tu as sans doute raison. Ben prend son travail très au sérieux.

— Au point de te coller dans une cellule s'il pense que tu as fait quelque chose de contraire à la loi ? Même si lui et toi êtes très proches ?

— J'imagine, oui.

— Eh bien, voilà où je voulais en venir.

Tommy n'ajoute pas un mot. Il relâche la tête contre le dossier de son siège et ferme les yeux, me laissant en tête à tête avec ses paroles énigmatiques.

Cinq minutes plus tard, il se redresse brusquement et presse le bouton pour demander du café à une hôtesse.

— Désirez-vous également du café, madame ? me demande la jeune femme.

— Non, du vin blanc... Non, donnez-moi plutôt une double vodka, avec de la glace.

Soudain, j'ai un grand besoin de quelque chose de fort.

A bord du vol de correspondance entre San Francisco et Monterey, je n'ai plus qu'une idée en tête : me débarrasser de Tommy Lawrence. Sauf que c'est impossible. Il me colle comme de la glu. Il va même jusqu'à partager mon taxi pour faire le trajet entre l'aéroport et Carmel.

— Je suis intrigué par sœur Helen, me dit-il dans le véhicule. C'est bien la religieuse que Marti avait comme prof au lycée ? Elle était à l'enterrement.

— Oui, je connais sœur Helen.

— Bien sûr, suis-je bête ! Je l'ai vue aux funérailles, donc, et elle m'a paru étrange. Plus en colère que peinée.

— J'ai remarqué.

— Et il n'y avait aucune autre religieuse de Marie Stella, votre ancien lycée. J'ai d'abord pensé que si elle était venue en tant qu'ancienne prof de Marti, d'autres religieuses du même établissement auraient pu l'accompagner.

— Sœur Helen ne vit plus à Santa Rosa. Du moins, c'est ce qu'on m'a dit.

— Exact. Elle habite dans cet endroit étrange qui s'appelle la Maison de Prière — au fin fond de la Carmel Valley, c'est vraiment un enfer, pour y aller...

— Un enfer ? Voilà que tu blasphèmes...

— Oui, eh bien, attends un peu d'entendre ce que j'ai découvert à propos de cet endroit et de la façon dont sœur Helen s'y est retrouvée. Ça n'a rien du conte de fées ou de l'acte d'Evangile.

Là, je dois admettre qu'il a réussi à accrocher mon intérêt.

— Vas-y, je suis tout ouïe.

— Tu te souviens de Vatican II, dans les années 60 ? Cette conférence qui a modernisé tant de choses dans l'Eglise ? C'en était fini du latin, les messes seraient désormais célébrées dans la langue du pays…

— Je me rappelle, oui.

— Eh bien, l'Eglise a alors donné aux religieuses qui n'étaient pas cloîtrées la liberté de sortir dans le monde, de s'habiller en civil, de trouver du travail et de louer leur propre appartement. Peu de temps après, on a fermé certains couvents qui étaient devenus trop coûteux à entretenir. Si cela avait un sens d'un point de vue strictement financier, ça en avait moins sur un plan humain. Quel choc pour les sœurs les plus âgées et qui vivaient là, retirées ! On les privait d'un lieu où elles avaient pensé vivre le restant de leur existence.

— Je n'ai pas vraiment suivi l'évolution de l'Eglise toutes ces années, mais je me souviens de ça aussi, bien sûr. Les couvents étaient immenses, et si j'ai bonne mémoire, l'Eglise — à moins que ce ne soient les ordres religieux eux-mêmes — a décidé qu'il n'était plus possible de les faire fonctionner.

— Un peu comme ces familles de richards qui, après un revers de fortune, sont obligées de vendre leur grande propriété et se retrouvent en appartement.

Je me souviens d'autres détails, à présent, lus ou entendus dans les médias, au cours des années 70 et 80. Traditionnellement, les couvents étaient comme les « centres de formation » des novices, où elles n'étaient appelées à revenir qu'une fois leur vie de travail accomplie, ou si elles tombaient sérieusement malades. Entre ces deux périodes de leur existence — dans les ordres actifs, du moins —, les religieuses étaient affectées dans de plus petites communautés, près des écoles confessionnelles, où elles enseignaient, ou au voisinage des hôpitaux, où elles exerçaient en tant qu'infirmières. Après Vatican II, comme l'a dit Tommy, beaucoup de couvents ont fermé, toutefois. Ces fermetures étaient-elles principalement dues aux changements au sein de l'Eglise ou aux conditions économiques de l'époque, je ne l'ai jamais vraiment su.

— D'où tiens-tu ces informations, Tommy ?

— Je te l'ai dit. J'ai travaillé comme pigiste pour des magazines. J'ai aussi grandi dans des écoles catholiques, et j'ai fait mon métier de suivre l'évolution de l'Eglise dans le temps.

— Et qu'est-il arrivé aux religieuses dont les couvents ont fermé ? Je sais que beaucoup, parmi les plus jeunes, ont bien accueilli la liberté de pouvoir aller dans le monde. Mais que s'est-il passé pour les autres, celles qui étaient trop âgées pour travailler ou se débrouiller seules ?

— Tout dépend de la personne à qui tu poses la question. Dans l'Eglise, certains te diront qu'on s'est très bien occupé d'elles. D'autres, que cela n'était pas toujours le cas. De toute façon, on n'aime pas beaucoup aborder le sujet, dans un camp comme dans l'autre. Cela me rappelle la loi du silence qu'observent parfois les médecins ou les avocats, quand quelque chose ne va pas dans leur corporation.

— Ça n'est pas pour me surprendre. Après tout, les Eglises sont de véritables organisations politiques. Et aucune n'est plus politique que l'Eglise catholique. A part les Mormons, bien sûr. Mais pour en revenir à sœur Helen, qu'as-tu appris à son sujet ?

— J'ai pu parler à quelqu'un, au couvent Joseph et Marie, qui m'a expliqué que certaines des religieuses retraitées avaient été envoyées vivre en Californie et dans des Etats voisins. Certaines ont essayé de s'en sortir seules, avec des emplois mal payés — comme ces personnes à la retraite qui doivent travailler dans des fast-foods. Aujourd'hui, il y a des fonds pour aider les sœurs qui se sont retirées. Mais quand les premiers changements se sont faits, la situation était plus incertaine. Sœur Helen s'est trouvée au beau milieu de cette période de transition.

— Et ?

— Et d'une manière ou d'une autre — je ne sais pas comment —, elle s'est retrouvée à San Francisco, à vivre dans la rue. C'est en tout cas là que quelqu'un l'a trouvée. On l'a amenée dans cette fameuse Maison de Prière, mais cela faisait des mois qu'elle était dans la rue. Et elle n'en est pas sortie indemne.

— Mais c'est affreux !

Si je laisse de côté son attitude à mon égard lors des funérailles de Marti, j'ai toujours de bons souvenirs de celle qui fut une dc mes enseignantes, et ma marraine. Apprendre qu'elle a traversé une épreuve pareille me secoue. Je me demande quelles séquelles elle a pu garder de cette époque.

Je demande à Tommy :

— Comment as-tu découvert cela ?

— Je me suis rendu à Santa Rosa, et je me suis entretenu avec quelques personnes, qui ont vécu au couvent Joseph et

Marie. C'est une école privée, à présent, et une religieuse qui connaissait bien sœur Helen y travaille toujours comme enseignante.

Notre taxi s'arrête devant le La Playa, et je reste un instant silencieuse.

— Si je comprends bien, dis-je finalement, en vingt-quatre heures, tu as réussi à aller à Santa Rosa et à Rio…

Il esquisse un demi-sourire.

— Et voilà que ça recommence !

— Quoi ?

— Le grand air du soupçon. Vraiment, les femmes, vous êtes incurables !

— Incurables, oui. Tâche de t'en souvenir.

DEUXIÈME PARTIE

La Maison de Prière

« En vérité je vous le dis, dans la mesure où vous l'avez fait à l'un de mes plus petits frères, c'est à moi que vous l'avez fait. »

Matthieu 25.40

10.

— *Abby* —

Il est midi quand je rentre à la maison, après mon escapade à Rio. J'appelle aussitôt Frannie pour la prévenir que j'irai chercher Murphy un peu plus tard dans la journée, si cela ne l'ennuie pas.

— Aucun problème.

— Comment va-t-il ?

— Billy n'arrête pas de se plaindre ! m'explique Frannie avec un gloussement. Il trouve que votre chien ne sait pas faire assez de tours.

— Murph est comme ça. C'est plutôt un chien d'agrément.

Je passe ensuite un coup de fil à Karen pour savoir si Jeffrey est revenu. Elle décroche aussitôt, comme si elle était assise à côté de l'appareil à attendre qu'il sonne.

— Aucune nouvelle, m'annonce-t-elle avec amertume. Lorsque je l'aurai sous la main, ce fils de…

Je ne lui dis pas qu'elle n'a pas à se soucier d'une hypothétique maîtresse brésilienne — cela m'obligerait à m'embarquer dans de trop longues explications.

Néanmoins, je me demande si les problèmes de Karen avec Jeffrey ne vont pas au-delà d'une simple question de jalousie. J'ai déjà parlé de la violence dont mon mari peut faire preuve ; j'ai évoqué son explosion de colère, à Rio, le jour où j'ai eu le malheur de parler à un autre homme. A l'époque, je l'avais menacé de porter plainte, si jamais il s'avisait de lever de nouveau la main sur moi. Et je dois dire qu'il ne s'y est plus risqué, même si je l'ai parfois senti à deux doigts de céder à ses vieux démons. Cette violence qui couve en lui est une des raisons pour lesquelles j'ai cessé de l'aimer. Et si, aujourd'hui, on ne me voit pas pleurer comme une Madeleine sur les ruines de notre mariage — car c'est bien plus la trahison de ma sœur, qui m'a déchirée, que celle de Jeffrey —, il ne faut pas aller chercher plus loin.

Il faudra que j'aborde ce sujet avec Karen. Sa brutalité insensée à mon égard peut s'expliquer par de mauvais traitements qu'elle-même se serait vu infliger. Chez Jeffrey, le stress a toujours été un terreau favorable à la méchanceté. S'il fait du mal à ma sœur à cause des ennuis qu'il traverse, je dois la convaincre de le quitter.

Parmi les messages qui m'attendent, un seul vient de Ben.

« Je serai très occupé pendant deux jours, Abby. Je t'appelle. »

Clic.

Et voilà, c'est tout. Je n'ai plus qu'à effacer les nombreux messages de journalistes, à prendre une douche, passer un jean, un T-shirt, un blouson de cuir et des bottes, et me mettre en route pour cette « Maison de Prière » où je veux débusquer sœur Helen.

Moins d'une heure plus tard, je suis sur le chemin. J'ai pris le Frelon Vert, ne sachant pas trop sur quel genre de routes je vais me retrouver à rouler. Les Ryan — et Tommy aussi, du reste — ont bien précisé à quel point la Maison de Prière est isolée. Par ailleurs, je ne suis pas près d'oublier le jour où nous nous sommes perdus, Jeffrey et moi, il y a des années de cela, précisément dans ce coin, où monsieur s'était mis en tête d'acheter des terres. Je l'avais accompagné, juste pour l'agrément, et ce fut l'enfer. Un enfer pavé de nids-de-poule, qui avaient endommagé la belle Mercedes toute neuve — ce qui n'avait en rien allégé l'atmosphère…

Entre Carmel et le village de Carmel Valley, il y a plus de vie et d'activité qu'on ne pourrait le croire. De part et d'autre de la Carmel Valley Road, enserrés dans les bras des montagnes Santa Lucia, se nichent force restaurants et auberges, ainsi que des maisons et de petits immeubles, et même un terrain de golf. Mais dès qu'on a dépassé le village, les signes de civilisation se raréfient. La route serpente vers le sud-ouest, à travers un paysage d'élevage et d'exploitations agricoles. Selon votre habileté à négocier les virages, il faut compter de une à deux heures pour rallier la Highway 101 à Soledad, depuis le village. Une route rarement empruntée par les touristes, car il existe des moyens bien plus rapides pour rejoindre Los Angeles, au sud, ou San Francisco, au nord.

Plutôt que de tourner au hasard pour trouver la Maison de Prière, je demande mon chemin dans une agence immobilière du village. Seul derrière un bureau, se tient un homme aux cheveux blancs — Rick Stone, d'après la plaque posée devant. Sous son chapeau de cow-boy, Rick Stone est buriné par le soleil. Ne serait-ce sa bedaine qui déborde largement de son jean, on pourrait aisément se croire devant une publicité pour Marlboro.

— Bien le bonjour ! me lance-t-il en souriant. Qu'est-ce que je peux pour vous, ma petite dame ?

— Je cherche un endroit appelé la Maison de Prière. Pourriez-vous m'indiquer comment m'y rendre ?

Son visage affiche aussitôt une expression perplexe, mâtinée de méfiance.

— Bien sûr, que je peux vous le dire. Sauf que je vois mal ce qu'un beau brin de fille comme vous peut aller fiche dans un coin pareil. Ce n'est qu'un paquet de collines sans intérêt, rien que des cuvettes et des courbes…

Le « beau brin de fille » et la « petite dame » m'offusquent quelque peu, mais pas autant que la façon dont Rick Stone détaille mes collines à moi, mes cuvettes et mes courbes…

— Je viens rendre visite à quelqu'un, dis-je.

— Fichtre ! Pendant une bonne minute, j'ai cru que vous étiez une de ces foutues bonnes sœurs.

Son regard ne cesse de me jauger des pieds à la tête.

— Même si vous n'en avez pas trop le gabarit, ajoute-t-il avec un sourire obséquieux. Pas du tout le gabarit, même.

Je tâche de me contenir et lui demande :

— Est-ce que vous savez où se trouve cet endroit ? Vous avez peut-être une carte ?

Il pousse un soupir, enchaîne avec un grognement, et se penche vers un des tiroirs de son bureau. Son ventre imposant déborde de tous les côtés comme une gélatine informe, tandis que la pauvre chaise craque et semble devoir rendre l'âme à chacun de ses mouvements.

Il sort une carte et la déplie devant lui.

— J'aurais bien aimé gagner un dollar chaque fois que quelqu'un s'est arrêté ici pour me demander une carte, se plaint-il en l'aplanissant de ses mains. Bon, venez donc regarder. Vous allez prendre cette route et rouler jusqu'à ce que vous rejoigniez celle-ci.

Quand je me penche afin de mieux voir le point qu'il me montre, ce gros porc se met à reluquer mes seins, serrés dans mon T-shirt, sans la moindre trace de gêne. Pas plus qu'il n'hésite à toucher une mèche de cheveux qui tombe de mon épaule.

— C'est des bien jolis cheveux que vous avez là…

J'avais oublié le genre de personnage qu'on croise par ici. Je recule d'un pas et lui demande sèchement :

— Quelle route ? Où ?

Il revient à la carte.

— Il n'y a pas de pancarte, alors il faudra regarder votre compteur kilométrique. Disons que c'est à cinquante-sept kilomètres et des poussières. C'est la seule route sur la gauche qui ne soit pas indiquée. Elle va dans le canyon, ici, puis escalade le versant. Pas mal de virages et pas le début d'une indication.

Il tapote la carte de l'index.

— L'endroit que vous cherchez est sur cette colline, et il n'y a qu'une route pour y aller. Pas deux.

— Cela m'a l'air assez compliqué, dis-je.

Un brin parano, je me demande s'il n'est pas en train de m'envoyer tout droit dans un traquenard, avec une bande de zonards comme comité d'accueil au fond du canyon.

— C'est que la plupart des terres qui entourent la Maison de Prière appartiennent à des propriétaires de ranches ou autres.

C'est clôturé de partout. En fait, cette Maison de Prière est cernée de tous les côtés. Mais bien sûr, ça changera quand les promoteurs…

Il ravale la suite et semble soudain s'intéresser de plus près à moi.

— Dites donc, on se connaîtrait pas, des fois ?

— Je ne pense pas, non, dis-je en repliant la carte et en la fourrant dans une poche de mon blouson.

— Mais si ! insiste-t-il. Vous êtes la femme de Jeffrey Northrup. Je me souviens de vous ! Vous étiez venue avec lui, il y a des années de ça. Vous cherchiez des terres à acheter.

Je ne me souviens pas de Rick Stone — mais alors, pas du tout. C'est à peine si je me rappelle avoir jamais mis le nez dans cette agence immobilière.

— Cela doit faire au moins six ans, dis-je. Vous avez une bonne mémoire des visages.

Il reste silencieux un instant, puis il ajoute :

— Vous avez raison, madame Northrup. Ça doit être ça. J'ai une bonne mémoire des visages.

Voilà qu'il se lève, contourne le bureau, et qu'il me plaque une main dans le dos pour me repousser fermement vers la porte.

— Maintenant, vous allez rendre visite à votre amie, d'accord ? Et encore merci de vous être arrêtée.

La minute suivante, je me retrouve à côté de ma voiture, encore éberluée de m'être fait jeter de la sorte — car il n'y a pas d'autre mot — par ce cher M. Stone.

L'atmosphère s'est considérablement rafraîchie, dans le petit bureau, quand il s'est rappelé que Jeffrey était mon mari. Pourquoi ? Des mauvaises affaires ?

Il pourrait s'agir d'un des agents immobiliers par le biais desquels Jeffrey a conclu certaines de ses opérations. Je n'ai pas la moindre idée de ce qu'il possède dans la vallée, cependant je sais qu'il a commencé à acheter des terres par ici bien avant de me connaître. Il a toujours été très secret sur cet aspect de ses activités, mais plusieurs choses me disent qu'il n'a jamais mis un terme à ce genre de transactions.

Enfin, tout cela n'a guère d'importance. Je remonte dans la jeep, attache mes cheveux avec un gros élastique, et je prends la direction de la vallée. Un disque de jazz, glissé dans le lecteur de CD, accompagne les pensées qui se pressent dans ma tête à propos de ma rencontre avec sœur Helen.

11.

— Mauro et Hillars —

A quelques mètres de l'agence immobilière du village de Carmel Valley, cachée derrière un bosquet de chênes, une Volvo noire est stationnée. Mauro éternue et sort un mouchoir.

— Putain, qu'est-ce que cet endroit me débecte ! Même à cette période de l'année, il y a plus de pollen ici que de touristes à Washington !

Hillars croise les bras et se contente de soupirer.

— J'aimerais bien savoir ce qu'elle fabrique ici, dit Mauro en pianotant sur le volant.

— A mon avis, elle est venue apporter un message à Stone, de la part de son mari.

— Ouais, ça doit être quelque chose comme ça.

Mauro fourre le mouchoir dans sa poche et continue :

— Je t'avais dit qu'on aurait dû poser des micros dans l'agence !

— On n'avait pas assez de temps, lui rappelle doucement Hillars.

L'agent Mauro fronce les sourcils lorsqu'il voit Abby regagner sa jeep et prendre vers l'est, en direction de la Carmel Valley.

— Elle ne retourne pas en ville. On la suit, dit-il en tournant la clé de contact.

Hillars pose la main sur son bras.

— Non. Pour l'instant, ce Rick Stone est plus important. Je serais plutôt d'avis de le cuisiner un peu, histoire de voir ce qui en sort. Avec un peu de chance, on va faire sauter le couvercle de la marmite.

— Je ne suis pas d'accord. Je suis prêt à parier que la femme de Northrup est au centre de tout. Elle et la copine de Northrup, la belle-sœur.

— Karen Dean ? Peut-être. Quand même, je suis pour qu'on reste ici et qu'on suive Stone quand il quittera l'agence.

Mauro, s'il ne fait aucun commentaire, n'en laisse pas moins paraître sa désapprobation. Mais l'agent spécial Hillars est son supérieur hiérarchique, un des plus haut gradés des Services secrets. C'est bien pour ça que le Président l'a mis sur l'affaire…

N'empêche. Il y a des fois, quand même, où Mauro se pose des questions.

Il se tourne vers la banquette arrière et attrape un livre parmi la pile qui s'y trouve.

— *Le Déclin de l'Occident* ? lit Hillars sur la couverture. Tu as une sélection plutôt éclectique, dis-moi ! De la philosophie historique et… *Dix nouvelles manières de s'enrichir dans l'immobilier* ?

— Ça passe le temps, répond Mauro. Et puis, ça ne fait pas de mal, de se mettre sur la même longueur d'onde que les suspects.

Il ramène un autre livre de derrière et Hillars en lit le titre avec une moue de dégoût.

— *Trépanation*… C'est comme ça que la Bright est morte.

— Un sujet fascinant, dit Mauro. D'après ce qu'ils expliquent, ça existe depuis des milliers d'années.

Hillars secoue la tête.

— Tu aimes lire ce genre de truc ?

— Comme je t'ai dit, ça aide à comprendre ces gens, à voir la façon dont ils pensent. Tu devrais essayer, parfois.

— C'est pas trop dans ma façon de faire.

Bien sûr, pense Mauro. C'est bien là tout ce qui fait la différence entre nous.

12.

— *Abby* —

Tandis que je roule vers la Maison de Prière, fatiguée par la route, j'ai à l'esprit le genre d'image que je prête aux premiers pèlerins, lancés dans leur interminable périple à travers l'immensité des forêts. J'imagine qu'ils se figuraient leur destination comme un havre plein de lumière et de chaleur, d'eau et de nourriture.

En tout cas, moi, c'est ainsi que je me représente la Maison de Prière. L'heure du déjeuner est passée depuis longtemps et j'ai une faim de loup — sans compter que je n'ai même pas pensé à emporter à boire. Les bonnes religieuses consentiront-elles à partager avec moi un morceau de pain et une carafe d'eau ?

Rick Stone et la carte n'ont pas menti : à exactement cinquante-sept kilomètres et cinq cents mètres, sur la gauche, se trouve l'intersection attendue. Les routes de terre sinueuses qui relient la Carmel Valley Road à la Maison de Prière sont étroites et envahies par les mauvaises herbes. A tel point que, par endroits, une seule voiture peut circuler. Ce qui ne pose pas vraiment de problème, vu que, depuis une demi-heure que je roule, je n'ai pas croisé un véhicule.

Au détour d'un dernier virage, se révèle enfin un vieux bâtiment, magnifique, d'architecture espagnole, posté au sommet d'une colline, face aux monts et aux canyons de la Carmel Valley. Un panneau de bois gravé sur une clôture de fil de fer annonce en petites lettres discrètes : « la Maison de Prière. »

Derrière la clôture, j'aperçois des jardins fleuris et des potagers, dans lesquels s'activent une demi-douzaine de femmes. Certaines sont simplement vêtues de jeans, tandis que d'autres, dont les jupons dépassent, ont retroussé leur robe de bure qu'elles ont coincée dans leur ceinture. Un clocher s'élève au milieu du bâtiment en adobe, et des vitraux me laissent penser qu'il surplombe une chapelle. De part et d'autre, des ailes plus basses doivent abriter les logements et les communs.

De façon étonnante, il n'y a pas de portail. J'emprunte une allée qui traverse les jardins et rejoint l'aile gauche de la maison. Dans une cour, à quelques mètres de l'endroit où je m'arrête, des draps et des taies d'oreillers sèchent au soleil, agités sur leur fil par une brise légère. Les taies sont épaisses et lourdes, ce qui me ramène au temps de mon noviciat, lorsqu'on nous engageait à mettre nos sous-vêtements à l'intérieur pour les faire sécher à l'abri des regards.

Un souvenir doux-amer, qui me cloue à l'intérieur de ma jeep un long moment après que j'en ai coupé le moteur.

Mais déjà une sœur, sortie de l'aile la plus proche, traverse la pelouse dans ma direction. Son habit noir et son voile blanc volent dans le vent, comme le linge suspendu. Quand elle est à deux pas de moi, j'entends le cliquetis du chapelet qui se balance à sa ceinture.

— Bonjour, dit-elle en se penchant à ma vitre. Je suis sœur Pauline. Est-ce que je peux vous rendre service ?

Elle est un peu plus âgée que je n'avais d'abord pensé, même si elle n'a sans doute pas plus de quarante ans. Son visage arbore une douceur pleine de sérénité — comme le visage de certaines religieuses dont j'ai gardé le souvenir.

— Je cherche sœur Helen, dis-je.

— Helen Asback ?

— Oui. Pourriez-vous l'avertir que je suis là et que j'aimerais lui parler ? Si c'est autorisé, bien sûr. Je suis Abby Northrup.

La sœur me sourit.

— Venez avec moi. Je vous conduis à l'intérieur.

Je suis étonnée d'être reçue avec autant de facilité, et cela doit se voir. Tandis que je la suis, sœur Pauline m'explique :

— Nous ne sommes pas cloîtrées, vous savez. Juste un groupe de femmes qui vivent leur propre vie.

— Une vie qui doit être très agréable, dis-je en désignant les jardins, la vallée et les collines. C'est magnifique, par ici.

— Oh ! oui, nous aimons cette existence. Toutes les sœurs — et les autres, bien sûr — ont travaillé dur pour que nous en arrivions là.

— Les autres ?

— Celles qui ne sont plus religieuses, me confie doucement sœur Pauline.

— Comme sœur Helen, vous voulez dire ?

Elle sourit.

— Vous avez été l'élève d'Helen, c'est ça ? Cela ne doit pas être facile de l'appeler autrement que « sœur », lorsqu'on en a pris l'habitude…

— En réalité, nous ne nous sommes pas vues depuis des années. Mais vous avez raison, elle a été mon professeur.

Nous rejoignons l'aile gauche, et je ne peux m'empêcher d'admirer l'opulence du bougainvillier rouge qui couvre presque tout le mur et monte à l'assaut du toit.

— Il est très vieux, m'explique sœur Pauline. Il était là lorsque la Maison de Prière a été fondée, il y a vingt-cinq ans.

— Vingt-cinq ans ? J'aurais pensé que ce bâtiment était plus ancien.

— Il l'est. Il y a une centaine d'années, se trouvait ici la première maison des sœurs carmélites. Aujourd'hui, elles ont un monastère plus récent, à Carmel. Enfin, tout est relatif : quand je dis récent, le bâtiment en question n'est pas tout jeune non plus.

— Celui qui se trouve sur la Highway 1, c'est ça ?

— Oui, au-dessous de Rio Road.

Le monastère qui se trouve sur le flanc de la colline où Marti a été crucifiée.

Ted Wright a souligné que, selon lui, au vu de tous les aspects rituels du meurtre, l'endroit n'a pas été choisi au hasard. Y a-t-il un lien entre ce monastère et la Maison de Prière ?

Je n'en sais rien, bien sûr. Tout comme j'ignore pourquoi j'éprouve un léger malaise à suivre sœur Pauline — malgré toute la chaleur de son accueil.

— Nous y voilà ! lance-t-elle en poussant une double porte située au milieu de l'aile.

Nous nous retrouvons dans un grand espace de réception, avec des murs d'adobe blancs et des moulures de bois sombre autour des portes et des fenêtres. Avec ce parfum de cire qui flotte dans l'air, cet intérieur ressemble vraiment aux vieilles missions espagnoles qu'il m'a été donné de voir à travers la Californie.

— Ici, nous déjeunons à 14 heures, m'indique sœur Pauline. Cela nous laisse une plus grande matinée pour travailler dans les jardins, avant les prières de l'après-midi.

Elle sort une montre à gousset de son habit et la consulte.

— Helen devrait être dans la cuisine, à l'heure qu'il est. Je vais vous y amener. Vous pourriez vous joindre à nous pour le repas. Nous avons souvent des visiteurs, et nous aimons partager avec eux la nourriture que nous tirons de nos jardins.

— J'aimerais beaucoup, oui, dis-je, tandis que mon estomac se met à gargouiller à cette seule perspective. Vous n'observez pas le silence durant les repas ?

— Uniquement pendant le dîner. Le déjeuner est un moment privilégié pour bavarder et organiser notre travail.

Elle me fait descendre un long couloir au plancher impeccablement encaustiqué. A Joseph et Marie, c'étaient les postulantes qui héritaient de cette corvée, une fois par trimestre. Je demande à sœur Pauline qui se charge de ce travail, ici.

— Nous y passons toutes, me confie-t-elle. Cette maison est la nôtre et la maintenir en parfait état est pour nous source de fierté.

Je me dis que sœur Pauline doit être spécialement chargée de l'accueil des visiteurs et des relations publiques. Une tâche qu'elle remplit à merveille.

Nous entrons dans une grande cuisine rutilante, pleine de casseroles en cuivre et de bonnes odeurs. Au milieu, face à une cuisinière, sœur Helen s'active devant une imposante marmite. Un parfum d'herbes et de légumes se diffuse à travers la pièce, et sœur Helen, absorbée dans sa tâche, fredonne en travaillant.

Comme je m'approche d'elle, je lis sur son visage une expression de bonheur que je ne me rappelle pas lui avoir jamais vue. Elle est vêtue d'un pantalon marron usé et d'une chemise rose vif, ses cheveux gris lui tombent sur le front en boucles humides, et un sourire étire ses lèvres.

— Helen ? l'appelle doucement sœur Pauline en lui touchant l'épaule.

Sœur Helen se tourne. Dès qu'elle me voit, ses yeux s'agrandissent et son sourire s'évanouit.

— Vous avez de la visite, annonce sœur Pauline.

— Vous ne voyez pas que je suis occupée, Pauline ! lance-t-elle d'un ton sec. Je n'ai pas le temps de parler à qui que ce soit.

Avant qu'elle ne me tourne résolument le dos et reprenne son travail, j'ai eu le temps de surprendre comme une expression de peur, sur son visage. Le fredonnement a cessé, comme s'est volatilisée cette paix intérieure qui la transfigurait il y a quelques secondes.

— Je suis désolée, dit sœur Pauline sans se laisser déstabiliser. Mme Northrup m'a expliqué qu'elle était une de vos anciennes étudiantes, et j'ai pensé que vous aimeriez la voir.

Cette fois, sœur Helen ne se donne même pas la peine de lui répondre. Seul son dos trahit un léger raidissement.

Sœur Pauline m'entraîne avec elle. Dès que nous sommes sorties de la cuisine, elle me dit :

— Il ne faut pas en vouloir à Helen. Elle a connu des temps très difficiles, il y a quelques années, et il est possible qu'elle cherche à éviter ce qui peut lui rappeler son passé. Je suis certaine qu'elle va réfléchir et changer d'avis. Peut-être après le déjeuner, allez savoir ?

Dois-je partager cet optimisme ? J'accompagne sœur Pauline dans une grande pièce tout en longueur, meublée de tables communautaires et de chaises. Quelques femmes, peu nombreuses, bavardent tranquillement. L'une d'elles est habillée en blanc tandis que les autres sont vêtues de jupes et de chemisiers. Deux paraissent d'un certain âge, alors qu'une autre semble tout juste avoir dépassé la trentaine.

Un crucifix est suspendu au mur, à l'une des extrémités de la pièce. De l'autre côté, je reconnais le portrait de la femme que j'ai vue avec sœur Helen à l'enterrement de Marti. Je désigne le tableau et demande à sœur Pauline :

— Qui est-ce ?

— Il s'agit de Lydia Greyson, notre fondatrice. Elle a rouvert et remis à neuf la Maison de Prière dans les années 70, pour accueillir la plupart des femmes que vous verrez aujourd'hui. D'autres, comme moi-même, sont arrivées plus tard.

— Lydia Greyson est elle-même religieuse ?

— Elle le fut, il y a longtemps. Mais elle a quitté les ordres et s'est mariée. A présent, c'est une femme très riche. Durant les vingt dernières années, Lydia a ouvert gratuitement cette maison aux sœurs et anciennes sœurs dont les couvents avaient fermé. Le « contrat » qui nous lie à elle consiste à entretenir les bâtiments et à subvenir nous-mêmes à nos besoins, ce que nous faisons de multiples manières. Certaines cultivent des légumes et font du pain, comme dans les abbayes d'autrefois. Une des sœurs écrit des livres spiritualistes, dont certains se sont retrouvés sur la liste des best-sellers. Une autre — sœur Helen, justement — prépare des soupes, que nous mettons en bouteilles et diffusons dans la région, à Carmel, à Santa Barbara, et aux alentours. Les restaurants les vendent au titre de spécialités locales, et on peut même les trouver dans les boutiques de souvenirs.

— On croirait entendre parler du Walhalla, dis-je. Le paradis sur terre. Mais, dites-moi, est-ce que vous observez les mêmes règles et les mêmes contraintes que du temps où vous viviez en congrégation ?

Sœur Pauline croise les bras et glisse les mains dans ses manches — un geste qui m'est familier.

— Nous suivons certaines règles qui remontent à une époque antérieure au concile œcuménique des années 60. Sur d'autres points, nous sommes bien plus libres. Par exemple, nous choisissons nous-mêmes le travail auquel nous souhaitons nous consacrer. Et chacune trouve une activité à sa convenance, sans empiéter sur les désirs des autres. Sur toutes ces choses règne un merveilleux synchronisme, conclut sœur Pauline en souriant.

— Eh bien ! On se croirait vraiment au Walhalla.

— C'est vrai que nous avons de bons moments, approuve-t-elle sur le ton de la confidence, comme si elle parlait à une vieille copine. Nous sommes près de cinquante femmes, ici, et certains jours… Enfin ! je ferais mieux de garder ça pour moi !

Elle roule des yeux et se met à glousser.

Nous nous installons à une longue table, près des autres femmes qui bavardent en attendant le déjeuner. Sœur Pauline me présente à chacune d'elles, et l'une des plus âgées, sœur Gabrielle, me dit :

— Vous êtes venue pour voir Helen ? Eh bien, bon courage ! La pauvre… Elle n'est plus vraiment elle-même, ces derniers temps.

— Cela fait quelques mois qu'elle n'a pas l'air d'aller fort, confirme une autre femme. Ça pourrait lui faire du bien, de rencontrer une ancienne étudiante.

N'importe quelle étudiante sauf moi, me dis-je tandis que les cloches se mettent à sonner. D'autres religieuses, en habit ou en civil, viennent peu à peu garnir les tables. De grandes soupières d'un potage crémeux sont apportées, suivies par d'immenses panières de pain et de beurre. On fait aussi passer de la salade, fraîche et croquante.

Quand tout le monde s'est servi en potage, je demande :

— Vous avez dit que sœur Helen n'était plus elle-même ?

La jeune femme qui semble à peine avoir plus de trente ans, Louisa, repousse ses cheveux bruns coupés court derrière ses oreilles et sourit.

— Vous voyez des carottes, dans cette soupe ? Elle a encore oublié d'en mettre. Oh ! en soi, ce n'est pas bien grave, bien sûr. Mais quand elle va s'en rendre compte… Pour elle, c'est impardonnable.

— Et tu as remarqué qu'on ne l'a pas vue de la journée, l'autre jour ? ajoute sa voisine. Elle ne s'est pas montrée avant minuit.

Voilà qui est intéressant, me dis-je.

— Est-ce que c'est permis, de disparaître comme ça ?

— Bien sûr, répond Louisa. On ne nous y encourage pas, mais nous ne sommes quand même pas prisonnières.

— Les choses ont bien changé, dans l'Eglise, dis-je encore.

Sœur Gabrielle, la plus âgée des religieuses, me regarde.

— Vous en êtes, hein ?

— Si j'en suis ?

— Oui. De celles qui sont parties.

Je souris.

— Qu'est-ce qui vous fait dire cela ?

— Ça se voit. Ça laisse des marques. On ne s'en sort pas comme ça.

Son ton s'est fait tranchant et, derrière les verres épais de ses lunettes, son regard est indéchiffrable.

— Quel genre de marques est-ce que c'est censé laisser ?

— Ça se voit, c'est tout. Dans votre façon de vous tenir à table, par exemple. Dans votre manière de rompre le pain en parties égales et d'en beurrer chaque morceau. Dans le fait de prendre un peu de chaque plat — et même des haricots, que manifestement vous n'aimez pas beaucoup puisque vous y avez à peine touché. Peu de gens se conduisent comme vous, de nos jours.

— Vous feriez un bon détective, dis-je avec un sourire un peu forcé. Mais il se pourrait que j'aie pris des cours de bonnes manières, tout simplement.

— Et il se pourrait que non ! réplique-t-elle. Je ne suis peut-être plus toute jeune, mais je suis encore capable de reconnaître une des nôtres.

Je décide de lui accorder sa victoire.

— Eh bien, vous avez raison. Mais c'était il y a bien longtemps. J'avais dix-huit ans.

Ravie, sœur Gabrielle promène un regard triomphant sur une tablée absorbée à déguster la merveilleuse soupe — avec ou sans carottes.

Voilà d'ailleurs que sœur Helen, dont je me demandais si elle allait nous rejoindre, franchit la porte du réfectoire. Je la vois jeter un coup d'œil dans notre direction et s'installer à l'autre bout de la pièce. Sœur Pauline aussi le remarque, mais elle ne fait aucun commentaire.

— Vous voyez ? dit Louisa. Elle ne vient même plus s'asseoir avec nous… Et Tammy raconte que lorsqu'elle est allée chez Albertson's, l'autre jour, pour faire les courses, elle a été stupéfaite par les quantités de poulet qu'Helen avait indiquées sur sa liste. Quand elle est rentrée et qu'elle lui en a fait la remarque, Helen a expliqué qu'elle avait raté une de ses soupes et qu'elle avait dû la repréparer. Je vous dis, moi, que quelque chose ne tourne pas rond !

— Ça suffit, Louisa ! lui ordonne l'autre religieuse. Helen a droit au respect. Et puis, elle a cette amie qui vient de mourir, tu sais ? Elle doit être encore sous le coup de la douleur.

Louisa me regarde.

— Vous êtes au courant ? Une histoire horrible. Tout près d'ici, à Carmel.

— Vous parlez de Marti Bright ? Oui, je sais. C'était aussi une de mes amies. Marti et moi avons été novices ensemble. Au couvent Joseph et Marie, à Santa Rosa. Sœur Helen était notre marraine.

Quelques exclamations discrètes s'élèvent autour de la table.

— J'ai bien peur que notre départ ne l'ait beaucoup peinée, à l'époque, poursuis-je.

— Je ne pense pas qu'elle vous en veuille encore, si c'est ce que vous craignez, remarque Louisa. Elle aussi a quitté les ordres, et elle devrait vous comprendre. L'Eglise a été minable, avec elle, vous savez.

— Louisa !

Autant le babillage franc et ouvert de Louisa m'a d'abord surprise, autant la manière qu'a sœur Gabrielle de réprimander et de rappeler à l'ordre me paraît familière, si proche d'une attitude que j'ai bien connue, naguère.

— Désolée, rétorque Louisa, mais c'est la vérité. Toutes ces années qu'elle a consacrées à l'Eglise, pour se retrouver à la rue quand le couvent Joseph et Marie…

De sa voix douce et tranquille, sœur Pauline l'interrompt.

— Ça ne s'est pas exactement passé de cette façon, Louisa. Peut-être est-ce votre propre amertume que vous exprimez ainsi, plus que celle d'Helen ?

Les yeux sombres de Louisa lancent des éclairs.

— Et pourquoi pas ? On ne m'a pas laissée arrêter l'enseignement un moment, même quand j'étais en chimio. De cette façon, l'Eglise n'avait pas à payer mes soins !

— Il suffit ! lance sœur Gabrielle avec sévérité. Vous devez comprendre, me dit-elle, que cette question est sujette à controverse, et qu'elle recèle de multiples facettes. Par ailleurs, il y avait beaucoup de laïcs dans l'Eglise, qui se sont présentés pour apporter leur aide, quand les couvents ont commencé à fermer. Ils le font toujours — aider, j'entends. Sans eux, Louisa ne serait pas là aujourd'hui. Peu de nous le serions, d'ailleurs.

Je fronce les sourcils.

— Pourquoi dites-vous cela ?

— Elle dit ça, m'explique Louisa, parce que l'Eglise a vendu cette abbaye et l'ensemble de la propriété, qui s'étend sur des hectares, à Lydia Greyson — vendu pour une somme infime, symbolique. Une des clauses du contrat de vente stipulait qu'elle devrait tout reconstruire, à ses propres frais, et fournir un toit aux religieuses qui avaient perdu le leur. Ou encore à celles, ajoute-t-elle avec un regard mauvais à destination de sœur Gabrielle, qui étaient malades et n'avaient pas d'assurance maladie. Comme moi.

L'intéressée n'interrompt pas Louisa, cette fois, et celle-ci poursuit :

— Vous savez très bien, Gabrielle, qu'à la fermeture de nombreux couvents et congrégations, on a tout bonnement fichu les sœurs dehors ! C'est quelque chose que la plupart des gens ignorent, même aujourd'hui.

— C'est le passé, déclare tranquillement sœur Pauline. Il faut savoir tourner la page.

— Allez donc dire ça à Helen ! s'exclame Louisa. Des choses pareilles, ça peut vous laisser beaucoup de colère dans le cœur. J'en sais quelque chose.

Sœur Helen disparaît de la salle à manger aussitôt après le déjeuner puis demeure introuvable. Résolue à glaner malgré tout le plus d'informations possible, j'accompagne sœur Pauline dans un tour des jardins et des environs. Une indication de sa part me permettra peut-être d'en saisir plus à propos d'Helen.

Les terres sont bien plus étendues qu'on ne pourrait le penser depuis la route. Derrière la Maison de Prière, une colline, peu élevée, emprunte un chemin bordé de plants de légumes et de fleurs. Il y a aussi toutes sortes d'herbes, sur le bord du sentier, et le parfum apaisant du romarin est comme suspendu dans l'air.

— Une des sœurs étudie et fait pousser les plantes aromatiques, m'explique sœur Pauline.

Elle coupe un brin de romarin et le porte à ses narines, avant de me le tendre.

— Plutôt que de payer de grosses primes d'assurance maladie, nous avons appris à utiliser les vertus médicinales des plantes.

Je hume le romarin et mes muscles semblent aussitôt se détendre. J'utilise souvent des lotions et des huiles pour le bain au romarin, mais j'ai rarement tenu la plante elle-même entre les mains. Vivre ici, me dis-je, c'est un peu comme redescendre sur terre, quitter un monde de contrefaçons pour renouer avec la réalité.

A une centaine de mètres devant nous, je vois sœur Helen escalader une colline voisine, montant à l'assaut d'un groupe de bâtiments délabrés. Elle porte un seau dans chaque main et semble boiter légèrement.

— Elle travaille si dur, remarque sœur Pauline qui a suivi la direction de mon regard. Parfois, je m'inquiète pour elle.

— Que sont ces bâtiments ?

— Ils remontent aux origines de la Maison de Prière, quand c'était encore un couvent de carmélites. Il s'agissait de dépendances dans lesquelles on fumait la viande et on ferrait les chevaux.

Elle soupire et secoue la tête.

— Nous n'utilisons plus ces bâtisses, aujourd'hui, mais Helen y entretient un tas de compost. Elle s'y rend quotidiennement, malgré ses douleurs articulaires, et y dépose tous les déchets de la cuisine. Cela nous fournit un merveilleux engrais pour les jardins.

J'observe celle qui fut mon professeur tandis qu'elle trébuche sous le poids de ses seaux. Malgré toutes nos différences, j'éprouve une immense sympathie pour cette femme. Je demande :

— Si elle souffre à ce point, pourquoi n'y a-t-il personne pour l'aider ?

— Croyez-moi, ce n'est pas faute de le lui avoir proposé, m'explique sœur Pauline en souriant. Mais Helen a un comportement pour le moins territorial, avec son compost. Parfois, on croirait qu'elle a une pénitence à accomplir, en grimpant là-haut chaque jour. Inutile de vous dire que je ne vois pas ce qu'Helen aurait pu faire d'assez terrible pour devoir endurer cela.

Je continue de suivre la silhouette vacillante du regard, tandis qu'elle contourne un des bâtiments et disparaît derrière. Elle claudique de façon vraiment pitoyable, à présent, et voilà qu'elle trébuche avant de recouvrer un piètre équilibre. Oui : de quoi faut-il qu'elle se croie coupable, pour s'imposer cette marche ?

Nous atteignons le sommet de notre colline, et sœur Pauline m'en désigne une autre, vers l'est, distante de plusieurs kilomètres.

— Voilà les limites de la propriété, indique-t-elle avec un ample mouvement de bras. De là… jusque-là.

— Mais cela doit faire beaucoup d'hectares ! Au moins une cinquantaine. Et le terrain est cher, par ici. Il faut que votre propriétaire soit généreuse pour vous l'avoir donné.

— Lydia est une femme merveilleuse. Sans elle…

La voix de sœur Pauline, pleine de douceur, reste en suspens. Pendant un long moment, nous demeurons silencieuses, à profiter du paysage et du parfum des herbes et des fleurs.

Mais il suffit qu'une petite brise un peu fraîche se mette à souffler pour que je me rappelle la raison de ma présence ici.

Mon amie est morte et son fils a disparu.

Qu'est-ce que Marti a pu venir chercher dans la Maison de Prière ? Après l'enlèvement de Justin, ses visites lui offraient-elles la paix et le réconfort dont elle avait besoin ? Se souvenait-elle comme moi de la vie au couvent Joseph et Marie, et rêvait-elle de revenir à cette époque où tout était relativement simple — même si aucune de nous ne s'en était aperçue, alors ?

Peut-être. Mais si nous étions restées, nos existences *in sacris* n'auraient sans doute pas connu un déroulement aussi simple, pas plus que cela n'avait été le cas pour les femmes qui vivent ici.

— Quelque chose m'intrigue, sœur Pauline, dis-je soudain. Il y a Louisa, qui semble nourrir une forte amertume à l'encontre de l'Eglise. Et j'imagine qu'il en est de même pour sœur Helen. Mais il y a aussi sœur Gabrielle, qui ressemble beaucoup plus aux religieuses que j'ai connues — très à cheval sur les règles. Je ne connais pas beaucoup de communautés religieuses qui accueilleraient ainsi des personnes avec des opinions aussi différentes sur l'Eglise.

— C'est sans doute vrai, mais la grande différence, c'est qu'ici, nous ne formons pas vraiment une communauté religieuse. Lydia a pensé cet endroit comme une maison destinée aux sœurs qui, quelle qu'en soit la raison, n'étaient pas en mesure de s'en sortir à la suite des changements intervenus après Vatican II. Beaucoup ont accueilli avec enthousiasme ce vent de liberté, bien sûr, notamment les jeunes sœurs, qui aident les sans-abri dans les grandes villes, dirigent des affaires ou investissent à la Bourse.

Sœur Pauline sourit.

— Elles gagnent leur vie et subviennent aux besoins de leurs ordres de mille et une façons — et elles sont pour la plupart heureuses de cette situation. Croyez-le ou non, mais à quatre-vingts, voire quatre-vingt-dix ans, certaines sœurs sont en pleine santé et travaillent toujours, sans la moindre envie de se retirer.

Son sourire s'évanouit, et elle secoue la tête.

— Et puis, il y a les autres... Celles qui n'étaient pas capables de quitter leur couvent et de sortir dans le monde. Certaines étaient malades et d'autres... Eh bien, elles avaient besoin de soins, d'attentions, d'un endroit où vivre qui fût à l'image d'un cloître, loin du monde et de son agitation. C'est tout spécialement pour ces femmes-là que Lydia a créé la Maison de Prière.

Dans un rire léger, elle ajoute :

— On pourrait dire que nous sommes plus proches des carmélites cloîtrées qui vivaient ici autrefois que des religieuses que nous avions l'intention de devenir, destinées à l'enseignement ou à un travail d'infirmière. J'imagine parfois — mais uniquement au cœur de la nuit — que ces femmes revivent à travers nous. Vous voyez ce que je veux dire ?

J'écarquille les yeux.

— Sœur Pauline ! Vous me parlez de réincarnation ? Est-ce que ça n'est pas un peu *New Age*, pour une religieuse ?

— Mon Dieu, non ! Ce serait plutôt *Old Age* ! Après tout, jusqu'au IIIe siècle, il était question de la réincarnation, dans la Bible.

— Toujours est-il que le mélange des femmes présentes ici est des plus détonants, dis-je en secouant la tête. Une ancienne religieuse qui tempête contre l'Eglise ; mon ancienne marraine qui fredonne en préparant ses soupes, comme s'il n'existait pas de tâche plus à son goût ; et maintenant... une sœur qui se croit la réincarnation d'une carmélite !

Sœur Pauline se met à rire.

— Si vous revenez souvent, et vous êtes la bienvenue, vous constaterez qu'ici, tout le monde a eu sa propre expérience de la vie et de l'Eglise. Nous faisons de notre mieux pour respecter les croyances de chacune — quelles qu'elles soient.

— Je suis impressionnée, et assez stupéfaite que cela fonctionne.

A côté de nous, s'élève une petite grotte avec une statue de la Vierge. Un banc lui fait face, au pied d'un chêne plusieurs fois centenaire. Sœur Pauline s'assoit et tapote le banc pour m'inviter à la rejoindre.

— Pour que cela fonctionne, m'explique-t-elle, il faut un minimum d'organisation. Pour les sœurs qui le veulent, nous avons une messe quotidienne, des prières tout au long de la journée, et le respect du silence dans la soirée. Même les femmes qui ont quitté leurs ordres prennent part à ces activités religieuses. Ce ne sont pas des habitudes qu'on perd aisément — mais en même temps, cela n'est pas exigé.

Je repense à ma vie avant mon déménagement pour San Francisco et à mes premiers articles pour le *Chronicle.* J'assistais régulièrement à la messe, alors, je faisais des neuvaines, je communiais. Sœur Pauline a raison : ce n'est pas quelque chose qu'on perd facilement. Il a fallu que je rencontre Jeffrey pour m'engager sur une autre voie. Jeffrey, bien qu'il soit né au sein d'une famille catholique et qu'il ait été baptisé, n'a plus eu de contacts avec la religion depuis son adolescence. Ses parents étaient des gens dévots, qui avaient travaillé dur une bonne partie de leur vie avant d'accéder à une existence confortable. Ils attribuaient cette relative réussite à leur foi en Dieu. Et, à leur mort, ils assommèrent littéralement Jeffrey en léguant tout ce qu'ils possédaient à l'Eglise. Il avait quinze ans, à l'époque, et il se retrouvait seul et sans argent.

Ce que ses parents avaient en tête, je ne le saurai jamais. Mais des avocats au bon cœur s'emparèrent de son cas et tentèrent de s'attaquer à l'Eglise. Ils échouèrent lamentablement, et aujourd'hui Jeffrey n'est jamais en mal de termes colorés pour qualifier l'Eglise catholique. Je sais que son besoin d'accumuler de l'argent et des propriétés immobilières vient en grande partie de cette époque.

Au début, j'ai trouvé touchante la pensée de cet adolescent naïf, à qui on avait fait du tort, et qui se dressait face à la toute-puissante institution religieuse. C'est un peu plus tard que j'ai découvert les cicatrices laissées par l'affrontement.

Je me tourne vers sœur Pauline.

— Les sœurs qui ont quitté leur ordre, ce sont celles qui ne portent pas l'habit ?

— Pas nécessairement. Porter ou non l'habit est un choix personnel. En général, les religieuses les plus jeunes préfèrent la liberté et le confort des vêtements civils.

Elle s'interrompt un instant.

— Dans le cas de Louisa… Quand quelqu'un passe très rapidement de l'indépendance à la dépendance, et quand cette même personne se débat dans des problèmes de santé avec des moyens médicaux insuffisants, eh bien, comme le dit Louisa, cela peut influer sur elle. Elle peut se tourner vers sa foi et devenir plus forte — mais elle peut aussi perdre tout espoir et devenir, pour un temps du moins, amère. Il y a tous les jours dans nos prières une pensée pour notre petite Louisa.

— Et sœur Helen ?

— Vous me demandez si Helen est sortie meilleure ou non de ce qu'elle a vécu avant d'arriver ici ?

— Oui.

Sœur Pauline me touche doucement le bras.

— Je suis désolée, mais ça, vous devrez le lui demander vous-même.

Elle jette un coup d'œil sur sa montre à gousset.

— Si je n'y vais pas maintenant, je vais être en retard pour les prières de l'après-midi. Voulez-vous rester ici un moment ? Peut-être réussirai-je à convaincre Helen de monter vous parler, après les prières…

J'hésite, songeant qu'il doit être près de 15 heures, et qu'il y a très peu de chances pour que sœur Helen accepte finalement de me voir. En outre, j'ai beaucoup de choses à faire. Trouver Jeffrey, trouver Ben, rassembler tous les éléments dont je dispose, les assembler…

Cela me paraît insurmontable, soudain, et la fatigue de mon voyage éclair à Rio s'abat sur mes épaules comme un vêtement de plomb.

— Je me donne une heure, dis-je à sœur Pauline. Pourriez-vous expliquer à sœur Helen que je serai ici, et que j'aimerais vraiment lui parler ?

Elle m'assure qu'elle transmettra le message. Tandis qu'elle descend la colline d'un pas rapide, le cliquetis de son chapelet me parvient diminuendo, écho poignant à des temps disparus.

Je quitte le banc et vais m'allonger sur le sol, à quelques pas de l'arbre, les yeux perdus dans le ciel. Le silence est total, en cet instant, hormis le pépiement erratique d'un oiseau. L'herbe sur laquelle je suis étendue, sèche et rousse car il n'a guère plu ces temps-ci, chatouille mes bras nus. Mais la chaleur du soleil est agréable. Pour autant qu'il m'en souvienne, c'est le premier moment paisible qui me soit accordé depuis la mort de Marti.

C'est étrange, ce qui se passe lorsqu'on perd quelqu'un qu'on aimait. Il y a les larmes, à des moments inattendus, sans raison apparente. Et ce sentiment d'être soi-même morte, d'avoir été vidée de toute force vitale, et que rien ne reste plus sinon une torpeur accablante.

Il y a aussi cette incapacité à croire que c'est vraiment arrivé. *Elle ne peut pas être morte. Ce n'est pas juste.*

Je sais que je n'ai pas suivi la bonne voie, depuis que Marti nous a quittés. Je ne me suis pas autorisée à pleurer très souvent, de peur de m'abîmer complètement dans le chagrin. Toutefois, la nuit, il y a des moments de colère, des moments où tout vire au rouge. Et après le rouge survient le noir — le noir tel qu'il doit régner aux confins de l'univers. Je me sens seule au monde, abandonnée sur une étoile morte.

Et sans doute la façon dont Marti m'a « abandonnée » quelques mois avant sa mort ne fait-elle qu'aggraver les choses. C'est depuis Rio que je comprends cela — que je le comprends, à défaut de l'accepter. Marti était à la recherche de son fils.

Les Ryan lui ont expliqué que Jeffrey négociait pour la libération de Justin, et que le FBI était également de la partie. Il n'empêche : jamais Marti ne serait restée assise à ne rien faire, en laissant à d'autres le contrôle des opérations. Elle se serait lancée dans sa propre enquête.

Et si c'est bien ce qui s'est passé, elle doit avoir très rapidement découvert que Jeffrey avait menti en affirmant que le FBI était sur le coup. Cela ne devait pas être trop difficile à trouver.

Dès lors, a-t-elle confronté Jeffrey à ses mensonges ?

Ou a-t-elle fait mine de le croire, tout en continuant les recherches de son côté ?

Je la verrais plutôt choisir cette tactique. Je la verrais aussi assez bien cacher aux Ryan que Jeffrey avait menti. Pourquoi les inquiéter un peu plus, si elle était elle-même sur la trace du ou des ravisseurs, et avait la conviction que Justin reviendrait bientôt chez lui, en bonne santé ?

D'ailleurs, il se peut qu'elle ne se soit pas totalement confiée aux Ryan. Etant donné leur confiance aveugle en Jeffrey, elle aura peut-être préféré ne rien leur révéler de ses doutes.

Au bout d'un moment, une silhouette vient s'intercaler entre le soleil et moi. Mon premier espoir, un peu fou, est qu'il s'agit de sœur Helen. Mais quand j'ouvre les yeux, je vois Lydia Greyson, la fondatrice de la Maison de Prière, qui se tient devant moi.

Je me lève, en me protégeant du soleil avec la main.

Voici quelqu'un qui, à condition de bien le vouloir, peut m'en apprendre beaucoup.

13.

Nous sommes assises sur le banc, à l'abri du grand chêne. Lydia Greyson n'a plus grand-chose à voir avec la femme riche et élégante que j'ai vue à l'enterrement de Marti. Visiblement, ici, elle travaille la terre avec les autres femmes. Son jean est plein de taches d'herbe aux genoux, et je m'aperçois que ses mains, gantées de noir durant les funérailles, sont abîmées et gercées, comme usées par le jardinage ou les tâches ménagères. J'imagine qu'elle doit bien avoir cinquante-cinq ans.

— Vous êtes venue ici pour rencontrer Helen, m'a fait savoir sœur Pauline ? me dit-elle.

Le ton de sa voix n'est en rien amical.

— En effet, mais elle refuse de me voir. Est-ce que vous savez pourquoi ? Ned et elle semblaient presque offensés par ma présence, à l'enterrement.

Lydia Greyson m'évalue du regard. Une colère froide perce dans ses paroles lorsqu'elle me répond :

— Je ne pensais pas que ce soit pour vous si difficile à comprendre.

Irritée, je lui réponds sur le même ton.

— Désolée, mais je n'ai pas conscience d'avoir fait quoi que ce soit qui puisse bouleverser sœur Helen — du moins pas depuis vingt ans, quand j'ai quitté le couvent.

— Non, pas vous personnellement, peut-être, mais…

Elle hésite.

— Madame Northrup, est-ce votre mari qui vous a envoyée ici ?

— Mon mari ? Non, bien sûr que non ! Pourquoi m'enverrait-il ici ?

— Pourquoi ? Vous n'en avez vraiment aucune idée ?

— Ecoutez, madame Greyson, je suis venue pour parler de Marti avec Helen. Qu'est-ce que mon mari a à voir avec ça ?

Beaucoup, je le sais depuis que j'ai parlé avec les Ryan. Mais Lydia Greyson ignore ce qui est arrivé à Justin.

C'est du moins ce que je me figure.

Elle me scrute encore de ses yeux bleus au regard acéré, puis finit par hocher la tête.

— J'imagine que je dois vous croire.

— Pardonnez-moi, mais je ne comprends pas. Quelle raison auriez-vous de ne pas me croire ?

— Réfléchissez un peu, madame Northrup. Votre mari a passé une bonne partie de cette année à essayer de me persuader — sans succès, je le précise — de vendre la Maison de Prière et les terres sur lesquelles elle se trouve. J'ai donc logiquement pensé que, peut-être, vous étiez venue ici pour jouer les émissaires. Si c'est bien le cas, j'aimerais que vous quittiez les lieux sur-le-champ. J'aimerais aussi que vous informiez votre époux que je n'ai toujours pas changé d'avis et que je n'ai aucunement l'intention de vendre.

Là, je suis prise au dépourvu. Si quelque chose me préoccupe depuis mon retour de Rio, c'est la disparition de Justin et le rôle que Jeffrey a pu y jouer, rien de plus. Lydia Greyson me prend à contre-pied.

— Lydia… Je peux vous appeler par votre prénom ?

Elle hoche la tête, quoique avec un rien de raideur.

— Et appelez-moi Abby, lui dis-je. Lydia, je peux vous jurer que je ne sais rien de tout cela. Pourquoi Jeffrey achèterait-il la Maison de Prière ?

— Oh ! je vous en prie ! Vous avez vraiment besoin de me demander ça ?

— Oui, vraiment ! Alors, que se passe-t-il ?

De la main, elle désigne un sommet lointain, comme sœur Pauline un peu plus tôt.

— Vous voyez cette montagne ? Notre propriété s'étend jusque là-bas, à l'est. Et jusque-là, de l'autre côté, ajoute-t-elle en montrant un autre point. Au-delà, de tous les côtés, c'est la propriété de votre mari. Vous comprenez ? Nous sommes cernées par des centaines d'hectares appartenant à votre époux.

Je suis abasourdie.

— Jeffrey a acheté tout cela ? Je… je n'en avais pas la moindre idée !

— Oh ! il s'est montré très intelligent, il a fait ses acquisitions année après année, patiemment. Il n'y a qu'un problème, de son point de vue : nous nous trouvons au beau milieu des terres qu'il compte revendre aux promoteurs — lesquels traceront des routes, créeront des parcours de golf, construiront des bâtiments en béton. Même si je voulais vendre, ce qui n'est pas le cas, je ne leur permettrais pas de faire ça.

Sa mâchoire se crispe comme pour appuyer sa détermination.

— Nous sommes quelques-uns, dans la Carmel Valley, à nous mobiliser contre les entreprises de développement. Malheureusement, le moment viendra où nous ne serons plus en mesure de lutter contre ceux qui semblent résolus à changer ce paradis en mine d'or. Entre-temps, j'ai bien l'intention de tenir bon, croyez-moi.

— Et Jeffrey ? Vous dites qu'il compte vendre à des promoteurs ?

— Des promoteurs qui n'achèteront pas tant que la Maison de Prière et ses terres ne feront pas partie du lot. Dès que l'eau sera disponible en plus grande quantité, ils ont l'intention de construire ici un immense complexe, avec deux hôtels, plusieurs restaurants, un centre commercial et un parc de loisirs. J'ai appris par certaines sources que votre mari avait déjà des entrepreneurs sur les rangs. Mais tant qu'il ne peut pas leur promettre la Maison de Prière, ces messieurs traînent les pieds.

— Mon Dieu ! Mais ce sont des millions de dollars, qui sont en jeu, pour Jeffrey !

— Beaucoup de millions, je dirais.

— Sœur Helen est-elle au courant ?

— Depuis un certain temps, oui. Nous en parlions fréquemment, avec elle et Marti. Pour tout dire, c'est Marti qui m'a apporté l'information, il y a de cela quelques semaines.

La voilà donc, la raison pour laquelle Marti et Helen se sont détournées de moi ? La façon dont Jeffrey gérait l'enlèvement de Justin n'aurait donc rien eu à y voir, finalement ?

— Elles ont dû penser que j'étais partie prenante dans les plans de Jeffrey, dis-je. Ou, au moins, que je le soutenais.

— Eh bien, vous menez une…

Je coupe la parole à Lydia et poursuis à sa place :

— Je mène une vie privilégiée, c'est ce que vous voulez dire ? Vous avez raison. Mais pourquoi les gens voient-ils toujours l'épouse comme une réplique parfaite du mari ? Marti était l'amie la plus proche que j'aie jamais eue ; elle aurait dû savoir que jamais je ne soutiendrais Jeffrey dans une entreprise pareille.

— En effet, je crois qu'elle n'en était pas entièrement convaincue. Après ce qui est arrivé à Helen, Marti est devenue une avocate forcenée du droit au logement des pauvres et des personnes âgées. Que votre mari puisse essayer d'arracher leur foyer à des religieuses, cela la mettait hors d'elle.

— Il y avait de quoi ! dis-je, consternée. Mais pourquoi ne m'en a-t-elle pas parlé ? Je l'aurais aidée, bon sang ! Elle le savait, quand même !

— Il n'y a pas que ça, poursuit Lydia. Marti soupçonnait votre mari de peser sur le cours de l'immobilier dans la vallée. Elle a découvert qu'il avait acheté à vil prix des terres non exploitées, quand le marché était favorable, et, quelques mois plus tard, qu'il en avait revendu des parcelles à un taux bien plus élevé, pour augmenter la valeur de ce qu'il possédait déjà. De cette façon, il pourrait vendre l'ensemble aux promoteurs avec un profit considérable.

— Mais la valeur du terrain augmente en permanence ! Il n'y a rien de vraiment illégal là-dedans.

— Bien sûr que non. C'est la façon dont il a réussi à faire gonfler les prix qui est suspecte. Ils ont grimpé d'un coup. Marti le soupçonnait de trafic d'influence. Elle voulait dévoiler ses agissements et le faire tomber.

Soudain, la voix de Lydia se teinte d'amertume.

— Malheureusement, elle a été assassinée avant d'avoir pu réunir assez de preuves. Pratique, n'est-ce pas ?

Je reste muette un long moment, puis finis par reprendre la parole.

— Vous ne croyez quand même pas que mon mari a assassiné Marti pour l'empêcher de parler ?

Elle se contente de me regarder.

— Mon mari a beaucoup de défauts, dis-je encore, mais de là à en faire un… un meurtrier…

Tout en moi combat cette idée, quand bien même il est vrai qu'au nom du pouvoir et de l'argent, Jeffrey peut aller loin. Et si Marti s'est dressée sur sa route…

Je me lève et marche jusqu'au bord du promontoire qui domine la vallée. Le paysage est un des plus beaux que j'aie jamais vus. Pas d'autoroute en vue, pas de buildings.

Lydia me rejoint.

— Construire ici un centre d'accueil, en préservant les arbres et les ressources naturelles, est mon rêve de toujours, me confie-t-elle. Nous sommes suffisamment alimentées en eau pour subvenir aux besoins d'un tel centre, et les jardins nous fournissent la majeure partie de notre nourriture. Nous faisons de la culture biologique, vous savez, sans menace pour l'écosystème.

— A quel genre de centre pensez-vous ?

— A un endroit pour les femmes privées de logement, bien sûr. Non seulement nous accueillerions des religieuses, mais aussi des femmes à la rue pour une courte période — suite à la perte d'un emploi ou à des dépenses médicales insurmontables, par exemple. Ce ne serait pas simplement un refuge. Nous leur proposerions d'avoir accès à des formations professionnelles. Nous consacrerions aussi du temps aux exercices physiques, à l'art et à l'expression, autant d'activités qui leur permettraient de reconstruire leur esprit en même temps que leur vie.

Elle se tourne vers moi et sourit.

— A Bruges, en Belgique, il existait autrefois des maisons où les femmes célibataires pouvaient aller vivre. Le seul loyer qu'on exigeait d'elles était de prier. J'aimerais offrir aux femmes qui traversent des moments difficiles un endroit où le seul loyer consisterait à penser à elles-mêmes — et de la façon qui leur conviendrait le mieux.

— C'est une belle idée, dis-je.

Son sourire s'évanouit.

— Dans ce cas, parlez-en à votre mari. Il est le seul à souhaiter nous empêcher de la réaliser.

— Mais vous dites que vous avez refusé de lui vendre…

— C'est vrai, mais… Vous savez, je n'en ai encore rien dit à mes compagnes, mais j'ai peur que votre mari ait lancé une véritable campagne pour nous faire partir.

— Quel genre de campagne ?

— Sa dernière trouvaille est une action en justice destinée à nous faire raser totalement l'intérieur de la maison et à le rebâtir en conformité avec la loi. C'est un bâtiment ancien, et quand je l'ai repris, il y a vingt ans, j'ai fait installer de nouvelles cuisines, des salles de bains, j'ai planté les jardins…

Elle a un mouvement las, défaitiste.

— Malheureusement, la cuisine n'est pas conforme à la législation concernant la préparation de plats cuisinés destinés au public. Lorsque j'ai tout fait refaire, je n'avais pas prévu que nous nous livrerions à une forme de restauration. Mais les femmes, ici, ont travaillé très dur pour subvenir à leurs propres besoins, et les autorités du comté ont aimablement détourné les yeux durant des années — en grande partie parce qu'ils savent que nos critères de propreté sont très stricts. Récemment, cependant, quelqu'un a affirmé être tombé malade après avoir mangé un de nos plats. Les suites judiciaires nous ont amené toutes sortes de problèmes. Vous savez, ajoute Lydia avec un soupir, je me suis toujours vantée d'être une femme forte. Mais la reconstruction de la Maison de Prière durant toutes ces années a grignoté une grande partie de mes ressources financières, et si, maintenant, je dois aller devant la justice…

Sa voix se charge de tristesse.

— Plutôt que de me lancer dans des travaux de réfection, je vais sans doute être obligée de fermer la Maison de Prière. En fait, la faillite est loin d'être exclue…

— Mon Dieu ! dis-je. Et cela servirait à merveille les plans de Jeffrey… Il se jetterait sur la bâtisse comme un vautour…

— Sur la bâtisse et sur les terrains. Bien sûr, je suis dans l'impossibilité de prouver que votre mari est derrière cette action en justice, mais…

Elle se tourne vers moi et me fait face.

— Je dois être franche avec vous, Abby. Je suis allée voir la police, après la mort de Marti. Je leur ai expliqué qu'elle soupçonnait Jeffrey Northrup de spéculations illégales sur le prix des terrains dans la vallée. Je leur ai également dit que, selon moi, votre mari aurait très bien pu aller jusqu'au meurtre, pour la faire taire. J'imagine que c'est la raison pour laquelle ils le recherchent.

Les yeux perdus sur la vallée, je garde le silence.

— A quoi pensez-vous ? finit-elle par me demander.

— J'ai été une imbécile ! Pas une seconde je n'ai suspecté Jeffrey d'avoir fait tout ce que vous me dites. Ce n'est pourtant pas faute de le connaître…

— Accorder votre confiance à l'homme que vous aimez ne fait pas de vous une imbécile, murmure Lydia.

Je me tourne vers elle.

— C'est pire que ça. Je suis une imbécile qui accordait sa confiance à un homme qu'elle n'aimait plus depuis des années.

Comme il est devenu évident que sœur Helen ne se montrera pas, j'abandonne Lydia à ses incertitudes sur l'avenir. Et, tandis que je rejoins la route, voilà qu'une nouvelle preuve de mon imbécillité m'est donnée sans ambages. En face de moi, sur le flanc d'une colline un peu plus basse, un véhicule qu'on pourrait ne pas remarquer est rangé sur le bord de la route. L'Etron, la voiture banalisée de Ben, se noie merveilleusement dans la tonalité brune du paysage.

Ben surveille donc la Maison de Prière.

A moins que je ne fasse fausse route. A moins que ce ne soit moi, qu'il soit en train de surveiller.

Si Ben me file jusqu'à mon domicile, il se montre particulièrement discret, car à aucun moment je ne le vois derrière moi. Mais après tout, la discrétion est une des vertus maîtresses du policier, n'est-ce pas ? Pour ajouter un peu à mon désarroi, je ne trouve aucun message de lui sur le répondeur lorsque j'arrive à la maison. J'appelle le poste de police, et on me dit qu'il « n'est pas disponible ».

Je mets la question en attente et appelle Frannie pour lui proposer de venir dîner avec son petit ami.

— Je sais qu'il est un peu tard, lui dis-je, mais j'aimerais parler immobilier avec Cliff.

Je prends la peine de préciser :

— Je ne suis toujours pas disposée à vendre, mais j'aimerais aborder certains points de détail avec lui.

Frannie accepte l'invitation, et nous convenons qu'ils viendront vers 19 heures.

Tout en préparant un poulet au piment, le plat favori de Frannie, je passe en revue les informations glanées à la Maison de Prière. Peu de chose, en définitive, bien que certains éléments commencent à s'emboîter les uns dans les autres.

Une fois mon plat enfourné, j'emmène Murphy faire une balade sur Scenic. J'aimerais tomber sur le garçon qui me l'a ramené l'autre soir, et lui rendre sa laisse. Beaucoup de gens promènent leur chien, ce soir, mais aucun d'eux n'est celui que je cherche.

La mer est agitée, et les vagues inhabituellement hautes. Ce n'est pas pour déplaire à Murphy, qui voudrait bien aller s'ébattre dans l'eau.

— La prochaine fois, mon vieux, lui dis-je. Et arrête un peu de tirer sur ta laisse, d'accord ?

Je ne reçois évidemment aucune réponse en retour, mais le message qu'il me fait passer est des plus clairs. Mon toutou est déçu. Je le déçois.

Vraiment ? Eh bien, moi aussi, je me déçois. Tant de choses que je n'ai pas sues, tant de choses contre lesquelles Marti s'est débattue sans rien m'en dire ! Qu'est-ce qui a pu l'inciter à m'ôter sa confiance ? Ai-je trop vanté les délices de mon mariage avec Jeffrey, prisonnière du besoin de me convaincre moi-même que je vivais un conte de fées ? Est-ce que je donnais un peu trop l'impression d'être dans ma tour d'ivoire ?

J'ai toujours considéré Marti comme ma meilleure amie. Mais elle, comment voyait-elle notre relation ? De son point de vue à elle, étais-je encore digne d'amitié et de confiance ?

Soudain, dans les bouffées de brise qui balayent Scenic, je sens ma gorge se serrer et des larmes me venir aux yeux. J'ai le sentiment d'avoir perdu Marti deux fois. Je regarde vers le magnifique littoral, en forme de demi-lune, qui s'étend de Peeble Beach à Big Sur. Les propriétés, sur cette longue portion de grève, valent des millions de dollars. Pas de sans-abri, ici — si on oublie ceux qui vivent sous les ponts.

Combien de fois ai-je pensé aux sans-abri ? Combien de fois, à l'instar de Marti et Lydia, ai-je mis ce que je possède à la disposition de ceux qui n'ont rien ?

Marti avait si peu à elle… Un minuscule appartement à New York, qu'elle habitait les rares fois où elle n'était pas dans le tiers-monde.

Je me demande si Ned a déjà vidé et nettoyé ce studio. Si c'est le cas, il n'a pas dû y trouver grand-chose de sa sœur. Marti était de ces gens qui jettent un journal à la minute où ils ont fini de le lire et paient leurs factures à l'instant où elles atterrissent dans leur boîte aux lettres. Elle ne laissait aucun désordre s'installer et n'était guère portée sur le shopping — du moins, ces dernières années. A mesure qu'elle vieillissait, elle était devenue de moins en moins âpre au gain, probablement parce qu'elle travaillait quotidiennement au contact de gens qui possédaient très peu.

Je ne peux pas m'empêcher de me demander combien de sans-abri je pourrais nourrir, avec la BMW qui est dans le garage…

Murphy tire sur sa laisse et me ramène doucement au bercail. Je préfère l'enfermer dans le bureau, ce soir, pour éviter qu'il ne vienne se coucher au pied de mes invités avec une mine de chien affamé. Personnellement, son manège ne me gêne pas, mais cela donne toujours mauvaise conscience à Frannie.

Quand mon petit monde arrive, la table est déjà dressée et la salade prête à servir. Pas de temps à perdre avec l'apéritif : je suis en mission, aujourd'hui. Avec un peu de chance, je devrais trouver comment coincer Jeffrey dans ses magouilles immobilières et laisser le champ libre à Lydia.

Et je le coincerai aussi pour toi, Marti. Je te jure que je vais l'avoir.

14.

Frannie, Cliff et moi-même sommes assis dans la salle à manger et prenons le café, après le dîner. Je leur ai dit que je travaillais sur un roman, et que j'avais besoin d'informations sur la manière dont une escroquerie immobilière dans la Carmel Valley, telle que celle que Lydia m'a exposée, pouvait être menée à bien. Bien sûr, je n'ai mentionné aucun nom, et n'ai pas fait allusion à la Maison de Prière. Je n'ai pas précisé non plus que je suspectais Jeffrey d'avoir pesé sur les prix du terrain dans la région.

— Vous travaillez sur un roman ? s'étonne Frannie. Et le journalisme, alors ? Et votre chronique ?

Il a toujours été difficile de mentir à Frannie. Je mets en avant que, dans les circonstances actuelles, j'éprouve un besoin de changement.

— Cela arrive souvent, quand on perd quelqu'un de proche, dis-je un peu honteusement.

Elle n'a rien à opposer à cela et se met à siroter son café. Cliff, lui, entreprend d'échafauder un scénario vraisemblable tandis que je prends des notes.

— Voyons d'abord si j'ai bien compris, dit-il en passant une main dans ses cheveux blonds.

Tout en résumant ce qu'il a compris, il trace des lignes sur la nappe avec le bout de sa fourchette, comme s'il dessinait un plan.

— Votre personnage veut vendre des terres avec une plus-value d'environ trente pour cent. Au départ, quand il a acheté, il a payé le prix normal, c'est bien ça ?

— C'est ça, oui.

— Bon. D'abord, il doit convaincre l'acheteur que le prix qu'il demande est conforme au marché — même si le marché est en réalité inférieur de trente pour cent. Pour cela, il doit payer — donner des pots-de-vin, si vous préférez — un agent immobilier du coin afin que celui-ci produise devant le client un faux comparatif. Un comparatif est une étude portant sur des biens immobiliers comparables vendus récemment dans la région. Les prix devront être aussi proches que possible de celui du bien concerné. En d'autres termes, il s'agit de rassurer l'acheteur sur le prix de vente qu'on lui demande.

— D'accord, dis-je en notant.

— Mais un faux comparatif ne suffit pas, intervient Frannie.

Cliff sourit.

— Exact ! Pour manipuler la valeur d'une propriété comme vous me l'avez décrit, votre personnage devra aussi avoir dans sa poche un expert diplômé, qui expertisera la propriété en se basant sur le faux comparatif, afin qu'une banque puisse consentir un emprunt, le cas échéant. D'ailleurs, maintenant que j'y pense, ajoute-t-il en se grattant le menton, les banques passent par leurs propres experts. Il faudrait donc que notre homme ait aussi la banque avec lui. Autrement, je ne vois pas comment le banquier pourrait justifier d'accorder un prêt immobilier d'un tel montant.

— Vous voulez dire un banquier de la région ?

Je pense aussitôt à Harry Blimm — cet ami de Jeffrey qui est aussi le président de la Seacoast Bank.

Mais Harry Blimm, cet homme qui a dansé chez moi avec ma nappe espagnole autour de la taille, pourrait-il être un escroc ? Il m'a toujours semblé parfaitement honnête et inoffensif. Pourrait-il décemment être impliqué dans les manigances de Jeffrey ?

— Un banquier de la région serait préférable, oui, me dit Cliff. Quelqu'un que notre personnage connaîtrait bien et en qui il aurait confiance.

— Votre *personnage* aurait besoin de se reposer sur beaucoup de gens, remarque Frannie.

Elle a bien insisté sur le mot « personnage », comme pour me faire comprendre qu'elle sait parfaitement de qui il s'agit. Mais elle n'en dit pas plus, et Cliff continue.

— Elle a raison, approuve-t-il. Pour mettre toutes ces personnes dans la confidence, il faudrait qu'il ait bien plus qu'une seule propriété à vendre. D'un autre côté, en intéressant aux profits à la fois l'agent immobilier, l'expert et le banquier, il pourrait faire en sorte que la fraude reste dans la famille, si je peux dire. Tout ce petit monde aurait violé la loi, et personne n'aurait intérêt à parler.

— En puisqu'on parle de loi, est-ce qu'on ne tombe pas sous le coup de la fraude bancaire, avec cette histoire ? demande Frannie.

— Putôt, oui ! s'exclame Cliff. C'est la raison pour laquelle je vous ai dit que votre personnage devrait être à la tête d'un gros ensemble immobilier. Au moins plusieurs centaines d'hectares. Quelque chose qui lui rapporterait une somme colossale.

— Et le plus beau, dans tout ça, dis-je, c'est qu'après l'escroquerie de départ — c'est-à-dire après que mon personnage aurait revendu trois ou quatre propriétés avec une plus-value de... mettons, trente pour cent —, ces prix surévalués deviendraient vraiment ceux du marché dans la région...

— En tout cas, pour un temps, oui. Il pourrait vendre aux promoteurs à un prix supérieur d'au moins trente pour cent au prix de base. En toute légalité.

— Et personne, pas même d'autres agents immobiliers, ne se douterait de rien ?

— Les professionnels de la région soupçonneraient forcément quelque chose, car les prix ne font jamais une pareille grimpette en si peu de temps.

Cliff marque une pause pour avaler une gorgée de café.

— Mais je ne pense pas qu'il y aurait beaucoup d'agents immobiliers pour se plaindre, si l'on considère que leurs commissions sont basées sur le prix des biens qu'ils vendent. Si l'escroquerie faisait monter tous les prix de la région, eux aussi seraient gagnants. Pourquoi s'élèveraient-ils contre une telle aubaine ?

Il hausse les épaules, visiblement mal à l'aise.

— Comprenez-moi bien : je ne dis pas que les autres agents immobiliers seraient nécessairement au courant de la tricherie, ou, même, qu'ils l'auraient comprise. Simplement, ils ne seraient pas mécontents des conséquences. Même les habitants de longue date de la Carmel Valley y trouveraient leur bonheur. La valeur de leur maison ferait un sacré bond vers le haut.

Il se tourne vers Frannie.

— Les quatre cocos d'Abby pourraient amasser un trésor royal et se retirer des affaires. Ma foi, ça ne serait pas pour me déplaire, à moi ! Pauvre au réveil, et riche au coucher du soleil !

— Ne regarde surtout pas par la fenêtre, lui dit Frannie, mais je crois que le soleil s'est couché depuis un moment.

Il fait la grimace, et elle lui tire la langue.

Je m'adresse de nouveau à Cliff.

— Avez-vous déjà entendu parler d'une escroquerie comparable dans la Carmel Valley ?

— Pas ici, non. Vous savez, je viens tout juste de quitter San Francisco, j'arrive dans la région. En revanche, j'ai entendu parler d'affaires semblables dans d'autres coins. Des manipulations de prix avec de faux comparatifs.

Il jette un regard circulaire dans la pièce et tente vainement de discerner l'océan à travers la nuit noire.

— Cet endroit est vraiment incroyable, Abby ! Vous êtes sûre que vous ne voulez pas vendre ? Vu le prix auquel vous avez dû acheter cette maison, je vous garantis que vous réaliseriez une jolie plus-value.

— Disons que je vais vous faire une promesse, lui dis-je. Quand je serai prête, si cela vient un jour, vous serez la première personne que j'appellerai.

Ce soir, le petit ami de Frannie a grandi dans mon estime.

Il soupire, et je comprends qu'il espérait plus qu'un simple dîner, en venant ici. Ses attentes viennent de voler en éclats. Ce qui ne l'empêchera pas, comme tout vendeur qui se respecte, de revenir à la charge, j'en suis certaine.

Il se tourne vers moi et me dit :

— Encore une chose, à propos de votre histoire d'escroquerie.

— Quoi donc ?

— Si vous voulez que votre roman soit crédible, il faut songer que la magouille en question ne peut pas durer dans le temps. Environ un an après la première manipulation de prix, les comparatifs des propriétés environnantes vont forcément baisser, pour regagner un niveau de marché plus naturel. Votre escroc doit donc trouver un promoteur *très* rapidement, avant que les prix chutent.

— Je vois. Et si quelqu'un se met en travers de son chemin, et l'empêche de ramasser la mise ? Quelqu'un qui a compris ce qui se passe et qui menace de tout révéler ?

Cliff sourit.

— Tout dépend du genre d'histoire que vous écrivez. Si c'est un roman policier, et que votre personnage est très gourmand, il cherchera à liquider la personne en question.

15.

Depuis l'enterrement de Marti, je vis dans un état de tension permanente, comme sous perfusion d'adrénaline. Et voilà qu'à la minute même où Cliff et Frannie me quittent, tout mon semblant de force semble m'abandonner d'un seul coup. Je laisse la cuisine en désordre, éteins les lumières du rez-de-chaussée et monte me coucher, Murphy à mon côté.

Ma nuit est agitée. Dans mes rêves, Mauro et Hillars, Jeffrey et les Ryan, Lydia Greyson et sœur Helen sont tous réunis devant une grosse marmite, au fond de laquelle se débattent Justin et Marti. « Justin a été enlevé, espèce d'idiot ! » beugle Mauro. Ce à quoi Jeffrey, un acte de fidéicommis à la main, répond avec un aplomb imperturbable : « Je ne sais pas de quoi vous voulez parler. »

Quand je me réveille, plus épuisée que reposée, je ne peux m'empêcher de voir dans cet acte de fidéicommis comme un symbole de *confiance* — quoi que cette notion de confiance puisse recouvrir.

Car je ne peux nier qu'un changement s'est fait, en moi, ces derniers jours. Depuis mon voyage éclair à Rio et ma visite à la Maison de Prière, j'ai le sentiment d'avoir parcouru un immense trajet, qui relierait enfin la femme que j'étais avant mon mariage à celle que je suis aujourd'hui. Je me sens encore bien fragile et vulnérable, et je ne sais pas quels autres bouleversements m'attendent. Je commence cependant à concevoir que chaque étape à venir sera décisive. Il est grand temps que je regarde au fond de moi, et que je sache de quoi je suis faite.

Pour une raison ou pour une autre, avoir mis à jour les agissements de mon mari m'ouvre des perspectives de liberté comme je n'en avais jamais connu.

Je ressens sourdement le besoin de me préparer à ce que l'avenir proche peut me réserver. A cet effet, j'appelle Davis Bowen, avec qui je pratique de temps à autre le Shoriaji-Kempo. J'ai découvert cette variante des arts martiaux à l'époque où j'habitais San Francisco. Une amie, inquiète de me voir passer mes soirées et mes nuits à la recherche de matière pour mes articles du *Chronicle*, m'avait suggéré de prendre des cours de self-defence. Le Kempo, tout en contribuant à développer mes capacités de concentration, avait instillé en moi un sentiment de force qui rejaillissait jusque sur mon travail.

Mais après mon mariage, impossible de m'adapter aux horaires des écoles d'arts martiaux de la Péninsule : être la femme de Jeffrey constituait une occupation à plein temps. Le jour où quelqu'un m'a présenté Davis, j'ai eu comme le sentiment de rentrer à la maison après une longue absence. Je ne suis que ceinture bleue, et Davis, qui est ceinture noire, y va doucement, avec moi — une délicatesse que j'apprécie presque autant que sa conversation.

Quand je lui demande s'il peut me consacrer une petite séance, il me propose de passer le voir vers 10 heures. J'ai juste le temps de prendre une douche, d'enfiler un jean et un pull et de dévaler l'escalier.

Dans le hall, pourtant, le sentiment de quelque chose d'inhabituel m'arrête, et m'engage à procéder à une petite inspection des lieux. Je constate alors que l'ordinateur, dans mon bureau, est allumé — alors que je me rappelle très bien l'avoir éteint, aussitôt ma chronique envoyée.

Il faut dire que je travaille sous Windows 98. Et qu'une des nombreuses particularités de ce système est que si je laisse la machine en veille, elle se rallume d'elle-même et entreprend de « faire le ménage ». Au départ, j'ai eu du mal à m'y habituer. J'étais dans le salon, dans le noir, en train de regarder la télévision et, soudain, j'entendais l'ordinateur se remettre en marche. Mais personne ne s'était installé devant pour travailler, non : il agissait de son propre chef, lancé aux trousses des erreurs et des anomalies avec la détermination d'une maîtresse de maison traquant les taches et la poussière.

En général, je pense désormais à l'éteindre, plutôt que de le laisser en veille. De cette manière, il reste tranquille et je n'ai pas de surprise.

Alors, ai-je oublié cette formalité, la dernière fois que je l'ai allumé ? Suis-je retombée dans ma vieille habitude de presser simplement le bouton de veille ? C'est bien possible, car j'étais très pressée.

Je prends le temps de m'asseoir, de sélectionner « Redémarrer », puis « Eteindre », pour m'assurer que l'appareil ne reviendra pas en arrière pendant mon absence.

Murph, qui sait que je vais sortir, agite la queue devant le placard où je range ses friandises favorites. Pour la simple raison que c'est un bon chien, je lui donne aujourd'hui une double ration de biscuits. Puis j'attrape mes clés de voiture, encore sous le coup d'un vague malaise à propos de cette histoire d'ordinateur, traverse le garde-manger pour rejoindre le garage et monte dans la jeep.

Davis habite sur la colline qui domine le Mission Ranch de Clint Eastwood. Sa demeure, dotée d'un patio avec fleurs et fontaines, jouit d'un merveilleux point de vue sur les couchers de soleil. C'est justement dans le patio que je le trouve, assis à même le sol, les jambes croisées, tandis qu'une musique douce s'échappe de la maison. Selon le rituel imposé, j'entre, prends mon kimono blanc et ma ceinture bleue dans le placard de l'entrée, et je vais me changer dans la salle de bains.

De retour dans le patio, je m'assois sur un banc, à côté d'un bouddha en bronze. Je ferme les yeux et attends tranquillement que Davis ait conclu sa séance de méditation. Je me sens comme un lézard sur la roche, tandis que le soleil me réchauffe. Mes muscles et mes os s'assouplissent, et la tension qui m'habitait s'échappe par le bout de mes doigts.

Soudain, j'entends la voix de Davis.

— Ne te relaxe pas trop. J'ai bien l'intention de faire une vraie séance.

— Chut ! Je suis en pleine lévitation…

— Ah oui ? Je peux venir avec toi ?

Je souris et ouvre les yeux. Davis s'est levé ; il se rafraîchit le visage à l'une des fontaines, dont l'eau s'échappe d'un vase tenu par un ange. J'apprécie l'ouverture d'esprit de Davis, qui l'engage à s'intéresser aussi bien au bouddhisme zen qu'au catholicisme ou au protestantisme, en passant par des religions bien plus obscures.

— Prête ? demande-t-il en se livrant à quelques étirements.

Je l'imite et me détends les muscles.

— Aussi prête que possible !

— Tu ne m'as pas trop l'air dans ton assiette, aujourd'hui.

— Il s'est passé pas mal de choses…

— Cette femme qui a été crucifiée… C'était une de tes amies, n'est-ce pas ?

— Oui.

— C'est dur, très dur… Mais on dirait qu'il y a autre chose, non ?

— Non, pas vraiment. Si ce n'est que je ne sais plus trop à qui faire confiance, ces temps-ci…

— Ah ! murmure-t-il avec une étrange satisfaction. Abby a fait une découverte sur elle-même…

Je le dévisage avec curiosité.

— Qu'est-ce que tu veux dire ?

— Je veux dire que la question ne date pas d'hier… Il y a longtemps que tu es entourée de gens à qui tu ne peux pas faire confiance. Trop longtemps, si tu veux mon avis.

— Tu veux encore parler de Jeffrey ?

Il hausse les épaules.

— C'est à toi de te faire ton idée, Abby. Tu es quelqu'un de bien. Malgré ton apparence solide, coriace, tu aimes faire confiance aux gens. Ce qui leur donne toute latitude pour abuser de toi.

— Oui, eh bien, ça, c'est terminé, maintenant !

Je me mets en position et nous nous saluons.

— Tu en es sûre ?

En deux secondes, l'expression de Davis change du tout au tout. D'amicale, elle devient hostile. Il me saute dessus et tente de m'immobiliser en me plaquant les bras sur les flancs. Instinctivement, je forme un « bec d'aigle » en joignant les deux mains, et je lui balance un coup dans la cage thoracique.

Je passe ensuite les bras sous les siens et lui décoche un coup de poing inversé dans les côtes flottantes. Puis mon pied droit se positionne vers l'arrière, à 6 heures, mon genou gauche part à la rencontre de son entrejambe, et dans le même temps que j'enserre sa nuque et prends appui sur la jambe droite, je fais venir sa tête à la rencontre du genou opposé.

Quand j'en ai fini, mon adversaire est abasourdi et il a du mal à respirer. Non qu'il soit blessé — la plupart de mes mouvements n'ont pas été vraiment portés, comme il se doit, et nous sommes tous deux équipés de protections.

— Bon sang, Abby, tu m'as surclassé ! me lance Davis tandis que nous nous écartons l'un de l'autre.

Assez contente de moi, je hoche la tête.

— Oui, et j'aurais pu faire de gros dégâts ! Je t'ai eu, pas vrai ? En fait, je t'ai un peu pris au dépourvu, je le reconnais…

— Voilà ce qui arrive, quand on croit connaître quelqu'un et qu'on n'est pas sur ses gardes, déclare-t-il en souriant.

Son expression se fait plus grave tandis qu'il ajoute :

— Tâche de te souvenir de ça, Abby.

Après la séance, je prends une douche, me rhabille, et passe me servir un jus d'orange dans la cuisine. Davis est toujours dans le patio, au téléphone. Le Kempo m'a remis les idées en place et, sous la douche, un vieil adage sur le journalisme m'est revenu. « L'important, c'est de faire de la lumière dans les coins sombres. »

Or, il y a bien trop de coins sombres dans tout ce fouillis — et je décide d'y remédier sans attendre. Je sors un carnet et un stylo de mon sac et commence à écrire :

1) Se renseigner sur Tommy Lawrence, découvrir ce qu'il manigance. Il en sait bien plus long qu'il ne dit.

2) Appeler Mauro, Ben et Karen, pour savoir si Jeffrey a refait surface.

3) Rendre visite à Harry Blimm, président de la Seacoast Bank de Carmel.

Si le scénario suggéré par Cliff est tant soit peu proche de la vérité, je pense qu'Harry peut savoir où Jeffrey se cache. Mon idée, c'est que lui et Rick-le-chaud-lapin — si l'on songe à la manière dont il s'est refroidi quand il a découvert de qui j'étais l'épouse — pourraient très bien être les complices de mon mari dans sa magouille immobilière.

Et si Harry est innocent, il pourra au moins, peut-être, m'aider à retrouver Jeffrey et à l'épingler. Auquel cas je pourrai non seulement sauver la Maison de Prière, mais aussi le forcer à me communiquer les informations qu'il est susceptible de détenir sur Justin.

A partir de là, je ne sais pas trop ce qui arrivera. Je décide de coucher sur le papier le peu de renseignements dont je dispose, avec l'espoir qu'ils ouvriront de nouvelles perspectives :

1) Justin a été enlevé par une ou plusieurs personnes, inconnues, pour une raison que nous ignorons toujours.

2) Marti est allée demander son aide au président Chase — ce qui pourrait laisser penser que celui-ci est le père de Justin.

3) Chase a chargé Jeffrey, son bras droit (qui se trouve habiter sur les lieux mêmes du drame), de mener une enquête aussi discrète que possible pour retrouver Justin.

4) Jeffrey a décidé de son côté de faire mine de mener cette enquête, alors qu'en réalité il a tout fait pour étouffer la dis-

parition de Justin — de peur, probablement, que l'identité du père de Justin ne finisse par surgir au grand jour et ne ternisse l'image de Chase.

Ce qui me conduit à envisager une autre hypothèse, selon laquelle le président Chase aurait lui-même demandé à Jeffrey de garder le secret autour de la disparition de Justin — et donc de l'identité du père de l'enfant.

Une possibilité qui, de toute façon, ne change rien au résultat : à la fin, pas d'enquête officielle, pas d'effort véritable pour retrouver le fils de Marti.

Je sais maintenant que mon mari est un escroc. Mais est-il diabolique au point de laisser un garçon de quinze ans aux mains d'un ravisseur — un monstre qui menace des parents de leur envoyer la tête de leur fils si jamais ils prennent contact avec les autorités ?

Et pourquoi n'y a-t-il eu aucune demande de rançon ?

Et plus encore : Jeffrey est-il diabolique au point d'avoir tué Marti simplement pour s'assurer de son silence sur l'escroquerie immobilière de la Carmel Valley ?

Dernier point sur ma liste : parler à Mauro et Hillars. Leur dire que je sais maintenant précisément pourquoi ils sont sur l'affaire — et pourquoi les Services secrets en particulier en ont après Jeffrey.

Au moment où je rentre chez moi, le téléphone est en train de sonner.

— Salut ! lance Ben quand je décroche. Où étais-tu passée ?

— Oh ! ici et là, dis-je un peu froidement, agacée qu'il me pose cette question alors que je lui ai laissé je ne sais combien de messages au cours des derniers jours.

— J'ai rencontré sœur Helen, hier, m'annonce-t-il. Dans cet endroit qui s'appelle la Maison de Prière.

— Vraiment ?

J'ai envie de lui dire que j'y ai aperçu sa voiture, mais je m'abstiens.

— Est-ce que tu as eu l'occasion de lui parler ? me demande Ben.

— Non.

Ce qui est la pure vérité.

Un silence se fait. Il sait très bien que je me trouvais là-bas. Alors, pourquoi ne pas le dire, tout simplement ?

Je lui demande :

— Que t'a-t-elle dit ?

— Pas grand-chose. Je l'ai trouvée assez nerveuse.

— C'est l'effet qu'une visite de la police produit parfois sur les gens.

— Tu es bizarre, ce matin…

— On se demande bien pourquoi !

Ben laisse échapper un soupir.

— Elle t'a dit que j'étais passé ?

— Non. Je t'ai dit que je ne lui ai pas parlé.

— Dans ce cas, pourquoi…

— On laisse tomber ça, d'accord ? Qu'est-ce qu'elle t'a dit ?

— Simplement qu'elle ne savait rien au sujet de Marti ou Justin. Elle m'a affirmé qu'elle n'avait pas vu Marti depuis longtemps, et qu'elle ignorait que celle-ci avait eu un fils.

Ce qui est un mensonge éhonté. Les Ryan m'ont confié eux-mêmes qu'elle venait régulièrement rendre visite à Justin. A l'évidence, l'impénétrable sœur Helen garde beaucoup de choses pour elle. Mais pour quelle raison ?

— J'ai essayé de t'appeler, hier, me dit Ben.

— Je n'ai pas trouvé de message.

— Je n'en ai pas laissé.

Un autre silence s'installe. Je le brise en demandant :

— Des chances de retrouver Jeffrey ?

— Pas la moindre.

— Je vois.

Je l'entends maugréer. Pour un peu, on dirait une conversation téléphonique entre Ben et Arnie.

— Tu t'es bien amusée, à Rio ? me demande-t-il.

— Si on veut, oui.

Evidemment, je suis surprise de constater qu'il sait tout ou presque de mes allées et venues. Je n'en laisse rien paraître, toutefois. Pas plus que je ne lui révèle que j'ai retrouvé les Ryan — j'ai toujours à l'esprit ce que m'a dit Tommy : que Ben serait incapable de garder pour lui toute information à caractère professionnel. Il se trouve que c'est une opinion à laquelle j'adhère. Et je ne tiens pas à ce que la *task force* du Comté, pas plus que les Services secrets, s'abattent sur ces pauvres Ryan au moment même où ils rentrent chez eux.

— Bon, je crois que je vais te laisser, dis-je. J'ai des tonnes de courses à faire.

— O.K.

— On se rappelle ?

— On se rappelle.

Chacun attend que l'autre raccroche. Pauvre satisfaction à ce petit jeu : c'est finalement moi qui m'y colle.

« Harry Wilkins Blimm », indique la plaque fixée sur la porte acajou. Je pousse la porte en question et me retrouve face à une assistante interloquée. La jeune femme, nouvellement employée, ne me connaît pas, et mon vieux jean ne plaide sûrement pas en faveur de ma respectabilité.

— Un instant, s'il vous plaît ! lance-t-elle en bondissant de sa chaise. Vous avez rendez-vous ?

— Non, dis-je en me dirigeant droit sur la porte du bureau de Harry.

Contrairement à d'autres présidents de banque, il n'est pas installé face à la porte, d'où ses visiteurs seraient en mesure de le voir. Je me suis toujours demandé ce qu'il avait à cacher.

— Attendez ! s'écrie la jeune femme. Vous ne pouvez pas entrer !

Mais je suis déjà entrée. Harry, qui est en conversation téléphonique, semble aussi interloqué que son assistante.

— Je ne peux pas parler maintenant, chuchote-t-il à voix basse. Rappelle-moi.

Et il raccroche.

Je devrais suggérer à Ben de jeter un œil sur les relevés téléphoniques de ce brave Harry, notamment sur les appels entrants. Evidemment, si c'est bien Jeffrey qu'il avait à l'instant au bout du fil, il est possible que celui-ci l'ait appelé depuis son téléphone cellulaire, rendant toute localisation impossible.

Mais j'en doute. Le plus souvent, les escrocs qui se font avoir sont ceux qui, trop sûrs d'eux-mêmes, ne pensent même pas à prendre de précautions. Et s'il est une chose dont Jeffrey n'a jamais manqué, c'est bien de confiance en soi.

Je m'installe en face de Harry et je lui demande, sur le ton des mondanités :

— Alors ? Comment va-t-il ?

— Qui ? lâche-t-il en glissant un doigt sous son col de chemise.

— Jeffrey. C'est bien avec lui que vous parliez ?

Son visage joufflu s'empourpre aussitôt, du cou jusqu'au sommet du crâne. Il ouvre la bouche, mais je ne le laisse pas parler.

— Ne vous fatiguez pas, Harry. Pour un président de banque, vous ne faites pas un très bon menteur. Maintenant, écoutez-moi : je vais vous dire ce que je sais, et vous n'aurez même pas à me répondre. Contentez-vous de hocher la tête de haut en bas pour dire oui, et de la secouer de la gauche vers la droite pour dire non. De cette façon, le magnétophone que vous gardez en permanence dans votre tiroir n'enregistrera rien de compromettant. Ça va ?

Je n'attends pas de réponse.

— Bien. Pour commencer, sachez que j'ai passé hier quelques heures dans la Carmel Valley. Un joli petit endroit qui s'appelle la Maison de Prière. Vous connaissez, Harry ?

Comme il ne réagit pas, je lui lance :

— Hochez la tête, Harry. Contentez-vous de hocher la tête.

Et il hoche la tête.

— Donc, vous connaissez la Maison de Prière. Dans ce cas, vous savez certainement que Jeffrey essaye depuis un certain temps d'acheter cette propriété ?

Il acquiesce d'un nouveau mouvement de la tête.

— Et vous êtes impliqué dans sa magouille visant à faire décoller les prix de l'immobilier dans la vallée ? N'est-ce pas, Harry ?

Cette fois, il secoue la tête et se met à bégayer.

— J… je… je ne vois pas de quoi vous parlez !

Je me penche en avant et m'appuie des deux mains sur le bureau, mon visage à quelques centimètres du sien.

— Bon sang, Harry, vous ne respectez pas les règles ! J'avais précisé que vous deviez juste hocher la tête.

Il s'écarte de moi et me regarde droit dans les yeux.

— Je ne comprends pas où vous voulez en venir, Abby. Je ne suis pas et n'ai jamais été impliqué dans quelque magouille que ce soit avec Jeffrey. Notre relation est celle d'un banquier et de son client, et elle a toujours — je dis bien *toujours* — été régulière.

Se peut-il qu'il dise la vérité ? Harry n'est pas homme à faire preuve d'aplomb dans l'adversité. Chaque fois qu'il m'est arrivé de le rappeler à l'ordre, dans une soirée, parce qu'il chahutait un peu trop, je l'ai vu se liquéfier comme de la guimauve.

Je me laisse aller en arrière, contre le dossier de mon fauteuil.

— Admettons que vous ne sachiez rien des manigances de mon cher mari, lui dis-je. Admettons que je n'aie fait que me figurer des choses. Connaissez-vous Rick Stone, un agent immobilier de Carmel Valley Village ?

— Oui, bien sûr, répond-il avec prudence. Je connais la plupart des agents immobiliers de la région.

— Comme vous connaissez la plupart des experts diplômés, n'est-ce pas ?

Il se contente de hausser les épaules.

— Bien. Nous progressons. Imaginons maintenant que vous organisiez une petite rencontre entre Jeffrey, Rick Stone et l'un de ces experts. Cela ne vous serait pas trop difficile ?

— Encore faudrait-il que je souhaite le faire, souligne Harry en tendant la main vers son tiroir — sans doute pour éteindre son magnétophone.

— Dans ce cas, disons que vous souhaitez le faire, comme vous dites. Et imaginons que nos trois compères se retrouvent avec de faux comparatifs immobiliers et de fausses estimations concernant des propriétés que Jeffrey posséderait dans la vallée. Sans oublier un acheteur prêt à payer le prix fort pour la simple raison qu'il croit en l'authenticité de ces documents. Vous me suivez, Harry ?

Il ne pipe mot et je poursuis.

— Jeffrey ferait un profit conséquent sur les sommes qu'il aurait investies, et, tout naturellement, il partagerait avec ses complices. Ce serait une affaire plutôt juteuse pour mon trio imaginaire, pas vrai, Harry ?

— Je suppose, oui. Mais…

— Mais ils auraient besoin de quelqu'un d'autre. D'un banquier, Harry. Lequel serait disposé à prêter beaucoup d'argent pour une propriété dont il saurait que le vendeur l'a payée trente pour cent moins cher quelques mois auparavant. Un banquier qui serait un ami, et qui ne poserait pas de question. Qui ne chercherait pas à savoir comment un bien immobilier peut prendre une telle valeur en si peu de temps. Parce que lui aussi aurait droit à sa part du gâteau.

Le visage de Harry vire au cramoisi.

— Je vois où vous voulez en venir, Abby, déclare-t-il en se levant, la voix tendue par la colère. Et je dois vous dire que je suis profondément offensé. Sachez que jamais je ne me laisserais entraîner dans une pareille escroquerie.

— Même pas pour une belle part du gâteau, Harry ? Ce pourrait être la moitié du magot, pourquoi pas ? Vous pourriez prendre votre retraite et aller vous trémousser dans des soirées jusqu'à la fin de vos jours.

— Quand je pense que je vous croyais mon amie... J'aimerais que vous sortiez, maintenant — et sur-le-champ. Si vous ne le faites pas de votre propre gré, je serai dans l'obligation d'appeler la Sécurité.

Pour souligner ses paroles, il tend la main vers son téléphone.

— Ne vous inquiétez pas, Harry. J'ai déjà ce que j'étais venue chercher.

Je suis prête à manger mon chapeau — comme dirait ma mère — que Jeffrey sera bientôt informé de l'intégralité de cette conversation. Tout ce qu'il me reste à faire, c'est attendre qu'il vienne à moi — de la façon dont il est peut-être venu à Marti.

Etape suivante, pour laquelle je n'ai pas à aller bien loin : Tommy Lawrence.

Mais quelle n'est pas ma surprise, lorsque je le demande à la réception du La Playa, d'apprendre qu'il n'a pas de chambre à l'hôtel — et qu'il n'en a jamais eu.

Je vais me percher sur un des tabourets du bar. Jimmy-John n'est pas là, aujourd'hui, et je demande au barman de service, que je connais, s'il connaît un certain Tommy Lawrence. Le nom ne lui dit rien, aussi j'esquisse une description physique de Tommy : grand, mince, les cheveux bruns, l'allure d'un échalas.

— Ce ne serait pas celui qui pose sans arrêt des questions sur les gens du coin ? Pas mal de charme, comme bon nombre d'escrocs de la ville que je pourrais nommer ?

— C'est lui !

— Eh bien, il est venu boire quelques verres ici. Mais je ne l'ai pas vu aujourd'hui.

— Est-ce que Jimmy-John se trouve dans les parages, par hasard ?

Le barman secoue la tête.

— Il a été licencié.

— Vraiment ? Qu'est-ce qui s'est passé ?

— Le patron l'a surpris en train de divulguer des informations personnelles sur nos clients. Vous comprenez, on peut donner sa chance à quelqu'un, mais s'il est trop bête pour en profiter…

— Quand est-ce arrivé ?

— Il y a deux semaines.

Soit une bonne semaine avant que Tommy Lawrence n'arrive en ville… A moins qu'il n'ait aussi menti sur ce point, et qu'il soit à Carmel depuis plus longtemps qu'il ne veut bien le dire.

— Pour revenir à l'homme dont je vous parlais, vous l'avez vu récemment, en train de poser ses questions ?

— Ces derniers jours, oui.

— Lui avez-vous, vos collègues ou vous-même, révélé des renseignements me concernant ?

— Certainement pas moi, en tout cas. J'aime trop ce travail.

Je sors mon carnet.

— Vous pourriez me rendre un service ?

— Bien sûr.

— Lorsque vous verrez de nouveau cette personne, j'aimerais que vous lui fassiez passer un mot.

— Pas de problème.

Sur une feuille vierge de mon bloc, j'écris :

Je connais la véritable raison de ta présence ici. Abby.

Je plie la feuille, écris le nom de Tommy, et je la tends au barman qui la glisse dans une poche de sa veste d'uniforme. Après l'avoir remercié, je sors pour aller rejoindre ma jeep.

Trouver Mauro et Hillars ne me pose aucun problème. De façon assez prévisible, c'est plutôt eux qui me trouvent, d'ailleurs.

— J'imagine que mon mari ne s'est toujours pas montré, dis-je en allant me pencher à la portière de leur voiture. Des pistes ?

— Si j'avais des pistes, madame Northrup…

— … vous ne m'en diriez rien, monsieur Mauro. Vous êtes là pour m'embarquer ?

— A vrai dire, l'idée m'en avait traversé l'esprit.

— Et comment a réagi votre esprit ?

— Il m'a suggéré de vous laisser creuser encore un peu.

Hillars, assis à côté de lui, est retranché dans son habituel silence. Il a les bras croisés, et sa bouche affaissée trahit de la désapprobation. J'en conclus qu'il n'apprécie pas que son jeune partenaire se livre à des joutes verbales avec un suspect.

— Comment s'est passée votre visite chez Harry Blimm ? me demande Mauro. A toutes fins utiles, sachez que je l'ai déjà interrogé.

— Et ?

— Et nous avons le sentiment que vous faites fausse route. Toutefois…

— Oui ?

— Avez-vous découvert quoi que ce soit qui pourrait nous servir, madame Northrup ?

— A toutes fins utiles, apprenez que si c'était le cas, je ne vous en dirais rien, monsieur Mauro. Mais j'ai avancé sur un point : je sais maintenant pourquoi vous recherchez mon mari.

Dans la soirée, installée dans le salon en compagnie de Murphy, je sirote une tasse de café et j'attends. J'ai fermé tous les rideaux, une façon de faire la nique à tous ces films stupides dans lesquels l'héroïne, traquée par un tueur, court dans sa maison en verrouillant toutes les portes l'une après l'autre sans se soucier de tirer les rideaux. Dehors, il fait noir comme dans un four, et n'importe qui peut voir l'intérieur de la maison. Ce à quoi notre héroïne ne pense pas une seconde : elle fait allègrement le tour des pièces et en allume toutes les lumières.

Les nuits sont particulièrement sombres, à Carmel, car aucun éclairage urbain n'est autorisé dans le village, de même qu'il n'y a pas de numéro sur les maisons — un retour vers le temps où les artistes et acteurs bohèmes venaient se réfugier ici pour échapper à la frénésie des médias et du public.

Je jette un coup d'œil à ma montre. 19 h 20. J'ai enquiquiné quelques personnes bien choisies, aujourd'hui, et je me demande combien de temps cela prendra pour qu'au moins l'une d'elles daigne se manifester.

Un peu plus tôt, j'ai vu la tempête arriver du sud-ouest. Impressionnant. Comme est impressionnant le martèlement de la pluie dans le conduit de la cheminée. Je me souviens que le Pineapple Express a grondé plus d'une fois sur le Pacifique, depuis Hawaii, soulevant des toits et arrachant des arbres, sur Scenic. Par habitude, je vais vérifier que toutes les fenêtres sont bien fermées. Concernant celle de la cuisine, sur laquelle Tommy avait d'ailleurs attiré mon attention, je ne peux pas faire grand-chose. La charnière cassée, sur le châssis, la rend impossible à fermer. Je m'efforce de la pousser au maximum — comme elle n'ouvre que sur le patio, lequel est cerné par une haute clôture de bois, je ne me fais pas trop de soucis. On est à Carmel, après tout. Une petite ville relativement sûre et tranquille.

Quoique, depuis le meurtre de Marti, tout semble possible.

J'ai l'idée de disposer sur le bord de la fenêtre tous les pots et les bouteilles que je trouve — ketchup, mayonnaise, sauce tomate, vin... Au moins, si quelqu'un essaie d'entrer par là, je serai alertée par le bruit.

Je retourne dans le salon et m'assois à côté de Murphy. Il est maintenant plus de 20 heures, et personne ne s'est montré. J'attendais Jeffrey, ou Tommy — peut-être même Harry Blimm. Me serais-je trompée sur toute la ligne ?

Quand la sonnette de la porte retentit soudain, je fais un bond sur le canapé.

J'allume la lumière du porche et essaie de distinguer la silhouette sombre et indistincte de mon visiteur, à travers le verre trempé de la vitre qui jouxte la porte. Une silhouette pas assez haute pour qu'il s'agisse de Tommy ou de Jeffrey, et pas assez ample pour que ce soit Harry. Dans ce cas, qui diable ai-je pu appâter ?

Je me décide à ouvrir. Vêtue d'un imperméable noir, un châle noué sur la tête, sœur Helen se tient sur le seuil.

16.

J'ouvre la porte en grand et tire presque à l'intérieur celle qui fut mon professeur et ma marraine, au couvent.

— Mon Dieu, mais vous êtes trempée, ma sœur ! Laissez-moi prendre cc châle.

Elle paraît hébétée, incapable de rien voir ni sentir — tout juste si elle se rend compte que je la débarrasse du vêtement. Sœur Pauline a fait allusion à de l'arthrite : la pluie, le trajet depuis la Maison de Prière ont dû provoquer une crise.

Je suspends le châle à un portemanteau et lui demande :

— Comment êtes-vous venue jusqu'ici ? En voiture ?

Un frisson me parcourt des pieds à la tête lorsque je me retourne vers elle, sans avoir reçu de réponse. Elle est tout près de moi, à quelques centimètres à peine, les poings serrés dans un geste d'attaque. Dans son regard fiévreux luit une lueur hallucinée.

— Pourquoi a-t-il fallu que tu t'en mêles ? murmure-t-elle d'une voix rauque. Pourquoi n'es-tu pas restée en dehors de tout ça ?

— De quoi parlez-vous ? lui dis-je. De quoi n'aurais-je pas dû me mêler ?

— De tout ! lâche-t-elle entre ses dents.

Elle fait un pas vers moi tandis que je recule, et elle ajoute :

— Tu ne crois pas que tu en as fait assez ?

Me voilà déjà acculée au mur du petit vestibule, désarmée, sans la possibilité de faire un pas de plus en arrière. L'idée d'avoir recours au Kempo m'effleure, mais je la rejette aussitôt. Une autre idée me vient, moins saugrenue : j'appelle Murph.

Dans la seconde, mon fidèle protecteur est près de moi, le poil hérissé de méfiance.

— Je ne comprends pas où vous voulez en venir, dis-je aussi calmement que possible à sœur Helen. Je m'efforce seulement de découvrir ce qui est arrivé à Marti. Et à Justin.

Au prénom de l'enfant, elle semble gagnée par une peur panique.

— Qui est là ? appelle-t-elle soudain d'une voix stridente, en direction des autres pièces. Qui est là ? Qui est-ce ?

Mais seuls la pluie et les craquements du feu dans l'âtre répondent à son cri.

— Il n'y a personne, ma sœur. Personne à part vous et moi.

— Je ne te crois pas ! Tu es quelqu'un d'abominable, d'infâme ! Presque aussi mauvaise que ton mari !

Elle se serre dans son imperméable et lâche à voix basse :

— Lui, ton Jeffrey, c'est un rejeton du démon !

Je ne reconnais pas la femme haineuse qui se tient devant moi. Et rien, dans les propos des Ryan ou des femmes de la Maison de Prière, ne m'avait prévenue de son état de santé mentale. La sœur Helen dont j'ai gardé le souvenir, *ma* sœur Helen, nous préparait des sandwichs au beurre de cacahuète, à Marti et à moi, lorsque nous devions veiller tard pour réviser un contrôle de mathématiques. Après quoi elle se campait derrière nous sans rien dire, à nous regarder travailler, et un toussotement s'élevait dès qu'elle notait une erreur dans nos cahiers. Elle ne nous donnait pas les bonnes réponses — ce qui serait allé à l'encontre de son code d'éthique —, mais elle nous mettait discrètement en garde.

A l'époque, je voyais dans cette attitude une marque indéfectible de gentillesse, chez cette femme rigide, dominée par les règles.

Où est-elle passée, cette gentillesse ?

L'explication se trouve-t-elle dans la vie qu'elle a menée depuis, parmi les sans-abri ? Ou bien y a-t-il autre chose ?

— Venez, parlons, lui dis-je doucement. Nous allons essayer de réfléchir à tout cela.

Pas à pas, je parviens à l'entraîner dans le salon. Je débarrasse des magazines qui l'encombrent le canapé le plus proche de la cheminée, où je l'invite à s'asseoir. Mais elle refuse d'un geste de la main et choisit une chaise, juste à côté. Elle s'y installe avec raideur, puis elle joint les mains sur ses cuisses et croise les chevilles, ainsi qu'on nous a appris à le faire au couvent.

Cette attitude me touche. Et pour un peu, je penserais qu'elle s'est calmée. Mais ses épaules sont trop raides, ses lèvres trop serrées. Toute sa personne s'essaie à contenir un immense tremblement.

Même Murph est mal à l'aise. De lui-même, il s'allonge aux pieds de sœur Helen, comme pour faire un rempart entre nous.

Quand je lui propose quelque chose de chaud, un thé ou un café, elle secoue la tête et me regarde fixement, les yeux plissés dans une grimace de dédain.

— J'imagine que tu me servirais dans une tasse à filet d'or ?

— Pas vraiment, dis-je en ravalant un sourire. Plutôt une vieille chope bleue. Ça irait quand même ?

— Ne fais pas la maligne avec moi, jeune fille !

Voilà qui ressemble plus à la sœur Helen que j'ai connue.

— Je n'essaie pas de faire la maligne, lui dis-je. Je suis troublée, voilà tout. Je ne sais pas pourquoi vous êtes venue ici, ma sœur. Et je sais encore moins pourquoi vous ne m'aimez plus.

C'est bête à dire mais, au moment même où je prononce ces paroles, je sens mes yeux s'emplir de larmes. Le fait que cette femme, qui a jadis préparé pour moi des sandwichs et m'a soutenue dans mes devoirs, se conduise à présent avec moi comme une ennemie m'est insupportable. J'ai déjà perdu trop de gens, ces temps-ci, trop d'amour.

— Justin aurait pu mener une vie merveilleuse, dit soudain sœur Helen d'un ton amer. Il aurait pu passer toutes ces années avec Marti. C'est comme ça que cela aurait dû se passer. Jamais elle n'aurait dû l'abandonner.

— Mais la vie de Justin a été…

— Tu ne sais rien de la vie de Justin ! m'interrompt-elle. Tu ne sais pas ce qu'il a traversé ! Et voilà que tu débarques, et que tu fourres ton nez partout…

De grosses larmes, qu'elle ne cherche pas à réprimer, commencent à ruisseler sur son visage. Spontanément, je m'agenouille devant elle et prends ses mains dans les miennes.

— Ça va aller, lui dis-je.

Je répète encore et encore ces trois mots dérisoires, tandis qu'elle sanglote.

— Ça va aller. Ça va aller…

Mais, subitement, elle me repousse avec une force que je n'aurais pu soupçonner. Murphy, dressé sur ses pattes, se rue contre ses jambes en jappant, ce dont elle semble à peine s'apercevoir.

— Rien ne va ! s'écrie-t-elle. Et rien n'ira plus jamais, maintenant !

Sa voix déraille et la voilà secouée de halètements gutturaux, tout à coup, tandis que son visage, en quelques secondes, a viré au gris. Elle porte les mains à son cou comme si elle suffoquait, manifestement victime d'un malaise cardiaque.

Je me lève et tente de l'allonger sur le canapé, mais elle résiste et me repousse de nouveau avec cette force herculéenne, puisée à je ne sais quelle sourde détermination.

— Ecarte-toi de moi ! s'écrie-t-elle. Eloigne-toi !

Elle fouille dans sa poche et en extrait un inhalateur, qu'elle presse désespérément contre son visage. Sa respiration s'amorce difficilement d'abord, puis enfin son souffle devient plus ample et régulier. Au bout de quelques instants, son visage reprend ses couleurs naturelles.

Il ne s'agissait pas, Dieu soit loué, d'un problème cardiaque. Il me revient, à présent, que sœur Helen souffre de crises d'asthme.

— Asseyez-vous, ma sœur, dis-je avec fermeté.

J'insiste, cette fois, et l'entraîne tant bien que mal vers le canapé.

— Voilà, restez tranquille, maintenant. Je vais vous faire du thé. Et ne discutez pas, nom d'une pipe !

Le regard qu'elle me jette est impénétrable. Colère ? Peur ? Je me précipite dans la cuisine sans approfondir la question. Je mets la bouilloire sur le feu et sors du placard des crackers, ainsi qu'un pot de beurre de cacahuète. C'est moi qui joue les mères nourricières pour mon vieux professeur, ce soir.

Quand l'eau est chaude, j'en ébouillante un sachet de thé au jasmin, puis j'emporte le tout dans le salon sur un plateau.

— Ma sœur, je veux que vous me buviez ça jusqu'à la dernière…

Mais je parle dans le vide. Sœur Helen n'est plus là.

Je dépose le plateau sur la table basse et me précipite dans l'entrée, où je constate que son châle a disparu. J'ouvre la porte à la volée, décidée à la rattraper avant qu'elle ne rejoigne sa voiture. Mais le vent et la pluie me repoussent comme un seul homme — et, de toute façon, il n'y a pas de voiture. Rien que ces stupides guirlandes électriques qui s'allument à la tombée de la nuit. Elles ont un air si pathétique, à s'agiter comme elles le font dans la tempête, que je presse l'interrupteur et les renvoie au néant.

Comme sœur Helen.

Comme Marti et Justin.

Et même Jeffrey, maintenant.

Tous renvoyés au néant.

A ce rythme-là, je me retrouverai très bientôt seule sur une planète sans orbite, à dériver vers un immense trou noir qui finira par m'engloutir…

Un scénario catastrophe presque préférable à ce que je dois affronter aujourd'hui.

Et pourtant non ! Comme souvent, j'ai pensé trop vite. S'il y a quelque chose que je devrais savoir, désormais, c'est que la situation peut toujours être pire.

Quand je retourne dans le salon, une impression me cueille à froid, que je ne peux définir. L'impression d'un changement, léger mais indéniable.

Mais de quel « changement » peut-il s'agir ?

Je fais lentement le tour de la pièce, et ne le remarque pas tout de suite. Mais *quelque chose*, sur le manteau de la cheminée, attire irrésistiblement mon regard. Sœur Helen m'a laissé un cadeau. Une photographie, mêlée à celles que j'ai accumulées au fil des années.

Sur ce cliché d'un Polaroid, on voit Justin. Son visage, très pâle, est baissé contre sa poitrine. Il est bâillonné et ligoté à une chaise.

Je tremble à tel point qu'il m'est presque impossible de saisir la photo. Je l'approche enfin de mes yeux et m'efforce de déchiffrer ce qui est inscrit en bas, sur le cadre de papier blanc.

Tu vois ce que tu as fait ?

Sans erreur possible, j'identifie les pattes de mouche de mon ancien professeur.

17.

C'est une folle. Une vieille folle. Je n'ai rien fait.

Voilà tout d'abord ce que je me dis.

Et puis, d'autres pensées prennent le relais. Est-il vivant ? Justin est-il vivant ?

Impossible d'en juger, sur la photographie. Sa tête est baissée. Ses yeux fermés.

Seigneur ! Où peut-il être en ce moment ?

Et que lui ont-ils fait ?

Et surtout, comment sœur Helen se trouve-t-elle en possession de ce cliché ? Le lui a-t-on envoyé ? Et qui, dans ce cas ? Et pourquoi ?

Je m'assois, la photo posée sur mes genoux, incapable de pleurer. J'ai peur, tellement peur… Je me balance d'avant en arrière. En moi, une voix crie de douleur et de rage.

Est-il trop tard ? Puis-je encore faire quelque chose ?

Cette fois, je n'obtiens aucune réponse de Marti. Ni le moindre mot du Dieu à qui je m'adressais dans mon enfance. J'ai le sentiment d'une vaste conspiration, qui nous aurait imposé ce monde plein de souffrance et de chagrin.

Je ne sais pas quoi faire. Je ne sais pas vers qui me tourner. Faut-il aller montrer la photo à Mauro et Hillars ? A Ben ?

Ils voudront en connaître la provenance, évidemment. Ils iront voir sœur Helen, ils l'accableront de questions. Ils l'amèneront à avouer que… que quoi, au juste ?

Quel est exactement le rôle de sœur Helen dans toute cette histoire ?

Finalement, la voix de Marti se fait entendre, tout bas.

Eclaire les coins sombres.

Cela semble l'unique chose à faire, en effet. La situation exige plus de lumière — et je dois la quérir sans tarder. Si Justin est vivant, s'il y a la moindre chance qu'il le soit, chaque minute compte.

A bord du Frelon Vert, je brave la tempête pour rejoindre le bureau de Sol, notre avocat, qui a accepté de me rencontrer. Il est presque 22 heures, et les rues de Carmel sont désertes. Je ne fais plus guère confiance à mon téléphone, aussi je soupçonne fortement Mauro et Hillars d'être sur mes traces.

Mais, pour une fois, le tandem des Services secrets est invisible. J'imagine qu'il leur arrive de dormir, à eux aussi, de manger, de prendre le temps de boire une bière dans un bar.

Le bureau de Sol est situé dans une petite cour entourée de boutiques et d'un restaurant. Ma voiture garée, je franchis une arcade et longe une allée de brique bordée de jardinières, pleines d'eau de pluie. Les fleurs détrempées, penchées dans une posture de vaincu, m'évoquent sœur Helen… A-t-elle pu rejoindre la Maison de Prière sans encombre ? Demain, et bien que cette perspective ne m'emballe pas, je sais que je devrai aller lui parler.

Sol m'accueille à la porte de son petit bureau — une annexe des locaux, bien plus grands, qu'il possède à Monterey.

— J'aurais pu venir chez vous, me dit-il.

— J'ai pensé que ce serait mieux que nous nous voyions ici. Plus privé.

Il me montre un fauteuil, près de la cheminée, et me propose un café, que j'accepte avec gratitude. Je me lance sans attendre dans le vif du sujet.

— Sol, vous vous souvenez quand vous avez organisé cette adoption pour Marti, avec les Ryan, sur Pacific Grove ?

— Bien sûr. C'était il y a… attendez… au moins quatorze ou quinze ans, c'est ça ?

— Oui, c'est ça. J'aimerais que vous me rafraîchissiez un peu la mémoire. Comment aviez-vous connu les Ryan ?

— Je crois vous l'avoir expliqué, à l'époque. Paul Ryan était avocat, lui aussi. Un jour, dans un cocktail, il m'a confié que sa femme et lui avaient l'intention d'adopter un enfant, ce en quoi ils rencontraient quelques difficultés. Non que leur dossier fût mal engagé, mais à cause d'une « pénurie » d'enfants, si on peut dire. Il n'était pas dans mes habitudes de traiter les affaires d'adoption, cependant je lui ai promis de voir ce que je pourrais faire. Quelques mois plus tard, vous m'avez dit que votre amie cherchait une famille d'accueil pour son fils. J'ai tout de suite pensé aux Ryan.

Sol me lance un coup d'œil plein de sagacité, et il me demande :

— Pourquoi cette question, Abby ?

— J'aimerais savoir si… si vous n'auriez pas remarqué l'absence de Paul Ryan, dernièrement ? Comme s'il avait cessé toute activité ?

— Maintenant que vous me le dites, je crois avoir entendu qu'il avait pris une année sabbatique pour partir en France, en effet. Pourquoi ?

— Oh, je ne suis pas sûre… Je n'en suis qu'au stade des hypothèses.

J'ignore pourquoi je me montre aussi prudente avec Sol. Peut-être le sentiment qu'il me cache quelque chose ?

— Avez-vous eu des nouvelles de Jeffrey ? me demande-t-il.

— Aucune. Et vous ?

— Pas un mot. Je suis inquiet, Abby. Cela ne lui ressemble pas, de s'enfuir ainsi. Il est plutôt du genre à croire qu'il pourra se sortir de n'importe quelle situation en bluffant.

— Tout à fait d'accord, d'autant qu'il n'a toujours pas été accusé de quoi que ce soit. Avez-vous une idée de la raison pour laquelle les Services secrets le recherchent ? Une raison suffisante pour qu'ils lancent un mandat d'arrêt contre lui ? Ont-ils découvert un élément qui relie Jeffrey à la mort de Marti ?

— Si c'est le cas, ils ne m'en ont rien dit, avoue Sol, dépité. Ils voulaient l'interroger, et il a pris la fuite : à leurs yeux, cela suffit amplement à en faire un suspect. De plus, j'imagine qu'ils n'ont pas apprécié de le voir leur filer entre les doigts, comme ça. Ils se sentent ridiculisés, alors ils sortent l'artillerie lourde.

— Ou alors, c'est autre chose, dis-je, toujours à la pêche.

Sol pose ses mains l'une sur l'autre et me regarde droit dans les yeux.

— Allez-y, Abby, racontez-moi tout. Qu'est-ce qui se passe ?

Je ferais aussi bien de jouer franc-jeu — car, à l'évidence, mon poisson ne mord pas à l'hameçon.

— Un endroit qui s'appelle la Maison de Prière. Vous en avez déjà entendu parler, Sol ?

Sa réaction n'est pas du tout celle que j'avais espérée. Il semble sincèrement perplexe.

— Oui, ça me dit quelque chose. C'est dans la Carmel Valley, non ?

— Exact. Est-ce que, par hasard, vous auriez intenté une action en justice contre la Maison de Prière, pour le compte de Jeffrey, dans le but plus ou moins avoué de mener ces gens à la faillite ?

— Certainement pas ! répond Sol avec fermeté. Et de quel genre d'action s'agirait-il ?

— Une histoire d'empoisonnement alimentaire. Ce qui les oblige aujourd'hui à réaménager l'endroit de fond en comble, pour des sommes considérables. Assez considérables pour que toutes les femmes qui vivent là perdent leur toit. Cela permettrait du même coup à Jeffrey de s'emparer de la propriété — ce à quoi il s'escrime depuis un bon moment, déjà, à ce que j'ai entendu dire.

— Je peux vous jurer, Abby, que je découvre cette affaire. Si Jeffrey est bien derrière, il a utilisé les services d'un autre avocat.

— C'est ce que je pensais, Sol. Un avocat comme Paul Ryan, par exemple… Vous savez ce qui se passe, entre Jeffrey et Paul Ryan ?

Sol reste un instant silencieux, puis détourne la tête.

— Sol ! Est-ce que vous me cacheriez quelque chose ?

Il prend une profonde inspiration et se cale contre le dossier de son fauteuil.

— J'avais l'intention de vous en parler, dit-il enfin. Cette histoire me turlupine depuis un bon moment, Abby. Vous savez, ma position n'est pas franchement confortable. Etre à la fois votre avocat et celui de Jeffrey, c'est un peu comme marcher sur une corde raide.

— Je m'en doute, Sol. Et je vous ai toujours été reconnaissante pour la manière dont vous avez géré mes intérêts.

— Eh bien… je ne suis pas certain que votre gratitude soit méritée. Plus vraiment.

— Et si vous en veniez au fait, Sol ?

— J'aurais préféré me couper les bras plutôt que de vous en parler. Mais il faut que vous soyez au courant, Abby. Il y a environ six mois, lorsque vous avez tous deux commencé à parler de divorce, Jeffrey a loué les services d'un détective privé. En l'espace de trois semaines, le privé vous a suivie plusieurs fois chez les Ryan. Il a ajouté deux et deux, et il a obtenu cinq : il s'est imaginé que vous aviez eu une aventure avec Paul Ryan, et que vous rôdiez autour de chez lui à la manière d'une maîtresse qui s'est fait plaquer. Il a pris des photos de vous en train d'attendre dans votre voiture, près de la maison, et il a apporté ces « preuves » à Jeffrey. Lequel est venu me voir, décidé à utiliser ces photos le jour du divorce.

Les révélations de Sol me laissent un instant sans voix. Je finis par m'indigner :

— Jeffrey m'a fait suivre ? Ce n'est quand même pas moi qui me suis mise en ménage avec Karen !

— Je suis désolé. C'est une sale histoire, et j'ai bien dit à Jeffrey qu'il ne devait pas compter sur moi pour le représenter.

En revanche, je ferai mon possible pour vous aider, Abby. Mais vous le connaissez aussi bien que moi, vous savez combien il est inflexible. Il veut la maison et tout ce qui se trouve à l'intérieur. Par-dessus tout, il veut vous atteindre. Il est résolu à vous laisser sans un dollar en poche.

— Mais il ne peut pas faire ça…

— Il fera tout pour, je peux vous l'assurer. C'est la raison pour laquelle il vous a demandé de le laisser habiter à Windhaven. La jouissance est fondamentale, aux yeux de la loi, et même avec le régime de la communauté de biens, il est préférable qu'aucune des parties n'« abandonne » le domicile conjugal.

— L'ordure… Il voulait m'arnaquer sur toute la ligne, et, à côté de ça, il se conduisait presque de manière agréable !

— Je pense que son avocat lui a conseillé d'adopter un comportement « mesuré », au moins jusqu'au lendemain des élections. A ce moment-là, Jeffrey pourra se permettre les coups les plus bas sans craindre pour sa carrière ou pour la position de Chase.

Je me lève et commence à arpenter le bureau.

— Attendez une minute. Vous voulez dire que Jeffrey croit toujours que j'ai — ou que j'ai eu — une aventure avec Paul Ryan ?

Sol laisse échapper un soupir.

— J'ai une bonne et une mauvaise nouvelle.

Je m'immobilise d'un bloc, et je le regarde dans les yeux.

— Allez-y. Et commencez par celle que vous voulez.

— La bonne nouvelle, c'est qu'il n'y croit plus. Et la mauvaise, c'est qu'il n'y croit plus.

— Ce qui signifie ?

— Que, pour le calmer, j'ai dû lui expliquer la raison pour laquelle vous rôdiez si souvent autour de la maison des Ryan.

Il me faut un moment pour saisir ce qu'il vient de dire. Et lorsque enfin je comprends, un violent tremblement m'agite.

— Oh ! mon Dieu, Sol ! Vous ne lui avez rien dit sur Justin ?

— Je suis vraiment désolé, Abby. Mais j'ai pensé que j'agissais au mieux de vos intérêts. Je croyais qu'en lui révélant que les Ryan avaient adopté le fils de Marti Bright, et que vous vous sentiez obligée de veiller sur lui à distance, Jeffrey comprendrait que vous n'aviez pas d'aventure avec Paul Ryan. Je me disais qu'il mettrait fin à sa vendetta contre vous.

— Et alors ?

— Le problème, c'est que, juste après cela, vous avez commencé à fréquenter Ben Schaeffer. Il semble que Jeffrey ait fait un transfert. Sa colère s'est déplacée de votre aventure supposée à la véritable.

Je reviens à mon fauteuil et me laisse littéralement tomber dedans. Sol a l'air tout triste.

— Encore une fois, Abby, je vous prie d'accepter mes excuses. J'aurais dû vous parler de cela plus tôt. J'attendais sans doute le bon moment.

— Il n'y a pas de meilleur moment que le présent… Jeffrey aurait donc un autre avocat, selon vous ?

Pour toute réponse, Sol hausse les épaules.

— Attendez ! lui dis-je. Vous n'allez pas me faire croire que c'est…

— Paul Ryan, si. Ryan, à ce qu'il semblerait, a passé un pacte avec le diable.

— Merde…

Soudain, je ne sais plus trop quoi penser. Une seule chose est certaine : rien de tout cela n'est de bon augure.

— Sol… Que pouvez-vous me dire à propos de Rio de Janeiro ?

Il laisse passer un court instant, et demande :

— Que voulez-vous savoir ?

— Une grande maison blanche du côté de Sao Conrado. Le pays du champagne, des rêves et du caviar…

— Je n'y suis jamais allé, répond Sol, prudemment.

— Eh bien, moi, si. Vous savez qui habite là-bas, en ce moment ?

— Non, je l'ignore. Mais comme vous connaissez l'existence de cette maison, j'imagine que je peux vous dire que c'est moi qui me suis chargé de l'achat. Jeffrey m'a expliqué qu'il comptait vous l'offrir l'année prochaine, pour votre anniversaire. Il m'a demandé de ne pas vous en parler.

Je ne peux pas m'empêcher de rire.

— Vous plaisantez ! Il vous a vraiment dit cela, alors que nous devons divorcer l'an prochain et qu'il veut me laisser sans le sou ?

Sol ouvre les bras dans un geste d'impuissance.

— Naturellement, je ne l'ai pas cru une seconde, dit-il. Mais c'est ce qu'il m'a dit, voilà tout. Entre-temps, à ce que j'ai cru comprendre, il louait cette maison.

— Vraiment ?

— C'est ce qu'il m'a dit, encore une fois… Pourquoi, Abby ? Qu'est-ce qui ne va pas ?

— Ce qui ne va pas, Sol, c'est qu'il a caché les Ryan à Sao Conrado ! Pour leur bien et pour celui de Justin, soi-disant…

Pour moi, il voulait surtout les éloigner d'ici pendant un certain temps.

Sol semble à la fois choqué et circonspect.

— Quelle raison Jeffrey aurait-il eue de vouloir éloigner les Ryan ? Et qu'entendez-vous par « le bien de Justin », Abby ?

— Bon sang, Sol, vous ignorez donc que Justin a été enlevé ?

Il bascule vers l'avant et vient s'affaisser sur son bureau avec un bruit sourd.

— Mon Dieu ! D'où sortez-vous une chose pareille ?

— Des Services secrets américains, pas moins. Et j'ai eu droit en bonus à une photo de Justin bâillonné et ligoté sur une chaise.

Le visage de Sol se fait livide et sa voix se charge d'émotion.

— Oh, Abby ! Le pauvre gamin ! Je n'ai pas lu une ligne là-dessus dans la presse, et Jeffrey ne m'en a jamais soufflé un mot… Quand est-ce arrivé ?

— Il y a trois mois. En juillet, exactement.

— Trois mois ? Mais c'est impossible. Je n'ai jamais entendu parler d'enquête…

— Eh bien, justement… Jeffrey a convaincu les Ryan de ne parler à personne de l'enlèvement, pas même à la police. Il leur a expliqué que le président Chase l'avait chargé de diriger l'enquête, et qu'il faisait office d'intermédiaire entre le FBI et eux. Puis il les a expédiés dans son petit refuge de Sao Conrado. Et jusqu'à ce jour, pour autant que je sache, personne n'a jamais cherché à retrouver Justin.

— Mais c'est épouvantable ! Pourquoi Jeffrey aurait-il fait une chose pareille ?

— Je n'en ai aucune preuve, mais je soupçonne Chase d'être le père de Justin. Pour moi, soit il a demandé à mon mari d'étouffer l'affaire pour que sa paternité ne surgisse pas au grand jour, soit c'est Jeffrey lui-même qui a pris cette décision.

Sol se frotte le front d'une main grassouillette.

— Désolé, Abby, mais j'ai un peu de mal à digérer tout cela. Accordez-moi quelques instants de réflexion, voulez-vous ?

Je lui laisse plusieurs minutes, et, pendant qu'il réfléchit, je me demande moi-même comment Jeffrey a pu cacher tout cela à son avocat — et pour quelles raisons. Craignait-il que Sol ne tente de le dissuader, s'il lui révélait ses machinations concernant les Ryan ? La vie d'un enfant étant en jeu, pensait-il que Sol, s'estimant dégagé de toute obligation de confidentialité, irait le dénoncer ?

— Il y a une chose dans tout cela qui ne tourne pas rond, me déclare enfin Sol.

— Il y en a même plusieurs, si vous voulez mon avis !

— Non, attendez, Abby. Je comprends bien que si le grand public avait appris avant les élections que Justin était le fils illégitime de Marti Bright et du Président, cela aurait pu être embarrassant. Les médias auraient sauté sur l'affaire avec d'autant plus d'empressement que le gosse avait été enlevé. Mais la liaison entre Chase et Marti, si tant est qu'il y ait eu relation, remonte forcément à plus de quinze ans. Il n'était pas président, alors, et jamais il n'a eu à répondre de sa paternité. Si j'ai bien compris, Marti n'a jamais révélé à qui que ce soit le nom du père de l'enfant, n'est-ce pas ?

— A ma connaissance, non.

— Le fait que Chase soit le père n'est donc qu'une supposition de votre part ?

— Oui. Mais une supposition assez probable, vous ne trouvez pas ? Marti était enceinte de six mois quand elle est allée se cacher dans une cabane du Maine, laquelle lui avait été prêtée par un « ami ». Or, Chase possède justement une cabane dans le Maine. Cette année-là, Marti a voyagé avec lui. Bien plus, quand Marti a appris que Justin avait été enlevé, Chase est la première personne qu'elle ait appelée pour trouver de l'aide.

— En surface, je vous concède que cela semble assez plausible. Ajoutez à cela le fait que Jeffrey a caché l'enlèvement, et qu'il a même complètement étouffé l'enquête, juste avant les élections… Cela pourrait coller, oui. Mais il y a sûrement autre chose, Abby. Chase est au plus haut, dans les sondages — bien plus haut que Clinton, à l'époque de ses déboires extraconjugaux. Je ne pense pas que le public serait bouleversé outre mesure en apprenant qu'il a un enfant illégitime. Surtout si Chase n'en a jamais connu l'existence et ne l'a jamais renié.

— Je ne sais pas, Sol. Chase n'est pas n'importe qui. C'est une espèce de « M. Propre », quand même…

— J'en sais assez sur la politique pour vous dire qu'il pourrait aisément surmonter une affaire de ce genre, d'une manière ou d'une autre. Non, il y a autre chose. Ça ne fait pas l'ombre d'un doute.

Je laisse échapper un soupir.

— Pour vous dire la vérité, Sol, je me fiche pas mal de ce que Jeffrey ou Chase ont pu faire, et pourquoi. Le plus important, à mes yeux, est de retrouver Justin. A moins que…

— A moins qu'il ne soit trop tard, termine Sol.

— Oui. Mais là encore, je dois le savoir.

— Je ferai tout ce qui est en mon pouvoir pour vous aider, Abby. De quoi avez-vous besoin ?

Je prends dans mon sac la photographie de Justin.

— Vous avez un ami qui est photographe pour la police de San Francisco. J'aimerais qu'il agrandisse ce cliché et qu'il me dise ce qu'il peut tirer du fond. L'endroit, voire l'époque, où la photographie a été prise, le type de Polaroid qu'on a utilisé… n'importe quel renseignement pouvant conduire aux ravisseurs.

Sol regarde la photographie et pâlit instantanément.

— Seigneur ! Où avez-vous eu cette photo ?

— Je préférerais garder ça pour moi.

Il secoue la tête.

— Le pauvre gosse ! Comment quelqu'un peut-il…

Il s'interrompt et lève les yeux vers moi.

— Vous m'avez dit que les Services secrets s'occupaient de l'affaire. Mais il serait plus que temps de mettre le FBI et la police locale sur le coup, sans se soucier des éventuelles conséquences sur les élections.

— Je suis d'accord avec vous, Sol. C'est curieux que personne ne l'ait fait, n'est-ce pas ?

— Je dirais même que c'est carrément louche.

— Il y a l'explication que Jeffrey a donnée aux Ryan — que les ravisseurs avaient promis d'exécuter Justin si qui que ce soit prévenait les autorités.

Sol secoue de nouveau la tête et me tend la photo.

— J'appelle tout de suite mon ami photographe.

— Merci. Et… Sol ! Je ne tiens pas à me séparer de cette photographie. Je me rendrai à San Francisco pour être présente lorsqu'il travaillera dessus. J'aimerais que cela se fasse le plus tôt possible. Dans la matinée.

— Je ferai de mon mieux. Une question, Abby. Pour quelle raison ne vous êtes-vous pas adressée à Ben ?

— Ben ?

— Oui, il pourrait faire agrandir cette photo aussi bien que mon collègue de San Francisco.

— C'est vrai. Mais Ben est très occupé, en ce moment.

— Malgré tout, je…

— On oublie ça, d'accord ?

Il hausse les épaules.

— Je me sentirais mieux si un homme comme Ben vous épaulait dans cette histoire, Abby.

— Pas question, Sol. Et c'est mon dernier mot.

Tout en maugréant des propos inintelligibles, il décroche le téléphone.

— Je vous appellerai dès que j'aurai l'heure du rendez-vous.

— Merci. Et je vous contacterai si je ne suis pas à la maison, d'accord ?

Il me dévisage en fronçant les sourcils.

— Si vous n'êtes pas chez vous par une nuit pareille, où serez-vous ?

— Là où me mènera mon flair.

La pluie est plus violente que jamais, quand je quitte le bureau de Sol. Il a insisté pour que j'appelle un taxi, mais j'ai tenu ferme. Pour un chauffeur formidable, c'en est deux qui vous font faux bond et à cause de qui vous ratez votre avion, par ici.

En outre, je doute fort qu'un taxi accepterait de me conduire jusqu'à la Maison de Prière par une soirée pareille.

Les religieuses me laisseront-elles entrer ? Seront-elles même encore debout ? Sœur Helen consentira-t-elle à me parler ?

Aller là-bas ne m'enthousiasme pas, mais je n'ai pas vraiment le choix — sinon rentrer chez moi et fixer toute la nuit la photo de Justin. Je dois apprendre coûte que coûte comment sœur Helen a obtenu ce cliché, et si elle a eu d'autres contacts avec les ravisseurs. A ma connaissance, c'est la première fois depuis son enlèvement qu'on a des nouvelles de Justin.

Il y a un point, sur la route qui mène à la Maison de Prière, où la chaussée se rétrécit et où le revêtement laisse place à de la terre, sur environ deux kilomètres. Quand j'y arrive, je mets la jeep en mode quatre roues motrices et passe ainsi sans trop de problèmes à travers la boue et les débris de roches tombés des versants des collines. Des branches d'arbres, alourdies par la pluie, raclent les côtés et le toit du Frelon Vert, et mes phares ne me permettent pas de voir à plus de trois mètres.

Je préfère ne pas penser à ce qui se passerait si je me retrouvais coincée par une soudaine montée des eaux. Quand El Niño est passé sur la région, des routes entières ont été dévastées. Des flancs de collines se sont effondrés, et de petits cours d'eau se sont transformés en torrents dévastateurs. On a vu des voitures et leurs conducteurs emportés.

Dans un virage, je me retrouve soudain devant un énorme rocher tombé au beau milieu de la route. Spontanément, je m'agrippe au volant de toutes mes forces, je presse légèrement la pédale de frein et je braque au maximum. A droite, les roues de la jeep se hissent sur un petit accotement. Tandis que les roues de gauche, à dix centimètres seulement de la masse de pierre, s'enfoncent dans la boue. La voiture tangue et vacille dangereusement de ce côté. Le choc semble inévitable.

Je pèse de tout mon poids sur le volant, comme si, par ma seule force, je pouvais remettre la jeep en équilibre. J'ai le cœur au bord des lèvres.

— Merde ! Merde ! Merde ! Aidez-moi, mon Dieu, aidez-moi !

Pendant une seconde qui me semble interminable, la jeep oscille encore, comme suspendue. Puis elle retombe lourdement sur ses quatre roues, et je sens bientôt le contact rassurant de l'asphalte. J'ai dépassé le rocher. Devant moi, la route est dégagée.

Quelques mètres plus loin, je freine et je m'arrête, un peu sonnée. Je remercie le ciel de m'avoir rappelé que la colère, dans une prière, est un ingrédient qui m'a toujours réussi.

Seules quelques lumières sont visibles dans la partie habitée de la Maison de Prière. Je sonne et j'attends. Il faut plusieurs minutes à sœur Pauline, éberluée de me voir devant la porte à une heure pareille, pour venir m'ouvrir. Elle porte une robe de chambre noire, avec sur la tête un de ces châles de nuit que je me souviens avoir vus, au temps de Joseph et Marie. Quand Marti et moi étions postulantes, un soir, nous avions décidé de voir à quoi ressemblaient les religieuses, avec leur crâne rasé. Nous nous étions cachées dans le couloir, tandis qu'elles rejoignaient les salles de bains pour leurs ablutions nocturnes, et nous avions été toutes surprises et déçues de découvrir que, contrairement à la rumeur, leurs cheveux n'étaient pas rasés mais seulement coupés court.

Comme nous étions jeunes et naïves ! me dis-je, en suivant sœur Pauline dans le couloir. Marti avait-elle conservé une part de cette belle naïveté ? Une naïveté qui aurait fait le jeu de son assassin ?

Non, une telle hypothèse me paraît nettement improbable. Et, pour la première fois, une pensée me traverse l'esprit : *Marti connaissait forcément son assassin. Avec un étranger, elle aurait été plus prudente, elle se serait mieux défendue.*

Quelqu'un d'autre a-t-il songé à cela ?

Oui, bien sûr. La police, et les Services secrets. C'est la raison pour laquelle ils m'ont interrogée en premier. *Marti a été assassinée par quelqu'un qu'elle connaissait.*

Ce qui fait de Jeffrey un coupable potentiel.

Sœur Pauline m'introduit dans une petite pièce où flambe un feu de cheminée. Elle me demande de l'attendre, le temps d'aller voir si sœur Helen est toujours debout.

— C'est urgent, lui dis-je. Pourriez-vous lui donner cela, je vous prie ?

Je lui tends une petite feuille de papier sur laquelle j'ai écrit : « Je sais où est Justin. »

C'est faux, bien sûr, et je ne suis pas fière du subterfuge. Mais je suis prête à tout pour qu'elle accepte de me voir.

Sœur Pauline part avec le mot et, après une attente qui me paraît interminable, je la vois enfin revenir, emmitouflée dans un imperméable et chaussée de bottes en caoutchouc.

— Excusez-moi, me dit-elle, tout essoufflée, mais il m'a fallu une éternité pour la retrouver. Et devinez où ?

— A vous voir, j'imagine que c'est dehors…

— Exactement ! A cette heure ! Elle ramassait des légumes pour ses soupes de demain, éclairée d'une lampe électrique. Et quand je lui ai fait remarquer que c'était un drôle de temps pour ce genre d'occupation, elle m'a lancé : « Il faut le faire avant que la tempête ne détruise tout ! » Etant entendu que j'étais une parfaite idiote de ne pas y avoir pensé...

Sœur Pauline ôte son imperméable, puis elle s'assoit pour retirer ses bottes.

— Pauvre Helen ! J'ai bien l'impression que son cas empire de jour en jour.

Je lui demande :

— Croyez-vous que ce soit l'âge ?

— Je ne sais pas. C'est depuis cet été, seulement, qu'elle est comme ça.

Elle tient ses bottes à bout de bras devant elle, et les considère d'un air désespéré.

— Elle a lu votre petit mot et m'a promis qu'elle rentrait, ajoute-t-elle. Le temps ne cesse de se détériorer, et cela n'aurait rien d'étonnant si nous perdions une partie de notre toit — sans parler d'une route ou deux.

Elle me regarde, l'air contrarié.

— Je ne veux pas vous affoler, mais il me semble que vous ne devriez pas rentrer à Carmel, ce soir. Vous pourriez disposer d'une de nos chambres d'hôtes, si vous le souhaitiez ?

Je ne sais pas trop quoi penser de cette idée. Il est vrai qu'en restant ici, je pourrais garder un œil sur mon ancien professeur.

— Merci de votre proposition. Je vous donnerai ma réponse dès que je me serai entretenue avec sœur Helen, d'accord ?

— Entendu. Pour ma part, je vais aller me préparer une tasse de thé. J'en profiterai pour enjoindre Helen de se dépêcher un peu, pendant que je serai dans la cuisine.

— Ce serait formidable. Merci encore, ma sœur.

Elle ramasse son imperméable et ses bottes, puis elle disparaît.

Je me lève et m'approche du feu, pour y puiser un peu de chaleur. La pluie, à présent, martèle le toit avec fracas. Si les averses se poursuivent ainsi, dans moins d'une semaine, les collines seront verdoyantes.

Quant aux routes, si la Carmel River sort de son lit, cette nuit, elles pourraient être inondées un peu partout dans la vallée.

Encore une fois, j'ai l'impression d'attendre des siècles avant que sœur Helen n'apparaisse. Son vieux pantalon marron est mouillé jusqu'aux cuisses et couvert de boue. Elle a les cheveux plaqués sur le crâne. Sa respiration est sifflante.

D'une main presque bleue de froid, elle agite le morceau de papier devant moi.

— Que veux-tu ? me demande-t-elle avec agressivité. De quoi s'agit-il ?

— Il s'agit de Justin ! lui dis-je sur le même ton. Et du petit présent que vous avez laissé sur ma cheminée.

— Tu dis que tu sais où il est… Comment peux-tu dire ça ? Qu'est-ce que tu sais, au juste ?

— J'aimerais d'abord entendre ce que *vous*, vous savez, sœur Helen… Enfin, Helen. C'est comme ça qu'il faut vous appeler, maintenant. Après tout, vous n'êtes plus religieuse. Vous n'en avez pas plus le titre que les manières.

Elle agrippe le dossier d'une chaise et son souffle se fait encore plus âpre.

— Mes « manières » ne te regardent pas ! J'ai fait plus que n'importe qui d'autre pour cet enfant ! Plus que toi et plus que sa mère !

— Vous voulez dire : plus que Marti ?

Elle se retranche derrière le silence, et je me fais pressante :

— Parlez-vous de Marti, ou de Mary Ryan ? Que se passe-t-il, avec les Ryan ? Qu'ont-ils fait à Justin ?

Elle fixe sur moi ses petits yeux plissés, avant de les ramener sur le mot que je lui ai écrit.

— C'est un mensonge, n'est-ce pas ? Tu ne sais rien. Tu ne sais pas où il est.

— Pour être honnête, je l'ignore. Mais je ne vais pas abandonner pour autant. Je vais continuer de le chercher, même si je dois le faire jusqu'à mon dernier souffle.

— C'est bien ce qui pourrait se passer, jeune fille…

Elle fait un pas vers moi, et la dureté de son visage m'emplit de tristesse. Je la vois telle qu'elle devait être lorsqu'elle errait dans les rues, en rage contre cette Eglise qui l'avait laissée tomber. Elle devait être déterminée à ne plus laisser quiconque lui faire de mal, alors. Elle avait dû apprendre à se défendre, voire à attaquer, si nécessaire.

— N'essayez pas de me faire peur, Helen ! lui dis-je sans reculer. Je veux savoir comment vous avez obtenu cette photo et si vous avez eu des contacts avec les ravisseurs.

— Si j'ai eu des « contacts » ? me lance-t-elle avec un rire amer. C'est toi qui devrais en avoir, pas moi !

— Comment ça ?

— Eh bien, je ne suis qu'une pauvre femme inoffensive, moi ! Je suis coincée ici. Pas comme toi, petite duchesse ! Tu peux t'envoler pour l'endroit de ton choix comme bon te semble. Tu as tout l'argent que tu veux, n'est-ce pas ?

Rio ! Elle parle de Rio. Mais que sait-elle, au juste ?

— Cessez donc de jouer aux énigmes, lui dis-je avec impatience. Expliquez-moi de quoi vous parlez. Et pour l'amour de Dieu, dites-moi d'où vient cette photographie !

— Ça te tracasse, hein ? C'est vous les responsables, toi et ton amie malfaisante ! C'est vous qui l'avez attaché à cette chaise ! Vous qui avez laissé ce pauvre enfant souffrir dans la solitude.

— Quelle amie malfaisante ? Marti ? Mais elle aimait son bébé ! Si elle l'a abandonné, c'est justement parce qu'elle l'aimait !

— Dans ce cas, pourquoi a-t-elle…

Sœur Helen s'interrompt net. Je la presse :

— Pourquoi a-t-elle quoi ? Que pensez-vous qu'elle ait fait ?

— Il faut vraiment que tu me le demandes ? s'écrie-t-elle en s'approchant encore, les poings crispés. Forniquer comme un animal avec cet… cet homme ? Tomber enceinte, puis ne prendre aucune responsabilité ? De mon temps, nous avions des règles, jeune fille ! Nous avions des règles et nous nous y tenions. Nous ne nous amusions pas à faire tout ce qui nous passait par la tête pour ensuite tourner le dos aux conséquences.

— Marti n'a pas tourné le dos à Justin. Elle lui a trouvé une bonne famille, des gens qui pouvaient s'occuper de lui bien mieux qu'elle n'aurait su le faire.

Je prononce ces paroles par loyauté envers Marti, même si, moi aussi, il fut un temps où je lui en ai violemment voulu… Moi aussi, il fut un temps où j'ai considéré — sans jamais rien lui en dire, bien sûr — qu'elle avait abandonné Justin. Lorsque j'ai su que je n'aurais jamais d'enfant, il y a quinze ans, je lui ai proposé d'être la marraine de son bébé. J'aurais même pu l'aider à l'élever, si elle avait voulu…

Mais Marti m'a repoussée. Alors, je me suis tournée vers Sol. J'avais l'espoir que s'il parvenait à trouver une famille adoptive dans la région, Justin ne serait jamais loin de moi. D'une certaine manière, j'avais la sensation que je ne le perdrais pas complètement.

— Pourquoi êtes-vous si en colère contre moi ? dis-je à sœur Helen. Je n'ai jamais voulu rien d'autre que le bien de Justin. J'ai aidé Marti à organiser son adoption pour m'assurer qu'il serait toujours heureux et en bonne santé.

Son visage prend une expression qui me terrifie.

— Tu ne commences même pas à entrevoir ce que tu as fait, n'est-ce pas ? Tu es dans ton petit monde, et tu ne sais pas ce qui arrive aux gens, tu n'en as pas la moindre idée !

Elle se détourne de moi et je vois ses épaules s'affaisser. La pauvre femme est exténuée, c'est évident, et j'éprouve un élan de pitié pour elle. J'ai décidé de cacher l'existence de la photographie pour la préserver d'un interrogatoire, et voilà que c'est moi, à présent, qui l'interroge…

— J'aimerais téléphoner, dis-je en désignant un appareil qui se trouve sur un secrétaire.

Comme elle hausse les épaules, j'appelle Sol, que je parviens à joindre sur le téléphone cellulaire de sa voiture.

— Vous avez pu obtenir le rendez-vous, Sol ?

— Oui. Mais pas avant demain après-midi, 17 heures, quand mon ami aura terminé son service.

— J'imagine qu'il faudra que je fasse avec. Je ne rentrerai pas à la maison, ce soir, mais je vous appellerai demain dans la matinée pour savoir s'il y a du nouveau. Merci.

Je passe ensuite un coup de fil à Frannie, et lui demande si elle peut aller chercher Murphy et le garder pour la nuit. Je lui propose un dédommagement pour accepter de sortir à cette heure et par un temps pareil.

— Des tempêtes comme celle-ci lui font peur, dis-je encore. Je n'aime pas le laisser seul.

— Je n'ai pas besoin de dédommagement, m'assure Frannie. En revanche, j'aimerais bien avoir la recette de votre poulet au piment…

Lorsque je raccroche, sœur Helen me regarde avec curiosité.

— Tu vas passer la nuit ici ?

— Il y a des chances, oui. Sœur Pauline m'a conseillé de ne pas prendre le volant dans la tempête.

La perspective de m'avoir sous son toit pendant toute la nuit semble mettre mon ancien professeur mal à l'aise. C'est toujours ça, me dis-je. Car jusque-là, j'avais l'impression de perdre sur toute la ligne, avec elle.

La chambre d'hôtes est une cellule de religieuse, une pièce d'environ huit mètres carrés aux murs blanchis à la chaux, avec un petit lit, une commode et une chaise. Il y a un crucifix au-dessus du lit et une statuette de la Vierge sur la commode. J'ai l'impression d'avoir effectué un retour dans le temps, de me retrouver à l'époque du couvent Joseph et Marie. Même la pluie qui tambourine contre l'unique fenêtre, très étroite, et le profond silence qui règne dans les couloirs me renvoient vers ce passé.

Il me semble encore entendre Marti :

— Retrouve-moi dans la chapelle. J'ai un truc à te dire.

Je me vois ouvrir sans bruit la porte du dortoir, jeter un coup d'œil dans le couloir, puis courir jusqu'à la chapelle et la galerie du chœur. Le temps d'arriver, et mon cœur battait la chamade, si grande était ma peur d'être prise. Marti, elle, était radieuse. Elle adorait ce genre d'aventures.

— Tu es vraiment gourde, me disait-elle. Que veux-tu qu'elles nous fassent ? Qu'elles nous alignent contre un mur et nous abattent ?

Parfois, je me demandais…

Les gens pensent que les religieuses sont toutes douces, gentilles et aimantes. Mais je suis bien placée pour dire que certaines ont un indéniable fond de méchanceté. La plupart entrent au couvent pour se consacrer à Dieu, et le servir toute leur vie dans la joie. Mais d'autres sont là pour échapper à quelque chose — laquelle chose les suit jusque derrière les murs du couvent. Il suffit de voir l'expression de plaisir sur le visage de ces femmes quand elles sont plongées dans le rituel de l'autoflagellation. Au couvent Joseph et Marie, des flagellations légères, symboliques, qu'on s'infligeait soi-même, faisaient partie du quotidien. Ces coups n'étaient pas destinés à blesser, mais à nous conserver dans un état d'esprit d'humilité et de sacrifice.

Certaines sœurs, cependant, ne s'arrêtaient qu'après avoir fait couler leur sang.

Je pense que les nouvelles religieuses, les jeunes, versent moins facilement dans ces excès. Elles ont davantage de liberté, et une plus grande latitude à penser à elles-mêmes. En conséquence, une plus haute estime de soi les habite. L'ordre dans lequel nous étions, Marti et moi, était si rigide, que les filles les plus fragiles finissaient parfois par intégrer cette rigidité.

Est-ce ce qui s'est passé pour sœur Helen ? D'après les rumeurs qui circulaient à son sujet au lycée, ses parents l'avaient élevée pour en faire une fleur fragile et une perfectionniste intransigeante. Son père était médecin, sa mère poétesse. Du premier, elle tenait sa logique ; de la seconde, sa douceur et sa générosité. Ainsi était-elle entrée au couvent, à dix-huit ans, pour épouser une vie en accord avec sa personnalité.

La vie religieuse, nous disait-elle souvent, au lycée, donne à une femme des structures et des règles. Elle l'empêche d'être tendre et stupide. Elle encourage aussi le sacrifice de soi, qui est la forme ultime de la générosité.

Combien de sacrifices douloureux cette femme, élevée par sa mère au contact de la poétesse Elizabeth Barrett Browning, a-t-elle dû endurer ?

Deux heures après m'être couchée, je me tourne et me retourne encore dans mon lit, malmenée par des pensées qui ne me laissent pas de répit. Je décide donc de me lever, et d'aller visiter la chapelle. Outre qu'ainsi mon voyage dans le temps sera complet, je trouve qu'il n'y a rien de tel qu'une chapelle sombre, au milieu de la nuit, pour vous remettre les idées en place.

En plus d'une brosse à dents, d'un tube de dentifrice et d'une savonnette, sœur Pauline m'a laissé une de ses robes noires, que j'enfile. Traverser sans bruit le couloir vers le centre du bâtiment, où je pense trouver l'escalier menant à la chapelle, me donne une nette impression de déjà-vu.

Malgré un extérieur d'inspiration espagnole, la Maison de Prière, de l'intérieur, ressemble énormément au couvent Joseph et Marie — ainsi qu'à tous ceux qui furent construits lorsque des religieuses d'origine européenne arrivèrent dans le pays.

L'escalier est bien là où je l'attendais. Il mène à un étage, et, au palier supérieur, à un grenier, j'imagine.

Il y a une porte, sur ce palier. Prise d'une intuition, je l'ouvre tout doucement, en espérant qu'elle ne va pas craquer et qu'elle ne donne pas sur un dortoir ou une chambre. Mais ce n'est pas le cas : comme dans le couvent de ma jeunesse, cette porte permet d'accéder à la galerie du chœur.

Il fait un noir d'encre, dans la galerie, et j'attends un petit moment que mes yeux s'habituent à l'obscurité. Je peux bientôt constater que la pièce, dans laquelle s'étendent dix rangées de longs bancs de bois, est totalement vide. Je descends sur la pointe des pieds les quelques marches qui mènent au premier rang. L'escalier craque, et je jette un coup d'œil par-dessus mes épaules pour voir si je n'ai dérangé personne, dans la chapelle, au-dessous. Il arrive aux religieuses de venir prier, la nuit, à l'occasion de certaines célébrations. Elles se relaient et veillent ainsi jusqu'au matin.

Mais l'endroit est visiblement désert, cette nuit. Il n'y a que moi pour ne pas être douillettement blottie sous mes couvertures, tandis que la pluie tambourine sur le toit. Le vent n'est pas de reste, et je sens, en provenance d'un escalier qui doit mener au clocher, un courant d'air qui me mord les chevilles. En bas, sur les côtés, faiblement éclairées par des cierges, j'aperçois des statues. La lumière est vraiment basse, et c'est à peine si je distingue Marie, me semble-t-il, et Joseph, avec l'enfant Jésus. Je crois aussi reconnaître saint Francis, ce qui est plausible si l'on songe à l'importance que revêt le jardin pour les habitantes de la Maison de Prière.

Je m'installe dans une position de méditation inspirée de celle de Davis, mon ami bouddhiste — pieds à plat sur le sol, mains posées sur les genoux, les paumes vers le haut. Si je me trouvais dans une chapelle zen, j'aurais ôté mes chaussures avant d'entrer et je m'assiérais en tailleur sur le sol. Mais le dieu au contact duquel j'ai été élevée est plus traditionnel…

Marti… Oh ! Marti, pourquoi est-ce que tu n'es pas là ?

La lampe rouge du saint sacrement luit faiblement sur l'autel, indiquant la présence de l'hostie. Poussée par une vieille habitude, je fais le signe de la croix, pour retourner rapidement à ma posture de méditation avant que Dieu ne me découvre et se demande ce que je fabrique ici.

La vérité, d'ailleurs, c'est que je n'en sais absolument rien. J'ai en tête une pleine cargaison d'informations dont je n'avais pas la moindre idée trois jours plus tôt. Mais, quant à ordonner tout cela, c'est une autre affaire.

Harry Blimm, Tommy, Mauro et Hillars… Je leur ai laissé penser que j'en savais autant qu'eux, sinon plus. Puis j'ai attendu, pensant qu'ils pointeraient le bout de leur nez et m'en apprendraient encore…

Mon petit plan est un échec complet. Une seule personne s'est montrée : sœur Helen.

Quelles conclusions dois-je en tirer ? J'ai toujours pensé que rien, ici-bas, n'était fortuit.

Et Sol ? Son attitude respirait l'innocence, tout à l'heure. Mais Sol est avocat, et il a très bien pu jouer la comédie.

Il n'empêche que Sol a un point en sa faveur : Jeffrey n'aurait pas envoyé les Ryan au Brésil juste pour couvrir le fait que le président Chase a un fils illégitime. Il y a forcément autre chose en jeu, une motivation d'un ordre tout différent. Oui, mais quoi ? Est-ce que cela pourrait avoir un lien avec la

Maison de Prière ? Avec les agissements de mon mari pour s'en emparer ?

Mon expédition à Sao Conrado m'a laissé comme un goût d'insatisfaction. L'un dans l'autre, l'explication des Ryan se tenait. Et pourtant, j'ai toujours du mal à concevoir qu'ils aient pu rester tranquillement au soleil alors que leur fils était aux mains de ravisseurs. De même, comment comprendre que Paul Ryan ait accepté d'abandonner son métier pendant une telle durée ?

Reste Tommy Lawrence… Celui-là, impossible de comprendre son rôle dans cette histoire — s'il en a un. Par moments, je me dis qu'il est simplement curieux de nature. Et parfois, il me fait peur.

Pourquoi tous ces mensonges ? Où réside-t-il, s'il n'est pas descendu au La Playa ?

Je soupire. Je pense à Lydia Greyson, qui, elle aussi, de par ses liens avec Marti, a sa place dans cet imbroglio. Je me rappelle les propos de sœur Pauline : « Le “contrat” qui nous lie à elle consiste à entretenir les bâtiments et à subvenir nous-mêmes à nos besoins, ce que nous faisons de multiples manières. Certaines cultivent des légumes et font du pain, comme dans les abbayes d'autrefois. »

« Les abbayes d'autrefois »… Qu'y a-t-il dans cette phrase qui m'intrigue, qui s'accroche à moi comme de la bardane à un chien ?

Lydia Greyson semble irréprochable, et déterminée à ne pas laisser la Maison de Prière tomber aux mains des promoteurs. Marti courait après le même but. Lydia pourrait-elle m'en dire plus, à ce propos ? Y a-t-il quelque chose, un détail, qu'elle aurait oublié ? Il faudra que j'essaie de la voir, dans la matinée.

Ma séance de « méditation » ne semble guère porter ses fruits. Plutôt que me vider l'esprit, elle soulève une foule des questions. Voilà bien le défaut des amateurs ou des débutants : leur esprit est incapable de se mettre en veilleuse un seul instant.

« Les abbayes d'autrefois »... Ces mots me trottent dans la tête, quand un craquement attire mon attention. Je me retourne, pour voir qui est entré dans la galerie du chœur. Mais je ne distingue personne, bien que mes yeux se soient maintenant habitués à la pénombre. Le bruit venait-il d'au-dessous, alors ? De la chapelle ?

Je me penche contre la rambarde, mais il m'est impossible de rien discerner, à la lueur tremblante des cierges. Est-ce une impression, ou les flammes s'agitent-elles plus que tout à l'heure ?

Bientôt, je me rends compte que je frissonne. Le courant d'air, que je croyais venir du clocher, s'est accentué. Je serre les bras autour de moi et passe mes mains sous mes aisselles, pour me réchauffer.

Et, saucissonnée de la sorte, je ne peux opposer aucune résistance à la forme surgie derrière moi — juste une ombre plaquée sur le noir —, qui me frappe à la tête avec un objet très dur.

Instinctivement, je me débats et essaie de me défendre. Mais tout vire inexorablement au noir, et je sens soudain mon corps basculer par-dessus la rambarde. La dernière chose que je vois, c'est le sol de la chapelle, près de cinq mètres plus bas.

18.

Quelque part au-dessus de moi, les traits de Lydia Greyson émergent de la brume.

— Abby ? Vous m'entendez, Abby ?

Ma bouche ne fonctionnant plus, impossible de lui répondre. Je replonge dans les ténèbres, trop heureuse de me noyer dans l'oubli.

C'est ensuite la voix de Ben qui parvient jusqu'à ma conscience.

— Comment une telle chose a-t-elle pu arriver ? demande-t-il. Vous n'étiez pas censée…

— Chut, elle va vous entendre ! chuchote Lydia. Je crois qu'elle s'est réveillée.

Ben garde le silence. Avant de sombrer de nouveau, j'entends quelqu'un dire :

— J'exige de parler à cette religieuse !

C'est l'agent Mauro, et, au ton de sa voix, je n'envie pas la religieuse dont il est question, qui que cela puisse être.

Je suis sur un nuage. Un nuage rose saumon, avec des rayures or. Des anges chantent un chant grégorien. Me voilà au paradis, cela ne fait aucun doute. A moins que je ne sois en plein trip de drogue. Un mauvais trip.

Mais est-ce que j'ai pris de la drogue ?

Je ne m'en souviens pas.

Alors, j'ai une vision. Je suis dans la galerie du chœur, en train de me défendre contre une personne qui m'a agressée. Je lui donne un coup de coude dans les côtes, puis je vise l'entrejambe, mais mon adversaire m'a vue venir. Il a paré l'attaque et m'a immobilisée, sans que je puisse rien tenter. L'instant d'après, je vois le sol de la chapelle foncer droit vers moi.

J'ai oublié la première règle de self-defence : être toujours sur ses gardes.

Il faut dire que la chapelle d'un couvent n'incite guère à la prudence.

Mon agresseur n'était pas un habitant de la Maison de Prière. Et ce n'était pas une femme. Tout au moins, pas une de celles qui vit ici. Il était plus fort que moi — et je ne suis pas une mauviette.

A moins que...

Mes yeux papillonnent, mes paupières se soulèvent. Le visage inquiet de Ben n'est qu'à quelques centimètres du mien.

— Ça va ? me demande-t-il.

— Ab... baye, dis-je.

— Oui, je sais, me répond-il en souriant. Je sais que tu es Abby.

Il se tourne vers quelqu'un, derrière, et Lydia Greyson apparaît dans mon champ de vision.

— Elle sait qui elle est, lui dit Ben. C'est bon signe.

— Non ! dis-je en essayant de crier, alors que ma voix n'est guère plus qu'un souffle rauque. C'est ça, qu'elle a voulu dire ! Mais elle ne l'a pas écrit correctement. Abbaye. Les abbayes d'autrefois...

Ben me considère comme si j'avais perdu la tête. Puis son visage s'éclaircit.

— Tu parles du mot que Marti a tracé dans le sol avant d'être tuée, c'est ça ? Tu crois qu'elle voulait parler d'une abbaye ? Comme ici, à la Maison de Prière ?

J'essaye d'approuver d'un hochement de tête, mais la douleur qui m'emplit le crâne m'interdit le moindre mouvement.

— C'en était une, ici, avant. « Comme les abbayes d'autrefois », m'a dit sœur Pauline. Marti a dû vouloir…

Je m'humecte les lèvres.

— Ben, je pense que Marti voulait nous envoyer ici.

C'est tout ce que je suis capable de dire. Et avant de plonger de nouveau dans l'inconscience, je vois les yeux de Lydia Greyson se durcir.

— Elle n'a pas l'esprit très clair, déclare-t-elle d'un ton sec. Ce doit être la chute.

J'ai troqué mon nuage pour un lit, lequel se trouve dans l'infirmerie de la Maison de Prière. Une sœur, vêtue de blanc, me prend le pouls et examine la bosse que j'ai sur le front.

Ben est assis à mon chevet.

— Bienvenue parmi nous, me dit-il en me prenant la main. Comment te sens-tu ?

— Un mal de chien. Partout.

— Il faut que vous soyez incroyablement souple, me dit la sœur en souriant. Il n'y a que les yogis, les alcooliques et les chats pour faire une telle chute et s'en sortir sans plus de blessures.

— Kempo, dis-je.

En tombant, je me souviens que j'ai réussi à me tourner sur moi-même, l'épaule droite à la diagonale du flanc gauche, à fléchir les genoux, atterrir sur les pieds et rouler sur le sol.

— Comme quand on saute en parachute, dis-je. Quels sont les dégâts ?

— Jusque-là, aucun signe de commotion cérébrale, indique la sœur. Cette bosse disparaîtra dans quelques jours, et, pour autant que je puisse en juger, vous n'avez aucun os cassé. Rien de moins qu'un petit miracle… Mais il nous arrive d'en avoir, ici, de temps à autre. Au fait, je suis sœur Anne. J'étais assistante médicale, avant de venir ici. Nous avons bien essayé de faire venir une ambulance, quand nous vous avons trouvée, mais la Carmel Valley Road est inondée en plusieurs endroits.

Je me tourne vers Ben.

— Comment es-tu arrivé jusqu'ici ?

— Disons que j'étais dans les parages…

— Dans les parages ? Avec Arnie ?

Il secoue la tête.

— Non, tout seul. J'étais sur une affaire.

Je m'efforce d'ajuster ma vue, légèrement trouble, à son visage.

— Tu consens à me dire quelle affaire, ou tu comptes emporter le secret dans ta tombe ?

— Ce n'est pas de ma tombe qu'il s'agit, répond Ben avec un soupir. Plutôt de celle d'un agent immobilier. Rick Stone. On l'a trouvé mort dans son bureau, il y a de cela quelques heures à peine.

— Mort ?

Je tente de m'asseoir mais, au premier mouvement, une douleur affreuse me vrille la tête. Avec douceur, sœur Anne m'aide à retrouver la position allongée.

— Tu le connaissais ? me demande Ben.

— Je l'avais déjà rencontré, oui. Comment est-il mort ?

Peut-être une féministe de sa ville qui lui a flanqué une bonne raclée, me dis-je.

— Une balle dans la nuque. Une exécution dans les formes.

— Comme Marti ?

— Possible.

— Des suspects ?

— Un, oui. Et tu ne devineras jamais qui.

— Jeffrey ?

— Gagné. Un voisin l'a vu rôder autour du bureau, un peu plus tôt dans la journée.

Cette fois, malgré la douleur, je me redresse.

— Quelqu'un l'a vu là-bas ?

— Mauro et Hillars, en fait.

— Tu plaisantes ? Et pourquoi ne l'ont-ils pas arrêté ?

— Ils ont préféré le suivre. Pour voir où il allait et qui il rencontrait.

— Et ?

Ben hausse les épaules.

— Ils l'ont perdu.

— Incroyable ! Jeffrey aurait donc réussi à échapper aux Services secrets ?

— D'une manière générale, je dirai qu'il est assez doué pour échapper à la justice.

Ben semble embarrassé. Pour ma part, je réfléchis un instant en silence.

— Qu'est-ce que tu fabriquais ici à une heure pareille ? me demande Ben au bout d'un moment.

— Quelle heure est-il ?

— Plus de 5 heures du matin, répond-il après avoir consulté sa montre.

— Seigneur, quelle nuit ! J'étais venue voir sœur Helen.

— Tu as pu lui parler ?

— Si on veut…

— Tu te sens d'attaque pour me raconter ce qui s'est passé ?

— Oui, je crois, dis-je en touchant ma bosse et en grimaçant. Je me suis donc entretenue avec sœur Helen, puis j'ai décidé de rester ici, à cause de la tempête. Au milieu de la nuit, comme je n'arrivais pas à dormir, je me suis rendue dans la chapelle pour réfléchir. Quelqu'un est arrivé derrière moi. J'ai bien essayé de me défendre, mais je n'étais pas préparée à cette attaque, et il a réussi à me faire basculer.

Sous le coup de la colère, le visage de Ben s'assombrit.

— Tu penses donc que c'était un homme ?

— Ou alors une femme vraiment costaud.

Je me souviens de la force déployée par sœur Helen, à la maison. Mais cette force sentait la rage et le désespoir. Rien à voir avec le sang-froid nécessaire pour faire passer quelqu'un par-dessus une rambarde.

— Que faisais-tu au bureau de Rick Stone, hier ? me demande Ben de but en blanc.

Manifestement, il vise à me désarçonner en me montrant qu'il est au courant de mes moindres faits et gestes.

— Tu veux dire hier, quand tu me suivais ?

Il a la bonne grâce de rosir.

— Tu m'as vu ?

— Difficile de ne pas repérer l'Etron.

— Ah ! C'est donc ça…

Il recouvre vite son aplomb et redresse le menton.

— Bon, alors, que faisais-tu dans l'agence immobilière de ce malheureux Stone ?

— Je demandais mon chemin.

— C'est tout ?

— Tu aimerais savoir si j'ai aussi tué Rick Stone, pendant que j'y étais ?

— Mais non ! En réalité, Mauro et Hillars pensent que tu venais chercher un message de Jeffrey.

— Mauro et Hillars peuvent aller se faire foutre !

Mon vocabulaire me vaut un coup d'œil sévère de la part de sœur Anne.

— On dirait que vous vous sentez mieux, me lance-t-elle d'un ton sec.

— Un peu mieux, oui.

Malgré ses protestations, j'entreprends d'ailleurs de descendre du lit.

— Je veux rentrer chez moi.

— Pas question ! me dit Ben avec fermeté.

Il m'attrape les jambes et les refourre illico sous les draps.

— La route est toujours coupée, ajoute-t-il. Et puis, j'ai pris des dispositions avec Lydia Greyson pour que tu restes une journée de plus.

— Tu as « pris des dispositions » ? Et depuis quand tu arranges ma vie, toi ?

— Depuis que Jeffrey est dans la nature, répond-il sans se démonter. Il a toujours une clé de chez vous, et je ne veux pas que tu te retrouves toute seule là-bas.

— Je me soucie assez peu de ce que tu veux, tu sais !

J'ai atrocement mal à la tête, soudain, une douleur qui n'arrange rien à mon mécontentement.

— En plus, ajoute Ben, il n'est pas exclu que Jeffrey soit ton agresseur de cette nuit.

Jeffrey ?

J'essaie de me souvenir… Y a-t-il quoi que ce soit, un détail aperçu du coin de l'œil, qui pourrait me donner une indication ? Oui, il me semble bien qu'il y a quelque chose…

— Et comme je l'ai dit, poursuit Ben sur sa lancée, la route est toujours bloquée. La circulation ne sera probablement pas rétablie avant la fin de la journée.

— Et toi, alors ? Tu restes aussi ici ?

— Je vais retourner en ville avec un hélicoptère de la KION. Une de leurs équipes de reporters va venir filmer les inondations.

— Dans ce cas, je peux monter à bord avec toi.

— Non. C'est un petit hélico, il n'y a pas assez de place.

— Alors, je vais en appeler un.

Ben bondit de sa chaise et lève les mains au ciel.

— Tu vas arrêter, un peu, Abby ? Ça n'est pas croyable ! Tu fais une chute de près de cinq mètres et ça ne te calme pas ! Tu es pire qu'avant !

Sœur Anne vient mettre son grain de sel dans la discussion.

— J'aimerais vraiment vous garder à l'infirmerie pendant quelques heures, Abby. Juste pour m'assurer que tout va bien et que mon diagnostic est correct. J'ai une responsabilité envers vous, vous savez.

Elle semble fatiguée. Et Ben aussi, d'ailleurs. Mon entêtement ne fait que les épuiser davantage.

— Très bien, dis-je, d'assez mauvaise grâce. Ben, tu vas me faire une faveur, d'accord ? Dès que tu seras en ville, appelle Sol, mon avocat, et dis-lui que je ne pourrai pas me rendre au rendez-vous prévu aujourd'hui. Dis-lui aussi que je prendrai bientôt contact avec lui.

— J'y penserai, me promet-il. Qu'est-ce qui se passe, avec Sol ?

Je secoue la tête.

— Rien dont tu aies à t'inquiéter. Au fait, comment suis-je passée de la chapelle à l'infirmerie ?

— Pour une raison que je m'explique assez mal, répond-il, il se trouve que je me suis assez soucié de toi pour te porter dans mes bras.

— En premier lieu, je vous ai examinée pour m'assurer que vous étiez transportable, m'affirme sœur Anne.

— Vous êtes donc tous les deux ici, avec moi, depuis… deux heures ? Trois ?

Ben se contente de hausser les épaules.

— Votre ami, m'explique sœur Anne, est un homme très obstiné. Pour rien au monde il n'aurait quitté votre chevet.

— Je suis flic, répond Ben. Mon boulot consiste aussi à protéger les victimes d'agressions violentes.

— C'est ça, dit sœur Anne en esquissant un mince sourire. Il ne faisait que son travail.

*
* *

Après le départ de Ben, Lydia Greyson vient le remplacer. J'enrage de me retrouver couchée et pratiquement impotente, mais mes récriminations semblent la laisser de marbre. Assise à côté de moi, de petites lunettes de vue perchées sur le bout du nez, elle parcourt sans un mot ce qui ressemble à des documents légaux, qu'elle annote çà et là.

Un propos, échangé entre Ben et Lydia alors qu'ils me pensaient inconsciente, me revient à l'esprit. Je demande :

— A quoi Ben faisait-il allusion quand il a commencé à dire : « Vous n'étiez pas censée… » et que vous lui avez coupé la parole en vous rendant compte que j'étais éveillée et que je pouvais l'entendre ?

Elle hésite.

— J'imagine que je peux vous le dire, répond-elle en ôtant ses lunettes. Il a appelé dans la soirée pour savoir si vous étiez ici, et je lui ai annoncé que vous passeriez la nuit avec nous. Il m'a dit que votre mari avait été aperçu dans les environs, et qu'il était soupçonné d'avoir tué un agent immobilier du coin. Quand j'ai indiqué au détective Schaeffer que vous dormiez profondément, il m'a demandé de veiller à ce que rien ne puisse vous arriver. Voilà.

— C'est tout ?

— C'est tout. Vous avez de la chance, Abby, d'avoir quelqu'un qui se soucie autant de vous.

— Mais comment pouviez-vous savoir si je dormais profondément ? C'était loin d'être le cas, figurez-vous ! Je suis restée éveillée pendant des heures, avant de me rendre dans la chapelle.

— J'ai pensé que vous ne vouliez pas être dérangée, m'explique Lydia en remettant ses lunettes et en revenant à ses papiers. Aurais-je outrepassé certaines limites en prenant soin de vous ?

— Non…

En même temps, prend-on vraiment soin de moi, ici ? Ne suis-je pas plutôt prisonnière ? Et jusqu'à quel point puis-je faire confiance à Lydia Greyson ?

Ces pensées fugitives me traversent l'esprit entre conscience et somnolence. Sœur Anne m'a prévenue que je dormirais probablement plus que d'ordinaire — une réaction normale au traumatisme physique et émotionnel, d'après elle. Elle me réveille de temps à autre pour contrôler que tout va bien, puis, rassurée, me laisse repartir pour le pays des rêves.

Quand je me réveille une nouvelle fois, les rayons du soleil se déversent par les fenêtres de l'infirmerie. Des oiseaux chantent, et je m'attendrais presque à voir apparaître une colombe au bord de la fenêtre, un rameau d'olivier dans le bec. La pluie a cessé. Les inondations ne seront bientôt plus qu'un souvenir.

Sur la table, à côté du lit, je découvre un plateau avec du jus d'orange, des œufs, du bacon et des muffins nappés de beurre et de confiture. Jamais je ne mangerais autant à la maison, mais je suis affamée, ce matin, et je dévore tout jusqu'à la dernière miette. Ma tête me fait beaucoup moins souffrir. Quant aux douleurs musculaires que j'éprouvais un peu partout, elles se sont également estompées. Lydia est partie, et sœur Anne se trouve en compagnie d'une religieuse plus âgée qui — elle me le confiera plus tard — doit rester alitée à l'infirmerie en permanence. Elle a les os si fragiles qu'ils peuvent se briser au premier mouvement un peu brusque.

J'observe sœur Anne tandis qu'elle s'occupe avec amour de cette femme toute menue, squelettique, et je vois dans son regard une bonté pareille à celle qui habitait certaines des religieuses de Joseph et Marie.

Cette bonté, je me rappelle l'avoir vue aussi dans les yeux de sœur Helen, au lycée, quand elle écoutait certains élèves lui confier leurs difficultés relationnelles ou leurs problèmes familiaux.

Et c'est un nouvel élan de compassion qui m'envahit, pour cette femme habitée du seul désir de servir Dieu et qui s'est vu infliger de si terribles épreuves... Lorsque sœur Anne revient pour m'examiner, je lui demande :

— Comment êtes-vous arrivée ici, ma sœur ? Est-ce que votre couvent a fermé ?

Elle tire une chaise vers mon lit et laisse échapper un soupir plein de lassitude.

— Oui. Et beaucoup, parmi nous, en étaient très contentes. Après Vatican II, nous voulions vivre par nous-mêmes, dans des appartements, et subvenir à nos propres besoins. Nous avions le sentiment de pouvoir œuvrer encore mieux pour le Seigneur, en étant dans le monde.

— Que s'est-il passé ?

— Tout s'est très bien passé pour la plupart des sœurs de mon ordre. Pour les autres... Comment dire ? Peut-être n'étions-nous pas faites pour vivre sous ce régime... Moi, l'existence religieuse telle que je la connaissais a vite commencé à me manquer. J'avais la nostalgie de l'habit, de la vie en communauté. A mes yeux, ces choses-là sont fondamentales.

Elle sourit.

— J'imagine que je n'avais pas vraiment envie d'être dans le monde. Raison pour laquelle j'étais entrée dans un couvent, à l'origine.

— Et sœur Helen ? Jamais je n'aurais pensé qu'elle abandonnerait l'habit, encore moins qu'elle quitterait son ordre.

— Vous connaissez Helen ?

— Elle a été mon professeur et ma marraine à Joseph et Marie, il y a de cela vingt ans.

— Vraiment ? On ne m'en a rien dit.

— Ça n'a pas duré. J'avais quelque difficulté à me conformer aux règles…

— Comme beaucoup de nous, autrefois, me confie sœur Anne avec un nouveau sourire. Helen est un cas à part. Joseph et Marie a fermé ses portes alors qu'elle était prête à se retirer, à vivre là jusqu'à la fin de ses jours, sans avoir plus à se soucier de rien sauf de Dieu. Mais l'ordre ne pouvait pas se permettre de garder le couvent, et les sœurs ont été disséminées ici et là, dans des appartements ou des foyers. Pour résumer, disons qu'Helen n'a pas supporté ces bouleversements. Elle en a été très perturbée, et ne s'en est jamais vraiment remise.

— Vous voulez dire qu'avant de se retrouver dans la rue, elle avait des problèmes, disons… émotionnels ?

— Disons plutôt qu'elle avait des difficultés à diriger sa vie…

Sœur Anne s'interrompt et me considère avec attention.

— Est-ce que vous saviez que lorsque Helen est entrée dans les ordres, à dix-huit ans, ses parents l'ont reniée ?

— Non, non, je l'ignorais. J'ai entendu certaines choses concernant ses parents, au lycée, mais jamais qu'ils l'avaient reniée.

— Eh bien si, ils l'ont fait. L'un comme l'autre voulaient *plus*, pour elle. Qu'elle opte pour la vie religieuse, cela leur apparaissait comme un horrible gâchis. Jamais ils ne sont venus la voir, les jours de visites. Jamais elle n'a reçu la moindre lettre d'eux. Joseph et Marie est devenu sa nouvelle maison, et les sœurs, sa famille. Vous vous rappelez peut-être que les sœurs enseignantes revenaient chez elles — au couvent — chaque été, pour un mois de vacances et de retraite ?

— Oui. C'était un moment extraordinaire, qu'elles semblaient toutes attendre avec impatience.

— En fait, c'était la réunion de famille telle qu'Helen l'envisageait — la seule qu'elle eût jamais connue. Dès lors, comment s'étonner qu'elle ait eu l'impression d'être une nouvelle fois rejetée par les siens, quand l'endroit qu'elle considérait comme sa maison a fermé ?

— Mais vous avez bien dit que les sœurs ont été relogées ?

— En divers endroits, oui. Et je pense que le problème résidait justement là, pour Helen — dans le fait qu'elles ne restent pas toutes ensemble. Un peu comme si vous aviez grandi dans un orphelinat avec tous vos frères et sœurs, et qu'on vous séparait brusquement pour vous placer dans différentes familles. Non seulement Helen a perdu sa maison, mais elle a aussi perdu ses proches. Elle a été envoyée dans un couvent d'Eureka tandis que certaines de ses amies se retrouvaient en Californie du Sud, ct même dans l'Arizona.

— Quelle tristesse !

— Je suis bien d'accord avec vous. Helen est allée là où on lui a demandé d'aller, bien sûr. Elle a toujours respecté les règles. Mais, un jour, elle a eu un accident de voiture et elle a fait une grave dépression. Elle a disparu, peu après. On ne l'a retrouvée que des mois plus tard, parmi les sans-abri de San Francisco. Ses « sauveurs » l'ont amenée ici.

— J'ai du mal à comprendre comment une telle chose a pu arriver. N'existe-t-il pas une espèce de fonds d'aide aux sœurs qui se sont retirées, qui leur assure au moins de quoi se loger et se nourrir ?

— C'est le cas aujourd'hui, même si les ordres disposent d'un fonds plus ou moins important, en fonction de la richesse de la paroisse et du nombre de donateurs. De toute façon, je crois qu'il faut chercher ailleurs les raisons pour lesquelles Helen a traversé cette tragédie. Mon sentiment, c'est qu'à un moment donné, elle a tiré un trait sur tout — sur son ordre, sur l'Eglise, sur sa vie de religieuse. Elle a fait une croix sur l'ensemble et elle a disparu.

— Il fallait qu'il y ait de la colère, en elle…

— De la colère, oui, et de la fierté. De par son histoire personnelle, je pense qu'elle avait des idées très arrêtées sur ce que doit être une famille. Or, voilà que, par deux fois, les siens la laissaient tomber… Je ne dis pas cela pour la blâmer, loin de là, mais je suis frappée de voir le mépris qu'a aujourd'hui Helen pour la vie religieuse.

— Pourtant, elle est venue vivre ici. Et elle y est restée.

— C'est vrai. Elle est d'une gentillesse absolue avec tout le monde. Elle prépare ses soupes, elle cultive ses légumes, elle s'occupe d'elle… Dans l'ensemble, sauf ces derniers temps, elle paraît plutôt satisfaite.

— Vous n'êtes pas la première à dire qu'elle est différente, ces temps-ci. Avez-vous une idée de ce qui la contrarie ?

— Honnêtement, pas la moindre. Certaines, parmi nous, pensent qu'elle a été très affectée par la mort d'une de ses amies. Marti Bright. Vous la connaissiez ?

— Très bien, oui.

— Pour ma part, je ne suis pas si sûre que ce soit l'unique problème. Je pense qu'Helen traverse une épreuve bien plus difficile, depuis quelques mois.

Depuis la disparition de Justin, me dis-je.

Je jette un coup d'œil à la pendule, sur le mur opposé.

— Vous savez, j'aimerais beaucoup parler à Helen. Simplement aller m'asseoir avec elle, dans la cuisine. Il est bientôt midi : c'est là qu'elle doit se trouver, n'est-ce pas ?

— Je ne sais pas si...

— Je me sens vraiment mieux. Je n'ai même plus mal.

Au regard que sœur Anne pose sur moi, je vois qu'elle n'est pas dupe.

— Ecoutez, Abby, j'ai promis au détective Schaeffer de ne pas vous quitter des yeux tant que je n'aurai pas la certitude que vous allez bien.

— Mais je vais bien !

Pour le prouver, je fais glisser mes jambes sur le côté du lit et je me lève, m'efforçant de ne pas grimacer en sentant la douleur qui me tenaille les chevilles. C'est un sacré atterrissage, que j'ai fait, comme après un saut de cent cinquante mètres sans élastique.

— Regardez ! dis-je d'une voix assurée. Je vais beaucoup mieux, maintenant.

Sœur Anne hausse un sourcil.

— C'est ce que je vois, oui...

— Je vous en prie, ma sœur ! J'aimerais juste aller m'asseoir dans la cuisine, plutôt que rester là. J'arriverai peut-être même à voler un bol de soupe à sœur Helen sans qu'elle s'en rende compte.

Elle sourit.

— Ce qui me surprendrait, ce serait plutôt qu'elle ne vous oblige pas à en avaler un. Sous son côté bourru, c'est une vraie nounou, vous savez.

Elle sort son petit stylo lumineux de sa poche et observe mes pupilles.

— Laissez-moi vous examiner encore une fois.

Elle hoche la tête, satisfaite.

— Toujours aucun signe de commotion. Je pense que vous êtes définitivement hors de danger. Mais, à votre place, je me tiendrais tranquille, aujourd'hui. Vous allez me promettre de revenir me voir avant votre départ, pour que je vous examine une dernière fois.

— C'est promis !

— Autre chose : demandez à Helen de vous préparer une infusion à la camomille. Cela aidera à vous relâcher les muscles des jambes et à prévenir les tensions.

— D'accord. Et merci — vraiment. J'ai été sensible à la façon dont vous vous êtes occupée de moi.

— La première règle de la Maison de Prière, dès sa création, fut : « Dans la mesure où vous l'avez fait à l'un de Mes plus petits frères, c'est à Moi que vous l'avez fait. »

Dans une salle de bains située à côté de l'infirmerie, je m'asperge le visage d'eau et me brosse les dents, tout en pensant aux derniers mots de sœur Anne. « Dans la mesure où vous l'avez fait à l'un de Mes plus petits frères, c'est à Moi que vous l'avez fait. »

Mon esprit commence à s'éclaircir, et je me rappelle peu à peu les réflexions qui étaient les miennes, dans la chapelle, juste avant mon agression. J'étais en train de réunir les divers indices en ma possession, et, pour une raison ou pour une autre — sans doute que je n'avais pas les idées assez claires pour voir ce qu'il y avait à voir —, je ne parvenais pas à agencer l'ensemble.

A présent, je suis plus impatiente que jamais de parler à sœur Helen.

On a laissé mes vêtements sur une commode. Avec des mouvements aussi lents que possible, je parviens à glisser une jambe, puis l'autre, dans mon jean. Mon dos me fait toujours mal, et impossible de lever mes jambes sans déclencher des vagues de douleur au niveau des mollets, des hanches et des cuisses.

Une fois habillée, je me rends dans la cuisine, au rez-de-chaussée, toujours un peu patraque, mais très déterminée.

Sœur Helen est debout devant une table, en train de peler et couper des légumes. Elle lève sur moi des yeux pleins de surprise. Sans rien lui demander, je prends une chaise le long du mur et la traîne péniblement jusqu'à la table, devant laquelle je m'assois. Derrière sœur Helen, je remarque un grand réfrigérateur avec une porte vitrée. Il est rempli de légumes pelés et lavés, certains soigneusement enveloppés dans des sacs de conservation.

— C'est un vrai garde-manger, que vous avez là, dis-je sur le ton de la conversation.

— Notre jardin est très productif, me répond-elle laconiquement.

— Et vous conservez ici une bonne quantité de légumes, à ce que je vois. Sans doute pour vous éviter d'avoir à en ramasser et à en nettoyer tous les jours ?

— Sans doute, oui.

— Dans ce cas, vous avez dû avoir de quoi vous occuper, ce matin, dis-je.

Elle se contente de me regarder. Je poursuis :

— Tous ces légumes m'ont l'air très propres, malgré la pluie et la tempête. Vous avez dû passer la matinée à les essuyer…

Au lieu de me répondre, elle me lance :

— Tu as mauvaise mine. J'ai entendu parler de ce qui t'est arrivé.

— Sœur Anne a pensé que cela me ferait du bien de descendre un peu. Elle m'a conseillé de vous demander une infusion à la camomille.

Sœur Helen hausse les épaules et, du menton, désigne la cuisinière.

— On a toujours une bouilloire pleine d'eau chaude, par là.

Je réprime un sourire.

— Vous voulez que je m'en occupe ?

— Non, répond-elle comme à contrecœur. Je m'en charge.

Voilà qui ressemble plus à la sœur Helen dont j'ai gardé le souvenir. A l'entendre, tout n'est que « dérangement », et, dans les faits, rien ne paraît vraiment la déranger.

— Merci, ma sœur.

— Ne m'appelle pas comme ça ! me lance-t-elle en prenant un sachet de tisane dans une boîte.

Elle le fait glisser dans une tasse et verse de l'eau bouillante dessus.

— Voilà, dit-elle en posant la tasse devant moi, sans retirer le sachet.

— Excusez-moi, lui dis-je, c'est une habitude difficile à perdre... Est-ce que vous auriez une cuillère ?

— Tu joues les impotentes, maintenant ? Ou est-ce que tu t'es simplement habituée à ce qu'on te serve ?

— Il est très rare que je me fasse servir, vous savez. Je prépare moi-même la cuisine, et, que vous le croyiez ou non, je fais moi-même mon thé.

— Hmm.

Elle prend une cuillère dans un tiroir et me la tend. Puis, toujours debout, elle entreprend de peler une pomme de terre. Ce faisant, le coin de ses lèvres s'étire imperceptiblement — presque comme si elle souriait.

Je pose mes mains autour de la tasse, tandis que la camomille infuse, et je lui demande :

— Vous êtes vraiment heureuse, ici, n'est-ce pas ? L'autre jour, quand je suis entrée avec sœur Pauline, vous étiez en train de sourire, et même de fredonner.

— J'imagine que tout se passe bien, ici.

— Bien ? Selon moi, c'est encore mieux que cela. En ce moment, en tout cas. J'ai réfléchi, Helen. Depuis les funérailles de Marti, je dois faire face à votre colère. L'autre soir, chez moi, vous étiez presque enragée. J'ai essayé de comprendre pourquoi. D'abord, j'ai pensé que c'était à cause de l'existence facile que j'ai eue — comparée aux moments difficiles que vous avez connus. Puis je me suis dit que vous étiez peut-être en colère à cause des manœuvres de mon mari pour s'emparer de la Maison de Prière ; vous pensiez que j'étais sa complice.

Elle ne répond pas.

— Et puis, lorsque je me suis réveillée ce matin, après ma chute, j'ai eu une autre idée. C'est amusant, les conséquences que peuvent avoir un coup sur la tête et un plongeon sur le carrelage d'une chapelle…

Helen fait entendre un grognement qui ressemble étrangement à ceux que je laisse moi-même échapper, et que Jeffrey déteste tant. Du coup, je me demande si je ne les tiens pas d'elle…

— Je crois avoir deviné que l'unique cause de votre colère est Justin. Mais pourquoi ? Vous avez souvent été à ses côtés, toutes ces années, et vous savez que je n'ai rien fait qui puisse lui nuire. Et vous savez aussi sans doute que Marti m'avait demandé de le surveiller.

Elle plisse les yeux.

— Il semble que tu n'aies pas été à la hauteur…

— Je pense que si, en réalité. Jusqu'à ces derniers mois.

— Oui, quand tu as laissé ta vie personnelle prendre le pas sur sa sécurité… Oh ! ne va pas croire que je n'en ai pas entendu parler. Tout Carmel ne parle que de ça : ton mari qui a une aventure avec ta sœur, et toi qui te pavanes avec ce policier !

— Nous ne nous pavanons pas ! dis-je, comme une adolescente prise en faute.

Helen repose d'un coup sec sa pomme de terre sur la table.

— Jeune fille, Marti ne t'avait pas simplement demandé de « surveiller » Justin — comme on surveillerait une voiture stationnée dans une rue déserte. Elle nous avait chargées de la sécurité de son fils, ni plus ni moins ! Tu as échoué, et moi aussi !

— Je sais, dis-je d'une voix calme. Et je le regrette — à un point que vous n'imaginez pas. J'ai aimé Justin au moins autant que vous.

— Aimé ? Mais qu'est-ce que tu sais de l'amour ? Surtout l'amour pour un enfant ? Que sais-tu de donner son temps et son énergie à un enfant ? De toujours être là pour lui, alors qu'on n'en a pas forcément envie ? De ne jamais lui tourner le dos, pour quelque raison que ce soit ? Qu'est-ce que tu sais…

Elle s'interrompt brusquement et reprend sa pomme de terre, qu'elle pèle à la va-vite, avec des mouvements brusques.

Satisfaite d'être sur la bonne voie, je sirote mon infusion et survole en pensée les événements de ces derniers jours.

— Vous savez ce que je pense ? dis-je en posant ma tasse. Je pense que la personne contre qui vous êtes vraiment en colère, c'est Marti. Parce qu'elle a abandonné Justin.

Cette remarque me vaut un coup d'œil acéré. Je poursuis :

— Et je pense que cela vous renvoie à ce que vous avez dû éprouver quand vous êtes entrée au couvent Joseph et Marie, et que vos parents vous ont reniée.

Cette fois, elle écarquille les yeux.

— Je ne t'ai jamais parlé de ça !

— J'ai dû l'entendre quelque part…

— Quelque part ! Tu as dû faire ta moisson de ragots, oui ! Auprès de ces vieilles bonnes femmes qui parlent des autres dans leur dos !

— Ce ne sont pas des ragots, Helen, mais la vérité. Tout le monde vous aime, ici. Aussi irascible que vous soyez.

Elle fait de nouveau entendre un grognement.

— Vous rappelez-vous comment vous m'obligiez à raisonner de façon logique, étape par étape, en mathématiques ? Vous m'avez appris qu'il n'y avait qu'une manière de parvenir à la bonne réponse : réunir tout ce dont on dispose et construire un raisonnement à partir de là — de façon logique, sans prendre de chemins détournés ni commettre d'erreur, sous peine d'échouer complètement. C'était une bonne leçon, une méthode qui m'a aidée plus d'une fois à trouver la vérité, quand j'étais journaliste.

Helen a commencé à peler une autre pomme de terre, mais ses mouvements ont ralenti. Heureuse d'avoir réussi à capter son attention, je continue :

— Mon idée, c'est que, dans cette histoire, il est avant tout question d'abandon. Quand la communauté Joseph et Marie a fermé, au milieu des années 80, quelques mois ont passé durant lesquels on vous a dispersées vers d'autres ordres et d'autres couvents. Perdre la seule maison que vous connaissiez a dû être incroyablement dur pour vous. Les donations n'existaient pas, et vous ne pouviez pas compter sur le soutien financier de vos parents.

— Comme si j'avais besoin de donations ! s'exclame-t-elle en jetant presque la pomme de terre. La charité, oui ! Toujours la charité, comme autrefois !

A ma grande surprise, ses yeux se mettent à briller de larmes. Mais elle parvient à les contenir, et lance d'un ton sec :

— L'ordre, tu le sais, ne donnait jamais rien aux postulantes. Nos parents étaient censés nous verser une dot à l'entrée au couvent. Ils devaient aussi acheter tout ce dont nous aurions besoin durant l'année de postulat — uniformes, sous-vêtements, chaussures, collants, savon, dentifrice…

— Mais vos parents ne vous ont pas aidée, n'est-ce pas ?

Elle s'assoit lourdement sur une chaise et étudie ses mains noueuses et abîmées.

— Le tissu de mon premier habit venait d'une boutique de charité. C'était une étoffe grossière et bon marché, sous laquelle on étouffait de chaud pendant l'été. Elle pourrissait presque sous les bras quand je transpirais et elle était impossible à laver correctement. Crois-moi, jeune fille, mais quand j'ai prononcé mes vœux quatre ans plus tard, j'en avais par-dessus la tête, de la charité.

Elle lève le menton.

— Lorsque j'ai commencé à enseigner, je me suis acheté mon propre habit. On ne gagnait pas grand-chose, mais j'ai réussi à mettre un peu de côté chaque mois. J'ai fait tailler mon nouvel habit dans un tissu lavable, et dès l'instant où j'ai pu le mettre, je l'ai aimé. C'était le *mien*.

— Voilà pourquoi vous avez refusé pendant si longtemps de l'abandonner. Ma sœur, je crois que je ne peux même pas imaginer combien tout cela a dû être difficile pour vous, à dix-huit ans !

— J'étais forte ! répond-elle en plongeant ses yeux dans les miens. Indépendante ! Je savais que je pouvais me prendre en charge.

— Je me doute que vous étiez forte, ma sœur. Mais tout cela a dû vous meurtrir, à la longue. Et si vous pensiez être capable de vous prendre en charge, la plupart des jeunes filles de dix-huit ans pensent de même. Nous croyons toutes être en mesure de conquérir le monde. C'était le cas pour Marti, c'était le cas pour moi… Mais quand nous avons fait nos premiers pas dans la vie religieuse, on a tout fait pour nous dépouiller de notre esprit d'indépendance. Ça n'a pas été pareil, pour vous ?

— Pour moi comme pour toutes les autres ! Ils prenaient des jeunes filles et les séparaient de tous ceux qu'elles connaissaient, de tout ce en quoi elles croyaient. De nos jours, on appelle ça du lavage de cerveau. Les jeunes sœurs d'aujourd'hui, qui approuvent les changements intervenus, vous expliqueront qu'on a fait de nous des petites servantes de l'Eglise, un peu stupides. Mon avis, c'est qu'on nous avait kidnappées et qu'on nous retenait en otages.

Elle se lève, rassemble ses légumes dans une grande casserole et les emporte jusqu'à l'évier, pour les rincer à l'eau froide.

— Et puis, un jour, on nous a « libérées ». C'est du moins ce qu'ils ont dit. Nous n'avions pas d'argent et aucun moyen de nous prendre en charge. Alors, oui, pendant un moment, j'ai accepté leurs donations. Mais pour moi, c'était toujours de la charité — comme pour beaucoup d'autres, même si elles préfèrent ne plus en parler, maintenant.

Sœur Helen se tourne vers moi et me fixe avec un regard plein de colère.

— Ne va pas penser que nous n'appréciions pas ce que les gens faisaient pour nous aider ! Mais, pour commencer, nous aurions dû être payées correctement pour le travail que nous accomplissions en tant qu'enseignantes. On aurait dû nous autoriser à mettre de l'argent de côté pour notre retraite. Si tout avait été mené correctement, jamais nous n'aurions eu à accepter la moindre charité.

Elle laisse tomber les légumes dans une grosse cocotte, pose un couvercle et allume le feu en dessous.

— Vous êtes vraiment une énigme, sœur Helen, lui dis-je. Vous aimiez la vie religieuse telle qu'elle était, avec ses règles et ses contraintes. Pourtant, vous étiez prête à finir comme un sans-abri pour conquérir votre indépendance…

— Je n'ai pas choisi de finir comme un sans-abri. Après m'être retirée, j'ai travaillé pendant dix ans, et je comptais bien continuer, comme beaucoup d'autres sœurs.

— Mais vous avez été victime d'un grave accident de voiture, et vous avez dû cesser toute activité, parce que la douleur était trop intense, je sais.

Elle s'assoit avec un soupir.

— Non, jeune fille, tu ne sais pas. C'est peut-être la raison que j'ai donnée, mais en réalité…

— En réalité, vous étiez fatiguée. Fatiguée de tous ces changements, de voir votre « maison » fermer au moment où vous étiez prête à y passer le reste de votre vie. Vous rêviez même probablement de mourir à Joseph et Marie, au milieu de vos vieilles amies.

— J'aimais marcher dans le jardin…

Soudain, le ton de sa voix a changé. Son regard, comme perdu dans le passé, s'est adouci.

— Je sais, lui dis-je sur le même ton. J'aimais cela, moi aussi. Vous vous souvenez des processions du 1er mai, lorsque nous chantions et déposions des fleurs au pied des statues ?

Ses yeux se ferment pour lutter contre les larmes. Son menton se met à trembler.

— C'était magnifique, murmure-t-elle. Si magnifique…

Quand elle me regarde de nouveau, je vois tant de tristesse dans ses yeux, tant de chagrin, que je regrette presque ce que je m'apprête à faire.

Je me penche en avant et couvre ses mains avec les miennes.

— J'avais raison, ma sœur, n'est-ce pas ? C'est l'abandon qui est au centre de tout. Vous vous êtes sentie abandonnée, et maintenant, vous ne supportez pas que cela puisse arriver à quelqu'un d'autre.

— Où veux-tu en venir ? me lance-t-elle d'un ton sec, en retirant ses mains.

— La règle première de la Maison de Prière, ma sœur. Une règle que je m'attendrais à vous voir suivre, plus que n'importe qui.

Une lueur de méfiance passe dans ses yeux.

— « Dans la mesure où vous l'avez fait à l'un de Mes plus petits frères, dis-je, c'est à Moi que vous l'avez fait. »

Elle détourne le regard.

— C'est ce que vous faites ici ? Vous veillez sur « l'un de Ses plus petits frères », n'est-ce pas ?

Elle ne répond pas.

— Je suis désolée de ce qui vous est arrivé, lui dis-je. Désolée que les choses n'aient pas tourné différemment. Mais, maintenant, tout cela a changé, n'est-ce pas ? Tout s'est arrangé ? Vous voyez, ma sœur, quand je vous ai vue ici pour la première fois, un détail m'a frappée, parce qu'il ne collait pas. Vous étiez là, dans votre petite cuisine, heureuse, et vous fredonniez — oui, vous fredonniez…

— Mais qu'est-ce que tu racontes ?

— Je vous explique pourquoi je n'ai pas cessé de me poser des questions, depuis lors. Comment pouviez-vous être si heureuse, même ici, quand Justin, l'enfant que vous aviez aimé pendant des années comme si c'était le vôtre, avait été enlevé ? Peut-être même tué ?

Elle tressaille tout entière, comme si un fardeau qu'elle portait depuis trop longtemps venait de tomber de ses épaules.

— Vous n'auriez pas pu éprouver un bonheur aussi manifeste, lui-dis-je. C'est comme ça que j'ai su.

Je m'empare de nouveau de sa main et la presse fermement dans la mienne.

— Je veux que vous m'ameniez jusqu'à Justin, ma sœur. Maintenant.

19.

Nous gravissons la colline côte à côte, chacune chargée d'un seau. Celui d'Helen contient des épluchures de légumes pour son tas de compost, tandis que dans le mien se trouve un poulet, rôti à la perfection. Avec un bocal de soupe brûlante et une miche de pain, cette volaille constitue le déjeuner typique de Justin depuis huit semaines.

— Vous mentiez en affirmant que vous vous trompiez dans vos recettes et que vous étiez obligée de tout jeter, n'est-ce pas ? lui dis-je, en peinant derrière elle. Certaines de vos congénères en parlaient l'autre jour, au déjeuner. Elles insistaient sur le fait que c'était très inhabituel de votre part. Et puis, j'ai réfléchi au fait que vous montiez jusqu'à ces dépendances tous les jours, qu'il pleuve ou qu'il fasse soleil, avec vos seaux de « déchets ». J'ai fini par comprendre que tous ces comportements apparemment bizarres n'étaient pas dus à l'âge ou à un début de sénilité, comme il vous arrangeait de le laisser croire.

— Tu as toujours tout compris avant les autres, n'est-ce pas ? me lance Helen d'un ton acide.

— Pas vraiment. Il a fallu que je prenne un coup sur la tête pour que tous les éléments se mettent en place.

— Hmm.

Sa claudication s'accentue, tandis que mes muscles protestent contre cette montée du Golgotha que je leur inflige. Je n'en poursuis pas moins ma démonstration :

— C'est pour cette raison que vous ne laissiez personne vous aider, pour le compost, n'est-ce pas ? Et cela explique aussi en partie la façon dont vous m'avez traitée. Vous m'avez tenue à distance de peur que je vienne à la Maison de Prière et finisse par découvrir la vérité.

Je m'arrête un instant pour reprendre mon souffle.

— Vous savez quoi ? Je parie que c'est aussi pour cette raison que Ned, le frère de Marti, s'est montré aussi froid envers moi. Vous l'avez monté contre moi, afin que nous ne puissions pas mettre nos intelligences en commun…

Elle marque elle aussi une pause, et me lance un coup d'œil irrité.

— Ned est déjà rentré chez lui, non ? lui dis-je. Vous ne lui avez donc certainement pas révélé que Justin a été enlevé et que c'est vous qui le cachez, à présent ?

— Tu penses en savoir beaucoup, me lance-t-elle d'un ton acerbe en se remettant en route. Mais, comme je te l'ai déjà dit, tu ne sais rien du tout.

— Qu'est-ce que vous voulez dire ?

Elle ne répond pas, et je me demande soudain dans quoi je me suis engagée. Et si je m'étais trompée, après tout ? Si sœur Helen était complètement cinglée ? Vais-je trouver Justin ligoté à une chaise et bâillonné, comme sur le cliché ?

D'ailleurs, se trouve-t-il seulement ici ? Peut-être me conduit-elle droit dans un piège.

Honnêtement, je n'y crois pas trop, mais je ne peux rien faire contre le flot de pensées qui me traverse l'esprit tandis que nous escaladons cette colline.

Nous contournons le plus grand des bâtiments jusqu'à une porte située à l'arrière. Sœur Helen sort une clé de sa poche et ouvre un cadenas rouillé donnant l'impression de ne pas avoir été utilisé depuis longtemps. Mais la clé entre et tourne sans le moindre problème.

J'éprouve un choc en découvrant l'intérieur. Ce n'est pas du tout ce à quoi je m'attendais.

Justin est assis à une vieille table de bois, en train d'écrire dans un cahier, au beau milieu d'une pièce débarrassée du moindre grain de poussière et dont on a fait un studio rustique mais très confortable. Il y a des livres un peu partout, empilés du sol au plafond. Une lampe à pile Coleman est posée sur la table, diffusant de la lumière dans la pièce. Le lit se trouve dans un coin, couvert d'un édredon, avec plusieurs coussins reposant contre une tête en fer forgé ancienne. Au pied du lit, de nombreux livres sont encore disposés, comme si Justin passait ses nuits à lire. Un parfum citronné de cire emplit l'atmosphère. Quant à Justin lui-même, il a l'allure d'un étudiant comme les autres, qui ferait ses devoirs en mâchouillant une barre chocolatée.

Des larmes m'emplissent les yeux.

Ça y est, Marti, je l'ai trouvé ! Et il va bien !

Merci, mon Dieu. Il est sain et sauf !

20.

— Tante Helen ?

Justin semble nerveux de voir une étrangère faire irruption dans son abri. Il remonte les manches d'un sweat-shirt où est inscrit « PACIFIC GROVE HIGH », et s'essuie les mains sur son jean.

— Bonjour, Justin, lui lance Helen d'un ton rassurant. Je te présente Abby Northrup, une vieille amie de ta maman.

Elle ne précise pas si elle fait allusion à Mary Ryan ou à Marti, mais je remarque que, devant Justin, son hostilité à mon égard disparaît. Elle ne veut à l'évidence ni le contrarier ni l'effrayer.

— Bonjour, Justin, dis-je en faisant mon possible pour empêcher ma voix de trembler. Ça va ?

Ses yeux passent de moi à sœur Helen, et il hausse les épaules.

— Ça va, oui. Je crois.

— Nous t'avons apporté ton déjeuner, lui annonce sœur Helen.

— Ça sent bon. Du poulet, je parie ?

— Du poulet, oui… Je peux toujours essayer de convaincre Tammy d'acheter un morceau de porc ou de bœuf, la prochaine fois, si tu en as assez ?

— Non, non, j'adore ton poulet, je n'en ai jamais mangé d'aussi bon. Je t'assure, tante Helen, il est formidable.

Il se lève et se serre contre elle en ajoutant :

— *Tu* es formidable.

Il n'y a qu'un adjectif pour décrire « tante Helen » en ce moment : elle est rayonnante. Visiblement, rien ne lui donne autant de bonheur que de s'occuper du « plus petit de Ses frères » — ainsi qu'il est fait allusion aux enfants, dans la Bible.

Je dispose sur la table le poulet et la soupe qui sont dans mon seau. S'y trouvent aussi, outre une nappe à carreaux, un couteau et deux assiettes en carton. J'en place une devant Justin, qui s'est rassis. Sur l'autre, je dépose la miche de pain, que je commence à découper. Mes mains tremblent encore à l'idée de l'avoir retrouvé. Si jamais un miracle s'est produit, c'est bien celui-là.

— Tu m'as l'air en bonne santé, dis-je à Justin.

Il sourit en repoussant ses cheveux bruns de son front.

— Grâce à tante Helen ! Vous voyez comme elle me soigne… A défaut d'autre chose, ajoute-t-il en se passant la main sur le ventre, j'aurai au moins gagné du poids, ici.

— Depuis…

Je m'interromps. J'allais lui demander depuis combien de temps il est là, mais je ne veux pas le bousculer.

— Presque deux semaines, me répond-il, comme s'il avait lu dans mes pensées.

— Deux semaines !

Depuis que Marti a été assassinée, donc ?

Il s'empare d'un pilon et commence à manger.

— Ça passe très vite, en fait. C'est ma mère qui vous envoie ?

Sa question me prend de court et il m'est difficile de le cacher.

— Ta mère ? Elle sait donc que tu es ici ?

Il se lèche un doigt.

— Non. Mais j'ai pensé que… Tante Helen ?

Helen est derrière lui, en train de faire le ménage dans la pièce pourtant immaculée.

— Mary n'en sait rien, répond-elle en me jetant un coup d'œil.

— Tante Helen a essayé de la joindre, m'explique Justin, mais elle ne l'a pas trouvée à la maison. Ni mon père.

Parce qu'ils étaient à Rio, bon sang !

— Justin, je viens de voir tes parents. Ils ont dû partir, ils pensaient que c'était la meilleure chose à faire pour te protéger. C'est une longue histoire… En tout cas, ils pensaient agir pour le mieux.

Son visage s'éclaire.

— Voilà ce qui s'est passé, alors ! Quand je me suis enfui, je suis revenu à la maison mais tout était fermé, et la voiture n'était plus là. Alors, j'ai appelé tante Helen, et elle m'a dit qu'elle s'occuperait de moi.

Il lui décoche un grand sourire.

— Tante Helen ferait un bon agent secret, vous savez. Elle m'a fait venir ici en pleine nuit.

— Vraiment ?

Justin hoche la tête, comme s'il était très fier de leur coup.

— Mais je me suis fait beaucoup de souci pour ma mère, ajoute-t-il d'un ton plus grave. J'espérais qu'elle, au moins, serait à la maison.

— « Elle, au moins » ? Et ton père ?

Justin interroge sœur Helen du regard.

— Tu peux lui dire, après tout, déclare-t-elle.

— Eh bien… Tante Helen voulait d'abord avoir la certitude que mon père serait absent.

Je m'assois en face de lui et lui demande :

— Comment ça, absent ? Et pourquoi ?

Il tourne de nouveau les yeux vers Helen — des yeux sombres, si semblables à ceux de Marti.

— Mon père…

Sa voix se casse, et il laisse tomber son morceau de poulet dans son assiette, comme s'il avait soudain perdu l'appétit.

C'est Helen qui prend le relais, renouant pour l'occasion avec son ton hargneux.

— Paul Ryan est mêlé à des agissements dont le but est de conduire la Maison de Prière à la faillite. C'est lui, l'avocat qui a intenté un procès qui pourrait nous obliger à fermer. Tout ça pour le compte de qui ?

Je soupire.

— Mon mari. J'ai tout découvert hier.

— Ce que tu n'as peut-être pas découvert, c'est que c'est aussi à cause de ton mari que Justin sait qu'il est un enfant adopté.

Je me tourne vers l'adolescent, qui n'aurait jamais dû connaître autre chose que du bonheur, dans la vie.

— Tu pourrais m'expliquer ce qui s'est passé ?

Il hausse les épaules.

— Je les ai entendus parler, un soir. Mon père et un autre homme, qui s'appelait Jeffrey. Tante Helen dit que c'est votre mari ?

Je me contente de hocher la tête, et il poursuit.

— C'était au mois de juillet. Ce Jeffrey a dit qu'il savait que j'étais adopté. Il a expliqué à mon père que, s'il ne faisait pas une certaine chose, il dirait à mon *vrai* père où j'étais, et qu'alors cet homme viendrait me récupérer. Il disait aussi qu'on en parlerait dans tous les journaux. Et que, lorsque je découvrirais la vérité…

Il s'arrête et serre les poings.

— Je ne savais pas. Que j'avais été adopté, je veux dire. Ça m'a plutôt… secoué, je crois, d'apprendre qu'ils m'avaient menti tout ce temps. Alors, je suis parti.

— Tu t'es enfui ?

Il déglutit avec peine et opine de la tête.

— Et Mary ? Qu'a-t-elle dit de tout ça, de l'adoption ?

— Ma mère n'était pas chez nous. Elle assistait à une réunion de prière, à l'église. Je n'avais pas envie de rester à la maison, à attendre qu'elle revienne. Alors, je suis parti.

Justin demeure silencieux. Au bout d'un moment, je lui demande :

— Que s'est-il passé, ensuite ? Où es-tu allé ?

— J'ai couru, couru autant que j'ai pu sur la 68, puis sur la Route 1. Là, j'ai fait du stop jusqu'à Santa Cruz, et j'ai traîné dans les rues pendant un moment.

Il hausse les épaules comme si rien de tout cela n'avait d'importance, mais ses yeux tiennent un autre langage.

— Ça ne devait pas être rassurant, dis-je.

— C'est vrai. Mais il y avait d'autres garçons de mon âge. Beaucoup, même, plus que les gens ne le croient. Ils m'ont aidé, ils m'ont dit où passer la nuit, comment avoir de la nourriture. J'aurais pu tenir comme ça un certain temps, mais, une nuit, ce type m'a mis la main dessus, dans une petite rue. Il m'a fourré dans sa voiture et m'a emmené dans une cabane, du côté de Felton. Dans les montagnes, je crois. Je ne sais pas vraiment où, parce qu'il m'avait bandé les yeux, mais c'était dans les montagnes, et il ne lui a pas fallu beaucoup de temps pour m'y emmener. Il m'a enfermé dans une pièce pendant à peu près une semaine.

Justin s'efforce de relater son calvaire avec le plus de calme possible. Sœur Helen, je m'en rends compte à travers le voile de larmes qui m'a empli les yeux, est aussi troublée que moi.

Je redoute sa réponse, et pourtant je demande au garçon :

— Est-ce qu'il t'a fait mal ? Cet homme… t'a-t-il fait quoi que ce soit ?

— Pas vraiment, répond Justin en haussant de nouveau les épaules. La plupart du temps, il n'était pas là. Il me laissait dans une pièce, ligoté et les yeux bandés. Il a pris des photos de moi, j'ai entendu les déclics de l'appareil. Je me suis dit qu'il allait les envoyer à mes parents pour demander une rançon, ou quelque chose de ce genre. Comme il ne me détachait pas, même la nuit, je dormais très mal. Et il ne me donnait pas beaucoup à manger.

Il lève sur moi des yeux timides et embarrassés.

— Mais le pire, c'était de ne pas savoir ce qu'il allait faire. D'abord, j'ai cru qu'il m'avait emmené dans cet endroit pour me faire des trucs. Les garçons que j'ai rencontrés dans la rue m'ont expliqué que ça arrivait, parfois. Mais il ne se passait rien. Alors, j'ai pensé qu'il avait changé d'avis, qu'il ne savait plus quoi faire de moi, et qu'il allait probablement finir par me tuer — parce que, s'il me laissait partir, je pourrais l'identifier. J'ai commencé à imaginer une manière de m'enfuir.

— Oh ! Justin…

Je me penche pour lui prendre la main et, au dernier moment, je me retiens, ne sachant comment il réagirait à ce contact, après ce qu'il vient de revivre.

— Je suis désolée, lui dis-je. Je n'avais pas idée de ce qui t'arrivait. En tout cas, ta mère serait fière de voir quel garçon courageux tu es.

Il me regarde avec curiosité.

— Vous parlez de Mary ? Ou de ma vraie mère ?

— Les deux. Mary est tout autant ta vraie mère. Et elle t'aime beaucoup.

— « Les deux » ? Vous connaissez ma vraie mère ?

— Oui. Nous étions amies depuis toujours. C'était une femme formidable, Justin, très courageuse. Tu es exactement comme elle.

Helen m'adresse un signe de tête, presque imperceptible. Mais il est trop tard.

— Pourquoi dites-vous « était » ? me demande Justin. Il lui est arrivé quelque chose ?

Je mesure soudain l'erreur que je viens de commettre. Helen ne lui a rien dit. Il vit depuis deux semaines sans télévision ni radio, sans personne à qui parler. Il ne sait donc pas que Marti est morte.

Mais peut-être est-ce mieux ainsi. Le moment est mal choisi pour annoncer à un enfant qui traverse de pareilles épreuves que celle qui lui a donné le jour vient de mourir dans des circonstances épouvantables.

J'improvise :

— Cela fait longtemps que je ne l'ai pas vue, c'est tout.

— Mais elle va bien ? me demande Justin avec empressement. Je vais pouvoir la revoir, dès que tout ça sera terminé ?

— La revoir ? Tu as déjà vu Marti ?

— Elle est venue ici plusieurs fois, intervient sœur Helen. Je l'ai tout de suite avertie de la présence de Justin.

— Je suis impatient de lui dire que je vous ai rencontrée, m'assure Justin. Elle m'a beaucoup parlé de vous.

— De moi ?

— Bien sûr. Elle m'a expliqué comment vous l'avez aidée à trouver de bons parents pour moi. Elle m'a dit aussi que vous étiez la meilleure amie qu'elle ait jamais eue.

Il regarde sœur Helen.

— Enfin, avec tante Helen, corrige-t-il. Elle m'a avoué que, sans vous deux, elle ne sait pas comment elle s'en serait sortie, dans la vie.

Le visage de Justin s'assombrit soudain.

— Quand je lui ai parlé de l'homme qui m'a kidnappé, elle m'a promis qu'elle allait le trouver et lui faire payer.

Oh ! mon Dieu ! Voilà donc ce qui s'est passé, Marti ? Tu l'as trouvé, et c'est lui qui t'a tuée ?

Soudain, l'émotion est la plus forte. Je contourne la table et prends Justin dans mes bras. Je l'enveloppe de tout mon amour — et c'est un peu comme si Marti était là, avec nous, et qu'elle le tenait contre elle.

— Ne t'inquiète pas, lui dis-je. On va le trouver. On va le trouver, et il va payer.

Avant de demander à Justin comment il s'est enfui, et quels souvenirs il garde de son ravisseur, je l'engage à terminer son repas. Le fils de Marti, s'il a traversé bien plus de périls que nombre d'adultes, n'en est pas moins un enfant, qu'il importe de ménager et de préserver. Sœur Helen l'a bien compris, elle, et c'est grâce à ses efforts qu'il a pu sortir de ce cauchemar en gardant une âme intacte.

Elle nous a laissés seuls dans la pièce, pour aller s'occuper du compost. L'adolescent dévore avec un appétit qui me ravit — et je ne peux m'empêcher de sourire quand, comme n'importe quel garçon de son âge, il se passe la main sur la bouche, puis qu'il s'essuie sur son jean.

— Vous êtes sûre que vous n'en voulez pas ? me demande-t-il en poussant l'assiette vers moi.

— Non, merci, je n'ai pas très faim.

La vérité est que je n'en reviens toujours pas, de l'avoir retrouvé… Inconsciemment, le jour où j'ai vu Helen monter la colline en boitillant avec ses seaux de déchets, j'ai dû commencer à me poser des questions. Et la savoir dehors en pleine tempête, la nuit dernière, soi-disant pour ramasser des légumes, n'a fait que renforcer mes doutes. Si je voulais bien admettre qu'elle eût des pénitences à accomplir, il m'était difficile de croire qu'une femme souffrant d'arthrite pût aller patauger dans la boue pour récupérer quelques cœurs de laitue.

Mais s'il est une chose qui m'a définitivement mis la puce à l'oreille, c'est de l'avoir entendue fredonner. Car il en faut beaucoup pour qu'une femme comme sœur Helen fredonne…

Quand Justin a fini de manger, il va nettoyer son assiette dans un petit évier. Il la rince et l'essuie avant de revenir s'asseoir en face de moi.

Je lui demande aussitôt :

— Est-ce que je peux te poser quelques questions ? Je ne veux surtout pas te bousculer, mais…

— Ça va, ne vous en faites pas. Vous aimeriez savoir quand et comment je me suis échappé, c'est ça ? C'est ce que ma mère

— Marti Bright, je veux dire — m'a demandé, elle aussi. On voit qu'elle est journaliste : elle voulait connaître tous les détails.

— Tu serais capable d'identifier l'homme qui t'a retenu prisonnier dans cette cabane ?

— Je n'en sais trop rien. Je n'ai jamais vraiment pu voir son visage. La nuit où il m'a enlevé, il était derrière moi, dans le noir, et il m'a bandé les yeux avant que j'aie pu me défendre.

— Tu as quand même pensé qu'il allait peut-être te tuer, pour t'empêcher de l'identifier…

— Oui, mais pas vraiment parce que je l'ai vu. Je l'ai *entendu*, précise Justin après une courte pause.

— Tu as entendu sa voix ?

— Une fois, seulement. Il était au téléphone, dans une autre pièce. Il parlait de quelqu'un qui était à ses trousses. J'ai pensé qu'il s'agissait de la police, qu'un des garçons de Santa Cruz l'avait vu en train de m'enlever et qu'il avait prévenu les flics. Je me suis raccroché à cet espoir, en tout cas — que quelqu'un avait relevé son numéro de plaque minéralogique et qu'on me recherchait.

— C'est tout ce que tu as entendu ?

Justin se met à rougir, de façon presque imperceptible.

— Il y a bien autre chose, mais… ça me paraît stupide, maintenant.

— Dis-moi.

— Eh bien, il m'a semblé entendre quelque chose comme : « Dites au président… » Puis il a été question du « bureau ovale », mais je n'en suis pas vraiment sûr. J'ai peut-être mal entendu. Il faisait peut-être allusion au président d'une entreprise…

Brièvement, je ferme les yeux. Le tableau commence à être plus net, maintenant.

— Pour en revenir à la voix, était-ce le même homme que tu avais entendu parler avec ton père ? Celui que ton père avait appelé Jeffrey ?

Justin secoue la tête.

— Ma mère m'a posé cette question, mais il parlait trop bas pour que je puisse en être sûr. En tout cas, ce Jeffrey, je l'ai entendu dire à mon père, Paul, qu'il pensait savoir qui était mon vrai père : un homme qui, d'après lui, avait beaucoup d'argent et faisait de la politique. C'est pour ça qu'il disait qu'on en parlerait dans tous les journaux, et que mon vrai père viendrait me récupérer… Alors, quand j'ai entendu le type de la cabane parler de « président » et de « bureau ovale », une idée bizarre m'a traversé la tête… J'ai cru qu'il parlait du président des Etats-Unis. Complètement cinglée, comme idée, non ?

— Pas tant que ça, Justin, lui dis-je, prise au dépourvu. Pas du tout, même. Tu saurais me décrire la voiture de ton ravisseur ?

— Ce que je sais, c'est que ça devait être une voiture qui coûtait très cher. Parce que le moteur ronronnait doucement, comme un petit chat.

Comme un petit chat, ou comme une Mercedes ?

Jeffrey est en fuite, la police est à ses trousses : et si, en enlevant Justin, il avait fomenté un coup contre Chase ?

Contre Chase, ou *pour* Chase.

Si tant est que Chase soit le véritable père de Justin, bien évidemment…

Autre question : si c'est Jeffrey qui a effectivement enlevé Justin à Santa Cruz, qu'avait-il l'intention de faire de l'enfant ? Combien de temps comptait-il le garder caché ? Jusqu'à ce que les élections soient passées ?

Ou s'agissait-il uniquement d'avoir Paul Ryan à sa merci ? Il se pourrait que tout cela n'ait aucun rapport avec la réélection de Chase, mais avec les manigances de Jeffrey pour ruiner la Maison de Prière…

Dans un cas comme dans l'autre, je ne pense pas qu'il aurait rendu sa liberté à Justin une fois les choses terminées. Il se serait débarrassé d'un témoin aussi gênant qu'inutile.

J'en ai froid dans le dos, soudain. Je demande à l'enfant :

— Comme t'es-tu échappé, alors ?

Justin me sourit, visiblement fier de lui.

— Je l'ai bien eu. J'ai commencé à crier comme un fou. Il m'avait bâillonné avec du gros ruban adhésif, mais j'ai quand même réussi à crier. Je ne m'arrêtais plus. Il est arrivé en courant et m'a ôté mon bâillon. Je lui ai expliqué que j'avais très mal au ventre. Au départ, il ne m'a pas cru, mais j'ai continué à hurler — si fort et si longtemps que j'en ai presque perdu ma voix. Je lui ai dit que j'étais en train de mourir. Et puis, soudain, j'ai arrêté et je suis resté immobile. J'ai fait comme si j'étais en état de choc.

— Tu n'as pas eu peur qu'il te tue, tout simplement ?

— Un peu, si. Mais comme je pensais qu'il le ferait un jour ou l'autre…

— Tu es incroyable, Justin. Alors, ensuite ?

— Il m'a ôté mes liens. Il m'a palpé au niveau de l'estomac, et il m'a dit que, d'après les connaissances qu'il avait en matière d'urgences médicales, je n'avais rien. C'est là que je lui ai balancé mes pouces dans les yeux.

Le sourire de Justin s'élargit.

— Je l'ai eu par surprise — comme lui quand il m'a enlevé. Je n'ai pas perdu de temps à regarder derrière moi. J'ai retiré mon bandeau, je suis sorti et j'ai fermé la porte de la pièce à clé. Il y avait un verrou à l'extérieur, et je savais qu'il n'était pas près de sortir. J'ai vu des photographies de moi sur une table, dans le salon. J'en ai pris une en pensant que je la montrerais aux gens, comme preuve de ce qui m'était arrivé. Et je me suis mis à courir.

— Une chance que tu sois un crack en athlétisme !

Il ouvre de grands yeux.

— Vous savez ça ?

— Oui.

— Maintenant que j'y pense, j'ai l'impression de vous connaître. Je vous ai vue à l'école, non ? Au collège ?

Je hoche la tête.

— J'étais accompagnatrice, pour certaines sorties. Je t'ai vu courir deux ou trois fois.

— En tout cas, vous avez raison : j'ai eu de la chance d'être bien entraîné. Mais si j'avais été plus malin, j'aurais au moins jeté un coup d'œil sur le bonhomme avant de m'enfuir, pour voir sa tête. Je n'y ai tout simplement pas pensé. J'ai eu l'impression qu'il était sur mes talons jusqu'au moment où je suis arrivé ici. J'ai couru sur tout le chemin, en restant à l'écart des routes au cas où il me poursuivrait en voiture. A Santa Cruz, j'ai fait du stop jusqu'à Pacific Grove, et après, jusqu'ici, pour rejoindre tante Helen.

— Si je comprends bien, Justin, tu es resté quatre semaines à Santa Cruz, puis, dans cette cabane… combien de temps ? Une semaine ? Et depuis, tu es ici, à la Maison de Prière ?

— C'est à peu près ça, oui.

Du regard, il fait le tour de cette pièce encombrée de livres.

— Tante Helen a été mon professeur à domicile. Elle vient chaque fois qu'elle le peut, le soir, quand personne ne la voit. Et c'est vraiment une bonne prof !

— Je sais. Moi aussi, je l'ai eue comme prof.

— C'est vrai ? Mince, elle est vieille, alors !

Je hausse un sourcil.

— Pardon ?

— Désolé, ce n'est pas ce que je voulais dire, déclare Justin en riant. Mais elle a dû enseigner plus longtemps que je ne croyais. Elle est censée s'être retirée, aujourd'hui, vous savez, et c'est tant mieux, parce que, avec son asthme…

Il s'interrompt soudain, comme frappé par une évidence.

— Hé ! La voilà, l'autre façon que j'ai pour identifier mon bonhomme !

— L'autre façon ?

— Oui : sa respiration ! Elle était très sifflante, par moments.

— Tu penses qu'il pourrait être asthmatique ?

— Quelque chose comme ça, oui. Je l'ai entendu rentrer du bois, un soir, et allumer un feu. Il donnait vraiment l'impression d'avoir du mal à respirer

Je me souviens alors que, tandis que j'essayais de me défendre contre mon agresseur, dans la chapelle, lui aussi respirait bruyamment — du même souffle court que Jeffrey quand il est monté dans le grenier pour récupérer ses vêtements.

21.

Avant de quitter la Maison de Prière, plus tard dans l'après-midi, l'esprit troublé par tout ce que je viens d'apprendre, une ultime question me trotte dans la tête. Pourquoi sœur Helen n'est-elle pas allée voir la police, quand Justin est venu trouver refuge auprès d'elle ? Pourquoi ne leur a-t-elle pas montré la photographie qu'il avait prise avec lui, pour preuve de l'enlèvement ?

— Et à qui pouvais-je faire confiance ? me répond-elle simplement.

Une méfiance quasi paranoïaque envers l'autorité perce dans sa voix, séquelle des longs mois passés dans la rue.

En outre, Marti elle-même lui avait demandé de garder Justin en sécurité, le temps — pensait-elle — qu'elle pût démêler la situation.

J'interroge mon ancien professeur :

— Pourquoi m'avoir apporté la photo, alors ?

— J'étais furieuse contre toi, et j'avais peur pour Justin, après le meurtre de Marti ! Je voulais que tu saches ce que tu avais fait en le plaçant dans cette famille — auprès de ce père, surtout !

Sur la route de Carmel, il m'apparaît très vite que je ne suis pas au mieux de ma forme. Des ondes d'élancement, qui, tout le jour, n'ont cessé de me traverser le corps, me rappellent douloureusement ma chute. Sans le Kempo et une bonne dose de chance, pour peu que ma nuque se fût tordue de la mauvaise façon au moment de heurter le sol, à l'heure qu'il est, je devrais être morte…

Il ne fait aucun doute que celui qui m'a poussée voulait se débarrasser de moi de façon définitive — et non me mettre temporairement sur la touche.

S'agit-il de Jeffrey ? Jeffrey, encore et toujours ?

Lui seul me paraît cadrer parfaitement avec les éléments que j'ai en main. Il s'est débarrassé des Ryan, il a enlevé Justin et il l'a caché — il a même prévenu le président.

Je me rappelle maintenant que, ces deux derniers mois, mon mari a disparu plus souvent qu'à son tour. Il prétendait faire la navette entre Carmel et Washington — mais n'était-il pas plutôt dans les montagnes de Santa Cruz, cloîtré avec Justin ?

Et lorsque son prisonnier lui a faussé compagnie, comment Jeffrey a-t-il réagi ? Il a dû mourir d'angoisse en attendant que le fils du Président — si tant est que Justin soit le fils du Président — raconte son histoire à la police. Une attente d'autant plus insoutenable s'il pensait le garçon à même de pouvoir l'identifier.

A cette épée de Damoclès au-dessus de sa tête a dû s'ajouter la menace représentée par Marti. Il semble très plausible qu'elle l'ait défié. Elle savait forcément, pour l'avoir trouvé dans le dossier, que le procès intenté contre la Maison de Prière — procès qui pouvait provoquer la fermeture de l'endroit et la faillite de Lydia — était mené par Paul Ryan. Mais Paul n'était pas le genre d'homme à se lancer dans une affaire aussi peu reluisante sans que Jeffrey l'en eût persuadé par quelque argument très convaincant.

De là à comprendre que cet argument s'appelait Justin, il n'y avait qu'un pas — que Marti avait dû franchir.

A moins que, tout simplement, Paul n'ait fait tout cela pour l'argent. Auquel cas, s'il s'est dégonflé par la suite, il n'aura été que trop heureux d'aller se terrer à Sao Conrado.

En résumé, disons que Marti a bravé Jeffrey, lequel s'est débarrassé d'elle — avant de chercher à faire de même avec moi, dans la chapelle.

Harry Blimm lui aurait-il révélé que j'étais au fait de sa magouille immobilière ? Jeffrey était-il déjà dans la Carmel Valley, pour tuer Rick Stone, quand je roulais vers la Maison de Prière ?

Et pour quelle raison aurait-il tué Rick Stone ? Ce chaud lapin d'agent immobilier s'en était-il pris à lui, d'une manière ou d'une autre ?

Impossible de savoir. Mais si mon mari a été aperçu dans les environs de l'agence, rien ne l'empêchait de faire un saut jusqu'à la Maison de Prière pour s'occuper de mon cas. Il n'avait pas à venir de Carmel par des routes inondées.

Me voilà bientôt à proximité de Windhaven. Je ralentis et inspecte prudemment Scenic du regard, à la recherche de la Mercedes de Jeffrey, au cas où il guetterait mon arrivée.

Mais, à première vue, il n'y a que les touristes habituels et les gens du coin, qui profitent du beau temps revenu. Je m'engage en voiture dans l'allée de la maison, et découvre avec soulagement que la Mercedes n'est pas dans le garage non plus.

Je descends de la Cherokee et franchis la porte de communication avec la réserve. Au moment où j'entre dans la cuisine, je sens sans erreur possible que quelque chose ne va pas.

Je me fige brusquement et regarde autour de moi. Qu'est-ce qui cloche, ici ? Pourquoi cette impression de quelque chose d'anormal ?

J'appelle :

— Murph ? Murph, c'est moi !

Mais aucun bruit de pattes ne me répond, et je me rappelle que Frannie est venue le prendre la veille au soir.

C'est alors que je vois clairement le détail qui m'a frappée : la fenêtre de la cuisine est ouverte, alors que je l'avais fermée. Les bouteilles que j'avais alignées sur le bord sont posées par terre. De mon bureau, des bruits me parviennent. Je reconnais le clic de ma souris et le léger couinement de ma chaise.

Je saisis une des bouteilles par le goulot et traverse sans bruit le couloir jusqu'au bureau. J'ai la chair de poule, et je regrette de ne pas être en meilleure forme. La personne qui est là n'a pas que des bonnes intentions, sans quoi elle se serait montrée lorsque j'ai appelé Murphy.

Karen, de nouveau ?

Mais quelle raison aurait Karen de « visiter » mon bureau ?

Jeffrey, alors ? Il pourrait très bien s'être garé une rue plus haut et avoir effectué le reste du chemin à pied. Un homme qui voudrait tuer sa femme n'irait pas sur le lieu du crime en voiture. Et il ne passerait pas par-devant, au vu de tout le voisinage : il entrerait par-derrière, par le patio.

Le temps d'atteindre mon bureau, et ma peur est telle que j'en suis presque malade. Sans Murph dans les parages, je ne peux compter sur aucune aide. Et si Jeffrey est armé, le Kenpo ne me sera d'aucun secours.

Je me tiens sur le côté de la porte, sans faire le moindre bruit. Ma chaise fait entendre un nouveau couinement. Il faut à tout prix que je tente quelque chose, plutôt que de rester plantée là.

D'une voix aussi ferme que possible, je lance :

— Qui est là ? C'est toi, Jeffrey ? Je viens d'appeler la police avec le téléphone sans fil.

Pas de réponse. Et je me souviens, un peu tard, que j'ai laissé le téléphone sans fil sur mon bureau la dernière fois que je m'en suis servie. Il sait donc que je bluffe.

J'entends la chaise émettre un bruit caractéristique : la personne vient de se lever. Des pas s'approchent de moi. Je lève la bouteille de vin, prête à frapper.

Mais ce n'est pas Jeffrey qui apparaît.

— Tout doux, Abby, me dit Tommy Lawrence en levant les mains, les paumes vers moi. Tout doux…

Il m'a rejointe dans le couloir.

— Recule, lui dis-je avec un mouvement de la tête, la bouteille toujours levée. Ecarte-toi de la porte.

Il lève un peu plus les mains, comme si je pointais sur lui un pistolet.

— Pas de problème, Abby. Hé, ça va ! Je ne suis pas un dangereux criminel !

Quand il est à distance suffisante de la porte, j'entre dans le bureau. L'ordinateur est allumé. Je contourne le bureau sans quitter la porte des yeux. Tommy esquisse un pas pour me rejoindre, mais je lui crie de reculer.

— Reste où tu es !

Il fait marche arrière et je lui demande :

— Qu'est-ce que tu fabriquais, bon sang ?

— Je… je t'attendais, bredouille-t-il. Je suis désolé, si je t'ai fait peur. J'ai pensé que ça ne te gênerait pas trop si je venais récupérer mes e-mails sur Yahoo.

— Arrête tes salades, tu veux !

En haut de l'écran de l'ordinateur s'affiche le nom d'un fichier : *Dervish*. Je suis sous le choc.

— Tu lisais mon journal ? Mon journal intime ?

Il a réussi à accéder au document, malgré toutes les précautions prises pour préserver ma vie privée. La page affichée concerne la façon dont Marti a « abandonné » Justin, et les sentiments qui étaient les miens, à l'époque. Ma déception s'étale là, sur cette page, comme une accusation.

Du temps de son vivant, rien de ce que j'ai écrit ne me semblait coupable. A présent qu'elle est partie pour toujours, je me fais l'impression d'être une traîtresse.

Mon dictionnaire est posé sur le bureau, où je ne me rappelle pas l'avoir laissé. Je le déplace machinalement, et découvre en dessous les quelques lettres que Marti m'avait envoyées.

— Mon Dieu ! Mais alors, c'était *toi*, dans le grenier, le jour où Frannie a entendu quelque chose ? Depuis combien de temps es-tu à Carmel, exactement ? Et depuis combien de temps filais-tu Marti, *cette fois* ?

Tommy pâlit.

— Tu ne comprends pas, Abby. Je ne la filais pas, je t'en donne ma parole. Mais je… j'étais toujours attaché à elle, et je pensais que si je pouvais en apprendre plus à son sujet, je n'aurais pas l'impression de l'avoir complètement perdue. En tout cas, oui, c'est bien moi que ta femme de ménage a entendu. Je m'étais dit que tu devais avoir des vieilles lettres de Marti. Mais je n'avais pas l'intention d'entrer par effraction, je voulais juste te parler. Et puis, comme il n'y avait personne à la maison…

— Tu t'es dit : « Oh ! dans ce cas, je ferais aussi bien d'entrer ! »

Cette fois, le visage de Tommy s'empourpre.

— Quelque chose comme ça, oui…

Je commence tout juste à me calmer et à remettre les pieds sur terre.

— Tu t'es introduit chez moi par effraction, lui dis-je. Tu as volé des objets m'appartenant. Tu sais sans doute que c'est contraire à la loi ?

— Les lettres, j'allais te les rendre. C'est pour ça qu'elles étaient sur le bureau.

— Bien sûr ! Et pendant que tu y étais, tu t'es dit que tu allais jeter un coup d'œil dans mes fichiers !

Il me décoche son fameux sourire embarrassé et juvénile. Mais ça ne marche pas, cette fois-ci.

— J'ignore qui tu es vraiment et ce que tu fais ici, mais je ne veux plus te voir traîner dans mes pattes, Tommy. J'appelle la police.

Je m'empare du téléphone sans fil, sur le bureau.

— Non, attends ! lance-t-il en s'approchant de moi. Tu ne peux pas faire ça !

— Oh ! que si, je le peux ! Et ne m'approche pas !

— Je t'en prie, Abby, pose ce téléphone !

Je compose le 911 d'une main tandis que, de l'autre, je le menace de la bouteille.

— Tu vas tout gâcher ! insiste Tommy. Tout ce que j'ai entrepris !

— Ne t'approche pas, je te dis !

Il essaie d'attraper le téléphone, et je n'hésite pas à frapper. Le coup de bouteille l'atteint sur la tempe et le laisse étourdi pendant une petite minute — le temps pour moi de quitter le bureau en hâte et de hurler dans l'émetteur qu'il y a un intrus dans ma maison.

La personne du standard me demande de patienter, et lorsqu'elle me reprend en ligne, la police est déjà chez moi.

— Eh bien, c'était rapide ! dis-je à Ben, qui passe la porte d'entrée en courant.

— Tu connais la police de Carmel ! me répond-il, essoufflé. Toujours à pied d'œuvre. Bon ! Il est où, ce fils de pute ?

Arnie, le partenaire de Ben, a épinglé Tommy au moment où il tentait de fuir par le garage. Il le ramène, menotté, et lui lit ses droits avant de le faire asseoir sur une chaise de cuisine. Pour un criminel qui vient d'être arrêté, je trouve à Tommy une expression bien maussade et coléreuse. Cet aplomb n'est pas sans me surprendre, d'après ce que je sais de lui.

Je me tiens près de la table, les bras croisés, et je demande :

— J'imagine que vous me suiviez encore, tous les deux ? Et quand mon appel est arrivé au standard, tu étais prêt à foncer.

— Tu ne vas pas te plaindre, j'espère ? réplique Ben en se laissant tomber sur une chaise. Parce que, des plaintes, on en a déjà bien assez comme ça. Des gosses dans les arbres, des gens assis dans leur voiture, des chats sur les toits…

— Non, je ne me plains pas. Mais il va falloir qu'on parle.

— Et si nous bavardions d'abord avec ton visiteur ? propose Ben.

— Vas-y, je t'en prie.

Avant de noter quoi que ce soit dans le carnet qu'il sort de sa poche, Ben prend le temps de lire ce qui y est inscrit.

— Bon, allons-y. Thomas Jefferson Lawrence, voici ce que nous avons appris sur vous, jusqu'à présent. Vous êtes endetté jusqu'au cou et, contrairement à ce que vous prétendez, vous n'êtes pas descendu au La Playa. Vous avez donné des rendez-vous au bar de cet hôtel, pour faire croire que vous y viviez, et vous vous êtes même arrangé avec un des réceptionnistes pour qu'on y prenne vos messages. En réalité, vous êtes à Monterey, au Travelodge — d'où l'on est sur le point de vous virer parce que vous n'avez pas payé votre note.

Ben lève les yeux et dit à Tommy :

— Vous m'arrêtez si je me trompe, d'accord ?

Tommy se contente de hausser les épaules, tout en me jetant un regard furtif et gêné.

— A propos de vos dettes, reprend Ben : vous avez largement utilisé vos cartes de crédit, dont les réserves sont à présent épuisées — votre récente escapade à Rio n'ayant pas arrangé la situation.

Ben me glisse un rapide coup d'œil et continue :

— Dernier point : vous avez la possibilité d'arranger votre situation dans un futur proche. Pour cela, il faudrait que vous apportiez à un éditeur un certain livre, et ceci avant la fin du mois. Sous réserve, bien sûr, que le livre soit accepté.

J'interviens :

— Quel livre, Tommy ? Quelque chose me dit qu'il ne s'agit pas d'un thriller, comme tu me l'as raconté.

Il baisse les yeux sur le carrelage, et c'est Ben qui répond à sa place :

— Le livre en question, explique-t-il, concerne la crucifixion et le meurtre de Marti Bright. Avec les réactions de ses amis et de sa famille. Ce qui explique…

— Ce qui explique pourquoi il traînait autour de moi, complété-je à sa place. Jusqu'à me suivre à Rio. Combien d'argent penses-tu obtenir grâce à ce livre, Tommy ?

Cette fois encore, il ne répond pas.

— Assez pour se mettre à l'abri pendant un long, long moment, indique Ben. Assez aussi pour avoir pensé à tout cela depuis déjà un bon moment.

— Ce qui signifie ?

— Eh bien, supposons qu'il en veuille à Marti pour une raison ou une autre — parce qu'elle l'a rejeté des années plus tôt, par exemple. Il la tue dans un accès de rage et d'une façon monstrueuse, attirant ainsi l'attention des médias. Il va alors voir son agent et lui explique qu'en sa qualité de vieil ami de Marti, il a la possibilité d'approcher la famille et les amis. C'est une grosse affaire : ça n'est pas tous les jours que quelqu'un se fait crucifier, surtout dans une ville comme Carmel. Son agent parvient donc à négocier un excellent contrat. Avec un chèque à sept chiffres à la clé, un film à Hollywood, et une ribambelle d'émissions pas très reluisantes à la télévision…

— Mon Dieu !

Je regarde Tommy, incapable de prononcer le moindre mot. Jamais je n'aurais pensé à une chose pareille.

— Je ne l'ai pas tuée ! Je ne l'ai pas tuée ! répète-t-il avec obstination.

— Vous devriez garder vos déclarations jusqu'à l'arrivée de votre avocat, lui conseille Arnie, qui retourne une chaise et s'y assoit à califourchon.

— Je n'ai pas besoin d'avocat ! Je vous dis que je ne l'ai pas tuée ! Je l'aimais !

— L'amour, la passion… le mobile numéro un des crimes, souligne Arnie.

— Jamais je n'aurais pu faire une chose pareille ! Marti était tout, pour moi !

Ben me regarde, et je me sens obligée d'expliquer :

— Il était obsédé par elle, au lycée. Mais elle faisait à peine attention à lui.

Tommy me lance un coup d'œil plein de colère.

— C'est vrai, et tu le sais, lui dis-je. Au nom du ciel, Tommy ! Il a fallu que tu viennes ici, chez moi, pour voler des lettres qu'elle avait écrites ! Tu ne savais rien d'elle, ou presque ! Elle ne t'avait jamais accordé la moindre curiosité !

Il ne répond pas, mais les larmes qui emplissent instantanément ses yeux me laissent perplexe. Quelle était la vraie nature de ses sentiments pour Marti ? A quelle profondeur ont-ils pu s'ancrer en lui ?

Assez loin pour qu'il ait pu la tuer, dans un moment de folie vengeresse ? Ben aurait-il vu juste ?

Est-il possible que Tommy ait mis sur pied toute cette histoire, afin d'en finir avec les dettes ? Ne serait-il, au fond, qu'un assassin cynique ?

— Bon, fait Ben en se levant de sa chaise avec un profond soupir, on l'embarque.

Arnie se lève à son tour et prend Tommy par le bras. Sans résister, celui-ci dit simplement :

— Vous faites une grosse erreur.

— Ouais, ouais, fait Arnie. Z'avez qu'à me faire un procès.

— C'est bien mon intention !

— Si j'avais gagné un dollar chaque fois qu'un criminel m'a dit ça, je serais riche, aujourd'hui, marmonne encore Arnie.

Il se tourne vers Ben, qui lui dit :

— Vas-y, embarque-le. Je vous rejoins.

— Hé, chef ? lance Arnie depuis la porte. Vous pensez que je pourrai écrire un livre sur tout ça ?

— Si tu arrives à le pondre, tu m'en gardes un exemplaire. Et vas-y mollo avec le « chef », s'il te plaît. On n'en est pas encore là.

Dès que Tommy et Arnie sont sortis, il se tourne vers moi.

— Qu'est ce que tu en penses ?

Je me sens très faible, soudain, les jambes flageolantes. Je m'assois sur la chaise la plus proche.

— Tu veux dire, si je pense qu'il a tué Marti ? Je ne sais pas. Depuis le début, il y a quelque chose qui me dérange, avec lui. Trop de mystères, de secrets… Mais si c'est lui, qu'est-ce qu'on fait de Jeffrey, alors ?

Je finis par tout lui raconter à propos de la magouille immobilière — ce qui le met dans une colère folle.

— Mais pourquoi ne m'en as-tu pas parlé à la Maison de Prière, quand je t'ai dit qu'on recherchait ton mari pour le meurtre de Rick Stone ?

— Je n'y ai pas pensé, voilà tout ! Je n'étais pas au meilleur de ma forme…

— Abby ! Si tu m'avais fait un peu plus confiance, depuis le début…

Je me passe une main sur le visage, comme pour chasser la lassitude que je sens m'envahir.

— On va vraiment se disputer ? Maintenant ? Tu viens tout juste de coffrer l'assassin probable de Marti — ce qui va te propulser chef, s'il est reconnu coupable — et moi, je crois que j'ai vraiment besoin d'une bonne nuit de sommeil…

Il soupire.

— D'accord, mais il faut toujours qu'on parle.

— Bien sûr. On parlera. Quand ?

— Dès que j'aurai une minute. Dans l'immédiat, je vais devoir interroger Lawrence dans les règles. Ce qui signifie des tonnes de paperasses et…

Je l'interromps.

— Tu vois ? Ce n'est pas gagné d'avance, hein ?

— Pour nous deux, tu veux dire ?

Il me prend par les épaules, mais je me détourne.

— Abby ! Est-ce que tu aurais des doutes, en ce qui nous concerne ?

— Des doutes ? Disons qu'il m'arrive d'être perplexe, inquiète, hésitante, sceptique…

Pour dire le fond de ma pensée, je suis fatiguée des hommes qui me délaissent pour leur travail.

Devant la mine déconfite de Ben, je ne peux m'empêcher de mettre un peu de douceur dans mes propos.

— Allez, chef ! Va faire ton boulot et mets ton bonhomme derrière les barreaux.

— Tu sais bien que je resterais, si je le pouvais.

— Bien sûr, oui. Allez, vas-y !

— Encore une chose, me dit-il d'un ton hésitant. Tant que Jeffrey est en cavale, je préfère poster quelqu'un devant chez toi. La *task force* a mis un adjoint du shérif à ma disposition et je vais l'appeler de ma voiture. Je ne partirai pas avant son arrivée.

— Très bien. Je devrais pouvoir supporter ça.

— Surtout, sois prudente, Abby. Très prudente.

— Je le serai. Ne t'inquiète pas. Je peux m'occuper de moi.

Son regard tombe sur la fenêtre de la cuisine ouverte, et sur les bouteilles posées au sol.

— Une vraie Jesse James, pas vrai ? dit-il en hochant la tête.

— Une vraie Jesse James ?

— Oui, c'est un roman policier que je viens de lire. Jessica James est une journaliste spécialisée dans les affaires criminelles. Tu me fais penser à elle.

— Vraiment ? On a des points communs ?

— La grande gueule, pour commencer. Et puis, cette bonne femme est une vraie tête de mule. Comme toi.

Une fois Ben parti, j'appelle Frannie pour lui demander si elle peut garder Murphy jusqu'au lendemain matin, afin que je puisse dormir sans interruption. Mon toutou commence vraiment à me manquer, mais si Frannie passe à la maison pour le ramener, il va me falloir discuter avec elle quelques instants. Et elle verra forcément la bosse que j'ai sur le crâne, me demandera comment je me la suis faite, me conseillera de vendre la maison pour emménager dans un immeuble plus sûr… et on n'en finira plus.

Je ferme soigneusement portes et fenêtres, puis je me prépare un plateau avec du thé, des crackers et un gros morceau de fromage — que j'emporte dans ma chambre. J'allume la télévision, dans l'espoir de m'endormir, et tombe sur une intervention du Président, retransmise sur toutes les chaînes. Parfait ! Voilà qui devrait rapidement avoir raison de mes dernières forces.

M. Propre est bien net, bronzé à la manière d'une pièce de un penny toute neuve. Ses cheveux gris lui donnent une indéniable distinction. De temps à autre, on voit apparaître à l'image sa femme et sa fille de quatorze ans, visiblement ravies de faire de la figuration.

J'étudie le visage de Chase, et celui de sa fille, à l'affût d'une ressemblance avec Justin. Cet homme est-il son père ? Cette adolescente, est-ce sa demi-sœur ? Difficile d'être formelle.

Du reste, Chase n'a rien d'un homme dont le fils illégitime aurait disparu depuis près de deux mois. Quant à la première dame du pays, le fait que le fils de sa vieille amie Marti Bright demeure introuvable ne semble guère la contrarier.

Je me demande si Marti leur a dit avant de mourir que Justin était vivant et en sécurité, leur faisant jurer de garder le secret. Il y aurait aussi la possibilité que le Président et son épouse soient des monstres d'insensibilité.

Ne sont-ils pas l'un comme l'autre des acteurs consommés ? Survivre dans le monde de la politique implique la parfaite maîtrise de la comédie. En ce moment même, d'ailleurs, Chase, avec un air de contrition qu'on ne peut mettre en doute, expose devant les journalistes ses projets pour la santé.

Il ne s'est guère penché sur le sujet au cours de son dernier mandat, reconnaît-il, mais il promet de redresser la barre au cours du prochain. Persuadée que, de mon vivant, jamais rien ne s'arrangera dans ce domaine — du moins, certainement pas grâce aux politiques —, je baisse le volume et préfère me consacrer à d'autres questions.

Je croque dans un biscuit et songe aux dernières heures écoulées, notamment aux surprenantes révélations de Ben à propos de Tommy. D'une certaine manière, j'avais commencé à éprouver de l'amitié pour Tommy, et je suis déçue de prendre mon instinct en défaut.

Je sais pourtant que les gens sont capables de tout, lorsqu'ils sont endettés et sans le sou. Prenez mon exemple : sans être totalement aux abois, j'ai pactisé avec le diable — alias Jeffrey Northrup — pour garder ma maison. Ça n'était pas forcément qu'une histoire de cupidité, mais cela revient au même.

Prenez aussi le cas de mon mari. Jusqu'où irait-il pour mettre la main sur la Maison de Prière et assurer son avenir financier ? Même si Tommy a toutes les chances d'être le meurtrier de Marti, je n'ai pas encore biffé le nom de Jeffrey de ma liste. Demandons-nous simplement qui aurait eu le plus à gagner, dans l'histoire. Outre qu'il aurait obtenu sa vengeance, après des années de rejet, Tommy aurait décroché un contrat à sept chiffres, oui. Mais est-ce comparable aux perspectives de Jeffrey : régner sur le monde — au moins sur la Carmel Valley ?

Pour dire la vérité, je suis stupéfaite par tout ce que mon mari est censé avoir accompli. Une magouille immobilière à grande échelle, la séquestration de Justin, les tractations avec les Ryan et le Président, le meurtre de Marti — s'il en est l'assassin — et, pour finir, sa cavale. Jamais je ne l'aurais cru capable de gérer tout cela par lui-même. Surtout avec les Services secrets à ses trousses.

Ce qui me fait penser que je n'ai pas vu le tandem de Washington depuis un certain temps. Quel genre d'agents sont ces hommes pour n'avoir pas mis la main sur un Tommy Lawrence ? Je place tout mon argent sur Ben pour le trophée du meilleur flic !

Je ne bluffais pas lorsque j'ai dit à Mauro et Hillars que je connaissais la véritable raison de leur présence ici. Il est fort possible qu'au départ, Chase les ait envoyés pour retrouver Justin. Mais je suis à peu près certaine qu'en se lançant sur les traces de Jeffrey, ils ont découvert les dessous de la magouille immobilière. C'est pour cette raison qu'ils se trouvaient devant la banque, l'autre jour. Non parce qu'ils me suivaient, mais parce qu'ils enquêtaient sur la fraude bancaire dont Harry se serait rendu coupable. Le genre d'affaire que les Services secrets vous mettent à jour en moins de temps qu'il n'en faut pour le dire.

Que pense M. Propre de tout ça ? Mauro et Hillars ont dû lui faire un rapport sur les activités illégales de Jeffrey, et, à quelque temps des élections, Chase doit être furieux en pensant aux gros titres. « Le plus proche conseiller du Président arrêté pour fraude bancaire et magouille immobilière. »

Cela explique peut-être la tenue inopinée de cette conférence de presse à propos de la santé : un écran de fumée — de quoi détourner l'esprit des gens des révélations sur Jeffrey, quand elles seront rendues publiques.

Une chose est sûre : quoi qu'il arrive à mon mari, qu'on le trouve ou non, qu'on l'arrête ou pas, j'irai dès demain trouver Sol pour entreprendre des démarches de divorce. Savoir ce qu'il a fait, ne serait-ce qu'à l'encontre de la Maison de Prière, me donne l'impression d'être sale, par association. Ensuite, si l'on n'a toujours pas de nouvelles de lui, j'appellerai le serrurier afin de faire changer tous les verrous, et je demanderai à Frannie de venir m'aider à emballer ses affaires.

Ces résolutions prises, je laisse le président des Etats-Unis — dont le fils, très probablement, vit dans une bâtisse abandonnée, à moins de deux heures de chez moi — m'aider à sombrer dans le sommeil. Il faudra aussi que je m'occupe de Justin, demain matin. Je ne sais pas quand j'en trouverai le temps, mais je le ferai.

Pourquoi n'es-tu pas restée en dehors de tout cela ? me dit une voix dans la nuit. *Ça n'a jamais été ton genre, de te mêler des affaires des autres. Alors, pourquoi ?*

Je me réveille en sursaut, inspecte l'obscurité du regard, mais je ne vois rien. La pièce est trop sombre, la télévision éteinte. Une peur glacée m'étreint instantanément, qui me vide de toutes mes forces. Je tente de m'asseoir, mais une main me repousse vers l'arrière.

Nous aurions pu tout avoir, tout ! Pourquoi a-t-il fallu que tu viennes mettre ton grain de sel ?

— Jeffrey ?

Quelque chose de froid et de dur se referme sur un de mes poignets, puis sur l'autre.

— Alors, comme ça, toi et ton gentil policier, vous aimez bien faire joujou, hein ? Tiens, je t'ai apporté de jolies menottes.

Sa voix est rauque, ses mains rugueuses.

— Tu vas les aimer, ma chère femme. Karen et moi, on les a déjà étrennées.

Je sens une corde enserrer mes chevilles. Et avant même que j'aie pu réagir, chacune de mes jambes est attachée à un montant du lit. J'essaie de lever un genou. En vain.

— Désolé, ma chérie, pas de Kempo pour ce soir. Je te veux sans défense — comme moi, si je te laissais leur dire tout ce que tu sais.

J'ouvre la bouche pour crier, mais une main la referme violemment. J'arrive à mordre la chair, et Jeffrey pousse un juron.

Il me gifle et se couche sur moi de tout son long. De son avant-bras passé sous mon menton, il me bloque la mâchoire, de telle manière qu'il m'est impossible de crier. Je sens alors une main baisser mon bas de pyjama, puis se glisser entre mes cuisses. Des larmes d'impuissance et de rage m'emplissent les yeux.

— Alors, qu'est-ce que ça fait ? me murmure-t-il à l'oreille tandis que ses doigts s'insinuent en moi. Qu'est-ce que ça fait de savoir tout ce que tu sais et de ne pouvoir rien dire ? Hmm ?

Je me débats de tout mon corps, mais mes efforts pour le repousser n'y suffisent pas. Tout ce que je parviens à faire, c'est écarter d'une fraction de millimètres les doigts qui fouillent mon intimité. J'obtiens un instant de répit, mais, la seconde d'après, Jeffrey me pénètre violemment. Son bras est toujours plaqué sous mon menton, et je ne peux que grogner une plainte gutturale, étouffée. Il commence d'aller et venir en moi, encore et encore, avec une telle brutalité que la douleur se répand dans tout mon ventre. Une douleur écrasante, insoutenable.

— Tu sais à quel point ça me rendait malade de t'entendre répéter que tu voulais un gosse ? me dit-il en haletant. Tu voulais avoir mal par là, hein ? Tu voulais… tu voulais qu'un toubib, qu'un autre homme te fourre ses instruments pleins de sang par là ? Eh bien, tu as ce que tu voulais. Tout ce que tu voulais, *ma femme.*

Une nouvelle sorte d'agonie déferle en moi, qui me dérobe toute volonté. Je crie de nouveau, sans émettre le moindre son.

C'est la dernière chose que je me rappelle avant de me réveiller sur la colline.

22.

La nuit m'enveloppe, froide et humide. Sous moi, le sol est trempé. Impossible de savoir si cela vient de la pluie ou du sang qui s'écoule entre mes jambes et ruisselle sur mes cuisses.

Un gros morceau de ruban adhésif est collé sur ma bouche, et j'ai les yeux bandés. Je sais où je me trouve, pourtant, et ce qui se passe autour de moi. Ce sont les sons qui me renseignent. Le bruit des clous qui pénètrent le bois. Le souffle laborieux de celui qui les plante.

Est-ce que ça s'est passé de la même manière pour toi, Marti ? Tu savais que c'était Jeffrey ? Tu savais ce qu'il s'apprêtait à faire ?

Une terreur sans nom m'envahit, et je me demande si mon amie a ressenti la même chose. Marti était courageuse, bien plus que je ne le suis. Même Justin a plus de cran que moi, lui qui a trouvé le moyen d'échapper à son geôlier.

Je suis dans l'impossibilité de bouger, toutes mes années de Kempo ne m'étant d'aucun secours. Jeffrey a ce qu'il voulait : je suis impuissante. Dépouillée de toute force, de tout pouvoir — comme il l'aurait été si j'avais vécu pour parler.

Attends ! me dis-je à moi-même. *Il va bien falloir qu'il m'ôte les menottes, pour me mettre en croix. J'aurai du temps, alors. C'est ce dont j'ai besoin : du temps — même une fraction de seconde.*

Je commence à prier. J'en appelle à tous les saints que j'ai perdus de vue, et à Dieu lui-même, qui semble m'avoir abandonnée — même si je sais, maintenant, que c'est moi qui m'en suis éloignée.

Prenez soin de Justin, lui dis-je. *Prenez soin de lui, je vous en supplie !*

Tout mon abdomen irradie de douleur et j'ai la tête lourde, affreusement lourde. Il y a une odeur, dans l'air, qui me renvoie à de vagues et lointains souvenirs, en classe de chimie.

Du chloroforme. Il a dû m'endormir pour m'amener jusqu'ici.

Tout en faisant mine d'être encore inconsciente, je m'oblige à rester éveillée, en alerte.

L'occasion que j'attendais se présente plus tôt que prévu.

— Il est temps de se dire au revoir, m'annonce mon soldat romain en se penchant au-dessus de moi. Désolé, mais je n'ai pas le temps pour une séance de flagellation, cette fois.

La voix de Jeffrey a quelque chose d'étrange. Est-ce que ses allergies en accentuent la raucité ? Le sifflement, en tout cas, est plus prononcé.

J'entends un cliquetis de clés.

Tiens-toi prête, Abby. Ne rate pas ta dernière chance de rester en vie !

Jeffrey se penche sur moi pour ouvrir les menottes. A la seconde où mes poignets sont libérés, ma main gauche se détend comme un cobra pour saisir son bras. Les doigts de ma main droite forment un bec d'aigle, et frappent dans la direction supposée de ses yeux. Un hurlement me confirme que j'ai réussi mon coup. Je balance alors mes deux pieds, attachés, vers son entrejambe. Je manque mon objectif, cette fois-ci, et je comprends qu'il a dû sauter de côté. J'ôte mon bandeau, je me relève et je lui décoche une manchette en pleine nuque, de la main gauche, tandis que, du poing opposé, je lui envoie un crochet au menton.

Je suis handicapée par ma faiblesse, mais à la seconde où il perd son équilibre, je lui donne un nouveau coup de poing entre les jambes. Il se plie en deux, et une deuxième manchette l'envoie rouler à terre.

Il ne reste pas longtemps au sol. Tandis qu'il se redresse et que, pour la première fois, nous nous retrouvons face à face, un tremblement irrépressible s'empare de moi. Il fait plus noir que dans un four, mais, malgré le choc que j'éprouve, soudain, face à mon agresseur, je sais que mes yeux ne me trompent pas. La surprise est telle que j'en perds momentanément mes moyens. Le temps de récupérer et il est déjà sur moi : cette fois, je ne suis pas de taille à parer ses prises — celles d'une ceinture noire.

Il m'atteint avec un « Lion », plusieurs coups de pied dans le corps, suivis d'une manchette au niveau de la gorge. Bientôt, je suis au sol et il me domine de toute sa stature.

— Abandonnez, Abby, me lance-t-il de sa voix puissante, gênée par une respiration difficile. Vous ne pouvez pas gagner.

Je me débarrasse du ruban adhésif qui me couvre encore la bouche, et j'éructe mes premières paroles depuis longtemps :

— Allez vous faire foutre, agent Mauro ! Allez vous faire foutre en enfer !

23.

Quand Mauro me traîne vers la croix et qu'il m'y attache, par les chevilles et les poignets, je suis aussi démunie qu'un petit animal. Jamais de ma vie la peur n'a battu à mes tempes avec tant de violence, jamais la perspective de la souffrance et de la mort n'a été si proche. Un nouveau morceau de ruban adhésif me scelle les lèvres, et je n'ai d'autre liberté d'action, dans mon impuissance, que la prière.

— Ton mari avait raison, tu sais, dit-il de cette voix au souffle lourd, en prenant une poignée de clous de chantier dans une boîte de bois.

La croix est couchée au sol, et il devra la soulever et la ficher en terre avec le poids de mon corps surajouté. Malgré sa respiration difficile, je ne doute pourtant pas qu'il y parviendra.

— Tu n'aurais pas dû te mêler de tout ça, poursuit-il. Tu avais une belle petite vie tranquille, tout ce qu'une femme peut espérer dans ce monde, et tu as tout gâché. Ça n'est pas très malin.

Il s'accroupit et me regarde.

— Et je t'avais prévenue ! Je t'avais dit de rester en dehors de cette histoire ! Mais madame n'a voulu en faire qu'à sa tête… Et le plus drôle, c'est que je commençais presque à te trouver sympathique.

Tout bas, il laisse échapper un petit rire aux accents diaboliques.

— J'ai bien dit « presque »... Tu ne crois quand même pas que j'allais te laisser foutre en l'air ce que j'avais mis des mois à mettre sur pied, non ? Parce que ce n'est pas du jour au lendemain que j'ai réussi à trouver un accord avec ton mari, crois-moi ! Ça fait un moment que je suis sur le coup — bien avant de venir enquêter dans la région sur la disparition de Justin, avec Hillars. Tu t'imagines peut-être que j'ai envie de croupir dans les Services secrets pendant toute ma putain de vie ? Que je vais risquer ma peau pour la ribambelle de rigolos qui se succèdent à la Maison Blanche ?

Mauro tire machinalement sur une jambe de mon jean, celui-là même que Jeffrey m'a arraché tout à l'heure et dont on m'a rhabillée.

— Je n'ai pas eu trop de mal à démonter la magouille de ton cher mari... Toi, tu as fouiné ici et là, et tu as trouvé l'agent immobilier et même le banquier. Mais il te manquait l'expert. Et moi.

Il saisit un gros clou et un maillet, et se tient un instant au-dessus de moi. Mon estomac se serre affreusement, le rythme de mes battements de cœur s'accélère. Il me semble déjà sentir le clou traverser la paume de ma main — et ça, je ne pourrai pas le supporter, je mourrai avant.

C'était comme ça, Marti ? Oh ! mon Dieu, Marti ! Aide-moi !

Mauro semble marquer une pause pour réfléchir, puis il laisse tomber clou et maillet pour se munir d'une pelle.

— Je crois qu'il va falloir creuser un peu plus profond, ce coup-ci, dit-il avec un terrible détachement. Voyons... Tu dois bien faire une dizaine de kilos de plus que ton amie, non ? Elle, c'était une petite chose toute mince.

Il entreprend d'agrandir le trou déjà creusé.

— Une chance que la pluie ait amolli le sol… Mais je ne peux pas prendre le risque que la croix s'effondre. Ce serait dommage de priver la presse d'une belle photo pour sa une.

Je pousse un grognement à travers mon bâillon — la seule protestation qui soit en mon pouvoir.

— Qu'est-ce qui se passe ? dit-il sans arrêter de creuser. Tu aimerais savoir comment on en est arrivé là, c'est ça ?

Il prend un plaisir évident à se moquer de moi.

— Oh ! ma pauvre, c'est vrai que tu ne peux pas parler ! Tu n'as qu'à battre des cils, Abby. Une fois pour oui, et deux fois pour non. Comme avec ce pauvre vieux Harry, l'autre jour, quand tu lui as demandé de hocher la tête… Eh oui ! on vous a entendus ! Ça faisait des semaines que son bureau était sur écoute — sans grand résultat, d'ailleurs. Mais toi non plus, quand on y pense, on ne peut pas dire que tu aies fait florès… En fait, si tu ne t'étais pas pointée chez Blimm pour raconter toute l'histoire à sa place, jamais Hillars n'aurait eu autant d'infos concrètes sur cette arnaque immobilière. Et il n'aurait pas commencé à rassembler certains éléments et à me surveiller.

Il me donne un coup de pied dans la jambe.

— Pour ça, il faut que tu payes, Abby ! Compris ? Mais avant, tu veux peut-être savoir comment tout ça s'est goupillé, hein ? Je veux bien faire ça pour toi, Abby. Allez, cligne des yeux.

Si ce n'était pour gagner du temps, je me garderais bien de lui donner satisfaction. Je cligne donc des yeux.

— Voilà une bonne fille ! Exactement comme ce brave Harry. Bon, en fait, le président nous a envoyés ici, Hillars et moi, pour aider à retrouver le gamin — exactement comme on l'a dit. Mais il voulait aussi autre chose : la tête de ton mari sur un plateau. C'est que sa vieille copine Marti Bright ne lui avait pas seulement parlé de la disparition de son fils. Elle lui avait également révélé que Jeffrey Northrup, le conseiller en qui il avait une totale confiance, était à l'origine d'une magouille immobilière de toute beauté qu'elle était sur le point de mettre à jour. Ce qui, bien évidemment, ne jouerait pas en faveur de Chase à la veille des élections — compris ?

Il marque une pause comme s'il attendait ma réponse.

— On cligne des yeux, Abby.

Je cligne des yeux.

— Marti a accepté de garder l'histoire pour elle jusqu'aux élections — à condition qu'il mette en œuvre tous les moyens à sa disposition pour retrouver le gosse. Chase a accepté, en sachant qu'elle finirait de toute façon par parler. Il nous a donc envoyés sur place, Hillars et moi, pour mettre la main sur le gamin. Pour faire d'une pierre deux coups, il a aussi chargé Hillars de récolter le plus d'infos possible sur la magouille de ton mari, en essayant de limiter les dégâts.

Mauro fait entendre un petit claquement de langue satisfait.

— Hillars est un encroûté de première, un emmerdeur fini. Mais notre noble Président n'est pas aussi pur et innocent qu'il en a l'air. Dans le dos d'Hillars, il m'a offert un joli magot pour le débarrasser de ton mari et de Marti Bright.

De nouveau retentit ce rire diabolique, glaçant.

— J'en ai connu, des présidents qui mentaient et qui trompaient leur monde. Mais ce Chase, il a le pompon. Il te regarde avec cet air insoupçonnable de jeune homme de bonne famille, et tu gobes la moindre de ses paroles. Quand tu ne le connais pas, je veux dire.

Mauro creuse moins vite, maintenant, comme s'il avait bientôt atteint la profondeur désirée.

— Alors, continue-t-il, j'ai passé un marché avec ton mari. La moitié des profits, et je lui laisserais la vie sauve. Il empocherait l'argent auprès des promoteurs, on partagerait, et chacun disparaîtrait de son côté, dans des pays ne possédant pas de traité d'extradition avec les Etats-Unis.

Il secoue la tête avec un soupir.

— Mais il y avait un petit problème : cette femme qui dirige la Maison de Prière, et qui ne voulait vendre sous aucun prétexte. C'est ton mari qui a eu l'idée de l'obliger à fermer et de la ruiner, en demandant à Paul Ryan de lui intenter un procès. Pour que l'avocat accepte de marcher dans la combine, il l'a menacé de révéler à son fils qu'il l'avait adopté. Malheureusement, le gamin a surpris la conversation et il a fugué. J'ai bien cru qu'on avait perdu notre moyen de pression, alors. Et pourtant, c'est là que j'ai mis au point le plan parfait.

Il me donne un coup de pelle sur le bras.

— C'était vraiment un plan parfait — ç'aurait dû l'être, du moins. Je suis parti sur les traces du gosse. Je l'ai retrouvé à Santa Cruz, et je l'ai emmené dans une cabane, où je l'ai gardé prisonnier. Mary Ryan croit toujours qu'il a été enlevé, à cause de la lettre dans laquelle je les menace de leur envoyer la tête de Justin, au cas où ils avertiraient la police. Paul Ryan a toujours su, lui, que c'était moi qui retenais Justin en otage, et il était prêt à tout pour le récupérer vivant. Il a lancé le procès et a multiplié les pressions sur la femme de la Maison de Prière. Un plan parfait, comme je l'ai dit.

Mauro donne un grand coup de pelle rageur dans le fond de son trou, et reprend sa besogne.

— Sauf que ce Ryan est une lavette. Au bout d'un moment, il a dit qu'il avait fait sa part du boulot et que le gamin devait revenir. Ce qui était impossible, bien évidemment, tant qu'on n'avait pas finalisé l'opération immobilière. Avec le gosse en liberté, Ryan aurait mangé le morceau et ruiné toute l'affaire en trois jours ! Tu ne crois pas, Abby ? Oh ! excuse-moi, j'avais presque oublié. On cligne des yeux, Abby. Allez !

Je serre les dents et je m'exécute.

— Mais la mère Greyson campait sur ses positions, reprend Mauro, et le marché n'en finissait pas de traîner en longueur. Ryan commençait à devenir cinglé. Alors, ton mari l'a envoyé avec sa femme au Brésil — aussi loin qu'on pouvait. Il lui a versé une grosse somme d'argent pour qu'il se tienne à carreau, en lui promettant qu'en échange il n'arriverait rien au gamin.

Sans qu'il me voie, je tente, par de petits mouvements, de libérer mes mains et mes pieds. Mais je suis si étroitement ligotée que ma circulation sanguine est bloquée : impossible, avec des membres quasi insensibles, de savoir si je progresse.

Si seulement je pouvais crier... Cela réveillerait les religieuses du monastère tout proche, ou d'autres voisins plus lointains. Mais Mauro a pensé à tout.

— Le problème, tu vois, me dit-il en creusant toujours, c'est que cette affaire immobilière était en train d'échapper à notre contrôle. Il y avait trop de gens impliqués, et ton mari devait conclure au plus vite. On ne pouvait pas laisser qui que ce soit tout foutre en l'air.

De nouveau, il secoue la tête.

— Et devine un peu ce qui est arrivé, alors ? Le gosse s'est enfui. Il a suffi que je baisse la garde, une fois, et ce petit enfoiré s'est fait la malle. Aussi sec, Marti Bright se pointe dans ma chambre d'hôtel et elle essaie de me tuer, comme ça, à mains nues. Elle me dit qu'elle sait tout sur la magouille immobilière, et qu'elle a la preuve que ton mari et moi on dirige l'histoire. Pour couronner le tout, elle m'annonce qu'elle a récupéré son fils et qu'il est prêt à témoigner que je l'ai enlevé. Là, ça allait vraiment trop loin. Je veux dire, ça aurait pu être vrai, étant donné que le gamin venait juste de nous échapper. Mais en y réfléchissant, je me suis dit qu'elle bluffait — sinon, pourquoi elle se serait donné la peine de m'expliquer ce qu'elle avait l'intention de faire ? Et puis, il n'y avait rien dans les journaux ou ailleurs prouvant qu'on avait bien retrouvé Justin. Alors, je lui ai dit que je savais qu'elle bluffait, et que si elle voulait revoir un jour son gamin, elle avait intérêt à la boucler. Moi aussi, je bluffais, tu vois ? Je lui ai fait croire que je détenais toujours le gosse. Je l'ai laissée partir — tout en sachant que je n'avais plus le choix : je devais la tuer.

Il soupire, comme s'il était affreusement déçu par la façon dont son plan si parfait a capoté.

— Bien sûr, m'explique-t-il d'un ton dégagé, la méthode à employer posait un problème. Hillars avait déjà commencé à me surveiller de près. Alors, j'ai décidé de faire en sorte que ce meurtre ressemble à l'œuvre d'une espèce de fanatique religieux. Peut-être qu'on soupçonnerait quelqu'un de la Maison de Prière — comme cette sœur Helen, par exemple, ou Lydia

Greyson ? Bon sang ! on n'aurait même plus besoin du procès pour empoisonnement ! Elles se retrouveraient directement en tôle pour meurtre ! Et au revoir la Maison de Prière… Alors, j'ai eu l'idée de la crucifixion et du trépan. Pas mal, non ? Il y a très longtemps, les prêtres ouvraient les crânes pour laisser échapper les esprits maléfiques. Oui, je sais : tu es au courant, le coroner te l'a expliqué… Je me suis dit que ça attirerait encore un peu plus les soupçons sur la Maison de Prière.

Il marque une pause et regarde en direction du monastère des carmélites, plongé dans les ténèbres.

— C'est d'ailleurs pour ça que j'ai choisi cette colline. Le lien entre les deux maisons, tu vois ? Et puis, c'était plus vite fait de venir ici que de traverser la vallée. Je ne disposais pas de tout mon temps, comme tu sais.

Mauro plante la pelle dans la terre et pèse dessus de tout son poids.

— Mais d'abord, il fallait que je sache si Marti bluffait ou non au sujet de son fils. Je ne pouvais pas laisser le môme traîner dans la nature et raconter son histoire à droite et à gauche. Seulement, impossible de faire cracher le morceau à cette salope ! J'ai pas lésiné sur les coups de fouet, pourtant, j'ai pas bâclé le travail…

Je ne vois pas son visage, mais, à sa voix, je sais qu'il sourit.

— J'avais déniché ce petit joujou de fouet dans un sex-shop de Seaside, au rayon SM. Une aubaine, pas vrai ? Mais tout ce que ta copine a daigné me dire, c'est qu'elle avait menti et qu'elle ignorait où était le gosse. Avec tout ce qu'elle avait dégusté, je n'ai pas pu m'empêcher de la croire, Abby… Et puis, il a bien fallu que je termine le boulot — en ajoutant une touche de dernière minute. J'avais trouvé un pot de peinture rouge, avec les clous et les poutres, et j'ai écrit « MENTEUSE » sur sa poitrine — une espèce de Lettre écarlate pour cette salope.

Mauro émerge de son trou et se penche vers moi, si près que je sens son souffle.

— Et il a fallu que tu viennes fourrer ton nez là-dedans… A partir de là, tout est devenu très compliqué, Abby, particulièrement depuis ce soir. Ton connard de mari a pété les plombs. Il a tué le flic qui était devant chez toi.

Le cri d'horreur qui monte de ma gorge bute contre mon bâillon.

Non ! Pas Ben ! Je vous en supplie, mon Dieu, pas Ben !

— Et puis, il t'a violée. Avec les traces d'ADN qu'il a laissées, je ne pouvais pas le laisser en vie, tu comprends ça : il aurait été arrêté et il aurait craché le morceau, sur moi et sur toute l'affaire. Tu vois, Abby, on est loin de la belle magouille immobilière… Bientôt, tout ça sera oublié. Avec un peu de chance, je pourrai persuader Hillars de mon innocence et j'obtiendrai la prime que Chase m'a promise pour le débarrasser de son problématique bras droit.

J'entrevois ses dents blanches, tandis qu'il sourit.

— Parce que je pense que tu as compris : j'ai abattu ton connard de mari d'une balle dans la nuque.

Mauro approche de mes yeux un objet métallique, qui pourrait briller s'il n'était couvert d'une substance sombre et sèche, pareille à du sang. La chose a la forme d'un tire-bouchon étroit et tout en longueur.

— Tu sais ce que c'est, Abby ? Un trépan. Mais oui ! Le même que j'ai utilisé pour ta copine Marti. Et je l'ai aussi acheté dans le sex-shop de Seaside, figure-toi !

Il vérifie si mes poignets et mes chevilles sont bien attachés.

— Tu as essayé de me desserrer ça, hein ? Désolé, Abby. Mais, tu sais, quelque chose me dit que tu ne devrais pas te sentir si mal, quand tu seras pendue là-haut… Bon, où en étions-nous ? Le trépan. J'ai appris l'existence de ce truc sur le Net, un jour. Une fois le crâne ouvert, on est censé accéder au même genre de félicité que le bébé dans l'utérus. Tu vas pouvoir partir en chantant…

La nuit est toujours aussi noire. Pas le moindre signe de la lune. Je peux pourtant distinguer les yeux de Mauro, et ils sont si froids, si dénués d'expression, qu'ils paraissent à peine humains. De nouveau, je me mets à prier. C'est tout ce qui me reste.

— Bon, il est vraiment temps, maintenant, me dit-il en se redressant. J'imagine que tu sais ce que je vais faire, n'est-ce pas ?

Cette fois, je ne cligne pas des yeux.

Sa main vient se plaquer contre mon poignet pour le maintenir en place. Il pose le clou contre la peau et soulève le maillet. Je ferme les yeux, étouffant un sanglot.

Tant de rêves, Marti, tant de projets pour accomplir le bien dans le monde ! Tu y es parvenue, toi. Moi, non. Pourquoi ? A quel moment me suis-je trompée ? Oh ! mon Dieu, à quel moment ?

Le maillet s'abat et le clou transperce ma peau. Je hurle contre mon bâillon. Le fer pénètre mon poignet, et, confusément, je me dis que la douleur doit être pire que celle d'un accouchement. Puis un claquement assourdissant retentit à mes oreilles, encore et encore. Mauro se redresse de toute sa hauteur, se tenant bien droit un instant tandis que sa main se porte à sa tête, comme pour un salut militaire. Je distingue des taches d'un liquide foncé sur son front et il se met à vaciller, chanceler, avant de s'écrouler. Sur moi, de tout son poids. J'étouffe, je ne peux plus respirer.

Aidez-moi, mon Dieu ! Je ne peux plus respirer !

Je suis en train de perdre connaissance.

Soudain, le poids disparaît, comme par enchantement. J'ouvre les yeux et je découvre Ben. Il commence par me libérer les poignets, en coupant les liens de tissu, puis, avec douceur, avec une douceur inconcevable, il retire le ruban adhésif de ma bouche.

— J'ai cru qu'il était trop tard, Abby, dit-il en me pressant contre lui, la voix enrouée par les larmes. Mon Dieu, Abby, j'ai cru qu'il était trop tard !

Épilogue

Six mois plus tard

Ce soir-là, Ben trouva l'adjoint du shérif dans sa voiture de patrouille, devant chez moi. Mort. Il remonta l'allée en courant, et vint donner du poing contre ma porte. Comme je ne répondais pas, il fractura l'une des fenêtres de devant, entra, et découvrit Jeffrey sur le sol de la chambre. Comme Mauro l'avait dit, on lui avait tiré une balle en pleine nuque.

Un peu plus tôt, un jeune homme avait appelé le poste de police pour dire qu'il nous avait vus quitter la maison, Mauro et moi, et que quelque chose lui avait paru bizarre. On lui avait passé Ben, à qui il avait raconté que, passant devant chez moi avec son chien, il s'était arrêté pour voir s'il pouvait récupérer une laisse qu'il y avait oubliée. C'est alors qu'il avait vu un homme me traîner à moitié jusqu'à une voiture, comme si j'étais ivre. Le jeune homme avait expliqué qu'il avait fait ma connaissance en me ramenant Murphy, un soir. A ses yeux, je n'étais pas du genre à me soûler à mort — raison pour laquelle il avait préféré appeler la police.

Jamais plus je ne me moquerai des gens qui composent le 911 pour un oui ou pour un non.

Ben reconnut Mauro dans la description du jeune homme. Il contacta l'agent Hillars, lequel lui confia qu'il nourrissait des soupçons à l'égard de son coéquipier depuis un certain temps. Mauro, lui dit-il, avait tendance à disparaître sans dire où il allait.

J'imagine qu'il se rendait dans les montagnes Santa Cruz, où il relayait Jeffrey auprès de leur otage.

Cette nuit-là, Ben et Hillars mirent leur intelligence en commun, et Ben, ne se fiant qu'à son instinct, atteignit la montagne juste à temps pour me sauver.

Sans doute ne saurons-nous jamais qui, de Jeffrey ou de Mauro, a tué Rick Stone. Personnellement, je parierais plutôt sur le second. Mon mari était un être malfaisant, certes, mais c'était aussi un lâche, à plus d'un titre. Karen m'a avoué qu'il la frappait depuis des mois, et que la violence n'avait fait qu'augmenter à mesure que ses affaires tournaient mal. A mon sens, un homme qui bat une femme est bien trop lâche pour tuer qui que ce soit.

Harry Blimm a reconnu avoir participé à la magouille immobilière de Jeffrey, mais, à l'en croire, il se serait retiré de la partie après avoir rencontré Marti dans ce foyer pour sans-abri de Seaside. Bouleversé par ce qu'il découvrait de ses yeux, il lui aurait parlé des agissements de Jeffrey. Harry purge une peine de prison, actuellement, mais il a promis que, dès sa sortie, il réparerait ses erreurs vis-à-vis de la Maison de Prière par un « dédommagement financier substantiel ».

J'ai guéri des blessures occasionnées cette nuit-là par la rage de Jeffrey — du moins, physiquement. Jamais je ne me remettrai de ce que mon mari, un homme à qui j'ai accordé ma confiance pendant tant d'années, m'a fait subir sur le plan moral. Mais la vie doit suivre son cours, d'une manière ou d'une autre. J'ai vendu Windhaven, qui m'est entièrement revenue grâce à l'intervention de Sol, et j'utilise le produit de la vente pour faire construire le centre que Lydia Greyson désirait édifier à côté de la Maison de Prière — dont j'aide aussi à la remise aux normes.

Frannie a été engagée par Lydia pour l'organisation et la direction du nouveau centre. Ma sœur Karen vivra là-bas un moment, elle travaillera dans les jardins et « reconstruira son esprit en même temps que sa vie », selon la formule de Lydia.

Pour mettre le corps et l'esprit à chances égales, Davis et moi irons enseigner le Kempo aux femmes qui vivront là-bas. Ayant connu la dureté de la rue, elles auront besoin de force pour reprendre confiance en elles.

Lorsque le centre ouvrira — centre qui, soit dit en passant, s'appellera la Maison de Marti —, j'y aurai moi-même un petit appartement. Quelque chose de simple — assez semblable à une cellule de nonne. J'aspire ardemment au silence, comme j'attends avec impatience le moment de plonger les mains dans la terre.

N'allez pas croire qu'on m'ait de nouveau « coincée ». Cette fois, pas de règles d'un autre âge sur les « amitiés particulières ». A vrai dire, en attendant que le centre soit terminé, Murph et moi vivons avec un de ces amis particuliers — Ben. Le chef Benjamin Schaeffer, s'il vous plaît. Nous n'avons plus besoin de nous montrer discrets, à Carmel. Et pour ce que cela avait servi, de toute façon…

A propos du A gravé à même la peau de Murphy : Ben a mis la main sur un cinglé qui a fait subir le même traitement à un caniche. L'individu avait lu dans les journaux qu'on avait tracé mon prénom, Abby, dans le sol, sur la colline, et il aurait voulu faire quelque chose de comparable, « pour rigoler ».

Justin est désormais revenu auprès de sa mère, Mary, à la grande joie de celle-ci. Entre-temps, Paul Ryan a disparu : il semblerait qu'il ne soit jamais revenu de Rio avec sa femme. Pour Mary, Paul a craqué et n'a pas pu affronter les conséquences de ses actes. Même s'il n'a eu d'autre solution, pour sauver son fils, que de céder au chantage de Jeffrey, sans doute l'argent qu'il a reçu pour partir à Rio et se tenir tranquille pèse-t-il trop lourd sur sa conscience.

A propos de Justin, son vrai père — son père biologique, si vous préférez — est venu me voir, peu de temps après le dénouement de cette affaire. Seize ans plus tôt, m'a-t-il révélé, Marti et lui avaient passé une nuit ensemble — une nuit qui n'avait pas eu de lendemain, mais qui représentait tout, pour lui. Il avait fini par triompher des résistances de Marti à une période où elle était vulnérable, m'a-t-il avoué, et il savait que cela ne durerait pas.

Jusqu'à un passé récent, il ignorait qu'elle avait un enfant — et que cet enfant était le sien. Elle lui avait téléphoné, au moment de la disparition de Justin. Elle n'avait rien dit au sujet de cette disparition, cependant, pas plus qu'elle n'avait révélé quoi que ce soit sur l'identité ou sur la vie du garçon. Elle voulait seulement qu'il connaisse l'existence de son fils, avait-elle expliqué, au cas où quoi que ce soit lui arriverait.

Il était abasourdi, en même temps que ravi d'apprendre qu'il avait un enfant, quelque part. Il m'a confié qu'il avait hâte de rencontrer Justin et d'être un père pour lui.

Sans trop savoir ce que cela donnerait, j'ai organisé cette rencontre entre Tommy Lawrence et son fils. Ils se sont étreints maladroitement, comme la plupart des hommes dans de telles circonstances. Puis ils ont trouvé un terrain d'entente, les livres. Il n'a pas fallu trop de temps pour qu'ils se parlent comme s'ils se connaissaient depuis des années.

Tommy ne gravitait donc pas dans mon sillage avec de mauvaises intentions. S'il est exact qu'il préparait un livre sur Marti, il comptait sur moi pour le mener jusqu'à son fils — à mon corps défendant. C'est pour cette raison qu'il m'avait dérobé les lettres de Marti et qu'il s'était plongé dans la lecture de mon journal. Il espérait trouver un indice lui permettant de découvrir l'identité des parents adoptifs de Justin.

C'est aussi pour cela qu'il m'a suivie à Rio — même s'il n'a pas découvert ce que j'étais venue y faire.

Personnellement, je pense que Marti n'a jamais eu totalement confiance en Tommy. Elle a dû redouter qu'il ne s'ingère dans la vie de Justin. Mais, après la disparition de l'adolescent, peut-être a-t-elle pensé que la meilleure solution consistait à dire à Tommy qu'il avait un fils. Ayant eu à subir sa ténacité au fil des années, sans doute savait-elle qu'elle pourrait s'en remettre à lui, en cas de problème.

Ainsi, Jeffrey et moi avions vu faux en pensant que Justin était le fils de Chase. C'est ce qui arrive quand on échafaude des certitudes à partir de simples suspicions, alors que la vérité est aussi évidente que le nez au milieu de la figure.

Tommy a admis que, pendant un moment, il a eu le béguin pour moi — ce qui l'a poussé à m'embrasser, à Rio. Toutefois, tandis que son livre sur Marti et les circonstances de sa mort avance, cette tocade se dissipe comme elle est née. Il devrait bientôt toucher son avance, avec laquelle il veut créer un compte en fidéicommis destiné à Justin. Cette somme plutôt conséquente servira aussi à rembourser l'argent qu'il a dépensé pour chercher son fils.

J'ai voulu savoir pourquoi il avait menti en affirmant être descendu au La Playa. Dès son arrivée, m'a-t-il expliqué, il a eu l'impression que, pour être accepté dans cette ville plutôt huppée, il devait faire mine de pouvoir soutenir un certain standing.

Je dois admettre qu'il n'a pas complètement tort. Il y a chez nous des gens qui regarderont d'un œil méfiant ceux qu'ils supposeront peu fortunés. Mais ça, c'est le Carmel de surface. Si l'on gratte un peu, on découvrira que beaucoup de nos concitoyens ne roulent pas sur l'or, notamment des artistes et des écrivains logés petitement mais qui aiment cette ville, et qui ont choisi d'y vivre. Maintenant que Tommy entrevoit cette réalité, son regard sur Carmel a changé. Il s'y sent plus à l'aise — ce qui est préférable, puisque lui aussi a choisi d'y vivre, pour être proche de son fils.

Je comprends maintenant pourquoi tu t'es intéressée à lui, Marti. Au bout du compte, Tommy est quelqu'un de bien. Ce n'est pas uniquement pour l'argent qu'il écrit ce livre sur toi, certes pas. Ce bouquin, outre l'acte d'amour qu'il représente à ses yeux, est un cadeau pour Justin. Il y sera question de tout le bien que tu as fait dans le monde. Il y sera question de ton amour pour les gens, de ton amour pour ton fils, aussi.

Ainsi, Marti, certains de tes rêves sont devenus réalité. Pas forcément de la façon dont tu l'espérais — c'est rarement le cas, avec les rêves… Mais ton fils a un foyer, un père, et des amis sur qui compter : Helen, Ben et moi. Nous le protégerons, maintenant que tu n'es plus là pour le faire. Nous continuerons de l'élever dans le respect de l'honnêteté, de la fidélité et de l'amour.

Et, comme pour toi, Shining Bright, « la Rayonnante », ces qualités rayonneront de sa personne. A jamais.

REMERCIEMENTS

On n'écrit pas un livre dans le vide, et j'aimerais remercier certaines des personnes qui m'ont aidée, durant l'écriture de *En lettres de sang*, pour des questions techniques ou en m'apportant leur soutien d'une manière ou d'une autre.

Mille mercis à :

La police de Carmel, en particulier l'officier Joe Avila, qui m'a généreusement emmenée avec lui et m'a fourni un aperçu inestimable du fonctionnement de la police de Carmel. S'il y a dans ce livre quoi que ce soit d'incorrect sur les forces de loi de la ville, c'est ma faute, pas la sienne.

Al et Pat Tracy, des Tracy's Kenpo Karate Studios, pour leurs conseils et leur aide technique dans l'écriture des scènes de Kenpo. Je vous sais gré de la gentillesse avec laquelle vous avez lu ces passages et m'avez assurée de leur authenticité. Un merci tout particulier à Pat, une bonne amie, pour son aide en ligne permanente.

Cathy Landrum, amie inestimable et mon assistante dans les recherches. Tu as fait comme toujours un travail extraordinaire — notamment en ce qui concerne la crucifixion et le fonctionnement interne de l'Eglise catholique après Vatican II. Je n'aurais pas pu m'en sortir sans toi.

Merrill Leslie, habitante de la région de Carmel pleine de sensibilité, qui m'a laissée me débrouiller seule, pour ne se montrer que lorsque j'avais besoin d'elle — le rêve, pour un écrivain.

Le *Coffee group Il Fornaio* de Carmel, notamment Nancy Baker Jacobs, qui m'a offert son amitié, ses conseils et son soutien dans les moments les plus difficiles. Il ne faut pas oublier, bien sûr, le *Maître du Jeu*, Robert Campbell ; le *Grincheux*, Bob Irvine ; et le *Jeune Turc*, Bob Norris. Merci pour les grandes conversations, les conseils et pour votre présence quotidienne là-bas. Oh ! Et Jeannie ? Continue à produire ces excellentes illustrations. Et Sol ? Ne t'inquiète pas — le Sol de ce livre ne te ressemble en rien, en dehors de son prénom. Je ne t'accuserais jamais d'être un juriste.

Mon éditrice chez MIRA, Amy Moore-Benson, dont l'excellente direction et les compétences éditoriales sont incomparables. Merci pour votre foi en moi et en ce livre.

Enfin, des remerciements tout particuliers à mon fils : les conseils avisés du lecteur et de l'écrivain qu'il est lui-même m'ont aidée à aplanir l'intrigue de *En lettres de sang*. Je dois aussi avouer que les idées de scènes de trépanation ont jailli de son esprit sombre et tordu d'écrivain. Je suppose que l'on reconnaît un arbre à ses fruits.

DANS LA MÊME COLLECTION

Par ordre alphabétique d'auteur

OLGA BICOS	*Nuit d'orage*
OLGA BICOS	*La mort dans le miroir*
LAURIE BRETON	*Ne vois-tu pas la mort venir ?*
BARBARA BRETTON	*Le lien brisé*
JAN COFFEY	*La dernière victime*
JASMINE CRESSWELL	*La Manipulatrice*
JASMINE CRESSWELL	*Le secret brisé*
JASMINE CRESSWELL	*La mort pour héritage*
JASMINE CRESSWELL	*Soupçons mortels*
JASMINE CRESSWELL	*Je saurai te retrouver*
CAMERON CRUISE	*La perle de sang*
MARGOT DALTON	*Amnésie*
MARGOT DALTON	*Kidnapping*
MARGOT DALTON	*Le sceau du mal*
MARGOT DALTON	*Crimes inavoués*
WINSLOW ELIOT	*L'innocence du mal*
LYNN ERICKSON	*Le Prédateur*
SUSANNE FORSTER	*Le cercle secret*
TESS GERRITSEN	*Présumée coupable*
TESS GERRITSEN	*Crimes masqués*
TESS GERRITSEN	*Ne m'oublie pas*
HEATHER GRAHAM	*L'invitation*
HEATHER GRAHAM	*L'ennemi sans visage*
HEATHER GRAHAM	*Le complot*
HEATHER GRAHAM	*Soupçons*
HEATHER GRAHAM	*La griffe de l'assassin*
HEATHER GRAHAM	*Prémonition*
HEATHER GRAHAM	*L'ombre de la mort*
HEATHER GRAHAM	*Danse avec la mort*
HEATHER GRAHAM	*Noires visions*
GINNA GRAY	*Le voile du secret*
GINNA GRAY	*La cavale*
GINNA GRAY	*Les bois meurtriers*
KAREN HARPER	*Testament mortel*
KAREN HARPER	*Le saut du diable*
KAREN HARPER	*L'œuvre du mal*
KAREN HARPER	*Les portes du mal*
KAREN HARPER	*Une femme dans la nuit*
KATHRYN HARVEY	*La clé du passé*
BONNIE HEARN HILL	*La disparue de Sacramento*
BONNIE HEARN HILL	*Mortelle perfection*

.../...

DANS LA MÊME COLLECTION
Par ordre alphabétique d'auteur

CHRISTIANE HEGGAN	*Miami Confidential*
CHRISTIANE HEGGAN	*L'Alibi*
CHRISTIANE HEGGAN	*Intime conviction*
CHRISTIANE HEGGAN	*Labyrinthe meurtrier*
CHRISTIANE HEGGAN	*Par une nuit d'hiver*
CHRISTIANE HEGGAN	*Troublantes révélations*
CHRISTIANE HEGGAN	*Intention de tuer*
CHRISTIANE HEGGAN	*Meurtre à New York*
METSY HINGLE	*Le masque de la mort*
METSY HINGLE	*La fille de l'assassin*
GWEN HUNTER	*Faux diagnostic*
GWEN HUNTER	*Virus*
GWEN HUNTER	*Les mains du diable*
GWEN HUNTER	*Le triangle du mal*
GWEN HUNTER	*La piste du mal*
LISA JACKSON	*Noire était la nuit*
LISA JACKSON	*Dans l'ombre du bayou*
CHRIS JORDAN	*L'étau*
PENNY JORDAN	*De mémoire de femme*
PENNY JORDAN	*La femme bafouée*
R.J. KAISER	*Qui a tué Jane Doe ?*
ALEX KAVA	*Sang Froid*
ALEX KAVA	*Le collectionneur*
ALEX KAVA	*Les âmes piégées*
ALEX KAVA	*Obsession meurtrière*
ALEX KAVA	*Le Pacte*
RACHEL LEE	*Neige de sang*
RACHEL LEE	*Le lien du mal*
RACHEL LEE	*Secret meurtrier*
DINAH McCALL	*Le silence des anges*
HELEN R. MYERS	*Mortelle impasse*
HELEN R. MYERS	*Les ombres du doute*
HELEN R. MYERS	*Mort suspecte*
HELEN R. MYERS	*Suspicion*
HELEN R. MYERS	*La marque du diable*
CARLA NEGGERS	*L'énigme de Cold Spring*
CARLA NEGGERS	*Piège invisible*
CARLA NEGGERS	*La dernière preuve*
BRENDA NOVAK	*L'étrangleur de Sandpoint*
BRENDA NOVAK	*Noir secret*

…/…

DANS LA MÊME COLLECTION

Par ordre alphabétique d'auteur

MEG O'BRIEN	*Le piège*
MEG O'BRIEN	*En lettres de sang*
MEG O'BRIEN	*Pluie de sang*
MEG O'BRIEN	*La déchirure*
MEG O'BRIEN	*Spirale meurtrière*
SHIRLEY PALMER	*Zone d'ombre*
SHIRLEY PALMER	*Le bûcher des innocents*
EMILIE RICHARDS	*Le refuge irlandais*
EMILIE RICHARDS	*Mémoires de Louisiane*
EMILIE RICHARDS	*Le testament des Gerritsen*
EMILIE RICHARDS	*L'héritage des Robeson*
EMILIE RICHARDS	*L'écho de la rivière*
EMILIE RICHARDS	*Promesse d'Irlande*
EMILIE RICHARDS	*Du côté de Georgetown*
NORA ROBERTS	*Possession*
NORA ROBERTS	*Le cercle brisé*
NORA ROBERTS	*Et vos péchés seront pardonnés*
NORA ROBERTS	*Tabous*
NORA ROBERTS	*Coupable innocence*
NORA ROBERTS	*Maléfice*
NORA ROBERTS	*Enquêtes à Denver*
NORA ROBERTS	*Crimes à Denver*
NORA ROBERTS	*L'ultime refuge*
NORA ROBERTS	*Une femme dans la tourmente*
FRANCIS ROE	*L'engrenage*
FRANCIS ROE	*Soins intensifs*
M. J. ROSE	*Rédemption*
M. J. ROSE	*Le cercle écarlate*
M. J. ROSE	*La cinquième victime*
JOANN ROSS	*La femme de l'ombre*
SHARON SALA	*Sang de glace*
SHARON SALA	*Le soupir des roses*
SHARON SALA	*Meurtre en eaux troubles*
SHARON SALA	*L'œil du témoin*
SHARON SALA	*Expiation*
MAGGIE SHAYNE	*Noir paradis*
MAGGIE SHAYNE	*Un parfait coupable*
TAYLOR SMITH	*Le carnet noir*
TAYLOR SMITH	*La mémoire assassinée*
TAYLOR SMITH	*Morts en série*

.../...

DANS LA MÊME COLLECTION

Par ordre alphabétique d'auteur

ERICA SPINDLER	*Rapt*
ERICA SPINDLER	*Black Rose*
ERICA SPINDLER	*Le venin*
ERICA SPINDLER	*La griffe du mal*
ERICA SPINDLER	*Trahison*
ERICA SPINDLER	*Cauchemar*
ERICA SPINDLER	*Pulsion meurtrière*
ERICA SPINDLER	*Le silence du mal*
ERICA SPINDLER	*Jeux macabres*
ERICA SPINDLER	*Le tueur d'anges*
ERICA SPINDLER	*Collection macabre*
AMANDA STEVENS	*N'oublie pas que je t'attends*
AMANDA STEVENS	*La poupée brisée*
TARA TAYLOR QUINN	*Enlèvement*
ELISE TITLE	*Obsession*
CHARLOTTE VALE ALLEN	*L'enfance volée*
LAURA VAN WORMER	*La proie du tueur*
KAREN YOUNG	*Passé meurtrier*

7 TITRES À PARAÎTRE EN NOVEMBRE 2008

MIRA

Composé et édité par les
éditions Harlequin
Achevé d'imprimer en août 2008

par

LIBERDÚPLEX

Dépôt légal : septembre 2008
N° d'éditeur : 13826

Imprimé en Espagne